PROJEKT
„ROSIE"

Graeme Simsion PROJEKT "ROSIE"

Tłumaczył Maciej Potulny

Media Rodzina

Tytuł oryginału
THE ROSIE PROJECT

Copyright © 2013 by Graeme Simsion. By arrangement with the author.
All rights reserved. First published by The Text Publishing Company Australia
Copyright © 2013 for the Polish edition by Media Rodzina Sp. z o.o.

Projekt graficzny serii
Andrzej Komendziński

Projekt logotypu Gorzka Czekolada
Dorota Wątkowska

Projekt okładki
WH Chong

ISBN 978-83-7278-806-1

Książkę wydrukowano na papierze Lux cream 70 g 1,6
dostarczonym przez Zing Sp. z o.o.

Media Rodzina Sp. z o.o.
ul. Pasieka 24, 61-657 Poznań
te. 61 827 08 60, faks 61 827 08 66
www.mediarodzina.pl
mediarodzina@mediarodzina.pl

Skład i łamanie
ↄʃ Cromalin

Druk
Abedik

Dla Roda i Lynette

I

Zdaje się, że znalazłem rozwiązanie problemu matrymonialnego. Jak zwykle w przypadku przełomowych odkryć, odpowiedź jest oczywista, kiedy spojrzymy na nią z dystansu. Jednak gdyby nie seria nieprzewidzianych czynników, prawdopodobnie nie wpadłbym na jej trop.

Sekwencja zdarzeń została zainicjowana przez Gene'a, który nalegał, żebym wystąpił z prelekcją na temat zespołu Aspergera, chociaż wcześniej sam zgodził się ją wygłosić. Termin był niezwykle irytujący. Mogłem skoordynować przygotowania z konsumpcją lunchu, ale mój harmonogram na ten wieczór przewidywał dziewięćdziesiąt cztery minuty na sprzątanie łazienki. Miałem więc do wyboru trzy opcje, wszystkie obarczone defektami.

1. Posprzątam łazienkę po prelekcji, niestety kosztem snu, co się przełoży na obniżenie mojej kondycji fizycznej i umysłowej.
2. Przesunę sprzątanie na następny wtorek, narażając łazienkę na ośmiodniową degradację higieny, a siebie na ryzyko infekcji.
3. Odmówię Gene'owi i nadszarpnę naszą przyjaźń.

Przedstawiłem mu swój dylemat, a on jak zwykle zaprezentował alternatywną propozycję:

– Don, załatwię ci kogoś do tej łazienki.

Wyjaśniłem mu – nie po raz pierwszy zresztą – że wszystkie sprzątaczki oprócz pewnej Węgierki w minispódniczce popełniały błędy. Ta w mini, która była też gosposią Gene'a, nagle zniknęła z pola widzenia, bo między Gene'em i Claudią wybuchł jakiś konflikt.

– Dam ci numer telefonu Evy. Tylko nie powołuj się na mnie.

– A jeśli zapyta? Co mam powiedzieć?

Czasami ludzie stawiają żądania niemożliwe do spełnienia.

– Że dzwonisz do niej, bo jest jedyną porządną gosposią. A gdyby wspomniała o mnie, udawaj, że nie dosłyszałeś.

Oto idealny konsensus, a także ilustracja wysokich umiejętności Gene'a w zakresie interakcji międzyludzkich. Oczywiście Eva ucieszy się, że jej umiejętności zostały docenione, a może nawet wróci na stałe, dzięki czemu zaoszczędzę przeciętnie trzysta szesnaście minut w tygodniowym planie zajęć.

Gene nie mógł wygłosić prelekcji, bo niespodziewanie otworzyła się przed nim perspektywa seksu z chilijską badaczką, która przyleciała do Melbourne na konferencję. Gene realizuje projekt naukowy, który wymaga współżycia z kobietami z szerokiego spektrum narodowości. Jako profesor psychologii jest zafascynowany pociągiem seksualnym wśród ludzi – cechą uwarunkowaną genetycznie, jak sądzi.

Ten pogląd jest spójny z jego wykształceniem – Gene jest genetykiem. Sześćdziesiąt osiem dni po zatrudnieniu mnie do badań podoktoranckich awansował na dziekana wydziału psychologicznego. Była to bardzo kontrowersyjna nominacja, mająca zapewnić uniwersytetowi prymat w dziedzinie psychologii ewolucyjnej oraz poprawić wizerunek uczelni.

Kiedy pracowaliśmy razem na wydziale genetyki, prowadziliśmy wiele ciekawych dyskusji, których nie zaprzestaliśmy po jego zmianie stanowiska. Już sam ten fakt wystarczyłby, żeby nasza znajomość była dla mnie satysfakcjonująca. Tymczasem Gene zaprosił mnie na obiad do domu i poddał różnym przyjacielskim rytuałom, które sprawiły, że nasze stosunki noszą znamiona przyjaźni. Jego żona Claudia, psycholog kliniczny, też została moją przyjaciółką. To znaczy, że bilans wynosi dwoje.

Gene i Claudia usiłowali wspierać moje próby rozstrzygnięcia problemu matrymonialnego. Niestety, ich metody nie różniły się od tych, które w przeszłości nie przyniosły oczekiwanego rezultatu i które odrzuciłem, uważając, że prawdopodobieństwo sukcesu nie usprawiedliwia włożonego wysiłku ani negatywnych doświadczeń. Skończyłem trzydzieści dziewięć lat, jestem inteligentnym, sprawnym fizycznie kawalerem, cieszę się doskonałym zdrowiem i całkiem wysokim statusem społecznym, a jako profesor nadzwyczajny otrzymuję pensję powyżej średniej krajowej. Według kanonów logiki powinienem być atrakcyjnym kandydatem dla wielu osobników płci żeńskiej. W królestwie zwierząt miałbym istotny potencjał reprodukcyjny.

Niestety, jeden z moich atrybutów zniechęca kobiety. Nigdy nie było mi łatwo się spoufalać i wygląda na to, że braki leżące u podłoża tej cechy wpłynęły także na próby nawiązania relacji intymnych. Dobrym przykładem może być katastrofa z lodami morelowymi w tle.

Claudia zaaranżowała dla mnie spotkanie z jedną ze swoich przyjaciółek. Elizabeth była informatyczką o wielkiej inteligencji i krótkim wzroku, który skutecznie korygowała za pomocą okularów. Wspominam o okularach dlatego, że Claudia pokazała mi jej zdjęcie i zapytała, czy ten fakt mi nie przeszkadza. Niebywałe! Cóż za zaskakujące pytanie z ust psychologa! Oceniając użyteczność Elizabeth jako partnerki, z którą przyjdzie mi dzielić zainteresowania, która miałaby zapewnić stymulację mojemu intelektowi i stanowić potencjalną kandydatkę do procesu rozmnażania, Claudia przede wszystkim martwiła się, jak zareaguję na oprawki okularów, chociaż Elizabeth zapewne nie wybrała ich sama, lecz kierowała się sugestią optyka. I jak tu żyć w takim świecie?

– Elizabeth jest bardzo stanowcza – powiedziała takim tonem, jakby stanowczość była wadą.

– Czy to postawa oparta na przesłankach empirycznych? – zapytałem z oczywistych powodów.

– Chyba tak – odparła Claudia.

Doskonale. Równie dobrze mogłaby to powiedzieć o mnie.

Spotkaliśmy się w tajskiej restauracji. Restauracje to prawdziwe pola minowe dla dyletantów w domenie stosunków społecznych, więc byłem zdenerwowany jak zwykle w takich sytuacjach. Jednak wszystko zaczęło się znakomicie, ponieważ obydwoje dotarliśmy na miejsce punktualnie o siódmej wieczorem, czyli zgodnie z planem. Brak synchronizacji to karygodne marnotrawienie czasu.

Jakoś przebrnęliśmy przez posiłek bez żadnych krytycznych uwag pod moim adresem. Trudno jest prowadzić dysputę, kiedy cały czas zastanawiasz się, czy patrzysz na właściwą część ciała rozmówcy, ale za radą Gene'a skupiłem wzrok na oczach Elizabeth za szkłami okularów. W rezultacie brakowało mi precyzji podczas procedury podawania jedzenia do ust, ale zdawało się, że Elizabeth nie zwraca na to uwagi. Wręcz przeciwnie – odbyliśmy wielce owocną dyskusję o algorytmach symulacji. Elizabeth okazała się naprawdę ciekawą osobą! Od razu zacząłem rozważać możliwość stałego związku.

Kiedy kelner przyniósł kartę deserów, Elizabeth powiedziała:

– Nie lubię orientalnych słodyczy.

Niemal na pewno było to jedynie błędne założenie oparte na niedostatecznej liczbie testów i możliwe, że powinienem je uznać za sygnał ostrzegawczy. Jednak dało mi sposobność sformułowania nieszablonowej propozycji:

– Moglibyśmy pójść na lody do kawiarni naprzeciwko.

– Świetny pomysł, o ile mają morelowe.

Oceniłem, że do tej pory radzę sobie całkiem dobrze, i nie spodziewałem się, że preferencje smakowe mogą wszystko skomplikować. Niestety to był błąd. Lodziarnia oferowała szeroki wachlarz lodów w różnych smakach, ale akurat wyczerpał się zapas morelowych. Zamówiłem dwie gałki – czekoladową z chilli i lukrecjową – i poprosiłem Elizabeth, żeby określiła zamiennik dla siebie.

– Nie. Jeśli nie mają morelowych, to dziękuję.

Nie mogłem w to uwierzyć! Wszystkie lody smakują w zasadzie tak samo. Przyczyną tego fenomenu – szczególnie wyraźnego w przypadku lodów owocowych – jest wyziębienie kubków smakowych. Zaproponowałem mango.

– Nie, dziękuję. Naprawdę nie trzeba.

Korzystając z okazji, dosyć szczegółowo opisałem fizjologiczny mechanizm wyziębienia kubków smakowych. Postawiłem tezę, że jeżeli zakupię lody o smaku mango i brzoskwiniowym, to nie będzie w stanie poczuć różnicy. *Ditto* obu można użyć jako ekwiwalentu lodów morelowych.

– Wykluczone – powiedziała Elizabeth. – To zupełnie inne smaki. Jeśli nie czujesz różnicy, to twój problem.

Mieliśmy więc przed sobą dylemat, który można by łatwo rozwikłać za pomocą prostego eksperymentu. Wyjaśniłem to i zamówiłem najmniejszą jednostkę lodów o smaku mango oraz najmniejszą jednostkę brzoskwiniowych. Jednak kiedy ekspedientka je przygotowała, a ja odwróciłem się, żeby poprosić moją partnerkę o zamknięcie oczu dla dobra nauki, już jej nie było. Tyle zatem były warte „przesłanki empiryczne" Elizabeth i jej niby-naukowy tytuł.

Później Claudia pouczyła mnie, że trzeba było zaniechać eksperymentu, zanim Elizabeth postanowiła odejść. To oczywiste. Ale w którym momencie? Co było sygnałem alarmowym? Właśnie takich detali nie potrafię zauważyć. Wszakże nie rozumiem też, dlaczego zdolność odczytywania niejasnych komunikatów dotyczących smaku lodów miałaby decydować o tym, czy ktoś się nadaje na partnera życiowego. Chyba słusznie zakładam, że niektóre kobiety nie mają takich wymagań. Niestety, proces poszukiwań, który wymaga poświęcenia każdej kandydatce całego wieczoru, jest wysoce nieefektywny. Morelowa katastrofa kosztowała mnie dużo czasu, a zysk ograniczył się do kilku ciekawostek o algorytmach symulacji.

Dzięki komunikacji bezprzewodowej w stołówce przy bibliotece medycznej wystarczyły mi dwie przerwy na lunch, żeby zebrać materiały i przygotować wykład, nie zaniedbując dostarczenia organizmowi substancji odżywczych. Do tej pory nie interesowałem się zaburzeniami ze spektrum autystycznego, bo wykraczały poza moją specjalizację. Temat prelekcji mnie zafascynował.

Jako genetyk uznałem, że słusznie będzie się skupić na aspektach genetycznych zespołu Aspergera, z którymi wcześniej moi słuchacze mogli nie mieć do czynienia. Większość chorób ma podłoże w naszym DNA, chociaż w wielu wypadkach to źródło wciąż czeka na odkrycie. Moja praca dotyczy przede wszystkim marskości wątroby. Duża część mojej praktyki zawodowej polega na upijaniu myszy.

Oczywiście książki opisują objawy zespołu Aspergera. Sformułowałem doraźny wniosek, że większość z nich to po prostu różnice w funkcjonowaniu mózgu niewłaściwie zidentyfikowane jako problem medyczny, bo nie mieszczą się w sztucznych normach społecznych, które odzwierciedlają najpospolitsze relacje międzyludzkie zamiast ich spektrum.

Prelekcję zaplanowano na godzinę siódmą wieczorem w jednej z podmiejskich szkół. Oszacowałem, że dojazd rowerem zajmie dwanaście minut, więc dodałem jeszcze trzy na uruchomienie komputera i podłączenie projektora.

Dotarłem na miejsce zgodnie z planem o szóstej pięćdziesiąt siedem. Dwadzieścia siedem minut wcześniej wpuściłem do mieszkania Evę, gosposię w minispódniczce. W sali zgromadziło się *circa* dwadzieścia pięć osób, ale od razu zidentyfikowałem organizatorkę wykładu, Julie. Pomógł mi opis dostarczony przez

Gene'a: „cycata blondyna". Dla ścisłości dodam, że parametry jej biustu mieściły się w ramach standardowej anomalii – odchylenia o półtora raza od średniego współczynnika masy ciała – i trudno było to uznać za cechę charakterystyczną. Chodziło raczej o spiętrzenie i ekspozycję tej części ciała za sprawą stroju, którego wybór zdawał się usprawiedliwiony względami praktycznymi, jeśli wziąć pod uwagę, że na dworze panował styczniowy upał.

Chyba za dużo czasu poświęciłem weryfikacji tożsamości tej osoby, bo dziwnie na mnie popatrzyła.

– Julie to pani? – zapytałem.

– Czym mogę służyć? – odparła.

Doskonale. Rzeczowe podejście.

– Proszę mi wskazać przewód VGA.

– Och, pan to na pewno profesor Tillman. Cieszę się, że pan do nas dotarł.

Kobieta wyciągnęła rękę, ale zbyłem ją stanowczym gestem.

– Kabel VGA. Proszę. Jest szósta pięćdziesiąt osiem.

– Spokojnie – powiedziała Julie. – Nigdy nie zaczynamy przed siódmą piętnaście. Napije się pan kawy?

Dlaczego ludzie tak nisko cenią czas innych osób? Już wiedziałem, że nie unikniemy pogaduszki, a mogłem zostać w domu kwadrans dłużej i poćwiczyć aikido.

Byłem skoncentrowany na Julie i ekranie z przodu sali. Teraz rozejrzałem się dookoła. Szybkie oględziny pomieszczenia uświadomiły mi, że do tej pory nie zauważyłem dziewiętnastu osób siedzących przy stołach. Były to dzieci, głównie rodzaju męskiego. Domyśliłem się, że są ofiarami zespołu Aspergera. Niemal cała literatura na temat tej przypadłości dotyczy małoletnich.

Pomimo swojego schorzenia o wiele lepiej wykorzystywali czas niż ich rodzice, którzy zajmowali się czczą paplaniną. Prawie wszyscy używali przenośnych urządzeń elektronicznych. Oceniłem ich wiek na osiem do trzynastu lat. Miałem nadzieję, że uważali na lekcjach przedmiotów ścisłych, bo przygotowując materiały, założyłem, że będą dysponowali wiedzą praktyczną z zakresu chemii organicznej i struktury DNA.

Nagle zorientowałem się, że pozostawiłem bez odpowiedzi pytanie o kawę.

– Nie – powiedziałem.

Niestety, z powodu przerwy w komunikacji Julie zapomniała o swojej propozycji.

– Nie będę pił kawy – wyjaśniłem. – Nigdy nie piję kawy po trzeciej czterdzieści osiem, bo to zakłóca sen. Czas połowicznego rozpadu kofeiny w organizmie wynosi od trzech do czterech godzin, więc serwowanie kawy o siódmej wieczorem to lekkomyślność, chyba że dana osoba nie zamierza spać co najmniej do północy. Jeżeli jednak wykonuje tradycyjną pracę, to takie postępowanie prowadzi do niedoboru snu.

Próbowałem spożytkować czas oczekiwania, udzielając Julie praktycznych rad, ale ona wyraźnie wolała rozmawiać o błahostkach.

– U Gene'a wszystko w porządku? – zapytała.

Był to oczywiście jeden z wariantów najpospolitszego paradygmatu interakcjonistycznego: „Co słychać?".

– Dziękuję, dobrze się czuje – odparłem, nadając konwencjonalnej wypowiedzi formę osoby trzeciej.

– Och, myślałam, że jest chory.

– Gene cieszy się doskonałym zdrowiem, jeśli nie liczyć nadwagi. Dzisiaj rano uprawialiśmy jogging. Umówił się na wieczorną schadzkę, więc musiałby ją odwołać, gdyby się rozchorował.

Julie przyjęła moje wyjaśnienia z obojętną miną. Później, rozważywszy tę interakcję z perspektywy czasu, zrozumiałem, że Gene zapewne podał fałszywy powód swojej nieobecności. Prawdopodobnie zrobił to, żeby oszczędzić Julie wrażenia, że jej wykład jest dla niego mało istotny (co oczywiście było prawdą), i usprawiedliwić oddelegowanie mniej prestiżowego prelegenta na swoje zastępstwo. Analiza tak zawiłej sytuacji – wymagającej doboru wiarygodnego kłamstwa, żeby złagodzić reakcję emocjonalną rozmówcy, i to pod presją czasu, ponieważ interlokutor czeka na odpowiedź – jest niemal niemożliwa. Tymczasem niektórzy oczekują od ciebie właśnie takich cudów.

Wreszcie podłączyłem komputer i mogliśmy zacząć. Z osiemnastominutowym opóźnieniem! Żeby zmieścić się w wyznaczonym czasie, czyli do ósmej, musiałbym mówić o czterdzieści trzy procent szybciej. Takie osiągi są niemożliwe. Wiedziałem, że skończymy później, a mój wieczorny rozkład zajęć legnie w gruzach.

2

Zatytułowałem swoją prelekcję: *Genetyczne prognostyki zaburzeń ze spektrum autystycznego* i przygotowałem naprawdę znakomite diagramy przedstawiające strukturę DNA. Moje wystąpienie trwało dopiero dziewięć minut – mówiłem nieco szybciej niż zwykle, chcąc nadrobić stracony czas – kiedy Julie mi przerwała.

– Profesorze Tillman, większość z nas nie jest naukowcami. Może spróbowałby pan używać mniej hermetycznego języka?

Takie reakcje są nieprawdopodobnie irytujące. Ludzie godzinami rozwodzą się nad domniemanymi cechami charakteru osób spod znaku Bliźniąt czy Byka albo pięć dni pod rząd oglądają mecz krykieta, a nie potrafią poświęcić czasu ani uwagi na przyswojenie podstawowej wiedzy o materii, z której są skonstruowani.

Prowadziłem zatem wykład tak, jak zaplanowałem. Już było za późno na zmiany, zresztą część audytorium na pewno znała się na rzeczy w stopniu umożliwiającym zrozumienie.

Miałem rację. Jeden ze słuchaczy podniósł rękę. Interpelant był mniej więcej dwunastoletnim osobnikiem rodzaju męskiego.

– Zakłada pan, że nie mamy do czynienia z pojedynczym znacznikiem genetycznym, lecz raczej z sumarycznym oddziaływaniem grupy genów, których eksterioryzacja wynika z indywidualnego fenotypu? Może pan to potwierdzić?

W stu procentach!

– Istotnie. Jest to sytuacja analogiczna do zaburzeń afektywnych dwubiegunowych, które...

Nie dokończyłem, bo Julie znowu przerwała moją wypowiedź.

– Przetłumaczę słowa profesora Tillmana dla tych, którzy nie urodzili się geniuszami. Chyba chodzi o to, że zespołem Aspergera nie można się zarazić. To niczyja wina, że tacy jesteście.

Wstrząsnęło mną użycie słowa „wina", które wywołało wiele negatywnych skojarzeń, zwłaszcza że wypowiedziała je osoba ciesząca się szacunkiem. Zrewidowałem więc poprzednie zamiary i jednak zrobiłem dygresję. Komentarz Julie sprawił, że zawrzała we mnie złość, i zapewne dlatego użyłem głośniejszego tonu.

– Wina?! Zespołu Aspergera nie wolno rozpatrywać w kategoriach winy. To jedynie wariant, a potencjalnie nawet ważna zaleta. Zespół Aspergera wiąże się z dobrą organizacją, koncentracją, innowacyjnym myśleniem i racjonalnym dystansem wobec rzeczywistości.

Jedna z kobiet w głębi sali podniosła rękę. Całkowicie pochłonięty sporem popełniłem drobne uchybienie towarzyskie, które na szczęście szybko zatuszowałem.

– Proszę grubą... otyłą panią z ostatniego rzędu o zabranie głosu.

Kobieta przez chwilę milczała. Rozejrzała się po sali, ale w końcu zapytała:

– Czy „racjonalny dystans wobec rzeczywistości" to eufemizm oznaczający brak emocji?

– Raczej synonim – odparłem. – Emocje bywają przyczyną wielu poważnych problemów.

Stwierdziłem, że warto się posłużyć przykładem ilustrującym, w jaki sposób emocjonalne reakcje mogą doprowadzić do katastrofy.

– Proszę sobie wyobrazić, że ukrywają się państwo w piwnicy. Wróg poszukuje państwa i państwa przyjaciół. Wszyscy muszą zachować absolutną ciszę, ale nagle państwa dziecko zaczyna płakać. – Dokonałem prezentacji, jak zrobiłby to Gene, żeby uwiarygodnić tę scenę: – Aaaaa! – Zrobiłem dramatyczną pauzę. – Macie przy sobie broń.

Kilka rąk uniosło się w górę. Julie gwałtownie wstała, a ja mówiłem dalej:

– Z tłumikiem. Zbliżają się. Zabiją wszystkich. Co państwo zrobią? Dziecko wciąż płacze…

Dzieciaki nie mogły się doczekać, żeby udzielić odpowiedzi. Jeden z nich zawołał:

– Zastrzelić dziecko!

Po chwili już wszyscy się przekrzykiwali:

– Zastrzelić dziecko! Zastrzelić!

Chłopiec, który przedtem zapytał mnie o kwestie genetyczne, zaproponował:

– Zastrzelić wrogów.

– Wciągnąć ich w zasadzkę – dodał inny.

Pojawiły się kolejne propozycje:

– Użyć małego jako przynęty.

– Ile mamy broni?

– Zasłonić mu usta.

– Jak długo wytrzyma bez oddychania?

Zgodnie z moimi oczekiwaniami jedynymi autorami pomysłów byli „cierpiący" na zespół Aspergera. Ich rodzice nie zaproponowali żadnych konstruktywnych rozwiązań. Niektórzy nawet próbowali poskromić twórczą inicjatywę swoich dzieci. W końcu uniosłem ręce.

– Wystarczy. Doskonale. Racjonalne rozwiązania zostały przedstawione jedynie przez aspich. Wszystkich innych sparaliżowały emocje.

– Aspi górą! – krzyknął jeden z chłopców.

Odnotowałem obecność tego skrótu w literaturze, ale widocznie te dzieciaki słyszały go po raz pierwszy. Chyba im się spodobał, bo po chwili wszystkie stały na krzesłach i stołach, rytmicznie unosząc pięści, i wykrzykiwały chórem:

– Aspi górą!

Z opracowań naukowych wynika, że dzieciom z zespołem Aspergera często brakuje pewności siebie w sytuacjach społecznych. Pomyślny wynik mojego eksperymentu podziałał jak doraźna kuracja, ale wśród rodziców znowu przeważyły reakcje negatywne – zaczęli krzyczeć na dzieci, a niektórzy nawet próbowali ściągnąć je ze stołów na ziemię. Wyraźnie ważniejsze dla nich było przywiązanie do konwencji społecznych niż postępy, których dokonało ich potomstwo.

Byłem przekonany, że skutecznie zrealizowałem swój cel, Julie zaś nie nalegała, żebyśmy dalej omawiali zagadnienia genetyczne. Odniosłem wrażenie, że rodzice oddali się analizie nowych umiejętności, których nauczyły się ich dzieci, i wyszli, nie nawiązując ze mną dalszych interakcji. Była dopiero siódma czterdzieści trzy. Doskonały wynik.

Kiedy pakowałem laptopa do torby, Julie wybuchnęła śmiechem.

– O mój Boże – powiedziała. – Muszę się napić.

Nie byłem pewien, dlaczego podzieliła się tą informacją z kimś, kogo znała dopiero od czterdziestu sześciu minut. Ja też zamierzałem spożyć pewną ilość alkoholu po powrocie do domu, ale nie widziałem powodu, żeby powiadamiać o tym Julie.

– Wie pan co? – kontynuowała. – Nigdy nie używamy słowa aspi. Nie chcemy, żeby czuli się jak członkowie jakiegoś wyjątkowego klubu.

Był to kolejny przykład negatywnego myślenia u osoby, której płacono za to, żeby służyła radą i zachętą.

– Jak ktoś w rodzaju homoseksualistów? – zapytałem.

– Trafił pan w dziesiątkę – potaknęła Julie. – Ale w ich przypadku chodzi o coś innego. Jeżeli się nie zmienią, nie nawiążą normalnych relacji. Nie znajdą partnerów życiowych. – Posłużyła się rozsądnym argumentem. Doskonale ją rozumiałem, bo sam miałem pewne problemy w tej sferze aktywności, ale Julie już zmieniła temat: – Sądzi pan, że oni pewne rzeczy... praktyczne rzeczy... potrafią robić lepiej niż... nie-aspi? Oczywiście nie mówię o zabijaniu niemowląt.

– Jak najbardziej. – Zastanowiło mnie, dlaczego osoba zajmująca się edukacją ludzi obdarzonych nietypowymi przymiotami nie zdaje sobie sprawy z zalet i wartości rynkowej tych cech. – Pewna duńska firma zatrudnia aspich do testów oprogramowania komputerowego.

– Nie wiedziałam. Przedstawia pan te sprawy w całkiem nowym świetle. – Popatrzyła na mnie przez chwilę. – Ma pan czas na drinka?

Oparła dłoń na moim ramieniu. Odruchowo się odsunąłem. Cóż za niewłaściwy rodzaj kontaktu! Gdybym to ja wykonał taki gest wobec jakiejś kobiety, niemal na pewno miałbym kłopoty – niewątpliwie złożyłaby skargę do dziekana na molestowanie seksualne, co miałoby zgubny wpływ na moją karierę zawodową. Julie oczywiście była bezkarna – nikt nie miał zamiaru jej krytykować.

– Niestety, mój plan przewiduje inne zajęcia.

– Nie ma w nim miejsca na elastyczność?

– Wykluczone.

Udało mi się nadrobić stracony czas i nie zamierzałem znowu wprowadzać chaosu w naturalny porządek spraw.

Zanim poznałem Gene'a i Claudię, miałem dwoje innych przyjaciół, a właściwie dwie przyjaciółki. Pierwszą była moja starsza siostra. Uczyła matematyki, ale nie interesowały jej najnowsze osiągnięcia w tej dziedzinie. Mieszkała niedaleko i odwiedzała mnie dwa razy w tygodniu, czasami bez uprzedzenia. Jedliśmy razem i dyskutowaliśmy o trywialnych sprawach, takich jak losy naszych krewnych lub stosunki towarzyskie z kolegami z pracy.

Raz w miesiącu jechaliśmy do Shepparton na niedzielny obiad do rodziców i brata. Moja siostra była niezamężna, prawdopodobnie z powodu swojej nieśmiałości i braku konwencjonalnie pojętej urody. Przez rażącą, niewybaczalną nieudolność lekarzy już nie żyje.

Drugą przyjaciółką była Daphne. Okres naszej przyjaźni częściowo pokrywa się z moją znajomością z Gene'em i Claudią. Kiedy jej mąż w wyniku demencji znalazł się w placówce opiekuńczej, wprowadziła się do mieszkania sąsiadującego w płaszczyźnie pionowej z moim. Cierpiała na schorzenie kolan skojarzone z otyłością, co ograniczało jej funkcje ruchowe do zaledwie kilku kroków, ale była bardzo inteligentna, więc zacząłem jej składać regularne wizyty. Nie miała żadnych kwalifikacji formalnych – całe życie pełniła tradycyjne funkcje domowe. Uważałem to za naganne zmarnowanie talentu, zwłaszcza że jej potomstwo nie odwzajemniało troski. Interesowała ją moja praca, więc zainicjowaliśmy projekt „Kurs genetyki dla Daphne", który zafascynował nas oboje.

Zaczęła systematycznie jadać u mnie, ponieważ gotowanie jednej kolacji dla dwóch osób zamiast dwóch odrębnych posiłków pozwalało na zauważalne oszczędności. Co niedziela o godzinie piętnastej odwiedzaliśmy jej męża w domu opieki, oddalonym o siedem kilometrów i trzysta metrów. W obie strony pokonywaliśmy tę odległość pieszo, a spacer, podczas którego pchałem wózek inwalidzki, był znakomitą okazją do konwersacji na temat genetyki. Studiowałem prace naukowe, podczas gdy Daphne rozmawiała z mężem, którego aktualne zdolności percepcyjne trudno było ocenić, ale zdecydowanie były niskie.

Imię Daphne było tożsame z łacińską nazwą wawrzynka – rośliny kwitnącej w dniu jej urodzin, dwudziestego ósmego sierpnia. Co roku z tej okazji mąż dawał jej bukiet wawrzynków, a ona uważała, że to niezwykle romantyczna czynność. Pewnego dnia wyraziła żal, że nadchodzące urodziny będą pierwszymi od pięćdziesięciu sześciu lat, kiedy nie dojdzie do tego symbolicznego aktu. Rozwiązanie problemu było oczywiste – w siedemdziesiątą ósmą rocznicę urodzin Daphne przywiozłem ją na wózku do mojego mieszkania, uprzednio zakupiwszy dla niej pewną ilość wawrzynków.

Daphne od razu rozpoznała ich zapach i zaczęła płakać. Obawiałem się, że popełniłem koszmarną gafę, ale Daphne wyjaśniła, że jej łzy są symptomem szczęścia. Ciasto czekoladowe, które dla niej upiekłem, też zrobiło na niej wrażenie, ale nieco mniejsze. Podczas posiłku złożyła niezwykłe oświadczenie:

– Don, dla każdej dziewczyny byłbyś wspaniałym mężem.

Była to opinia tak bardzo odległa od moich dotychczasowych nieudanych doświadczeń z płcią żeńską, że zaniemówiłem. Po chwili przystąpiłem do prezentacji stanu faktycznego – omówiłem historię swoich poszukiwań partnerki, począwszy od dziecięcych koncepcji, że kiedyś dorosnę i się ożenię, a skończywszy na rezygnacji z tych wyobrażeń, kiedy materiał doświadczalny wykazał, że nie nadaję się na męża.

Daphne przedstawiła lapidarny kontrargument:

– Każdy ma swoją drugą połowę.

Statystycznie rzecz biorąc, była bliska prawdy. Niestety szansa, że znajdę właściwą osobę, coraz bardziej malała. Jednak ta teza wywołała w moim mózgu burzę niczym problem natury matematycznej, o którym wiadomo, że musi mieć rozwiązanie.

Przez kolejne dwa lata powtarzaliśmy rytuał z kwiatami na urodziny. Rezultaty nie były tak intensywne, jak za pierwszym razem, ale kupowałem dla Daphne również prezenty – książki z zakresu genetyki – a ona zdawała się szczęśliwa. Wyznała, że urodziny zawsze były jej ulubionym dniem w roku. Zdawałem sobie sprawę, że ten pogląd jest dosyć powszechny wśród dzieci – z powodu prezentów – ale nie sądziłem, że spotkam się z nim u osoby dorosłej.

Dziewięćdziesiąt trzy dni po trzeciej kolacji urodzinowej wybraliśmy się do domu opieki. Podczas analizy artykułu, który Daphne przeczytała poprzedniego dnia, okazało się, że zapomniała o kilku istotnych hipotezach. W ciągu minionych tygodni już parę razy zaobserwowałem, że pamięć ją zawodzi, więc od razu przygotowałem ewaluację jej procesów kognitywnych. Moja diagnoza wykazała chorobę Alzheimera.

Zdolności intelektualne Daphne gwałtownie erodowały, uniemożliwiając nam prawidłową konwersację o genetyce. Wciąż jednak jadaliśmy razem i chodziliśmy na spacery do domu opieki. Teraz Daphne mówiła przede wszystkim o swojej przeszłości, a szczególnie o mężu i rodzinie, dzięki czemu mogłem sobie wyrobić ogólną opinię na temat życia małżeńskiego. Nalegała, żebym znalazł kompatybilną partnerkę i doświadczył równie intensywnego szczęścia, jakiego ona doznawała przez całe życie. Moje badania uzupełniające potwierdziły istnienie dowodów na prawdziwość argumentacji Daphne – żonaci mężczyźni są szczęśliwsi i żyją dłużej.

Pewnego dnia Daphne zapytała:

– Kiedy znowu będę miała urodziny?

Zrozumiałem, że straciła orientację w czasie. Postanowiłem posłużyć się kłamstwem, żeby zintensyfikować jej poczucie szczęścia. Jedyny problem stanowiło pozyskanie kwiatów wawrzynka poza sezonem, ale niespodziewanie los się do mnie uśmiechnął. Wiedziałem o dokonaniach pewnego genetyka, który prowadził badania nad sztucznym przedłużaniem okresu kwitnienia roślin dla celów komercyjnych. Naukowiec ten zdołał zaopatrzyć w wawrzynek mojego dostawcę kwiatów, zatem mogłem przeprowadzić symulację kolacji urodzinowej. Powtarzaliśmy tę procedurę za każdym razem, kiedy Daphne pytała o swoje urodziny.

Wreszcie moja przyjaciółka musiała dołączyć do męża w ośrodku opieki, a wraz z dalszą degradacją pamięci coraz częściej obchodziliśmy jej urodziny, aż zacząłem odwiedzać ją codziennie. Kwiaciarnia przyznała mi specjalną kartę lojalnościową. Obliczyłem, że według liczby urodzin Daphne skończyła dwieście siedem lat, kiedy przestała mnie rozpoznawać, a trzysta dziewiętnaście, gdy wygasły jej reakcje na wawrzynek, a ja zrezygnowałem z dalszych odwiedzin.

Nie spodziewałem się, że Julie jeszcze spróbuje nawiązać ze mną kontakt. Jak zwykle okazało się, że moje poglądy na ludzką naturę są obarczone błędem. Dwa dni po wykładzie, o piętnastej trzydzieści siedem, zadzwonił telefon, a na wyświetlaczu pojawił się nieznany mi numer. Julie nagrała wiadomość, żebym do niej oddzwonił, więc poczyniłem założenie, że na pewno zapomniałem czegoś zabrać.

Znowu się pomyliłem. Chciała wrócić do dyskusji o zespole Aspergera. Ucieszyłem się, że przedstawione przeze mnie tezy zrobiły na niej tak silne wrażenie. Julie zaproponowała, żebyśmy się spotkali na kolacji, czyli w warunkach niesprzyjających merytorycznej debacie, ale zwykle spożywam posiłki sam, więc przynajmniej adaptacja moich wcześniejszych planów nie nastręczała trudności. Niestety przygotowanie materiałów wymaga więcej uwagi.

– Jakie zagadnienia szczególnie panią interesują?

– Och... – powiedziała Julie. – Myślę, że moglibyśmy porozmawiać o sprawach ogólnych... lepiej się poznać.

To była zbyt mgliście zarysowana tematyka.

– Proszę wskazać choćby ogólną domenę. Który fragment mojego wystąpienia rozbudził pani ciekawość?

– Och... Chyba ten o testach komputerów w Danii.

– Raczej o testach oprogramowania komputerowego. – Koniecznie musiałem poszerzyć swoją wiedzę na ten temat. – Czego chciałaby się pani dowiedzieć?

– Zastanawiałam się, jak ich znaleźli. Większość dorosłych z zespołem Aspergera nie wie, że są aspergikami.

Miała rację. Ankietowanie pod tym kątem przypadkowych kandydatów byłoby wysoce nieefektywną metodą detekcji syndromu o częstotliwości występowania szacowanej na niecałe trzy dziesiąte procenta. Pozwoliłem sobie na pewną supozycję:

– Domyślam się, że w procesie wstępnej selekcji korzystają z kwestionariusza.

Kiedy wypowiadałem te słowa, nagle doznałem objawienia – oczywiście w przenośnym sensie.

Kwestionariusz! Jakie to oczywiste! Skuteczne, naukowo uzasadnione narzędzie, wykorzystujące najlepsze współczesne osiągnięcia w celu odfiltrowania osobników płci żeńskiej, które marnują czas, są zdezorganizowane, rozróżniają smaki lodów, noszą wyzywającą odzież, wpatrują się w kryształowe kule, czytają horoskopy, mają obsesję na punkcie mody, oglądają programy sportowe, są fanatyczkami religijnymi, wegankami, kreacjonistkami, palaczkami, ignorantkami wobec świata nauki i zwolenniczkami homeopatii. Selekcja pozwoli na wyłonienie partnerki idealnej albo – myśląc bardziej realistycznie – na redukcję liczby kandydatek do takiego poziomu, który będzie łatwiej usystematyzować.

– Don, jesteś tam? – Julie wciąż była przy telefonie. – Kiedy chcesz się spotkać?

Sytuacja się zmieniła. Nastąpiło przetasowanie priorytetów.

– To nie będzie możliwe – odparłem. – Nie mam wolnych terminów.

Wiedziałem, że każdą wolną chwilę będę musiał poświęcić nowemu projektowi.

Projektowi „Żona".

3

Po rozmowie z Julie niezwłocznie udałem się na wydział psychologii, żeby skonsultować się z Gene'em, ale nie było go w gabinecie. Na szczęście nie było też jego osobistej asystentki Pięknej Heleny – do której bardziej pasowałby przydomek Sroga Helena – więc uzyskałem swobodny dostęp do kalendarza Gene'a. Dowiedziałem się, że do siedemnastej prowadzi wykład otwarty, a następne spotkanie przewidział dopiero na siedemnastą trzydzieści. Idealnie. Wystarczy zatem, żebym nieco skrócił zaplanowaną sesję na siłowni. Zarezerwowałem wolny termin.

Po ekspresowym treningu zredukowanym o czynności związane z prysznicem i zmianą odzieży pobiegłem pod aulę i czekałem na Gene'a przed wyjściem służbowym. Byłem spocony z powodu wysiłku i wysokiej temperatury, ale pełen energii, zarówno fizycznej, jak i umysłowej. Kiedy mój zegarek wskazał siedemnastą, wszedłem do środka. Gene stał za pulpitem w głębi zaciemnionej sali i odpowiadał na kolejne pytanie o finanse uczelni, jakby zapomniał o upływie czasu. Niechcący wpuściłem przez drzwi strumień światła z zewnątrz i nagle poczułem, że wszystkie oczy zwróciły się w moim kierunku, jakby w oczekiwaniu, że coś powiem.

– Koniec wykładu – oznajmiłem. – Gene ma zaplanowane kolejne spotkanie.

Słuchacze czym prędzej zaczęli wstawać, a ja zauważyłem naszą Dziekan w towarzystwie trojga identycznie ubranych ludzi.

Domyśliłem się, że występują tutaj jako potencjalni sponsorzy i raczej nie przyszli zaspokoić głodu intelektualnego prelekcją o seksualności ssaków naczelnych. Gene zawsze stara się o dodatkowe środki na badania, a tymczasem Dziekan wciąż grozi redukcją wsparcia dla genetyków i psychologów z powodu braku darczyńców. Osobiście nie angażuję się w te sprawy.

Wśród gwaru rozmów rozpoznałem głos Gene'a.

– Zdaje się, że mój kolega profesor Tillman dał nam do zrozumienia, że bez względu na wagę kwestii finansowych dla naszej dalszej pracy, powinniśmy przełożyć tę rozmowę na inny termin. – Popatrzył w kierunku Dziekan i trojga sponsorów w korporacyjnych uniformach. – Jeszcze raz dziękuję za zainteresowanie moimi działaniami i oczywiście wysiłkiem reszty pracowników wydziału psychologii.

Rozległy się brawa. Wszystko wskazywało na to, że moja interwencja została dobrze przyjęta.

Dziekan i jej znajomi minęli mnie szybkim krokiem. Szefowa zatrzymała się jedynie na chwilę, żeby mnie dyskretnie poinformować:

– Przepraszam, że przeszkodziliśmy panu w spotkaniu, profesorze Tillman. Na pewno uda nam się znaleźć sponsorów gdzie indziej.

Miło było to usłyszeć, ale po chwili znowu straciłem humor, widząc, że wokół Gene'a zgromadzili się ludzie. Właśnie rozmawiała z nim jakaś kobieta z czerwonymi włosami i metalowymi przedmiotami w uszach, która mówiła podniesionym głosem:

– Nie uwierzyłabym, gdyby ktoś mi powiedział, że wykorzystałeś wykład otwarty do przemycenia swoich chorych pomysłów!

– W takim razie masz szczęście, że przyszłaś. Dzięki temu pozbyłaś się jednego ze swoich błędnych przekonań. Możliwe, że po raz pierwszy w życiu.

Kobieta przyjęła wrogą postawę, chociaż Gene się do niej uśmiechał.

– Nawet gdybyś miał rację, chociaż oczywiście jej nie masz, to czy zastanawiałeś się nad społecznym wymiarem tych badań?

Odpowiedź mnie zaskoczyła. Mam na myśli nie tyle intencje Gene'a, które były mi dobrze znane, ile jego finezja, kiedy zmienił temat rozmowy. Jego kompetencje towarzyskie były rozwinięte w stopniu, o którym ja mogłem jedynie marzyć.

– To zaczyna brzmieć jak temat kawiarnianej dyskusji. Może kiedyś powinniśmy wrócić do niej przy kawie?

– Przykro mi – odparła kobieta. – Mam dużo roboty. Wiesz, szukam twardych dowodów.

Zrobiłem krok do przodu, żeby zająć miejsce w kolejce, ale wyprzedziła mnie wysoka blondynka, z którą wolałem nie ryzykować kontaktu fizycznego. Odezwała się z norweskim akcentem:

– Profesorze Barrow... – Miała na myśli Gene'a. – Z całym szacunkiem, uważam, że upraszcza pan feministyczny punkt widzenia.

– Jeżeli chciałaby pani podyskutować o filozofii, powinniśmy się przejść do kawiarni – odparł Gene. – Proszę na mnie czekać o piątej w Bariście.

Kobieta skinęła głową i poszła w stronę drzwi.

W końcu mogliśmy swobodnie porozmawiać.

– Co to był za akcent? – zapytał mnie Gene. – Szwedzki?

– Norweski – skorygowałem. – Zdaje się, że już prowadziłeś badania na Norweżce.

Zakomunikowałem mu, że mamy odbyć zaplanowaną naradę, ale Gene już myślał jedynie o kawie z nowo poznaną kobietą. W królestwie zwierząt większość osobników rodzaju męskiego alokuje priorytety w taki sposób, że seks ma pierwszeństwo nad pomocą pobratymcom, z którymi nie wiążą ich więzy krwi. W przypadku Gene'a suplementarnym czynnikiem mobilizującym były jego badania naukowe. Próby przekonania go do mojej racji były z góry skazane na niepowodzenie.

– Zaklep sobie następny termin w moim grafiku – powiedział.

Piękna Helena już opuściła stanowisko pracy, więc znowu miałem nieograniczony dostęp do terminarza Gene'a. Dokonałem zmian we własnym harmonogramie, żeby go dostosować do potrzeb spotkania. Od tej chwili projekt „Żona" miał nadany najwyższy stopień ważności.

Następnego dnia czekałem do siódmej trzydzieści przed domem Gene'a i Claudii, żeby punktualnie zapukać do drzwi. Nasze spotkanie wymagało przełożenia na piątą czterdzieści pięć rutynowego joggingu na rynek po zakupy. To z kolei spowodowało konieczność wcześniejszego pójścia spać i było sprzężone z wieloma innymi zakłóceniami harmonogramu.

Usłyszałem zdziwione głosy, a potem w drzwiach stanęła Eugenie, córka Gene'a i Claudii. Jak zwykle ucieszyła się na mój widok i wystąpiła z propozycją, żebym umieścił ją na swoich ramionach i w podskokach przemierzył drogę do kuchni. To była dobra zabawa. Przyszło mi na myśl, że mógłbym włączyć Eugenie i jej przyrodniego brata Carla do katalogu swoich przyjaciół, powiększając bilans do czterech osób.

Gene i Claudia konsumowali śniadanie. Poinformowali mnie, że moja wizyta ich zaskoczyła. Poradziłem zatem Gene'owi, żeby udostępnił swój terminarz w trybie online – w ten sposób miałby możliwość śledzenia zmian, a ja uniknąłbym nieprzyjemnych kontaktów z Piękną Heleną. Gene niezbyt entuzjastycznie przyjął ten wniosek.

Nie zjadłem śniadania w domu, więc wyjąłem z lodówki kubek jogurtu. Z cukrem! Nic dziwnego, że Gene cierpi na nadwagę. Claudia wciąż jeszcze jest szczupła, ale już zauważyłem u niej wzrost masy ciała. Zwróciłem jej uwagę na ten problem i wskazałem jogurt jako jeden ze szkodliwych czynników.

Claudia zapytała, czy podobał mi się wykład dotyczący zespołu Aspergera. Sądziła, że to Gene wygłosił prelekcję, a ja wystąpiłem jedynie w roli słuchacza. Wyprowadziłem ją z błędu, a potem przyznałem, że ten temat mnie zafascynował.

– Czy objawy nie wydawały ci się znajome? – spytała.

Rzeczywiście. Ich opis idealnie pasował do Laszlo Hevesiego z wydziału fizyki. Właśnie miałem zreferować słynną historię z piżamą, której bohaterem był Laszlo, kiedy szesnastoletni syn Gene'a Carl wszedł w szkolnym mundurku do kuchni. Siegnął do lodówki, jakby zamierzał ją otworzyć, lecz nagle odwrócił się i z całej siły zamachnął się pięścią, celując w moją głowę. Zablokowałem atak i delikatnie, ale stanowczo sprowadziłem chłopaka do parteru, żeby wykazać, że właściwy efekt można uzyskać dzięki dźwigni, a nie za pomocą siły. Zawsze bawimy się w ten sposób, ale tym razem Carl nie zauważył w mojej ręce jogurtu, który zaplamił nasze ubrania.

– Nie ruszajcie się – powiedziała Claudia. – Przyniosę ścierkę.

Ścierka była niewłaściwym narzędziem do usuwania tego rodzaju zabrudzeń. Z kolei pranie wymaga specjalnej maszyny, detergentu, płynu do zmiękczania tkanin i trzeba mu poświęcić dużo czasu.

– Pożyczę koszulę od Gene'a – poinformowałem i ruszyłem do ich sypialni.

Kiedy wróciłem w za dużej białej koszuli, ozdobionej falbaną, próbowałem w jakiś sposób nawiązać do projektu „Żona", ale Claudia cały czas była zajęta obowiązkami rodzicielskimi. Zacząłem się niecierpliwić. Zarezerwowałem więc na sobotę stolik w restauracji i poprosiłem swoich przyjaciół, żeby nie planowali na ten wieczór żadnych innych tematów rozmowy.

Prawdę mówiąc, to opóźnienie było mi na rękę, ponieważ pozwoliło na przeprowadzenie badań w zakresie projektowania kwestionariuszy, naszkicowanie listy pożądanych atrybutów i przygotowanie wstępnej, roboczej wersji kwestionariusza. Oczywiście wszystkie działania należało przeprowadzić, nie zaniedbując wykładów, pracy badawczej ani spotkania z Dziekan.

W piątek rano doszło do kolejnej niemiłej interakcji z moją przełożoną, dlatego że parę dni wcześniej zgłosiłem plagiat popełniony przez jednego ze szczególnie uzdolnionych studentów ostatniego roku. Już drugi raz przyłapałem Kevina Yu na oszustwie. Za pierwszym razem, recenzując jego esej, rozpoznałem zdanie skopiowane z pracy innego studenta sprzed trzech lat. Przeprowadziłem drobne śledztwo, które wykazało, że ów absolwent aktualnie udzielał Kevinowi prywatnych korepetycji i co najmniej fragment eseju był jego autorstwa. Do tego nadużycia doszło przed kilkoma tygodniami. Zgłosiłem je i spodziewałem się, że zostanie podjęte postępowanie dyscyplinarne. Okazało się jednak, że mamy do czynienia z bardziej złożonym problemem.

– W przypadku Kevina sytuacja jest dosyć delikatna – powiedziała Dziekan, kiedy znaleźliśmy się w jej gabinecie urządzonym w stylu wielkich korporacji.

Miała na sobie kostium przypominający mundur – spódnicę i żakiet w jednolitym granatowym kolorze – który, zdaniem Gene'a, miał onieśmielać rozmówców. Dziekan jest niską, szczupłą, mniej więcej pięćdziesięcioletnią kobietą. Dopuszczam możliwość, że w tym kostiumie zdaje się nieco większa, ale nie widzę związku między fizyczną dominacją a środowiskiem akademickim.

– To już trzecie przewinienie, więc zgodnie z regulaminem powinniśmy go usunąć z listy studentów – powiedziała.

Faktom trudno było zaprzeczyć, a rozwiązanie zdawało się oczywiste. Próbowałem ustalić, gdzie tkwi problem, o którym mówiła Dziekan.

– Czyżby brakowało dowodów? A może Kevin chce wystąpić na drogę sądową?

– Nie, pod tym względem nie mam żadnych zastrzeżeń. Ale pierwszy błąd wynikał raczej z naiwności. Kevin skopiował do swojego eseju fragment artykułu z Internetu i został namierzony przez system antyplagiatowy. Był wtedy na pierwszym roku, słabo mówił po angielsku, a poza tym musimy pamiętać o różnicach kulturowych.

Nie miałem pojęcia o jego pierwszym błędzie.

– Za drugim razem wniósł pan na niego skargę, bo zapożyczył fragment z jakiegoś zapomnianego przez wszystkich dokumentu, który pan akurat znał.

– Istotnie.

– Żaden z wykładowców nie jest tak... dociekliwy... jak pan.

Dziekan niezwykle rzadko komplementowała w tak jawny sposób moją wiedzę i zaangażowanie.

– Ci młodzi ludzie dużo płacą za studia na naszej uczelni. Czesne jest dla nas bardzo ważne. Oczywiście nie chcemy, żeby bezczelnie przepisywali prace naukowe z Internetu, ale trzeba dać im szansę, a... Kevinowi został jedynie semestr do końca studiów. Nie możemy go wyrzucić bez dyplomu po upływie trzech i pół roku. To by źle wyglądało.

– A gdyby studiował medycynę? Jakby się pani czuła, gdyby w szpitalu operował panią lekarz, który oszukiwał podczas egzaminu?

– Kevin nie studiuje medycyny. I nie ściągał na egzaminie, tylko skorzystał z pomocy kolegi podczas pisania eseju.

A zatem komplementy Dziekan służyły jedynie temu, żeby mnie nakłonić do nieetycznego zachowania! Rozwiązanie dylematu było proste: jeżeli nie chciała złamać zasad, należało je zmienić. Przedstawiłem tę tezę. Nie jestem szczególnie uzdolniony w kierunku interpretacji mimiki twarzy, więc trudno mi było zdefiniować minę Dziekan.

– Przecież to wyglądałoby jak namawianie studentów do oszustwa.

– A jak inaczej można to nazwać?

Wyszedłem ze spotkania zażenowany i zły. Chodziło o najważniejsze aksjomaty. Opinia o niskich standardach akademickich pozwoliłaby przeciwnikom na podważenie wyników naszych badań. Życie ludzkie byłoby zagrożone z powodu opóźnień w odkrywaniu leków. Czy tak trudno sobie wyobrazić opłakane skutki zatrudnienia w laboratorium genetycznym pracownika, który nabył kwalifikacje dzięki oszustwu, więc popełniałby podstawowe błędy? Dziekan bardziej przejmowała się pozorami niż istotą rzeczy.

Wyobraziłem sobie hipotetyczną sytuację, że musiałbym spędzić resztę życia z Dziekan. To była doprawdy przerażająca myśl! U podstaw problemu tkwił fakt, że tak bardzo absorbowały ją kwestie wizerunkowe. Ustaliłem, że mój kwestionariusz bezlitośnie rozprawi się z kandydatkami, które przywiązują wagę do swojego wizerunku.

4

Gene otworzył drzwi z kieliszkiem czerwonego wina w ręce. Postawiłem rower w przedpokoju, zdjąłem plecak, wyciągnąłem z niego teczkę z dokumentacją projektu „Żona" i od razu podałem Gene'owi do przejrzenia egzemplarz pokazowy kwestionariusza, już zredukowanego do szesnastu dwustronnych arkuszy.

– Weź na wstrzymanie, Don, mamy kupę czasu – powiedział Gene. – Najpierw zjemy kolację jak cywilizowani ludzie, a potem zajmiemy się twoim kwestionariuszem. Jeśli chcesz się umawiać na randki, to warto poćwiczyć maniery przy stole.

Oczywiście miał rację. Claudia doskonale gotowała, a Gene mógł się pochwalić ogromną kolekcją win sklasyfikowanych według regionu, rocznika i producenta. Poszliśmy do pomieszczenia, którego nazwa – piwniczka – zawierała błąd merytoryczny, gdyż znajdowało się powyżej poziomu ziemi. Gene pokazał mi swoje najnowsze okazy i wybraliśmy drugą z zaprezentowanych butelek.

Przy stole siedzieliśmy razem z dziećmi, Carlem i Eugenie, więc mogłem się uchylić od uczestnictwa w konwersacji towarzyskiej na rzecz zabawy w ćwiczenia pamięciowe z Eugenie. Dziewczynka zwróciła uwagę na moją teczkę podpisaną „Projekt »Żona«", którą położyłem na stole od razu po zakończeniu fazy deseru.

– Żenisz się, Don? – spytała.

– Istotnie.

– Z kim?

Zamierzałem przystąpić do rekapitulacji projektu, ale Carla zleciła Eugenie i Carlowi powrót do swoich pokoi – w gruncie rzeczy słusznie, ponieważ tych dwoje nie miało wystarczającej wiedzy fachowej, by się przyczynić do dyskusji.

Po wręczeniu arkuszy pytań Claudii i Gene'owi, który tymczasem rozlał do kieliszków porto, uprzedziłem, że projektując kwestionariusz, korzystałem z najlepszych źródeł naukowych i użyłem zróżnicowanych metod, takich jak pytania wielokrotnego wyboru, skale Likerta, walidacja krzyżowa oraz pytania ogólne i zastępcze. Claudia poprosiła o przykład tych ostatnich.

– Pytanie numer trzydzieści pięć: „Czy jadasz nerki?" Właściwa odpowiedź to: „c) od czasu do czasu". Celem jest eliminacja rozbieżności gastronomicznych. Jeżeli zapytasz wprost o preferencje pokarmowe, większość respondentek odpowie: „Jem wszystko", a potem się okaże, że część z nich to wegetarianki.

Wiem o istnieniu argumentów, które przemawiają za wegetarianizmem, ale sam spożywam mięso, więc ze względów praktycznych byłoby właściwe, żeby moja partnerka odżywiała się podobnie. Logika podpowiadała, by na tak wczesnym etapie oznaczyć układ idealny, a dopiero później zrewidować pytania zgodnie z zapotrzebowaniem.

Claudia i Gene wrócili do lektury.

– Domyślam się, że właściwa odpowiedź w punkcie o przyjściu na spotkanie to: „b) z niewielkim wyprzedzeniem" – skomentowała Claudia.

Oczywiście to błąd, który udowodnił, że nawet ona – bliska przyjaciółka – nie nadawałaby się na moją partnerkę.

– Poprawna odpowiedź brzmi: „c) dokładnie na czas" – odparłem. – W globalnym ujęciu nawykowe przychodzenie za wcześnie wiąże się z marnowaniem czasu.

– Na twoim miejscu zgodziłabym się na „b" – zauważyła Claudia. – Takie zachowanie może znaczyć, że dziewczyna się stara, i wcale nie musi być wadą.

Ciekawe spostrzeżenie. Postanowiłem rozważyć tę opcję, jednakże wyraźnie dałem do zrozumienia, że zarówno „d) nieco później", jak i „e) z dużym opóźnieniem" to odpowiedzi dyskwalifikujące.

– Moim zdaniem, jeżeli jakiś babsztyl mówi o sobie, że doskonale gotuje, to zadziera nosa – zwróciła uwagę Claudia. – Wystarczy, że zapytasz, czy lubi gotować. Możesz napisać, że to także twoja pasja.

Właśnie o taką pomoc mi chodziło – o wskazanie subtelnych niuansów, których sam nie dostrzegam. Zaniepokoiłem się, że respondentka myśląca podobnie jak ja nie zwróciłaby uwagi na tę różnicę, ale nierozsądnie byłoby oczekiwać, że potencjalne kandydatki będą podzielać mój brak wrażliwości na detale.

– Żadnej biżuterii ani makijażu? – zdziwiła się Claudia, poprawnie odgadując odpowiedź na kolejne dwa pytania zainspirowane moją niedawną interakcją z Dziekan. – Biżuteria nie zawsze sugeruje próżność – powiedziała. – Jeśli to naprawdę dla ciebie ważne, zostaw tylko punkt o makijażu, ale zapytaj, czy nakłada go codziennie.

– Wzrost, waga i wskaźnik BMI... – Gene już przeglądał kolejne punkty. – Nie umiesz sam tego obliczyć?

– Właśnie to jest najważniejszy cel tego pytania – wyjaśniłem. – Zamierzam ustalić, czy respondentka potrafi dokonać podstawowych obliczeń. Nie chcę mieć za partnerkę matematycznej analfabetki.

– Myślałem, że zainteresuje cię ich wygląd – powiedział Gene.

– Jedno z pytań dotyczy kondycji fizycznej – odrzekłem.

– Chodziło mi raczej o seks...

– Tak dla odmiany – burknęła Claudia.

Było to dziwne oświadczenie, ponieważ Gene cały czas mówi o seksie. Mój przyjaciel miał jednak rację.

– Dopiszę pytanie o HIV i opryszczce.

– Przestań! – Claudia wyraziła stanowczy sprzeciw. – Jesteś za bardzo wybredny.

Zacząłem krótki wykład oparty na tezie, że nieuleczalne choroby przenoszone drogą płciową stanowią poważną przeszkodę, ale Claudia przerwała mi w pół słowa:

– Pod każdym względem.

Rozumiałem jej zastrzeżenia, ale przyjąłem strategię, która miała zminimalizować ryzyko popełnienia podstawowego błędu – straty czasu na niewłaściwą kandydatkę. Zaostrzone kryteria nieuchronnie wiązały się z możliwością wystąpienia błędu wtórnego – przypadkowego pominięcia właściwej kandydatki. Było to jednak akceptowalne utrudnienie, ponieważ badania dotyczyły bardzo licznej populacji.

Kolejne pytanie znowu zadał Gene:

– Niepaląca, wszystko jasne. Ale jakiej odpowiedzi oczekujesz w punkcie o piciu?

– Abstynentka.

– Zaraz, zaraz. Przecież sam pijesz. – Wskazał na mój kieliszek porto, który przed chwilą napełnił. – I to niemało.

Wyjaśniłem, że wiążę z tym projektem nadzieję na pozbycie się własnych słabości.

Dalsza dyskusja toczyła się w podobnym tonie i zaowocowała wieloma celnymi uwagami. Odniosłem wrażenie, że poprawki nadały mojemu kwestionariuszowi mniej profesjonalny charakter, ale wciąż byłem pewien, że pozwoliłby wyeliminować większość, a może nawet wszystkie kobiety, które w przeszłości sprawiały mi kłopoty. Znawczyni Lodów Morelowych potknęłaby się na co najmniej pięciu pytaniach.

Postanowiłem zamieścić ogłoszenie na tradycyjnych portalach randkowych w Internecie, ale oprócz pobieżnych i niewystarczających informacji na temat swojego wzrostu, zawodu i stosunku do długich spacerów na plaży zamierzałem podać link do kwestionariusza.

Gene i Claudia wysunęli propozycję, żebym odbył też kilka randek na żywo dla udoskonalenia swoich umiejętności społecznych. Test kwestionariusza w badaniach terenowych miał niezaprzeczalną wartość, więc czekając na odpowiedzi online, wydrukowałem parę egzemplarzy i doraźnie wróciłem do procedury randkowej, którą, jak sądziłem, porzuciłem na zawsze.

Zacząłem od zarejestrowania się w serwisie „Stół na ósmą", którym zarządzała komercyjna agencja matrymonialna. Po przejściu niewątpliwie nieadekwatnego etapu preselekcji opartej na rażąco powierzchownych kryteriach cztery kobiety i czterej mężczyźni – w tym ja – otrzymali nazwę i adres restauracji, w której zarezerwowano stół. Zabrałem cztery kwestionariusze i dotarłem tam punktualnie o dwudziestej. Na miejscu była tylko jedna kobieta! Pozostałe trzy miały spóźnienie. Już ten fakt stanowił szokujące potwierdzenie zalet badań terenowych. Te trzy kobiety równie dobrze mogły zaznaczyć odpowiedzi „b) z niewielkim wyprzedzeniem" albo „c) dokładnie na czas", chociaż ich zachowanie świadczyło o odmiennych skłonnościach. Doraźnie dopuściłem wariant „d) nieco później" na podstawie presumpcji, że pojedynczy przypadek może nie być reprezentatywny dla całościowego obrazu. Brzmiały mi w uszach słowa Claudii: „Don, od czasu do czasu każdy może się spóźnić".

Przy stole już siedzieli dwaj mężczyźni. Wymieniliśmy uścisk dłoni. Pomyślałem, że to odpowiednik ukłonu przed pojedynkiem w sportach walki.

Oszacowałem wartość swoich konkurentów. Mężczyzna, który przedstawił się jako Craig, był mniej więcej w moim wieku, ale cierpiał na nadwagę, a elegancka biała koszula ciasno go opinała. Miał wąsy, jego zęby zaś nosiły znamiona niewystarczającej higieny. Drugi, Danny, mógł być o parę lat młodszy ode mnie i wyglądało na to, że cieszy się dobrym zdrowiem. Nosił biały

T-shirt. Miał tatuaże na rękach, a jego czarne owłosienie na głowie wykazywało obecność jakiegoś środka kosmetycznego.

Punktualna kobieta miała na imię Olivia. Początkowo (zgodnie z logiką) poświęcała jednakową ilość czasu wszystkim trzem mężczyznom. Poinformowała nas, że zajmuje się antropologią. Danny pomylił antropologię z archeologią, a Craig zaprezentował rasistowski dowcip o Pigmejach. Nawet dla takiego laika jak ja było oczywiste, że ich reakcje nie zrobiły wrażenia na Olivii. Przez chwilę cieszyłem się z tej rzadkiej okazji, kiedy nie czułem się jak najmniej kompetentny uczestnik interakcji społecznej. Olivia zwróciła się do mnie, ale zdążyłem jedynie udzielić odpowiedzi na pytanie o pracę, bo dyskusję przerwało nam przybycie czwartego mężczyzny – który przedstawił się jako Gerry, prawnik – i dwóch kobiet, Sharon i Marii, odpowiednio: księgowej oraz pielęgniarki. Był upalny wieczór, więc Maria wybrała na tę okazję suknię, która zapewniała podwójną korzyść – dobrą wentylację, a także ekspozycję walorów seksualnych. Sharon miała na sobie konwencjonalny strój korporacyjny, składający się ze spodni i żakietu. Oceniłem, że obie kobiety były moimi rówieśniczkami.

Olivia wróciła do naszej przerwanej konwersacji, a reszta osób zajęła się pogaduszkami – beztrosko marnując czas, chociaż spotkaliśmy się w celu podjęcia ważnej życiowej decyzji. Za radą Claudii nauczyłem się kwestionariusza na pamięć. Jej zdaniem, czytanie pytań z kartki mogłoby zaburzyć dynamikę interakcji, więc powinienem podjąć próbę subtelnego uwzględnienia ich w dialogu. Przypomniałem jej, że subtelność nie należy do moich mocnych stron. Uczuliła mnie, żebym nie pytał o choroby przenoszone drogą płciową i na własną rękę dokonał obliczeń wagi, wzrostu oraz BMI. Według mojej oceny wskaźnik masy ciała u Olivii wynosił dziewiętnaście (szczupła, ale bez oznak anoreksji). U księgowej Sharon było to dwadzieścia trzy, a u pielęgniarki

Marii – dwadzieścia osiem. Dwadzieścia pięć stanowi zalecane dla zdrowia maksimum.

Zamiast pytać Olivię wprost o iloraz inteligencji, zdecydowałem, że przyjmę przybliżoną wartość opartą na jej ocenie historycznych reperkusji wynikających z różnic odporności na syfilis wśród autochtonicznych plemion Ameryki Południowej. Prowadziliśmy fascynującą dysputę i odniosłem wrażenie, że jej przedmiot pozwoli mi nawet wtrącić pytanie o choroby przenoszone drogą płciową. Iloraz inteligencji Olivii na pewno przekraczał wymagane minimum. Prawnik Gerry wtrącił parę komentarzy, które, jak sądzę, miały brzmieć zabawnie, ale w końcu pozwolił nam rozmawiać bez dalszych przeszkód.

Nagle na salę weszła ostatnia brakująca kandydatka – dwadzieścia osiem minut po wyznaczonym terminie! Korzystając z nieuwagi Olivii, zanotowałem dotychczasowe obserwacje w trzech z czterech kwestionariuszy, które trzymałem na kolanach. Nie marnowałem papieru na ostatnią kobietę, która ostrzegła, że „zawsze się spóźnia". Zdawało się, że ten defekt nie był szczególnie istotny dla prawnika Gerry'ego, który zapewne z żelazną konsekwencją wliczał do swojego honorarium każdą rozpoczętą minutę konsultacji z klientami i w związku z tym powinien wiedzieć, jak wartościowym dobrem jest czas. Okazało się jednak, że o wiele bardziej cenił seks – jego konwersacja zaczęła przypominać rozmowy prowadzone przez Gene'a.

Wkrótce po przybyciu Spóźnialskiej podszedł do naszego stolika kelner z kartami dań. Olivia przeczytała menu i zapytała:

– Czy zupa z dyni jest na bulionie warzywnym?

Nie czekałem na odpowiedź. To pytanie dostarczyło mi zasadniczej informacji. Wegetarianka.

Olivia chyba zauważyła moje wielkie rozczarowanie, bo powiedziała:

– Jestem Hinduską.

Jej sari i fizyczne atrybuty pozwoliły mi już wcześniej wyde-
dukować, że może pochodzić z Indii. Nie wiedziałem jednak, czy
użyła słowa „hinduska" w celu prezentacji przekonań religijnych
czy raczej dla zdefiniowania swojego środowiska kulturowego.
Już parę razy musiałem wysłuchiwać przykrych uwag, że nie dostrzegłem tej różnicy.

– Jadasz lody? – zapytałem. Zdawało mi się, że to właściwe
rozwinięcie kwestii wegetarianizmu. Doprawdy, wykazałem się
zręcznością.

– Och, tak. Nie jestem weganką. Nie mogą jednak zawierać
jajek.

Sytuacja coraz bardziej się komplikowała.

– Masz jakiś ulubiony smak?

– Pistacjowy. Zdecydowanie pistacjowy. – Uśmiechnęła się.

Maria i Danny wyszli na papierosa. Trzy obiekty, w tym Spóź-
nialska, zostały wyeliminowane. Moje zadanie dobiegało końca.

Kelner przyniósł zamówione przeze mnie móżdżki jagnięce.
Przeciąłem jeden na pół, odsłaniając jego wewnętrzną strukturę,
i poklepałem po ramieniu Sharon, zajętą rozmową z Craigiem
Rasistą. Udało mi się zwrócić na siebie jej uwagę.

– Lubisz móżdżki? – zapytałem.

Cztery trafione, cztery zatopione, misja wykonana. Kiedy
wszyscy inni wyszli połączeni w pary, ja dalej prowadziłem dyskusję z Olivią, która okazała się wybornym kompanem i nawet
zamówiła jeszcze jednego drinka. Rozmawialiśmy tak długo, aż
zostaliśmy sami w restauracji. Kiedy schowałem kwestionariusze
do plecaka, Olivia podyktowała mi swoje dane kontaktowe, które
z grzeczności zapisałem. A potem poszliśmy każde w swoją stronę.

Jadąc rowerem do domu, rozmyślałem o kolacji. Była to
rażąco bezproduktywna metoda selekcji, za to kwestionariusz
ujawnił swoje ogromne zalety. Gdybym nie cytował zawartych
w nim pytań, bez wątpienia ustaliłbym termin drugiej randki

z Olivią, która była interesującą, miłą osobą. Może spotkalibyśmy się jeszcze trzeci, czwarty i piąty raz, aż pewnego dnia w jednej z restauracji wszystkie desery zawierałyby jajka, więc poszlibyśmy do lodziarni po drugiej stronie ulicy, a tam okazałoby się, że akurat nie ma bezjajecznych lodów pistacjowych. Lepiej znać takie detale, zanim się człowiek zaangażuje w romans.

5

Stanąłem przed drzwiami obitego ceglanymi płytkami budynku na przedmieściach, który przypominał mi dom rodziców w Shepparton. Wciąż sobie obiecywałem, że już nigdy nie wezmę udziału w żadnym wieczorku dla samotnych, ale dzięki kwestionariuszowi mogłem uniknąć niewygód, które wynikały z nieuschematyzowanej interakcji z obcymi ludźmi.

Po przybyciu uczestniczek rozdałem kwestionariusze, prosząc o wypełnienie ich w dowolnym momencie i o zwrot przed końcem spotkania lub odesłanie pocztą. Moderatorka próbowała mnie zachęcić, żebym dołączył do grupy w salonie, ale przedstawiłem jej swoją strategię, więc zostawiła mnie w spokoju. Po dwóch godzinach mniej więcej trzydziestopięcioletnia kobieta, której BMI oceniłem na dwadzieścia jeden, przyszła z salonu, niosąc w jednej ręce dwa kieliszki wina musującego, a w drugiej kwestionariusz. Podała mi kieliszek.

– Pomyślałam, że chciałbyś się napić – powiedziała z atrakcyjnym francuskim akcentem.

Nie byłem spragniony, ale zrobiło mi się miło, że zostałem poczęstowany alkoholem. Postanowiłem, że nie zrezygnuję z wysokoprocentowych napojów, dopóki nie znajdę niepijącej partnerki. Zresztą w wyniku autoanalizy doszedłem do wniosku, że mogę dopuścić odpowiedź „c) umiarkowanie" na pytanie o konsumpcję alkoholu, i postanowiłem wprowadzić stosowną erratę do kwestionariusza.

– Dziękuję.

Miałem nadzieję, że odda mi kwestionariusz, który – wbrew wszelkiemu prawdopodobieństwu – zasygnalizuje koniec moich poszukiwań.

Była niezwykle atrakcyjna, a jej propozycja poczęstunku winem świadczyła o wysokim poziomie empatii, niezauważalnej wśród innych gości ani u gospodyni wieczoru.

– Prowadzisz badania? – Wskazała na kwestionariusz.

– Istotnie.

– Ja też. Niewielu tu dzisiaj naukowców.

Formułowanie wniosków jedynie na podstawie tematów i sposobu prowadzenia dyskusji jest bardzo ryzykowne, ale ta obserwacja pokrywała się z moją oceną.

– Mam na imię Fabienne – powiedziała i podała mi rękę, którą uścisnąłem z zachowaniem norm dotyczących dopuszczalnej siły tego gestu. – Okropne wino, nie?

Poparłem tę tezę. Było to nasycone dwutlenkiem węgla słodkie wino, możliwe do przyjęcia jedynie ze względu na zawartość alkoholu.

– Może pójdziemy do baru i zamówimy sobie coś lepszego? – zapytała Fabienne.

Pokręciłem głową. Poślednia jakość wina stanowiła pewną niedogodność, ale nie była czynnikiem krytycznym.

Fabienne wzięła głęboki oddech.

– Wiesz co? Wypiłam dwa kieliszki wina, od sześciu tygodni nie uprawiałam seksu, ale szczerze mówiąc, wolałabym pościć jeszcze raz tyle, niż próbować szczęścia z którymś z tamtych facetów. A więc? Mogę zaprosić cię na wino?

To była bardzo miła propozycja, ale wieczór dopiero się zaczął.

– Spodziewamy się więcej gości – powiedziałem. – Poczekaj jeszcze trochę, na pewno poznasz kogoś odpowiedniego.

Fabienne podała mi kwestionariusz.

– Mam nadzieję, że poinformujesz zwyciężczynię o wynikach.

Zapewniłem, że tak się stanie. Kiedy się oddaliła, szybko zerknąłem na formularz. Tak, jak się spodziewałem, jej profil osobowy pod wieloma względami odbiegał od wzoru. Byłem zawiedziony.

Moją ostatnią opcją poza Internetem był *speed dating* – system, którego nigdy przedtem nie testowałem.

Na miejsce tego projektu wybrano salę konferencyjną w jednym z hoteli. Nalegałem, żeby organizator podał do mojej wiadomości dokładną godzinę rozpoczęcia randek, bo wolałem poczekać w barze i uniknąć bezcelowych interakcji przed startem.

Kiedy wszedłem na salę, zająłem ostatnie wolne miejsce przy długim stole. Po przeciwnej stronie siedziała osoba płci żeńskiej, oznaczona tabliczką z imieniem Frances. Przybliżony wiek pięćdziesiąt lat, BMI dwadzieścia osiem, wygląd odbiegający od konwencjonalnych kanonów piękna.

Organizator uderzył w gong, dając mi sygnał do rozpoczęcia trzech minut w towarzystwie Frances.

Wyjąłem swój kwestionariusz i napisałem jej imię na pierwszej stronie – w tych warunkach nie było czasu na żadne subtelności.

– Zaprojektowałem taką sekwencję pytań, która pozwala na maksymalne tempo selekcji – wytłumaczyłem. – Jestem pewien, że wystarczy mi mniej niż czterdzieści sekund, żeby wyeliminować większość kobiet. Resztę czasu możesz poświęcić na wybrany przez siebie temat.

– Przecież dalsza rozmowa będzie zbędna, jeśli mnie skreślisz – zauważyła Frances.

– Tylko jako potencjalną partnerkę. Wciąż możemy odbyć pożyteczną dyskusję.

– Nawet gdybyś mnie wyeliminował?

Potaknąłem ruchem głowy.

– Palisz?

– Od czasu do czasu.

Odłożyłem kwestionariusz na bok.

– Doskonale. – Ucieszyłem się, że mój system tak skutecznie zadziałał. Mogliśmy marnować czas, rozmawiając o smakach lodów i o makijażu, dopóki nie wyszłoby na jaw, że obiekt pali. Chyba nie muszę podkreślać, że ten nałóg nie podlegał negocjacjom. – Koniec pytań. O czym teraz chciałabyś porozmawiać?

Niestety, po ustaleniu niekompatybilności Frances nie była zainteresowana dalszym dialogiem. Powyższy model okazał się stałym motywem wieczoru.

Oczywiście tego rodzaju osobiste interakcje miały wartość drugorzędną. Polegałem przede wszystkim na Internecie, ponieważ wkrótce po zamieszczeniu pierwszych ogłoszeń zaczęły napływać wypełnione kwestionariusze. Zaplanowałem spotkanie ewaluacyjne z Gene'em w moim gabinecie.

– Ile odpowiedzi? – zapytał.

– Dwieście siedemdziesiąt dziewięć.

Ten wynik zrobił na nim wrażenie. Nie poinformowałem go jednak o rozbieżnościach w poziomie merytorycznym odpowiedzi. Niektóre kwestionariusze wróciły do mnie jedynie częściowo wypełnione.

– Żadnych zdjęć?

Wiele kobiet dołączyło fotografie, ale skonfigurowałem przeglądarkę w taki sposób, żeby były niewidoczne. Dzięki temu miałem więcej miejsca na ważniejsze dane.

– Pokaż – nalegał Gene.

Zmieniłem ustawienia, żeby wyświetlić zdjęcia. Gene zerknął na początek listy, a potem kliknął na jedno z nich. Rozdzielczość była godna pozazdroszczenia. Zdawało się, że respondentka zdobyła pełną aprobatę Gene'a, ale wystarczył mi rzut oka na informacje personalne, by się przekonać, że była nieodpowiednia. Przesunąłem na nią kursor i wcisnąłem klawisz kasowania.

– Hej! Hej! Hej! Co ty wyprawiasz?! – oburzył się Gene.

– Wierzyła w astrologię i homeopatię. Poza tym źle obliczyła swój BMI.

– A ile wynosił?

– Dwadzieścia trzy koma pięć.

– Nieźle. Możesz jakoś odzyskać jej dane?

– Ona się kompletnie nie nadaje.

– Właściwie to ile z nich się nadaje? – zapytał Gene, w końcu przechodząc do sedna.

– Na razie żadna. Mój kwestionariusz to doskonały filtr.

– Nie sądzisz, że trochę za wysoko stawiasz poprzeczkę?

Uświadomiłem mu, że zbieram dane do podjęcia decyzji, która będzie miała decydujące znaczenie dla mojego życia. Kompromis byłby zupełnie nie na miejscu.

– Zawsze trzeba szukać kompromisu – odparł Gene.

To była niewiarygodna teza i w tym przypadku absolutnie nieuzasadniona.

– Tobie udało się znaleźć idealną żonę. Bardzo inteligentną, wyjątkowo piękną i taką, która pozwala ci uprawiać seks z innymi kobietami.

Gene wyraził nadzieję, że nie wpadnę na pomysł, by osobiście pogratulować Claudii jej niezwykłej tolerancji, a potem poprosił, żebym mu przypomniał, ile wypełnionych kwestionariuszy dostałem. Rzeczywista liczba była większa niż ta, którą mu podałem, bo nie uwzględniłem wersji papierowych. Trzysta cztery.

– Daj mi tę listę – zaproponował Gene. – Wybiorę ci kilka.

– Żadna z kandydatek nie spełnia kryteriów. Wszystkie są wadliwe.

– Potraktuj to jako praktykę.

W pewnym sensie miał rację. Parę razy myślałem o antropolożce Olivii i rozważałem implikacje życia z hinduską wegetarianką o silnych preferencjach dotyczących lodów. Wciąż jednak musiałem się napominać, że zamiast szukać kontaktu z tą kobietą, należy poczekać, aż pojawi się idealna partia. Raz wróciłem nawet do kwestionariusza wypełnionego przez Fabienne – Niespełnioną Seksualnie Badaczkę.

Wysłałem Gene'owi e-mailem listę respondentek.

– Tylko żadnych palaczek.

– W porządku – zgodził się. – Ale musisz je zaprosić na randkę. Na przykład na kolację. Do porządnej restauracji.

Gene zapewne zaobserwował, że ta perspektywa nie wzbudziła mojego entuzjazmu. Inteligentnie odniósł się do problemu, proponując jednakże jeszcze mniej zadowalającą alternatywę:

– Zawsze masz do wyboru bal uczelniany.

– Niech będzie restauracja.

Gene uśmiechnął się, jakby chciał w ten sposób zrekompensować mój brak zaangażowania.

– To łatwe: „Wyskoczymy wieczorem na kolację?". Powtórz.

– Wyskoczymy wieczorem na kolację?

– No widzisz? Nie było to takie trudne. Mów tylko same pozytywne rzeczy o jej wyglądzie. Zapłać rachunek. Aha, i nie proponuj jej od razu seksu. – Gene podszedł do drzwi. Zanim wyszedł, jeszcze raz zwrócił się do mnie: – A co z papierowymi kwestionariuszami?

Podałem mu kwestionariusze ze „Stołu na ósmą", z wieczorku dla samotnych, a nawet niekompletne arkusze ze spotkań w systemie *speed dating*. W pewnym sensie sprawy wymknęły mi się z rąk.

6

M niej więcej dwie godziny po wyjściu Gene'a z mojego gabinetu ze stosem kwestionariuszy dotyczących projektu
„Żona" rozległo się pukanie do drzwi. Właśnie ważyłem wypra-
cowania studentów – nie była to czynność zabroniona, ale jak
sądzę, jedynie dlatego, że nikt o niej nie wiedział. Stanowiła element projektu, który miał ograniczyć mój wysiłek dzięki porównaniu wymiernych parametrów, takich jak zawartość spisu treści
lub wydrukowanej albo napisanej odręcznie strony tytułowej –
czynników, które były równie dobrym sposobem ewaluacji jak
żmudne czytanie całego eseju.

Wsunąłem wagę pod biurko akurat w momencie, gdy drzwi
się otworzyły, a kiedy uniosłem głowę, zobaczyłem przed sobą
jakąś obcą kobietę. Oceniłem jej wiek na trzydzieści lat, a BMI
na dwadzieścia.

– Profesor Tillman?

Moje nazwisko widnieje na drzwiach, zatem nie było to szczególnie wnikliwe pytanie.

– Istotnie.

– Profesor Barrow doradził mi, żebym się z panem spotkała.

Zaskoczyła mnie skuteczność Gene'a. Dokładniej przyjrzałem
się kobiecie, która bez zaproszenia już ruszyła w kierunku biurka.
Nie stwierdziłem żadnych wyraźnych oznak niekompatybilności.
Nie zaobserwowałem makijażu. Jej figura i karnacja mogły świad-
czyć o dobrym zdrowiu i kondycji. Nosiła okulary w ciężkich

oprawkach, które przywołały przykre wspomnienia o randce ze Znawczynią Lodów Morelowych, długi, czarny, rozdarty w kilku miejscach T-shirt i czarny pasek ozdobiony metalowymi łańcuszkami. Całe szczęście, że usunąłem z kwestionariusza pytanie o biżuterię, ponieważ miała w uszach duże metalowe kolczyki, a jej szyję zdobił interesujący naszyjnik.

Zwykle nie zwracam uwagi na strój, ale ten nie odpowiadał moim wyobrażeniom o wykwalifikowanym członku kadry akademickiej ani innej grupy zawodowej. Nie pasował też do letniej pogody. Mogłem się jedynie domyślać, że ta osoba prowadzi własną działalność lub przebywa na wakacjach i tymczasowo nie obowiązują jej kanony ubioru w miejscu pracy, więc dokonała przypadkowego wyboru garderoby. Znałem to z autopsji.

Minęło już trochę czasu od naszej ostatniej wymiany zdań i zrozumiałem, że teraz zapewne moja kolej. Przestałem wpatrywać się w naszyjnik, uniosłem wzrok i korzystając z rady Gene'a, zasugerowałem:

– Wyskoczymy wieczorem na kolację?

Kobieta wyglądała na zdziwioną, ale po chwili zgodziła się:

– Dobra, możemy wyskoczyć. Do Le Gavroche, ale pan płaci.

– Doskonale. Zarezerwuję stolik na dwudziestą.

– Pan żartuje, prawda?

Dziwna uwaga. Dlaczego miałbym żartami wprowadzać w błąd osobę, którą dopiero co poznałem?

– Nie. Czy dwudziesta dzisiaj wieczorem to odpowiedni termin?

– Muszę to jeszcze raz przetrawić. Naprawdę chce mi pan postawić kolację w Le Gavroche?

Najpierw pytanie o moje nazwisko, a teraz to – zacząłem podejrzewać, że ta kobieta jest „tępa jak trzonek siekiery", jakby powiedział Gene. Postanowiłem się wycofać albo przynajmniej zagrać na zwłokę, żeby uważnie przyjrzeć się jej kwestionariuszowi, ale nie przychodził mi do głowy żaden akceptowalny społecznie wybieg, więc jedynie potwierdziłem, że słusznie zinterpretowała moje słowa. Odwróciła się i wyszła, a ja dopiero wtedy zdałem sobie sprawę, że nawet nie znam jej imienia.

Natychmiast zadzwoniłem do Gene'a. Wyczułem u niego konsternację, która po chwili ustąpiła miejsca frywolnemu rozbawieniu. Chyba się nie spodziewał, że tak efektywnie uporam się z kandydatką.

– Ma na imię Rosie – oznajmił. – Tyle powinno ci wystarczyć. Baw się dobrze. Tylko pamiętaj, co ci mówiłem o seksie.

Fakt, że Gene nie dostarczył mi więcej informacji, stanowił niekorzystną okoliczność, bo pojawił się pewien problem. Restauracja Le Gavroche nie dysponowała wolnym stolikiem na umówioną godzinę. Próbowałem zlokalizować profil osobowy Rosie na moim komputerze i tym razem zdjęcia okazały się przydatne. Kobieta, która wprosiła się do mojego gabinetu, nie przypominała żadnej z respondentek o imieniu na literę R. Zapewne wypełniła papierową wersję kwestionariusza. Gene już wyszedł i miał wyłączony telefon.

Zostałem zmuszony do podjęcia działań, które nie były jednoznacznie zakazane, ale bez wątpienia niemoralne. Mimo to usprawiedliwiał mnie fakt, że jeszcze bardziej niemoralne byłoby niewywiązanie się ze zobowiązania złożonego Rosie. System rezerwacji elektronicznych Le Gavroche był wyposażony w aplikację dla VIP-ów, więc udało mi się zamówić stolik na nazwisko Dziekan po zalogowaniu się za pomocą dość prostego oprogramowania hakującego.

Dotarłem na miejsce o dziewiętnastej pięćdziesiąt dziewięć. Restauracja znajdowała się w budynku dużego hotelu. Przypiąłem rower w foyer, bo na dworze padał ulewny deszcz. Na szczęście nie było zimno, a moja kurtka z goreteksu stanowiła doskonałą ochronę. T-shirt pod nią nawet nie nasiąkł wilgocią.

Zobaczyłem, że zbliża się do mnie mężczyzna w uniformie. Wskazał ręką na rower, ale odezwałem się pierwszy, żeby nie dopuścić go do głosu.

– Nazywam się profesor Lawrence. O piętnastej jedenaście skorzystałem z państwa systemu rezerwacji.

Mężczyzna na szczęście nie znał Dziekan albo dopuścił możliwość, że jestem innym profesorem Lawrence'em, bo jedynie zajrzał do notesu i skinął głową. Podobało mi się, że tak sprawnie rozwiązał problem, jednakże była dwudziesta zero jeden, a wciąż nie widziałem Rosie. Możliwe, że należała do grupy przychodzących „b) z niewielkim wyprzedzeniem" i już siedziała przy stole.

Tymczasem pojawiła się kolejna przeszkoda.

– Bardzo mi przykro, proszę pana, ale w naszym lokalu obowiązują ścisłe zasady dotyczące stroju – poinformował mnie człowiek w uniformie.

Nie była to żadna nowość. Na stronie internetowej Le Gavroche napisano wytłuszczonym drukiem: „Prosimy panów o stosowny strój".

– Nie ma stroju, nie ma jedzenia, tak?

– Mniej więcej, proszę pana.

Trudno się spierać z zasadami, choćby najdziwniejszymi. Byłem przygotowany na to, że całą kolację przesiedzę w kurtce. Domyślałem się jednak, że właściwie skalibrowana klimatyzacja zapewni warunki odpowiadające tym przepisom.

Ruszyłem w kierunku sali, ale mężczyzna zablokował mi drogę.

– Przepraszam, chyba niezbyt jasno się wyraziłem. Musi pan włożyć stosowny strój.

– Mam na sobie stosowny strój.

– Obawiam się, że wymagamy czegoś bardziej eleganckiego. – Wskazał własną marynarkę jako przykład elegancji.

Na swoją obronę muszę przypomnieć, że *Oksfordzki słownik języka angielskiego* (wydanie drugie, kieszonkowe) podaje następującą definicję słowa „stosowny": „taki, który najlepiej pasuje do danej sytuacji".

Warto również zauważyć, że „elegancja" to inaczej „dobry smak w ubiorze" – moja całkiem nowa, wyprana goreteksowa kurtka mieściła się zatem w kanonie elegancji. Spostrzegłem jednak, że dla mojego adwersarza pojęcie stosownego stroju ograniczało się do wizytowej marynarki.

– Z przyjemnością wypożyczymy panu marynarkę.

– Naprawdę wypożyczacie marynarki? W każdym rozmiarze?

Litościwie przemilczałem uwagę, że to dowód na brak umiejętności przekazania prostego komunikatu i że raczej powinni poprawić zapis na stronie internetowej albo całkowicie porzucić tę zasadę. Nie wskazałem też, że koszt zakupu i czyszczenia marynarek na pewno ma niekorzystny wpływ na cenę posiłków. Ciekawe, czy ich klienci wiedzieli, że wspierają sklep odzieżowy?

– Trudno powiedzieć, proszę pana – odparł mężczyzna. – Zaraz przyniosę marynarkę.

Chyba nie muszę dodawać, że nie podobał mi się pomysł, by włożyć publiczny element garderoby wątpliwej czystości. Przez chwilę czułem się przytłoczony kompletnym bezsensem tej sytuacji. Już i tak działałem w warunkach podwyższonego stresu z powodu drugiego spotkania z kobietą, która potencjalnie mogła zostać moją partnerką życiową. Teraz zaś instytucja, której płaciłem za dostarczenie nam posiłku – usługodawca, któremu powinno zależeć na tym, żeby zapewnić mi komfortowe warunki – stawiała na mojej drodze nieuzasadnione przeszkody.

Goreteksowa kurtka, zaawansowana technologicznie odzież, która tak dobrze chroniła mnie przed deszczem i burzami śnieżnymi, została irracjonalnie, niesłusznie i rygorystycznie skonfrontowana z jej wełnianym odpowiednikiem, pełniącym jedynie funkcję ozdobną. Zapłaciłem za nią tysiąc piętnaście dolarów, z czego sto dwadzieścia dolarów stanowiło koszt odblaskowego żółtego koloru, dobranego na specjalne zamówienie. Pokrótce przedłożyłem swoje argumenty:

— Moja kurtka jest pod każdym względem lepsza od pańskiej marynarki: nie przepuszcza wody, zapewnia dobrą widoczność przy słabych warunkach oświetleniowych, posiada wiele pojemnych kieszeni... — Rozpiąłem zamek, żeby zaprezentować kieszenie wewnętrzne. — Szybko schnie, jest odporna na plamy z jedzenia, ma kaptur...

Mężczyzna nie okazywał żadnych emocji, które mógłbym zinterpretować, chociaż nie mam wątpliwości, że sam podniosłem głos.

— Wytrzymuje większe naprężenia...

Chcąc zilustrować ten ostatni punkt, złapałem pracownika restauracji za klapy marynarki. Rzecz jasna, nie zamierzałem ich oderwać, ale nagle poczułem, że jakaś obca postać za moimi plecami złapała mnie wpół i próbowała przewrócić na ziemię. Instynktownie wykonałem bezpieczny przerzut defensywny, żeby się uwolnić, nie ryzykując utraty okularów. Określenie „bezpieczny" ma sens w przypadku adeptów sztuk walki, którzy znają techniki upadku. Mój przeciwnik miał pewne braki w tej dziedzinie i bezwładnie padł na ziemię.

Odwróciłem się, żeby go zobaczyć. Był wielki i wściekły. Chcąc zapobiec eskalacji przemocy, musiałem na nim usiąść.

— Złaź ze mnie! Zabiję cię, kurwa! — zadeklarował.

W tej sytuacji nielogiczne byłoby spełnienie jego postulatu. Nagle przybiegł drugi mężczyzna i próbował mnie odciągnąć. Obawiałem się, że Zbir Numer Jeden zechce spełnić swoją groźbę, zatem nie widząc innego wyjścia, unieszkodliwiłem również Zbira Numer Dwa. Nikomu nie stała się poważna krzywda, ale to była dosyć niezręczna sytuacja towarzyska i zacząłem tracić panowanie nad sobą. Na szczęście w tej chwili pojawiła się Rosie.

Miłośnik Marynarek wyraźnie się zdziwił:

— Rosie!

Musiał ją znać. Rosie zerknęła na niego, a potem popatrzyła na mnie.

– Profesorze Tillman… Don… Co tu się dzieje?

– Spóźniłaś się – powiedziałem. – Wywiązał się konflikt społeczny.

– Znasz tego faceta? – Miłośnik Marynarek zapytał Rosie.

– Myślisz, że po prostu zgadłam, jak się nazywa? – Rosie przyjęła wojowniczą postawę, chociaż moim zdaniem to nie była najlepsza taktyka.

Powinniśmy raczej przeprosić i się oddalić. Wiele czynników wskazywało na fakt, że tego dnia zaprzepaściliśmy szansę na kolację w Le Gavroche.

Zgromadziła się już pokaźna liczba gapiów i pomyślałem, że w każdej chwili może nadbiec jeszcze jeden osiłek, więc musiałem znaleźć sposób, żeby uwolnić rękę, nie dając zbyt wiele swobody tamtym dwóm. Podczas manewrów jeden z nich nieumyślnie umieścił palec w oku drugiego, wywołując nową falę negatywnych emocji.

– On napadł na Jasona – insynuował Miłośnik Marynarek.

– No jasne – powiedziała Rosie. – Biedny Jason. Zawsze jest ofiarą.

Wreszcie mogłem się jej przyjrzeć. Włożyła czarną suknię bez ozdób, czarne wysokie buty na grubej podeszwie, a na rękach miała dużą ilość srebrnej biżuterii. Jej czerwone włosy sterczały niczym igły jakiejś nowej odmiany kaktusa. Słyszałem, że wobec niektórych osób płci żeńskiej używa się słowa „oszałamiająca", ale sam po raz pierwszy w życiu poczułem się oszołomiony za sprawą kobiety. Nie chodziło o poszczególne czynniki – strój, biżuterię czy konkretną cechę wyglądu. Przyczyną był skomasowany efekt wszystkich elementów. Trudno powiedzieć, czy Rosie była piękna w konwencjonalnym znaczeniu, czy też wystarczająco stosowna do restauracji, która zabrania wstępu klientowi w kurtce. „Oszałamiająca" to najlepsza kwalifikacja. Ale jeszcze bardziej oszołomiło mnie to, co zrobiła. Wyjęła z torebki telefon i wycelowała go w naszym kierunku. Dwa razy błysnął flesz. Miłośnik Marynarek postąpił naprzód, żeby odebrać Rosie telefon.

– Nawet, kurwa, o tym nie myśl – ostrzegła go. – Kiedy się skończę bawić tymi zdjęciami, ci dwaj już nigdy nie staną na bramce. Już to widzę: „Profesor uczy wykidajłów pokory".

Tymczasem podszedł do nas mężczyzna w czapce kucharskiej. Przez chwilę negocjował z Miłośnikiem Marynarek i z Rosie, która w końcu poprosiła, żebym uwolnił napastników, a w zamian uzyskaliśmy prawo do opuszczenia lokalu bez dalszych przeszkód. Wstaliśmy i zgodnie z tradycją ukłoniłem się, a potem podałem rękę obu przeciwnikom, którzy, jak się domyśliłem, musieli być pracownikami ochrony. Wykonywali jedynie swoje obowiązki i w ramach czynności służbowych narazili własne zdrowie. Chyba nie spodziewali się oficjalnych uprzejmości, lecz nagle jeden z nich się zaśmiał i uścisnął moją dłoń, a drugi podążył za jego przykładem. Finał był zatem pozytywny, ale straciłem ochotę na jedzenie w tej restauracji.

Wziąłem rower i wyszedłem na ulicę. Sądziłem, że Rosie będzie zła z powodu zaistniałego incydentu, lecz ona się uśmiechała. Zapytałem, skąd zna Miłośnika Marynarek.

– Kiedyś tam pracowałam.

– Wybrałaś tę restaurację ze względu na znajome otoczenie?

– Można tak powiedzieć. Chciałam im zagrać na nosie. – Zaśmiała się. – Chociaż niekoniecznie aż do tego stopnia.

Pochwaliłem ją za to, że wybrała pierwszorzędny sposób.

– Teraz pracuję w barze – powiedziała. – Ale to nie pierwszy lepszy bar, tylko Marquess of Queensbury. Mam duże doświadczenie w użeraniu się z dupkami.

Nadmieniłem, że gdyby stawiła się na miejscu zgodnie z planem, mogłaby użyć swoich zdolności w celu uniknięcia niepotrzebnej przemocy.

– W takim razie dobrze, że się spóźniłam. To było judo, no nie?

– Aikido. – Przeszliśmy przez ulicę. Wykorzystałem ten moment, żeby złapać rower drugą ręką i ustanowić granicę między mną a Rosie. – Znam też karate, ale aikido zdawało się właściwsze.

– Nieźle. Takie rzeczy trzeba ćwiczyć całe życie, prawda?

– Podjąłem naukę, kiedy ukończyłem siedem lat.

– Jak często trenujesz?

– Trzy razy w tygodniu z wyjątkiem okresów stanu chorobowego, świąt państwowych i podróży na zagraniczne sympozja.

– Co cię do tego skłoniło? – indagowała Rosie.

Wskazałem na swoje okulary.

– Aha, zemsta kujonów.

– Pierwszy raz od czasów szkolnych zostałem zmuszony użyć tych umiejętności w obronie własnej. Ćwiczę przede wszystkim, żeby zachować formę. – Poczułem się nieco bardziej rozluźniony, poza tym dostrzegłem okazję, żeby wtrącić pytanie dotyczące projektu „Żona": – A ty regularnie uprawiasz sport?

– Zależy, co rozumiesz przez „regularnie". – Zaśmiała się. – Jestem w tych sprawach największą ofermą na świecie.

– Wysiłek fizyczny ma istotne znaczenie dla utrzymania dobrego zdrowia.

– Mój tata też tak mówi. Jest trenerem osobistym. Wciąż suszy mi głowę. Na urodziny dał mi kartę członkowską klubu fitness. Swojego klubu. Ma obsesję, że powinniśmy razem trenować do triatlonu.

– Powinnaś posłuchać jego rady – powiedziałem.

– Do diabła, niedługo skończę trzydzieści lat. Tatusiek nie musi mi mówić, co mam robić. – Nagle zmieniła temat. – Słuchaj, padam z głodu. Chodźmy na pizzę.

Nie byłem przygotowany na ponowną wizytę w restauracji po traumatycznych przeżyciach, których doświadczyłem. Wyjaśniłem więc, że zamierzam wrócić do pierwotnego rozkładu zajęć, uwzględniającego samodzielne przygotowanie kolacji w domu.

– Wystarczy dla dwóch osób? – zapytała Rosie. – Wciąż mi wisisz kolację.

Słuszna uwaga, ale tego dnia spotkało mnie już dosyć nieplanowanych zdarzeń.

– Nie bój się, nie będę cię krytykować. Sama nie umiałabym nic ugotować nawet pod pistoletem.

Ewentualna krytyka moich umiejętności kulinarnych nie budziła mojego niepokoju. Jednak ich brak u Rosie stanowił już trzecie odstępstwo od kryteriów projektu – obok skłonności do spóźnień oraz niezadowalającej kondycji fizycznej. Niemal na pewno istniała też czwarta anomalia: zawód kelnerki i barmanki raczej nie idzie w parze z oczekiwanym poziomem inteligencji.

Dalsza interakcja była bezcelowa.

Niestety, zanim wyraziłem sprzeciw, Rosie już zatrzymała taksówkę o pojemności bagażnika wystarczającej do załadowania mojego roweru.

– Gdzie mieszkasz? – zapytała.

7

Wow, panie Schludny, dlaczego nie masz żadnych obrazków na ścianach?

Nie przyjmowałem gości od czasu, kiedy Daphne wyprowadziła się do domu opieki. Wiedziałem, że wystarczy położyć na stole dodatkowy talerz i zestaw sztućców. Jednak miałem za sobą wyczerpujący wieczór, a euforia wywołana skokiem adrenaliny po incydencie z marynarką już minęła, przynajmniej w moim przypadku. Zdawało się, że u Rosie to zaburzenie jest stanem naturalnym.

Znajdowaliśmy się w części mieszkalnej, która sąsiadowała z kuchnią.

– Dlatego, że po pewnym czasie przestałbym je zauważać. Ludzki mózg reaguje na zmiany w otoczeniu, żeby jak najszybciej zlokalizować drapieżnika. Gdybym zainstalował obrazy lub inne elementy dekoracyjne, zwracałbym na nie uwagę zaledwie przez parę dni, po czym mój mózg zacząłby je ignorować. Jeżeli chcę podziwiać sztukę, idę do galerii. Tam malowidła są wyższej jakości, a stosunek poniesionych kosztów do trwałości wrażeń prezentuje się korzystniej niż przy zakupie tanich plakatów.

Prawdę mówiąc, nie byłem w galerii sztuki od dziesiątego maja przed trzema laty, ale ten komunikat osłabiłby moją argumentację. Zresztą nie widziałem powodu, żeby dzielić się z Rosie tym szczegółem i otwierać pole do dalszych indagacji na temat mojego życia osobistego.

Tymczasem Rosie zajęła się innymi rzeczami i właśnie przeglądała moją kolekcję płyt CD. Jej wścibstwo zaczynało mnie irytować. Już i tak mieliśmy duże opóźnienie przy realizacji zadań związanych z kolacją.

– Naprawdę uwielbiasz Bacha – stwierdziła.

To mógł być słuszny wniosek, bo mój zbiór płyt składa się w całości z dzieł tego kompozytora. Jednak się myliła.

– Postanowiłem skoncentrować się na nim po lekturze książki *Gödel, Escher, Bach* Douglasa Hofstadtera. Niestety poczyniłem jedynie marginalne postępy. Odnoszę wrażenie, że mój mózg pracuje zbyt wolno, żeby rozszyfrować schematy w muzyce.

– Nie słuchasz dla przyjemności?

Konwersacja zaczęła przypominać moje pierwsze rozmowy z Daphne. Nie odpowiedziałem.

– Masz iPhone'a? – zapytała Rosie.

– Oczywiście, ale nie używam go do słuchania muzyki. Pobieram podcasty.

– Niech zgadnę – o genetyce.

– O szeroko pojętej nauce.

Skierowałem się do kuchni, żeby przygotować kolację. Rosie ruszyła za mną, ale zatrzymała się przed rozpisanym na białej tablicy rozkładem zajęć.

– Wow – powiedziała po raz kolejny.

Jej reakcje były coraz bardziej przewidywalne. Już mogłem zgadnąć, jak skomentowałaby wiadomości na temat DNA albo ewolucji.

Ekstrakcja warzyw i ziół z lodówki trwała dosyć długo.

– Pomóc ci? – zaproponowała Rosie. – Mogłabym na przykład coś pokroić.

Implikacją tej inicjatywy był fakt, że siekania dokonałaby osoba niedoświadczona i nie znająca przepisu. Jej wcześniejszy komentarz, że nie potrafiłaby nic ugotować nawet w sytuacji zagrażającej życiu, podsunął mi wizję gigantycznych cząstek pora albo zbyt drobno pociętych ziół, które nie nadawałyby się do przesiania.

– Asysta jest zbędna – odparłem. – Sugeruję lekturę którejś z książek.

Patrzyłem, jak Rosie zbliża się do regału, pobieżnie przegląda tytuły i odchodzi. Możliwe, że używała systemu IBM, a nie Mac, ale większość podręczników dotyczyła obu platform.

Mój sprzęt audio posiada port do bezpośredniej komunikacji z iPodem, którego używam do odtwarzania podcastów podczas gotowania. Rosie podłączyła do niego swój telefon i głośniki wyemitowały muzykę. Nie była głośna, lecz miałem przeczucie, że gdybym to ja w obcym domu włączył podcast bez zapytania gospodarza o zgodę, zostałbym oskarżony o nietakt towarzyski. Właściwie nie było to przeczucie, lecz pewność, ponieważ podczas pewnego przyjęcia cztery lata i sześćdziesiąt siedem dni temu popełniłem identyczną gafę.

Rosie kontynuowała eksplorację terenu niczym zwierzę w nowym środowisku, co oczywiście było zgodne ze stanem faktycznym. Otworzyła żaluzje i podciągnęła je, wzbijając obłoczek kurzu. Uważam się za człowieka skrupulatnego w kwestii sprzątania, ale nie widzę potrzeby otwierania żaluzji, a kurz prawdopodobnie zagnieździł się w miejscach dostępnych jedynie po wykonaniu tej czynności. Za żaluzjami znajdują się okiennice balkonowe. Rosie zwolniła blokadę i otworzyła je na oścież.

To wtargnięcie w prywatną przestrzeń zaburzyło mój komfort. Próbowałem się skupić na przygotowaniu posiłku, a tymczasem Rosie wyszła na balkon i zniknęła mi z pola widzenia. Słyszałem, że przesuwa dwie ciężkie donice z roślinami, które zapewne uschły, ponieważ od wielu lat nie budziły niczyjego zainteresowania. Umieściłem kompozyt ziołowo-warzywny na dużej patelni wypełnionej wodą, solą, octem ryżowym, przyprawą *mirin*, skórką pomarańczową i nasionami kolendry.

– Nie wiem, co tam pichcisz, ale w gruncie rzeczy jestem wegetarianką! – zawołała z balkonu Rosie.

Wegetarianka! I mówi to teraz, kiedy już podjąłem czynności związane z kolacją! Danie bazowało na składnikach zakupionych z myślą, że będę jadł sam. I czy modyfikator „w gruncie rzeczy" sugerował pewien stopień elastyczności, jak w przypadku mojej koleżanki Esther, która pod presją wnikliwego sondażu przyznała, że mogłaby zjeść wieprzowinę, jeżeli ten składnik byłby niezbędny do przeżycia?

Wegetarianie i weganie potrafią być niezwykle irytujący. Gene czasami posługuje się dowcipem: „Po czym poznać weganina? Poczekaj dziesięć minut, a sam ci o tym powie". Pół biedy, gdyby naprawdę tak się działo. Nie! W rzeczywistości wygląda to tak, że wegetarianie siadają do kolacji i dopiero wtedy deklarują: „Nie jadam mięsa". Już raz zdarzyła mi się podobna sytuacja. Do raciczkowej katastrofy doszło sześć lat temu, kiedy Gene zasugerował, że powinienem zaprosić jakąś kobietę do domu na kolację. Przekonywał, że moja znajomość sztuki kulinarnej może zadziałać niczym magnes, a ponadto uniknę presji, którą zawsze odczuwam na obcym terytorium restauracji.

– Poza tym możesz wlać w siebie tyle alkoholu, ile zechcesz. Zawsze trafisz do sypialni.

Kobieta miała na imię Bethany, a jej profil internetowy nie zawierał informacji o wegetarianizmie. Rozumiejąc, że jakość posiłku będzie miała nadrzędne znaczenie, wypożyczyłem z biblioteki niedawno wydaną książkę z przepisami na potrawy z wieprzowiny i zaplanowałem wielodaniową kolację uwzględniającą różne części zwierzęcia: mózg, język, podgardle, trzustkę, nerki *et cetera*.

Bethany przybyła punktualnie i zdawała się bardzo miła. Wypiliśmy po lampce wina, lecz od tego momentu sprawy przybrały niepomyślny kurs. Zaczęliśmy od smażonych raciczek, których przygotowanie wymagało dosyć skomplikowanych zabiegów, ale Bethany zjadła bardzo mało.

– Nie jestem miłośniczką raciczek – oznajmiła.

Przyjąłem to do wiadomości. Wszyscy mamy określone preferencje. Możliwe, że Bethany zaniepokoiła zawartość tłuszczu albo cholesterol. Dopiero gdy pokrótce omówiłem listę kolejnych dań, zadeklarowała, że jest wegetarianką. Niebywałe!

Zaproponowała, żebyśmy poszli do restauracji, ale spędziłem dużo czasu, przygotowując kolację, więc nie chciałem marnować żadnej z potraw. Zjadłem zatem sam i już nigdy więcej nie spotkałem się z Bethany.

A teraz Rosie... W jej przypadku mógł to być szczęśliwy zbieg okoliczności. Zaistniała szansa, że Rosie wyjdzie z domu i życie wróci do normy. Było oczywiste, że nieszczerze odpowiedziała na pytania kwestionariusza albo Gene popełnił pomyłkę – a może wyselekcjonował obiekt, kierując się jego atrakcyjnością fizyczną, i narzucił mi swoje prywatne preferencje.

Rosie wróciła z balkonu i popatrzyła na mnie, jakby oczekiwała komentarza.

– Ewentualnie mogę się zgodzić na owoce morza – powiedziała. – O ile pochodzą ze źródeł odnawialnych.

Miałem mieszane uczucia. Rozwiązanie problemu zawsze daje satysfakcję, ale to znaczyło, że Rosie jednak zostanie na kolacji. Poszedłem do łazienki, a ona monitorowała każdy mój ruch. Wyłowiłem homara z wanny.

– Jasna cholera! – krzyknęła Rosie.

– Nie lubisz homarów? – Zaniosłem skorupiaka do kuchni.

– Uwielbiam, ale...

Nagle odkryłem istotę problemu i potrafiłem się ustosunkować do emocji odczuwanych przez Rosie.

– Ale uważasz, że akt uśmiercania jest nieprzyjemny? Zgadzam się z tobą.

Umieściłem homara w zamrażarce, wyjaśniwszy mojemu gościowi, że przeprowadziłem badania na temat egzekucji homarów i że tę metodę uważa się za najbardziej humanitarną. Podałem również odnośnik do adekwatnej strony internetowej.

Kiedy homar umierał, Rosie dalej węszyła dookoła. Otworzyła spiżarnię i zdawało się, że stopień organizacji tego pomieszczenia zrobił na niej duże wrażenie: na każdy dzień tygodnia przypadała osobna półka; artykuły podręczne, alkohol, surowce do produkcji śniadania *et cetera* zajmowały specjalnie wydzieloną przestrzeń, a na drzwiach wisiała kartka ze spisem inwentaryzacyjnym.

– Chciałbyś wpaść do mnie, żeby zrobić porządek?

– Zamierzasz wprowadzić Ujednolicony Program Posiłków?

Mimo wyraźnych zalet wiele osób uważa ten system za dziwactwo.

– Wystarczy, jeśli odgruzujesz lodówkę – odparła. – Domyślam się, że potrzebujesz wtorkowych składników, prawda?

Przypomniałem jej, że dzisiaj jest wtorek, więc szczególne zdolności dedukcyjne nie są wymagane.

Podała mi suszone *nori* i płatki *bonito*. Następnie poprosiłem, by w sektorze podręcznym znalazła olej z orzechów makadamia, sól morską i młynek do pieprzu.

– I chińskie wino ryżowe – dodałem. – Jest skatalogowane jako alkohol.

– Ma się rozumieć – powiedziała Rosie.

Przekazała mi wino, a potem wszczęła przegląd zapasów w sektorze alkoholowym. Zawsze kupuję wino w małych butelkach.

– W każdy wtorek gotujesz to samo, tak?

– Istotnie – potaknąłem i przedstawiłem wykaz ośmiu najważniejszych zalet Ujednoliconego Programu Posiłków:

1. Ograniczenie kumulacji książek kucharskich.
2. Standaryzacja listy zakupów, *ergo* zwiększenie skuteczności podczas sprawunków.

3. Minimalizacja strat – w lodówce lub w spiżarni są zmaga-
   zynowane jedynie te produkty, których wymaga bieżący
   przepis.
4. Zdrowa zbilansowana dieta zaplanowana z dużym wyprzedzeniem.
5. Wykluczenie debaty nad menu, *ergo* efektywne wykorzystanie czasu.
6. Eliminacja błędów i przykrych niespodzianek.
7. Doskonała jakość potraw – lepsza niż w większości punktów
   gastronomicznych za o wiele niższą cenę (*vide* punkt 3).
8. Minimalny ładunek kognitywny.

– Ładunek kognitywny?

– Cały proces przetwarzania żywności jest kontrolowany
przez móżdżek, więc te czynności nie wymagają udziału woli.

– Aha, coś jak jazda rowerem.

– Istotnie.

– To znaczy, że umiesz bez zastanowienia wysmażyć jakieś
cuda z homara?

– Sałatkę z homara, mango i avocado z kawiorem z latającej
ryby pod sosem *wasabi*, przybraną chrupiącymi wodorostami
oraz porem smażonym w głębokim tłuszczu. W rzeczy samej.
Aktualnie pracuję nad trybowaniem przepiórek. Ten projekt wciąż
wymaga ode mnie świadomego zaangażowania.

Rosie wybuchnęła głośnym śmiechem. Przypomniały mi się
lata szkolne. Dobre czasy.

Kiedy stanąłem przed lodówką, żeby wyizolować z niej kilka
produktów suplementarnych, Rosie wtargnęła w moją przestrzeń
osobistą z dwiema butelkami chablis, które włożyła do zamrażarki
obok homara.

– Zdaje się, że nasza kolacja już się nie rusza.

– Należy poczekać nieco dłużej, żeby potwierdzić zgon –
powiedziałem. – Niestety incydent w restauracji zakłócił

harmonogram przygotowań. Wszystkie procedury muszą zostać przekalkulowane.

Jednocześnie zdałem sobie sprawę, że powinienem był umieścić homara w zamrażarce natychmiast po powrocie do domu, ale mój umysł był obciążony problemami, które wywołała obecność Rosie. Podszedłem do tablicy i zacząłem dokonywać korekt w zapisie minutowym czynności. Rosie tymczasem kontynuowała oględziny artykułów spożywczych.

– Sam to wszystko zjadasz?

Od czasów znajomości z Daphne nie wprowadziłem żadnych zmian w Ujednoliconym Programie Posiłków i aktualnie jadałem wtorkową sałatkę z homara sam, jedynie rezygnując z wina, żeby skompensować nadliczbowe kalorie.

– Ilość jest optymalna dla dwóch osób – powiedziałem. – Jednak ten przepis nie podlega dowolnemu skalowaniu. Nie da się kupić połowy żywego homara.

Druga część mojej wypowiedzi miała zabarwienie humorystyczne i wywołała u Rosie prawidłową reakcję. Jej śmiech sprawił, że nieoczekiwanie znowu ogarnęło mnie zadowolenie, kiedy wprowadzałem kolejne poprawki do harmonogramu.

– Która byłaby teraz godzina, gdyby wszystko poszło zgodnie z planem? – ponownie odezwała się Rosie.

– Osiemnasta trzydzieści osiem.

Zegar elektroniczny na kuchence wskazywał dwudziestą pierwszą zero dziewięć. Rosie zlokalizowała przyciski kontrolne i zaczęła przy nich manipulować. Nagle zrozumiałem, co robi. Doskonałe rozwiązanie! Kiedy skończyła, na wyświetlaczu była osiemnasta trzydzieści osiem. Żadne ponowne obliczenia nie były konieczne. Pogratulowałem jej dobrego pomysłu.

– Właśnie stworzyłaś nową strefę czasową. Kolacja będzie gotowa o dwudziestej pięćdziesiąt pięć... czasu Rosie.

– Lepsze to niż twoja matma – skomentowała.

Ta uwaga pozwoliła mi zadać następne pytanie związane z projektem „Żona":

– Matematyka sprawia ci trudność?

Zaśmiała się.

– Mówię ci, to najgorsza część mojej pracy. Doprowadza mnie do szału.

Jeżeli nie potrafiła rozwiązać prostych działań dotyczących pracy za barem i rachunków restauracyjnych, to trudno sobie wyobrazić, jak moglibyśmy prowadzić sensowną dyskusję.

– Gdzie trzymasz korkociąg?

– Harmonogram nie przewiduje wina we wtorki.

– Pieprzyć harmonogram – powiedziała Rosie.

Trudno odmówić tej wypowiedzi pewnej logiki. W drodze wyjątku miałem zjeść porcję kolacji przeznaczoną dla jednej osoby. Był to ostateczny krok w kierunku odrzucenia wieczornej rutyny.

Zaanonsowałem zatem reorganizację.

– Nastąpiła zmiana czasu. Dotychczasowe zasady przestały obowiązywać. Ustala się zatem, że w strefie czasowej Rosie alkohol jest niezbędny.

8

Podjąłem dalsze czynności prowadzące do przygotowania kolacji, a Rosie nakryła do stołu – nie był to jednak konwencjonalny stół w jadalni, lecz prowizoryczny mebel balkonowy z tablicy zdjętej ze ściany w kuchni i dwóch dużych donic, z których usunięto suche badyle. Białe prześcieradło z komody na bieliznę posłużyło za obrus. Na stole znalazła się srebrna zastawa – nieużywany prezent od rodziców, który dostałem z okazji przeprowadzki – i ozdobne kieliszki. Rosie próbowała zdemolować moje mieszkanie!

Nigdy nie przyszło mi na myśl, żeby jeść na balkonie. Kiedy wyszedłem z kolacją na dwór, deszcz już przestał padać, a temperatura utrzymywała się na poziomie dwudziestu dwóch stopni.

– Musimy się spieszyć z jedzeniem? – zapytała Rosie.

Zdziwiłem się, bo jeszcze przed dwiema godzinami deklarowała, że umiera z głodu.

– Nie, nie wystygnie. Jest zimne z natury. – Zdawałem sobie sprawę, jak niezręcznie brzmi to zdanie. – Czy jest jakiś szczególny powód zwłoki?

– Światła miasta. Cudowny widok.

– Niestety to statyczny obraz. Wystarczy go raz obejrzeć i nie ma po co do niego wracać. Podobnie jak w przypadku malowideł.

– Nieprawda, wciąż się zmienia. Zauważyłeś, że inaczej wygląda wcześnie rano, a inaczej w deszczu? No i przecież można wyjść na balkon, żeby po prostu posiedzieć.

Nie znalazłem odpowiedzi, która spełniałaby jej oczekiwania. Zarejestrowałem widok z okna, kiedy kupiłem to mieszkanie. Nie stwierdziłem znaczących różnic podczas odmiennych warunków pogodowych, natomiast siadałem jedynie w poczekalni albo gdy rozpatrywałem jakiś problem, a w tym interesujące otoczenie jedynie by przeszkadzało.

Przemieściłem się w pobliże Rosie i dopełniłem jej kieliszek. Uśmiechnęła się. Niemal na pewno jej usta były pokryte szminką.

Zawsze staram się, żeby co tydzień moje posiłki były jednakowe i powtarzalne, ale oczywiście jakość składników nie zawsze jest taka sama. Wyglądało na to, że dziś były wyjątkowo wysokiej klasy. Sałatka z homara nigdy przedtem nie smakowała tak dobrze.

Przypomniałem sobie podstawową zasadę, że mam zachęcać rozmówcę płci żeńskiej do rozważań o sobie. Rosie już poruszyła zagadnienie wzajemnych stosunków z trudnymi klientami w barze, więc poprosiłem, żeby rozwinęła temat. To było doskonałe posunięcie. Zrelacjonowała różne komiczne sytuacje, a ja poznałem wiele technik interpersonalnych, które w przyszłości sam mogłem wykorzystać.

Kiedy zjedliśmy homara, Rosie otworzyła torebkę i wyciągnęła paczkę papierosów! Brak mi słów, żeby opisać swój szok. Palenie nie tylko szkodzi zdrowiu i jest groźne dla osób postronnych, ale też wyraźnie wskazuje na tendencje do nieracjonalnego zachowania. Nie bez powodu umieściłem tę kwestię na pierwszym miejscu kwestionariusza.

Rosie niewątpliwie zauważyła moją reakcję.

– Spokojnie. Jesteśmy na dworze.

Nie warto było się spierać. Przecież to i tak miało być nasze jedyne spotkanie. Błysnął płomień zapalniczki, który Rosie przyłożyła do papierosa w nienaturalnie czerwonych ustach.

– Aha, chciałam cię podpytać o coś związanego z genetyką.

– Proszę bardzo. – Wróciłem na znajome terytorium.

– Ktoś mi powiedział, że ty mi wyjaśnisz, czy po wielkości jąder można poznać, że facet jest monogamistą.

Biologia w kontekście seksualności to częsty temat w prasie popularnej, zatem stwierdzenie nie było tak głupie, jak mogłoby się zdawać na pierwszy rzut oka, ale dotyczyło typowego przesądu. Przyszło mi na myśl, że to może być jakaś zaszyfrowana forma zalotów, ale postanowiłem nie szarżować i udzielić rzeczowej informacji.

– Bzdura – oznajmiłem.

Rosie wyglądała na bardzo zadowoloną z tej odpowiedzi.

– Jesteś moim bohaterem – stwierdziła. – Właśnie wygrałam zakład.

Jednak kiedy zacząłem szczegółowo omawiać ten problem, zauważyłem, że jej entuzjazm osłabł. Domyśliłem się, że za bardzo uprościła swoje pytanie, więc dopiero mój dalszy wykład potwierdził tezę, którą usłyszała.

– Nie wyklucza się korelacji na poziomie indywidualnym, ale normy dotyczą całego gatunku. *Homo sapiens* są w gruncie rzeczy monogamistami, lecz potrafią być niewierni, jeżeli wymagają tego względy taktyczne. Osobniki męskie odnoszą korzyści z zapłodnienia jak największej liczby osobników żeńskich, a jednak są w stanie opiekować się tylko potomstwem pochodzącym od jednej matki. Samice zaś poszukują jak najlepszych genów dla swoich dzieci, a także samca, który zapewni im przetrwanie.

Czułem się coraz swobodniej w roli wykładowcy, lecz Rosie przerwała tok mojej wypowiedzi:

– Ale co z tymi jądrami?

– Większe jądra wytwarzają więcej nasienia. Gatunki monogamiczne wymagają jedynie takiej ilości, która wystarcza dla jednej partnerki. Ludzie potrzebują więcej spermy, żeby optymalnie wykorzystać przypadkowe okazje, a także pokonać plemniki tych osobników, którzy odbyli stosunek z samicą przed nimi.

– Ładne rzeczy – burknęła Rosie.

– Niekoniecznie. Takie zachowanie ewoluowało w określonym środowisku społeczno-kulturowym. Świat współczesny narzucił dodatkowe zasady.

– Racja – przytaknęła Rosie. – Na przykład, żeby się zajmować własnymi dziećmi.

– Istotnie. Jednakże instynkt to wciąż potężna siła sprawcza.

– Powiedz mi coś o tym.

Chcąc zaspokoić głód wiedzy Rosie, zacząłem rozwijać temat.

– Instynkt jest manifestacją...

– To była figura retoryczna – wtrąciła Rosie. – Znam te sprawy lepiej, niż ci się zdaje. Moja matka postanowiła się rozejrzeć za genami na balu absolwentów medycyny.

– To są podświadome wybory. Ludzie sami nie decydują...

– Wiem, o czym mówisz.

Miałem co do tego poważne wątpliwości. Słuchacze spoza bardzo wąskiego kręgu specjalistów często źle interpretują odkrycia z obszaru psychologii ewolucyjnej. Niemniej historia Rosie brzmiała interesująco.

– Twierdzisz, że twoja matka uprawiała seks pozapartnerski bez zabezpieczenia?

– Z jakimś innym studentem. – Rosie potwierdziła moje przypuszczenia. – Za plecami swojego chłopaka, czyli mojego ojca.

Przy słowie „ojciec" uniosła ręce i wykonała palcami wskazującym i środkowym obu dłoni niezwykły gest. Zgięła je i dwa razy poruszyła nimi w dół.

– Mój prawdziwy tatuńcio jest lekarzem. Szkoda jedynie, że nie wiem, który z nich to on, i właśnie dlatego jestem porządnie wkurzona.

Zafascynowany obserwowałem jej gestykulację i przez chwilę milczałem, próbując rozszyfrować zakodowane znaki. Czy sygnalizowały stan zagrożenia wywołany brakiem wiedzy na temat tożsamości przodka? Jeżeli tak, to nie były mi znane. Poza tym ciekawe, dlaczego akurat to słowo postanowiła wyodrębnić... Ach tak, oczywiście! Chodziło o wyodrębnienie!

– Cudzysłów! – Olśniło mnie.

– Co?

– W umowny sposób wzięłaś w cudzysłów określenie „ojciec", żeby zwrócić moją uwagę na fakt, że należy je interpretować inaczej niż zwykle. To bardzo zręczne.

– Masz ci los – powiedziała Rosie. – A już sądziłam, że się zamyśliłeś nad głupotami, na przykład nad moim pochrzanionym życiem. I że zaraz błyśniesz jakąś inteligentną radą.

– To wcale nie są głupoty! – wyprowadziłem ją z błędu i uniosłem palec, żeby zasygnalizować wykrzyknik. – Zdecydowanie powinnaś szukać wyjaśnienia. – Tym samym palcem zrobiłem gest oznaczający kropkę. Te manewry stanowiły zabawne urozmaicenie.

– Moja matka nie żyje. Zginęła w wypadku, kiedy miałam dziesięć lat. Nikomu nie powiedziała, kim jest mój ojciec... Nawet Philowi.

– Philowi? – Nie wiedziałem, jakim gestem zaznaczyć pytajnik, więc na chwilę zrezygnowałem z tej gry. To był nieodpowiedni moment na eksperymenty.

– Mój... – Ponownie uniosła ręce i poruszyła palcami. – ...ojciec. Wściekłby się, gdybym mu powiedziała, że chcę poznać prawdę.

Rosie dopiła wino i jeszcze raz napełniła kieliszek. Druga butelka już się skończyła. Historia Rosie była przykra, ale w żadnym razie nie nadzwyczajna. Moi rodzice wciąż podejmowali rutynowe, rytualne próby kontaktu, lecz wszystko wskazywało na to, że już parę lat temu stracili zainteresowanie moją osobą. Kiedy zacząłem się sam utrzymywać, uznali, że spełnili swój obowiązek. Jednakże jej sytuacja była nieco inna, bo dotyczyła ojczyma. Zaproponowałem interpretację genetyczną.

– Jego zachowanie jest zgodne z oczekiwaniami. Nie posiadasz jego genów. Kiedy samce lwów przejmują przywództwo nad stadem, zabijają młode z poprzednich miotów.

– Dzięki za pocieszenie.

– Jeżeli te zagadnienia cię interesują, mogę ci polecić parę lektur. Jesteś dość inteligentna jak na barmankę.

– No proszę, jeden komplement za drugim.

Zdawało mi się, że dobrze sobie radzę, więc dałem się ponieść satysfakcji, którą podzieliłem się z Rosie.

– Doskonale. Brakuje mi doświadczenia w interakcjach o charakterze randkowym. Wciąż trzeba mieć na względzie różne reguły.

– Nieźle ci idzie – skomentowała. – Tyle że cały czas się gapisz na moje cycki.

Rozczarowała mnie ta ocena. Suknia Rosie rzeczywiście dużo odsłaniała, ale dołożyłem wszelkich starań, żeby utrzymać kontakt wzrokowy.

– Po prostu przyglądam się twojemu naszyjnikowi – wyjaśniłem. – Jest niezmiernie interesujący.

Rosie natychmiast zasłoniła go dłonią.

– W takim razie co przedstawia?

– Wyobrażenie Izydy i inskrypcję *Sum omnia quae fuerunt suntque eruntque ego*, czyli „Spośród wszystkich rzeczy tylko ja byłam, jestem i będę".

Miałem nadzieję, że poprawnie odczytałem łacińską sentencję – pismo było bardzo małe. Rosie zdawała się zachwycona.

– A co było na naszyjniku, który miałam na szyi dzisiaj rano?

– Sztylet z trzema małymi czerwonymi kamieniami i czterema białymi.

Rosie dopiła wino. Zastanawiała się nad czymś. Okazało się, że jej rozmyślania dotyczyły bardzo przyziemnej kwestii.

– Przynieść ci jeszcze jedną butelkę?

Trochę się zdziwiłem. Już skonsumowaliśmy zalecaną dzienną dawkę. Z drugiej strony, Rosie paliła papierosy, co oczywiście świadczyło o lekkomyślnym stosunku do zdrowia.

– Chcesz więcej alkoholu?

– Istotnie – powiedziała dziwnym głosem.

Nie wykluczam, że próbowała mnie naśladować.

Oddaliłem się do kuchni, żeby dokonać wyboru kolejnej butelki. Postanowiłem, że następnego dnia zmniejszę swój przydział, żeby skompensować szkody. Nagle zerknąłem na zegar – wskazywał dwudziestą trzecią czterdzieści. Sięgnąłem po telefon i zamówiłem taksówkę. Przy odrobinie szczęścia mogła przyjechać, zanim zacznie obowiązywać taryfa nocna. Otworzyłem małą butelkę shiraz, żebyśmy czekając, mieli co pić.

Rosie wykazała chęć powrotu do dyskusji o swoim ojcu biologicznym.

– Myślisz, że istnieje jakiś rodzaj motywacji genetycznej? Że mamy zakodowaną potrzebę ustalenia, czyimi dziećmi jesteśmy?

– Dla rodziców umiejętność rozpoznawania swojego potomstwa jest wymogiem nadrzędnym. Przyczyną jest ochrona własnych genów. Z tego samego powodu młode muszą wiedzieć, gdzie aktualnie przebywają ich rodzice.

– A więc to coś w rodzaju atawizmu?

– Mało prawdopodobne, ale możliwe. Naszym zachowaniem w znacznym stopniu kieruje instynkt.

– Może i tak. W każdym razie ta sprawa nie daje mi spokoju. Robi mi bałagan w głowie.

– Dlaczego nie zapytasz wprost potencjalnych kandydatów?

– Niby jak? „Panie doktorze, czy jest pan moim ojcem?". Jakoś trudno mi to sobie wyobrazić.

Przyszło mi na myśl oczywiste rozwiązanie – oczywiste ze względu na mój zawód.

– Twoje włosy mają bardzo nietypowy kolor. Możliwe...

Rosie się zaśmiała.

– Nie ma genów odpowiedzialnych za taki odcień. – Chyba zauważyła moją konsternację, bo dodała: – To kolor z butelki.

Zrozumiałem przekaz. Specjalnie zabarwiła włosy na nienaturalnie jaskrawy kolor. Nie do wiary! Nie przyszło mi na myśl, żeby uwzględnić w kwestionariuszu pytanie o farbowane włosy. Postanowiłem wprowadzić stosowne zmiany.

Zabrzęczał dzwonek przy drzwiach. Nie wspomniałem Rosie, że zamówiłem jej taksówkę, więc teraz pokrótce zapoznałem ją z planem. Szybko dopiła wino, a potem podała mi rękę. Odniosłem wrażenie, że nie tylko ja czuję się niezręcznie.

– No cóż… – powiedziała. – Co za wieczór! Przyda ci się w życiu dużo szczęścia.

Zwróciłem uwagę, że użyła niestandardowej formuły. Uznałem, że bezpieczniej będzie pozostać przy konwencjonalnym pożegnaniu.

– Dobranoc. To był miły wieczór. – Po chwili dodałem: – Powodzenia w poszukiwaniach ojca.

– Dzięki.

Wyszła.

Czułem się niespokojny, ale niezupełnie w negatywnym znaczeniu. Określiłbym ten stan raczej jako przeciążenie sensoryczne. Ucieszyłem się, widząc, że zostało trochę wina w butelce. Nalałem sobie i zatelefonowałem do Gene'a. Odebrała Claudia, więc po zwyczajowej wymianie uprzejmości oznajmiłem:

– Muszę porozmawiać z Gene'em.

– Nie ma go w domu – odparła dziwnym głosem Claudia. Zdawało się, że jest zaskoczona. Może za dużo wypiła. – Myślałam, że jest u ciebie i jecie homara.

– Gene wyekspediował do mnie najbardziej niekompatybilną kobietę, jaką można sobie wyobrazić. Barmankę. Spóźnia się, jest zdezorganizowana, nie je mięsa, działa nieracjonalnie, nie dba o zdrowie i pali papierosy! Poza tym ma problemy natury psychologicznej, nie umie gotować, nie zna podstaw matematyki, ale farbuje włosy na nienaturalny kolor. Domyślam się, że Gene zażartował ze mnie.

Claudia zapewne zinterpretowała moją wypowiedź jako oznakę zaburzeń psychologicznych, bo zapytała:

– Dobrze się czujesz, Don?

– Oczywiście – odpowiedziałem. – Miło spędziłem czas, ale ta kobieta kompletnie nie pasuje do projektu „Żona".

Wypowiadając te słowa – jak najbardziej zgodne ze stanem faktycznym – poczułem ukłucie żalu antagonistyczne wobec świadomej ewaluacji. Tymczasem Claudia przerwała moje próby pogodzenia sprzecznych stanów umysłu.

– Don, wiesz, która godzina?

Nie miałem na ręce zegarka. Nagle zdałem sobie sprawę ze swojego błędu. Kiedy zamawiałem taksówkę, przyjąłem za punkt odniesienia zegar w kuchni – ten sam, który Rosie przestawiła. Musiała zatem być niemal druga trzydzieści! Jak mogłem tak bardzo stracić poczucie czasu? Dostałem brutalną nauczkę za manipulowanie ustalonymi normami. Rosie zaś będzie musiała zapłacić nocną taryfę za przejazd.

Pozwoliłem Claudii wrócić do łóżka. Kiedy pozbierałem ze stołu oba talerze i kieliszki, żeby je zanieść do kuchni, ponownie przestudiowałem widok miasta nocą – nigdy przedtem nie zwróciłem na niego uwagi, chociaż cały czas się tam znajdował. Wyjątkowo zaniechałem wieczornej sesji aikido. I nie zdemontowałem prowizorycznego stołu.

9

Podrzuciłem ci ją jako potencjalnego czarnego konia – oznajmił Gene następnego dnia, kiedy go zbudziłem z nadprogramowej drzemki za biurkiem.

Gene wyglądał okropnie, więc doradziłem mu, żeby wcześniej kładł się spać – chociaż tym razem ja sam popełniłem identyczny błąd. Dlatego też istotne było, żebyśmy zjedli lunch o właściwej porze i wrócili do normalnego rytmu dobowego. Gene przyniósł swój lunch z domu, a ja kupiłem w japońskim barze sałatkę z wodorostów, zupę *miso* oraz jabłko. Ruszyliśmy w kierunku trawnika otaczającego uczelnię.

Był ładny dzień. Niestety, w związku z tym na trawniku siedziało lub spacerowało wiele osób płci żeńskiej w niekompletnej odzieży, które dekoncentrowały Gene'a. Gene skończył pięćdziesiąt sześć lat, są to jednak dane poufne. W tym wieku testosteron powinien mu spaść do poziomu, który gwarantuje znaczną redukcję pociągu seksualnego. Według mojej teorii, jego ponadprzeciętne zainteresowanie seksem jest nie tyle reakcją fizjologiczną, ile nawykiem poznawczym. Jednakże należy zaznaczyć, że fizjologia ludzi jest zjawiskiem zróżnicowanym, dlatego w przypadku Gene'a możemy mieć do czynienia z odchyleniem od normy.

Dla odmiany, Gene uważa, jak sądzę, że ja wykazuję nieprawidłowo niski pociąg seksualny. To nieprawda – raczej brakuje mi jego kwalifikacji w okazywaniu tej cechy w społecznie akceptowalny sposób. Moje sporadyczne próby naśladowania go zawsze kończyły się kompletną porażką.

Znaleźliśmy wolną ławkę, usiedliśmy i Gene podsumował swój wywód:

– Rosie to dziewczyna, którą znam osobiście.

– Nie wypełniła kwestionariusza?

– Nie.

To tłumaczyło jej nałóg nikotynowy. Właściwie na tej podstawie mogłem wyjaśnić wszystko. Gene wrócił do niewydolnej praktyki rekomendowania mi swoich znajomych. Zapewne dostrzegł oburzenie na mojej twarzy.

– Tracisz czas z tym kwestionariuszem. Równie dobrze mógłbyś porównywać wielkość ich uszu.

Popęd płciowy jest domeną badań Gene'a.

– Istnieje jakaś korelacja? – zainteresowałem się.

– Ludzie z dużymi uszami chętniej wybierają partnerów o dużych uszach. To skuteczniejsza zmienna niż iloraz inteligencji.

Niebywałe! Niemniej wiele zachowań, które rozwinęły się w środowiskach ancestralnych, w kontekście świata współczesnego zdaje się niezwykłe. Ewolucja nie dotrzymuje im tempa. Ale wielkość uszu?! Czy można zaproponować bardziej irracjonalną podstawę związku? Nic dziwnego, że tyle małżeństw się rozpada.

– No więc dobrze się bawiłeś? – zapytał Gene.

Poinformowałem go, że kwestia zabawy ma marginalne znaczenie – moim celem było znalezienie partnerki, a Rosie to obiekt ewidentnie nie do przyjęcia. Przez Gene'a straciłem cały wieczór.

– Ale dobrze się bawiłeś? – indagował.

Czyżby się spodziewał innej odpowiedzi na niemal identycznie postawione pytanie? Szczerze mówiąc, nie odpowiedziałem wprost, ale uczyniłem tak z ważnego powodu. Nie miałem czasu na analizę wydarzeń z poprzedniego wieczoru, więc nie przygotowałem prawidłowej riposty. Moim zdaniem, pojęcie „zabawa" było nadmiernym uproszczeniem zaistniałego zdarzenia o wysokim stopniu złożoności.

Postanowiłem zatem zreferować przebieg wieczoru. Kiedy opisałem posiłek balkonowy, Gene wtrącił:

– Następnym razem…

– Nie widzę żadnego powodu, żeby dążyć do następnego razu z tą kandydatką.

– Następnym razem – powtórzył Gene – postaraj się nie wspominać o projekcie „Żona". Rosie i tak nie spełniła kryteriów.

Jeżeli pominiemy błędne założenie dotyczące ponownego spotkania z Rosie, chyba była to dobra rada.

Nagle nastąpiła gwałtowna zmiana kierunku naszej debaty i już nie udało mi się ustalić, w jakich okolicznościach Gene nawiązał znajomość z Rosie. Przyczyną dystrakcji stała się kanapka. Gene odgryzł kęs, krzyknął, jakby pod wpływem silnego bólu, i porwał mi z ręki butelkę wody.

– O cholera! Do diabła! Claudia podrzuciła mi chilli do kanapki.

Nie mogłem zrozumieć, dlaczego Claudia popełniła taki błąd, ale najpilniejszym zadaniem było złagodzenie dyskomfortu. Chilli nie rozpuszcza się w wodzie, zatem picie wody z mojej butelki nie mogło być skuteczne. Doradziłem mu, żeby poszukał oleju. Ruszyliśmy z powrotem w kierunku japońskiego baru i nie nawiązaliśmy już do tematu Rosie. Jednakże uzyskałem podstawową informację, na której mi zależało – Gene dokonując preselekcji, zignorował mój kwestionariusz. Dalsze kontakty z tą kandydatką byłyby antytezą racjonalnych założeń projektu „Żona".

Wracając rowerem do domu, zrewidowałem swoje poglądy. Niewątpliwie istniały trzy powody, które usprawiedliwiały ponowną interakcję z Rosie:

1. Prawidłowo przeprowadzony eksperyment wymaga użycia grupy kontrolnej. Wykorzystanie Rosie jako punktu

odniesienia dla kobiet wytypowanych za pomocą kwestionariusza mogło przynieść ciekawe rezultaty.

2. Wciąż nie udało się wyłonić spośród ankietowanych kompatybilnej partnerki. Dopóki ta sytuacja się nie zmieni, mogę wchodzić w interakcje z Rosie.

3. Jako genetyk miałem dostęp do analizy DNA i wiedzę potrzebną do jej interpretacji, zatem byłem w stanie wesprzeć Rosie w poszukiwaniach biologicznego ojca.

Pierwszy i drugi powód nie miały znaczenia. Rosie z oczywistych względów nie spełniała wymogów, które stawiałem potencjalnym towarzyszkom życia. Kontakty z osobą o tak niskim wskaźniku zgodności były bezprzedmiotowe. Uznałem jednak, że warto poświęcić więcej uwagi powodowi trzeciemu. Wykorzystanie własnego potencjału, by pomóc komuś w ważnym odkryciu, pokrywało się z moją życiową misją. Mogłem się tym zająć w czasie przeznaczonym na projekt „Żona", przynajmniej do momentu, w którym pojawi się właściwa partnerka.

W tym celu musiałem reaktywować stosunki z Rosie. Wolałem nie ujawniać przed Gene'em swoich planów, bo przecież dopiero co zadeklarowałem, że nie ma najmniejszej szansy na ponowne spotkanie. Na szczęście przypomniałem sobie, w którym barze pracowała – Marquess of Queensbury.

W mieście był tylko jeden bar o takiej nazwie. Znajdował się przy wąskiej bocznej ulicy, dosyć daleko od centrum. I tak już zmodyfikowałem swój dzienny harmonogram – odwołałem wyprawę na targ, bo chciałem nadrobić stracony sen. Niektórzy zarzucają mi brak elastyczności, ale sądzę, że powyższa sytuacja znakomicie ilustruje moją umiejętność dostosowania się do nawet najdziwniejszych okoliczności.

Dotarłem na miejsce o dziewiętnastej zero cztery, ale okazało się, że bar jest otwarty dla gości dopiero od dwudziestej pierwszej.

Niebywałe! Nic dziwnego, że ludzie popełniają tak wiele pomyłek zawodowych. Czy tutaj spotykają się chirurdzy i kontrolerzy lotów z całego miasta? Czy piją długo po północy, a nazajutrz idą do pracy?

Spożyłem kolację w pobliskiej restauracji indyjskiej. Kiedy wróciłem do baru, była dwudziesta pierwsza dwadzieścia siedem. Przy drzwiach stał pracownik ochrony, więc przygotowałem się na powtórkę poprzedniego wieczoru. Ochroniarz zlustrował mnie dokładnie i zapytał:

— Na pewno wiesz, co to za lokal?

Znam wiele barów, prawdopodobnie więcej niż przeciętny człowiek. Kiedy wyjeżdżam na konferencje, zwykle znajduję jakiś przytulny bar w pobliżu hotelu i co wieczór chodzę tam na drinka i kolację. Potaknąłem i wszedłem do środka.

Zastanawiałem się jednak, czy trafiłem pod właściwy adres. Najbardziej oczywistą cechą Rosie była jej płeć – bez wątpienia żeńska, tymczasem klientelę Marquess of Queensbury stanowili wyłącznie mężczyźni. Wielu nosiło niecodzienne stroje, którym poświęciłem szczególną uwagę. Dwaj mężczyźni zauważyli, że na nich patrzę – jeden serdecznie się uśmiechnął i skinął głową. Odwzajemniłem uśmiech. Zdawało się, że to bardzo przyjazne miejsce.

Moim zadaniem było jednak odnalezienie Rosie. Podszedłem do baru. Tamci dwaj ruszyli za mną i przysiedli się z obu stron. Pierwszy był gładko ogolony i nosił T-shirt odsłaniający brzuch. Wiele symptomów świadczyło o tym, że dużo czasu spędza na siłowni. Nie mogłem wykluczyć wspomagania środkami anabolicznymi. Drugi – z wąsami – miał na sobie skórzany strój i czarną czapkę.

— Pierwszy raz cię tutaj widzę – powiedział Czarna Czapka.

Podałem mu najprostsze wyjaśnienie:

— Jestem tu pierwszy raz.

– Mogę ci postawić drinka?

To była nietypowa propozycja w dyskursie między obcymi osobami. Czułem, że oczekuje się ode mnie jakiejś odpowiedzi.

– Chcesz mi zamówić drinka?

– Jeśli dobrze pamiętam, właśnie to powiedziałem – potaknął Czarna Czapka. – Na co dasz się namówić?

Odparłem, że rodzaj drinka nie ma dla mnie znaczenia, o ile zawiera alkohol. Byłem nerwowy, jak zawsze podczas interakcji bezpośrednich.

Nagle po drugiej stronie baru zobaczyłem Rosie w czarnej koszuli z kołnierzykiem – stroju adekwatnym do jej roli społecznej. Odczułem ogromną ulgę. Byłem we właściwym miejscu, a Rosie tego dnia pracowała. Czarna Czapka skinął na nią. Zamówił trzy budweisery. Dopiero wtedy Rosie mnie zauważyła.

– Don.

– Serwus.

Rosie popatrzyła na nas i zapytała:

– Jesteście razem?

– Zobaczy się. Daj nam parę minut – powiedział Anabolik.

– Don chyba przyszedł do mnie – odrzekła.

– Istotnie.

– Wybacz, z łaski swojej, jeżeli nasza obecność przeszkadza ci w życiu towarzyskim – Czarna Czapka mruknął do Rosie.

– Mogłabyś wykorzystać DNA – powiedziałem.

Rosie wyraźnie nie zrozumiała, o czym mówię, ponieważ moja wypowiedź nie była umocowana w aktualnym kontekście.

– Do czego?

– Do identyfikacji swojego ojca. Badanie DNA jest najoczywistszą metodą.

– No pewnie – zgodziła się Rosie. – Najoczywistszą. Wystarczy, że powiem: „Proszę mi przysłać swoje DNA, żebym mogła ustalić, czy jest pan moim ojcem". Daj sobie spokój. Niepotrzebnie z tym wyskoczyłam.

– Mogłabyś sama pobrać od nich DNA… – Nie byłem pewien, jak Rosie zareaguje na dalszą część mojej sugestii. – Dyskretnie.

Rosie zamilkła. Przynajmniej zaczęła brać pod uwagę takie rozwiązanie. A może zastanawiała się, czy powiadomić organy ścigania? Jej odpowiedź przemawiała za pierwszą z tych możliwości.

– A kto je zbada?

– Jestem genetykiem.

– Chcesz powiedzieć, że jeśli zdobędę próbkę, to ją dla mnie zanalizujesz?

– To trywialny proces – zapewniłem ją. – Ile próbek poddamy testom?

– Prawdopodobnie tylko jedną. Mam pewne podejrzenia. Facet jest przyjacielem rodziny.

Nagle Anabolik głośno zakaszlał, a Rosie przyniosła mu dwa piwa z lodówki. Czarna Czapka położył na bufecie banknot dwudziestodolarowy, ale ona odsunęła pieniądze i wykonała ręką gest, po którym obaj mężczyźni odeszli od baru.

Postanowiłem też wypróbować trik z kaszlem. Tym razem Rosie zastanawiała się chwilę, zanim poprawnie zinterpretowała ten sygnał, ale też podała mi piwo.

– Czego potrzebujesz? – zapytała. – Do testu DNA?

Wyjaśniłem, że w normalnych okolicznościach użylibyśmy wymazu z wewnętrznej strony policzka, lecz względy praktyczne uniemożliwiają uzyskanie takiego materiału bez wiedzy badanego.

– Krew doskonale się sprawdza, ale również złuszczony naskórek, śluz, uryna…

– Dosyć – jęknęła Rosie.

– …odchody, nasienie…

– Coraz lepiej. Najlepiej przelecieć sześćdziesięcioletniego przyjaciela rodziny, żeby się przekonać, czy jest moim ojcem.

Doznałem szoku.

– Mogłabyś uprawiać seks…

Rosie wytłumaczyła, że to był jedynie żart. Jak można żartować z tak poważnych spraw?! Przy barze robiło się coraz tłoczniej i co chwila rozlegały się znaczące kaszlnięcia. Murowany sposób rozprzestrzeniania infekcji. Rosie napisała na kartce numer telefonu.

— Zadzwoń do mnie.

Rano z ulgą wróciłem do rutyny, która przez ostatnie dwa dni była w znacznym stopniu zachwiana. Mój wtorkowy, czwartkowy i sobotni jogging na targ zajmuje ważne miejsce w harmonogramie zajęć, bo stanowi pretekst do gimnastyki, zakupu artykułów spożywczych oraz autorefleksji, której ostatnio szczególnie mi brakowało.

Dostałem od osoby płci żeńskiej numer telefonu i instrukcję, żeby nawiązać z nią kontakt. Ten fakt wprowadził do mojego świata większe zamieszanie niż inne czynniki – incydent z marynarką, posiłek balkonowy, a nawet ożywienie wywołane perspektywą inauguracji projektu „Ojciec". Wiedziałem, że takie rzeczy często się zdarzają – bohaterowie książek, filmów i programów telewizyjnych zachowują się właśnie tak, jak Rosie. Jednak nigdy nie zdarzyło się to mnie. Do tej pory żadna kobieta w równie swobodny, spontaniczny, nieskrępowany sposób nie napisała mi na kartce swojego numeru telefonu, mówiąc: „Zadzwoń do mnie". Doraźnie zostałem wchłonięty przez obszar kulturowy, który zdawał mi się niedostępny. Oczywiście udostępnienie mi kanału komunikacyjnego było logicznym następstwem okoliczności, niemniej dręczyło mnie irracjonalne przeczucie, że kiedy zatelefonuję, Rosie zrozumie swoją pomyłkę.

W końcu dobiegłem na targ i przystąpiłem do zakupów. Za każdym razem nabywam standardowy pakiet produktów, więc wiem, które stragany odwiedzić, a sprzedawcy zwykle przygotowują z pewnym wyprzedzeniem odpowiedni zestaw. Muszę się zatrzymać jedynie w celu uregulowania zapłaty. Kupcy dobrze mnie znają i zawsze zachowują serdeczną postawę. Trudno jednak pogodzić intensywną aktywność intelektualną z procedurą zakupów. Powodem jest nagromadzenie przeszkód o charakterze ludzkim i nieożywionym – odpadów owocowo- -warzywnych pod stopami, starych kobiet na wózkach elektrycznych, kupców rozstawiających stragany, Azjatek porównujących ceny, dostawców towaru i turystów, którzy fotografują się na tle wystawionych produktów. Na szczęście zwykle jestem jedynym joggerem.

W drodze powrotnej podjąłem na nowo analizę kwestii Rosie. Wysunąłem wniosek, że moimi działaniami kierował instynkt, a nie logiczna ocena. Pomocy potrzebowało wielu ludzi, często w gorszej sytuacji niż Rosie. Istniały też inne zasługujące na uwagę projekty naukowe, którym lepiej było poświęcić czas, niż poszukiwać ojca konkretnej jednostki. Poza tym oczywiście powinienem nadać priorytet projektowi „Żona". Należałoby wpłynąć na Gene'a, żeby następnym razem wyodrębnił z listy odpowiedniejszą kandydatkę, albo obniżyć niektóre mniej istotne kryteria, tak jak już to uczyniłem w przypadku abstynencji.

Logiczną decyzją powinien być zatem kontakt z obiektem doświadczenia i prezentacja konkluzji, że projekt „Ojciec" to zły pomysł. Zatelefonowałem po powrocie z joggingu o szóstej czterdzieści trzy i zostawiłem na sekretarce wiadomość dla Rosie, że czekam na jej telefon. Kiedy odłożyłem słuchawkę, zauważyłem, że się pocę, chociaż tak wcześnie rano panowała dosyć niska temperatura. Miałem nadzieję, że nie nabawiłem się przeziębienia.

Rosie oddzwoniła w trakcie wykładu. Na ogół wyłączam telefon, kiedy prowadzę zajęcia, ale tym razem nie chciałem odkładać dyskusji na później. Czułem się podenerwowany, wiedząc, że czeka mnie wymiana zdań, podczas której będę musiał wycofać złożoną uprzednio propozycję. Konwersacja przez telefon przed aulą pełną studentów również nie pomaga w przyjęciu swobodnego tonu, tym bardziej że wciąż miałem mikrofon wpięty w klapę marynarki. Wszyscy więc słyszeli moje kwestie wypowiadane w tym dialogu.

– Serwus, Rosie.

– Don, muszę ci podziękować za wszystko, co chcesz dla mnie zrobić. Sama nie zdawałam sobie sprawy, jak bardzo mnie to gryzie. Znasz taką małą kawiarnię naprzeciw wydziału ekonomii? Nazywa się Barista. Może spotkamy się tam jutro o drugiej?

A więc Rosie przyjęła ofertę pomocy. W tej sytuacji moja rezygnacja byłaby niehonorowa, a z technicznego punktu widzenia stanowiłaby naruszenie warunków umowy.

– Barista. Jutro o czternastej – powtórzyłem szczegóły spotkania, ale wyładowanie sensoryczne w mózgu chwilowo uniemożliwiło moim synapsom dostęp do planu zajęć.

– Jesteś moim bohaterem – powiedziała.

Ton głosu Rosie sygnalizował zakończenie jej wkładu w dyskusję. Teraz była moja kolej, żeby sformułować jakieś szablonowe pożegnanie. Oczywiście mogłem powtórzyć jej słowa i powiedzieć: „Jesteś moją bohaterką", ale nawet dla mnie brzmiało to bezsensownie. To przecież ona była beneficjentką naszych relacji. Po zastanowieniu dopuściłem wypowiedzi w rodzaju: „Do widzenia" albo „Bywaj". Ale w tamtej chwili nie miałem czasu do namysłu. Czułem coraz silniejszą presję.

– Ja też cię lubię.

W auli wybuchły oklaski.

– Gładko poszło – powiedziała studentka z pierwszego rzędu. Uśmiechała się.

Na szczęście przyzwyczaiłem się do faktu, że od czasu do czasu mimowolnie wywołuję u ludzi wybuchy wesołości.

Fiasko planu odstąpienia od projektu „Ojciec" nie sprawiło mi wielkiej przykrości. Test DNA jednej osoby wymagał banalnie niskiego nakładu pracy.

Następnego dnia spotkaliśmy się w Bariście o czternastej zero siedem. Chyba nie muszę dodawać, że spóźnienie wynikło z winy Rosie. Kolejny wykład zaczynał się o czternastej piętnaście, więc obawiałem się, że każę studentom czekać. Zamierzałem jedynie poinstruować Rosie, w jaki sposób pobiera się próbki DNA, ale wyglądała na osobę, która nie potrafi opanować materiału. Kiedy analizuję tę interakcję z perspektywy czasu, widzę, że prawdopodobnie zaprezentowałem zbyt wiele różnych możliwości i szczegółów technicznych w tak krótkim czasie. Mieliśmy zaledwie siedem minut na omówienie tego zagadnienia (zostawiłem sobie jedną minutę na powrót truchtem na wykład), więc ustaliliśmy, że najprostszym sposobem będzie pobranie próbki wspólnymi siłami.

W sobotę po południu stawiliśmy się w miejscu zamieszkania doktora Eamonna Hughesa, domniemanego ojca. Przedtem Rosie dokonała telefonicznej rezerwacji terminu wizyty.

Eamonn wyglądał starzej, niż się spodziewałem. Oceniłem, że miał mniej więcej sześćdziesiąt lat, a jego wskaźnik masy ciała wynosił dwadzieścia trzy. Żona doktora o imieniu Belinda (szacunkowy wiek pięćdziesiąt pięć lat, BMI dwadzieścia osiem) zgodnie z przewidywaniami Rosie zaparzyła nam kawę. Ta czynność miała istotne znaczenie, ponieważ oboje zgodziliśmy się, że wymaz z krawędzi filiżanki będzie idealnym źródłem śliny. Usiadłem koło Rosie i udawałem jej przyjaciela. Eamonn i Belinda zajęli miejsca naprzeciwko, a mnie trudno było oderwać wzrok od filiżanki doktora.

Na szczęście nie musiałem prowadzić pogaduszek. Eamonn był kardiologiem, więc odbyliśmy bardzo ciekawą dysputę dotyczącą znaczników genetycznych w chorobach serca. W końcu Eamonn wypił kawę, a Rosie wstała, żeby zanieść filiżanki do kuchni. Tam miała pobrać wymaz i uzyskać doskonałą próbkę. Kiedy przygotowywaliśmy plan, wyraziłem obawę, że ta inicjatywa może zostać odebrana jako naruszenie konwencji towarzyskich.

Rosie uspokoiła mnie jednak, że dobrze zna Eamonna i Belindę jako przyjaciół rodziny, którzy ze względu na różnicę wieku na pewno pozwolą jej, jako młodszej, wyręczyć się w tym drobnym obowiązku. Tym razem moja opinia na temat obyczajów okazała się słuszniejsza. Niestety.

Kiedy Rosie sięgnęła po filiżankę Belindy, ta powiedziała:

– Zostaw. Później się tym zajmę.

– Ależ nie. Proszę – odparła Rosie i wzięła ze stołu filiżankę Eamonna.

– No dobrze, możesz mi pomóc. – Belinda podniosła pozostałe filiżanki i razem z Rosie poszły do kuchni.

Oczywiście obecność Belindy mogła w znacznym stopniu utrudnić zadanie Rosie, ale nie miałem pomysłu, jak wywołać panią Hughes z kuchni.

– Czy Rosie powiedziała panu, że studiowałem medycynę razem z jej matką? – zapytał Eamonn.

Skinąłem głową. Gdybym był psychologiem, może zdołałbym wywnioskować z jego słów i mowy ciała, czy ukrywa fakt, że jest ojcem Rosie. Możliwe, że udałoby mi się nawet tak pokierować rozmową, żeby przycisnąć go do muru. Na szczęście nie musieliśmy polegać na moich talentach w tej materii. Wiedziałem, że jeśli Rosie pobierze próbkę, potrafię dokonać rzetelnej ekspertyzy, zamiast snuć domysły na podstawie obserwacji behawioralnej.

– Ma pan moje pełne poparcie – oświadczył Eamonn. – W młodości matka Rosie była dosyć zwariowana. Bardzo inteligentna, ładna, mogła mieć każdego. Wszystkie inne studentki medycyny chciały wyjść za lekarzy. – Uśmiechnął się. – Ale ona wszystkich zaskoczyła, bo wybrała faceta z zewnątrz, który od dawna się koło niej kręcił.

Całe szczęście, że zrezygnowałem z szukania wskazówek. Na pewno było po mnie widać, że kompletnie nie rozumiem celu tego wywodu.

– Myślę, że Rosie może pójść w ślady matki – powiedział Eamonn.

– W jakiej domenie aktywności życiowej?

Przeczuwałem, że bezpieczniej poprosić o precyzyjną wykładnię, niż przyjąć hipotezę, że chodzi o zapłodnienie przez nieznanego studenta albo o przedwczesną śmierć. To były jedyne znane mi fakty dotyczące matki Rosie.

– Myślę, że chyba jest pan dla niej dobry. Ale życie jej nie rozpieszczało. Proszę mi powiedzieć, jeżeli wtykam nos w nie swoje sprawy. Rosie to wspaniałe dziecko.

Teraz sens jego wystąpienia stał się dla mnie jasny, chociaż Rosie była na tyle dojrzała, że nazywanie jej dzieckiem stanowiło pewne nadużycie. Eamonn wziął mnie za jej chłopaka. Była to jednak wybaczalna pomyłka. Gdybym próbował wyprowadzić go z błędu, musiałbym niepotrzebnie skłamać, więc postanowiłem milczeć. Nagle usłyszeliśmy brzęk tłuczonego szkła.

– Wszystko w porządku?! – krzyknął Eamonn.

– Tak. To tylko filiżanka – powiedziała Belinda.

Nasz plan nie uwzględniał tłuczenia filiżanki. Domyśliłem się, że Rosie upuściła ją ze zdenerwowania albo broniąc jej przed Belindą. Byłem na siebie zły, że nie przygotowałem planu awaryjnego. Nie myślałem jednak o tym zadaniu jak o poważnych badaniach terenowych. Żenujący brak profesjonalizmu sprawił, że teraz sam musiałem znaleźć wyjście z sytuacji. Rozwiązanie na pewno wymagało posłużenia się kłamstwem, a ja nie posiadam tej umiejętności.

Najlepszą taktyką zatem zdawało się pozyskanie DNA do legalnych celów.

– Słyszał pan o projekcie genograficznym?

– Nie – odpowiedział Eamonn.

Wytłumaczyłem, że dysponując próbką DNA, moglibyśmy odtworzyć jego drzewo genealogiczne. Przyjął ten pomysł entuzjastycznie. Zaproponowałem więc, że mogę przeprowadzić test, jeżeli pobierze i dostarczy mi wymaz z policzka.

– Zróbmy to teraz, zanim zapomnę – ponaglił. – Może być krew?

– Krew to idealny materiał do badań DNA, jednakże...

– Przecież jestem lekarzem – powiedział. – Proszę mi dać minutę.

Eamonn wyszedł z pokoju. Usłyszałem dobiegające z kuchni głosy Belindy i Rosie.

– Widziałaś się ostatnio z ojcem? – zapytała Belinda.

– Proszę o następne pytanie – odparła Rosie.

Belinda jednak zrewanżowała się zdaniem oznajmującym:

– Don wygląda na miłego mężczyznę.

Doskonale. A więc dobrze się spisałem.

– To tylko przyjaciel – poinformowała ją Rosie.

Gdyby wiedziała, ilu mam przyjaciół, pewnie zrozumiałaby, jakim wspaniałym komplementem mnie obdarzyła.

– No cóż... – westchnęła Belinda.

Obie kobiety wróciły do salonu jednocześnie z Eamonnem, który wszedł ze swoją torbą lekarską. Belinda wysnuła logiczny wniosek, że zaistniał jakiś problem natury medycznej, ale Eamonn zapoznał ją z projektem genograficznym. Belinda – emerytowana pielęgniarka – pobrała krew z godnym podziwu profesjonalizmem.

Kiedy wręczyłem pełną probówkę Rosie, żeby umieściła ją w torebce, dostrzegłem, że drżą jej ręce. Na podstawie obserwacji zdiagnozowałem u niej silny niepokój, prawdopodobnie związany z mającą wkrótce nastąpić identyfikacją stopnia pokrewieństwa. Nie zdziwiłem się, kiedy zapytała, czy możemy od razu przystąpić do testu. Taki pośpiech wymagał otwarcia laboratorium w sobotni wieczór, ale przynajmniej mogliśmy doprowadzić do zakończenia projektu.

Laboratorium było opustoszałe – uniwersytet wciąż lansował archaiczny model pracy od poniedziałku do piątku, przez co drogi sprzęt stał niewykorzystany i skandalicznie się marnował. Wydział genetyki akurat prowadził testy analizatora, dzięki któremu można było szybko określić relacje rodzinne. My zaś dysponowaliśmy idealnym materiałem genetycznym do badań. DNA można wyodrębnić z wielu różnych źródeł, a do analizy wystarczy zaledwie parę komórek, ale proces przygotowania próbki potrafi być czasochłonny i skomplikowany. W przypadku krwi jest to jednak łatwe.

Nowe urządzenie znajdowało się w ciasnym pomieszczeniu ze zlewem i lodówką, które kiedyś było kuchenką służbową. Przez moment żałowałem, że nie wygląda bardziej imponująco – był to nietypowy u mnie przejaw inwazji ego na ciąg myślowy. Otworzyłem lodówkę i sięgnąłem po butelkę piwa. Rosie głośno kaszlnęła. Odczytałem tę zakodowaną informację i dla niej także wyjąłem piwo.

Przygotowując sprzęt, próbowałem objaśnić Rosie przebieg procesu, ale ona ani na chwilę nie przestawała mówić, nawet kiedy pobierała szczoteczką swoje komórki z jamy ustnej, żeby dać mi próbkę porównawczą własnego DNA.

– Nie mogę uwierzyć, że poszło nam tak łatwo. I tak szybko. W pewnym sensie chyba zawsze go o to podejrzewałam. Kiedy byłam mała, często kupował mi różne rzeczy.

– Możliwości tego urządzenia znacznie przewyższają wymagania naszego trywialnego testu…

– Kiedyś dał mi szachy. Od Phila dostawałam jedynie jakieś babskie błyskotki – szkatułki na biżuterię i inne gówna. Gdy się nad tym zastanowić, wybierał dziwne prezenty, jak na faceta, który trenuje sportowców.

– Grasz w szachy? – zainteresowałem się.

– Nie najlepiej. Nie w tym rzecz. Eamonn traktował mnie jak człowieka obdarzonego rozumem. Z Belindą nie miał dzieci.

Zawsze się kręcił w pobliżu. Chyba nawet był najlepszym przyjacielem mojej mamy. Ale nigdy świadomie nie myślałam o nim jak o ojcu.

– Bo nim nie jest – oznajmiłem.

Wyniki pojawiły się na monitorze komputera. Zadanie wykonane. Zacząłem szykować się do wyjścia.

– Uhm – powiedziała Rosie. – Nie marzyłeś czasami, żeby zostać psychoterapeutą załamanych kobiet?

– Nie. Rozważałem wybór różnych dróg rozwoju zawodowego, jednakże wszystkie były związane z naukami ścisłymi. Moje zdolności interpersonalne są zbyt słabo rozwinięte.

Rosie wybuchnęła śmiechem.

– W takim razie zaraz przejdziesz ekspresowy kurs wsparcia i pomocy w trudnych chwilach.

Okazało się, że Rosie nie mówiła tego poważnie, bo jej metody łagodzenia depresji po stracie bliskich sprowadzały się do serwowania alkoholu. Poszliśmy do nieodległej restauracji Jimmy Watson przy Lygon Street, która – jak zwykle, nawet w weekendy – była pełna pracowników naukowych. Usiedliśmy przy barze i ze zdziwieniem odkryłem, że Rosie – osoba zawodowo zajmująca się sprzedażą alkoholu – prezentuje nikłą znajomość win. Parę lat temu Gene zasugerował, że wino to idealny, bezpieczny temat konwersacji, więc podjąłem odpowiednie kroki, żeby pogłębić swoją wiedzę w tym obszarze. Znałem wina w Jimmym Watsonie, ponieważ niejednokrotnie piliśmy tam z innymi wykładowcami.

Rosie musiała wyjść na parę minut, żeby zaspokoić głód nikotynowy. Wybrała korzystny moment, bo nagle zobaczyłem przy barze mężczyznę i kobietę, którzy weszli z dziedzińca na tyłach budynku. Tym mężczyzną był Gene! Kobietą nie była Claudia, ale i tak ją poznałem. To Olivia, hinduska wegetarianka ze „Stołu na ósmą". Nie widzieli mnie, ale wymknęli się tak szybko, że nie zdążyłem ich przywitać.

Ten nieoczekiwany widok ich razem zdezorientował mnie i niewątpliwie wpłynął na moją następną decyzję, bo nie oponowałem, kiedy podszedł do mnie kelner i zapytał:

– Na dziedzińcu zwolnił się właśnie stół dla dwóch osób. Będą państwo coś jedli?

Przytaknąłem. Wiedziałem, że będę musiał zamrozić produkty, które kupiłem rano na targu, i zjem je dopiero w najbliższą sobotę, kiedy stracą część wartości odżywczych. Kolejny raz instynkt wyparł logikę.

Kiedy Rosie zobaczyła nakryty dla nas stół, jej reakcja zdawała się pozytywna. Bez wątpienia była po prostu głodna, ale i tak przyjemnie było stwierdzić, że nie popełniłem gafy, o co bardzo łatwo w sytuacjach, w których uczestniczą osoby obu płci.

Potrawy były znakomite. Zdecydowaliśmy się na świeżo obrane ostrygi (z hodowli odnawialnej), *sashimi* z tuńczyka (wybrane przez Rosie i prawdopodobnie pochodzące z hodowli przemysłowej), sałatkę z bakłażana i mozzarelli (wybór Rosie), grasicę cielęcą (mój wybór), talerz serów (wybór wspólny) i jedną porcję musu z marakui (wybór wspólny, do podziału). Zamówiłem też butelkę marsanne, które doskonale komponowało się z resztą posiłku.

Przez niemal cały wieczór Rosie usiłowała zreferować swój cel poszukiwań biologicznego ojca. Mnie trudno było znaleźć uzasadnienie. Kiedyś taka wiedza mogła się przydać do określenia ryzyka chorób genetycznych, ale obecnie Rosie mogła sama poddać analizie swoje DNA.

Z praktycznego punktu widzenia, jej ojczym Phil wypełnił obowiązki ojcowskie, chociaż Rosie mogła mu wiele zarzucić. Miał skłonności egotyczne oraz ambiwalentny stosunek do swojej podopiecznej i łatwo się poddawał zmianom nastroju. Poza tym był nieprzejednanym wrogiem alkoholu. Moim zdaniem, akurat tę cechę dałoby się obronić, ale domyślałem się, że to właśnie ona stanowiła źródło wielu konfliktów między nimi.

Wywnioskowałem, że Rosie podjęła się poszukiwań z pobudek emocjonalnych, i chociaż nie znam się na psychologii, wyjaśnienie tej sprawy wydawało się bardzo ważne dla jej szczęścia.

Po konsumpcji musu Rosie wstała od stołu pod pretekstem skorzystania z toalety. Dało mi to czas na refleksję i nagle zdałem sobie sprawę, że właśnie kończę kolację w towarzystwie kobiety, a wieczór minął bez niespodzianek i szczerze mówiąc, sprawił mi dużą przyjemność. Był to ważny sukces, którym jak najszybciej chciałem się podzielić z Gene'em i Claudią.

Postawiłem hipotezę, że brak komplikacji zawdzięczam trzem czynnikom:

1. Znajdowałem się na znajomym terenie. Nigdy przedtem nie wpadłem na pomysł, żeby zaprosić kobietę ani kogokolwiek innego do Jimmy'ego Watsona – lokalu, który traktowałem jedynie jako źródło niezłego wina.
2. Rosie nie była potencjalną partnerką. Zdyskwalifikowałem ją z udziału w projekcie „Żona", więc znaleźliśmy się w restauracji z powodu wspólnej pracy. Był to rodzaj konsultacji.
3. Byłem pod umiarkowanym wpływem alkoholu – a zatem zrelaksowany. Możliwe, że dzięki temu nie zwracałem uwagi na ewentualne uchybienia towarzyskie.

Po posiłku zamówiłem dwa kieliszki sambuki i zapytałem:
– Kto następny do analizy?

I I

Oprócz Eamonna Hughesa Rosie znała tylko dwóch innych przyjaciół rodziny z tego samego roku medycyny, na którym studiowała jej matka. Moim zdaniem, wydawało się to nieprawdopodobne, żeby mężczyzna, który utrzymywał dezaprobowane przez społeczeństwo stosunki seksualne z jej matką, starał się pozostawać w bliskim kontakcie, wiedząc, że zawsze w pobliżu jest Phil. Nie można jednak wykluczyć umotywowania ewolucyjnego – że ten osobnik chciał się upewnić, iż jednostka przenosząca jego geny ma zapewnioną właściwą opiekę. W gruncie rzeczy, była to także opinia Rosie.

Pierwszym kandydatem był doktor Peter Enticott, który mieszkał w tej okolicy. Drugi, Alan McPhee, zmarł na raka prostaty, co z punktu widzenia Rosie powinno zostać odnotowane po stronie pozytywów – sama nie posiadała gruczołu prostaty, więc nie mogła odziedziczyć tej choroby. Okazało się, że McPhee był onkologiem, a tymczasem nie zdołał wykryć raka u siebie, co wcale nie jest odosobnionym przypadkiem. Osobniki gatunku *homo sapiens* często nie widzą tego, co jest na wyciągnięcie ręki i co innym zdaje się oczywiste.

Na szczęście miał córkę, która w młodym wieku uczestniczyła z Rosie w procesie nabywania umiejętności społecznych. Umówiliśmy się z Natalie na wizytę za trzy dni. Oficjalnym pretekstem miały być oględziny jej noworodka.

Wróciłem do normalnego rozkładu zajęć, ale moje myśli wciąż krążyły wokół projektu „Ojciec". Starannie przygotowałem się do pobrania DNA – nie chciałem, żeby powtórzył się problem z rozbitą filiżanką. Poza tym znowu nastąpiła między mną i Dziekan emocjonalna wymiana zdań, która była następstwem incydentu z flądrą.

Do moich obowiązków należą wykłady z genetyki dla studentów medycyny. Podczas zajęć inaugurujących ubiegły semestr jeden ze słuchaczy, który niestety się nie przedstawił, podniósł rękę już przy pierwszym slajdzie prezentacji. Ów slajd przedstawia za pomocą znakomitego, pięknego diagramu schemat ewolucji organizmów jednokomórkowych do współczesnych, niezwykle zróżnicowanych form życia. Jedynie moi koledzy z wydziału fizyki są w stanie opowiedzieć równie fascynującą historię. Ja zaś nie potrafię zrozumieć, dlaczego niektórych bardziej interesują wyniki meczów futbolowych albo waga jakiejś aktorki.

Dociekliwy student reprezentował jeszcze inną kategorię.

– Profesorze Tillman, użył pan słowa „ewoluować", prawda?

– Istotnie.

– Chyba powinien pan podkreślić, że ewolucja jest tylko teorią.

Nie po raz pierwszy usłyszałem takie pytanie – albo deklarację. Na podstawie wcześniejszych doświadczeń wywnioskowałem, że nie zmienię tych poglądów, które zawsze wyrażały jakąś doktrynę religijną. Mogłem jednak postarać się, żeby inni przyszli lekarze nie traktowali ich poważnie.

– Owszem – potaknąłem. – Pan zaś użył określenia „tylko", które może wprowadzać w błąd pańskich kolegów. Ewolucja to teoria poparta mocnymi dowodami. Wystarczy przywołać na przykład bakteryjną teorię chorób. Jako lekarz będzie pan musiał polegać na odkryciach naukowych, chyba że woli pan uzdrawiać za pomocą wiary. W takim razie wybrał pan niewłaściwy kierunek studiów.

Wśród studentów rozległy się śmiechy. Uzdrowiciel podjął polemikę:

– Nie mówię o religii, lecz o nauce zwanej kreacjonizmem.

Tym razem usłyszałem ledwie pojedyncze oznaki zniecierpliwienia. Niewątpliwie większość studentów pochodziła z kręgów kulturowych, które nie tolerują krytyki pewnych dogmatów. Takich kręgów jak nasz. Już raz po podobnym zdarzeniu zakazano mi komentarzy pod adresem religii. Dyskutowaliśmy jednak o nauce. Mogłem prowadzić dalszą debatę, ale nie chciałem zbaczać z tematu zajęć. Przygotowuję swoje wykłady tak, żeby się zmieścić idealnie w pięćdziesięciu minutach.

– Ewolucja jest teorią – powiedziałem. – Nie istnieje żadna inna powszechnie uznana przez naukowców teoria dotycząca początków życia, a tym bardziej taka, która miałaby znaczenie dla medycyny. Dlatego na naszych zajęciach przyjmiemy ją za obowiązującą.

Miałem wrażenie, że zręcznie wybrnąłem z tej sytuacji, ale żałowałem, że zabrakło mi czasu na obalenie tez pseudonauki zwanej kreacjonizmem.

Parę tygodni później, posilając się w klubie uniwersyteckim, znalazłem zwięzły sposób wyrażenia swojej opinii. Kiedy szedłem w kierunku bufetu, zauważyłem, że jeden z członków klubu spożywa flądrę. Rybi łeb wciąż tkwił na końcu kręgosłupa. Po nieco krępującej konwersacji udało mi się uzyskać głowę i szkielet, które szczelnie owinąłem i włożyłem do plecaka.

Cztery dni później znowu prowadziłem wykład. Zlokalizowałem wśród słuchaczy Uzdrowiciela i zadałem mu wstępne pytanie:

– Czy wierzy pan, że ryby we współczesnej postaci zostały stworzone przez inteligentną jednostkę?

Zdawał się zaskoczony – może dlatego, że minęło już siedem tygodni od naszej przerwanej dyskusji. Po chwili jednak skinął głową.

Rozpakowałem zawiniątko z flądrą. Ryba wydzielała intensywny zapach, ale studenci medycyny powinni być przygotowani na kontakt z nieprzyjemną materią organiczną służącą do celów naukowych. Wskazałem na jej głowę.

– Proszę zwrócić uwagę, że oczy są rozmieszczone asymetrycznie. – Prawdę mówiąc, oczy już uległy rozkładowi, ale wciąż było widać oczodoły. – To dlatego, że flądra ewoluowała z typowej ryby posiadającej oczy po obu stronach czaszki. Jedno oko powoli migrowało na drugą stronę, ale skończyło swą wędrówkę w takim punkcie, który wciąż pozwala na efektywne funkcjonowanie. Ewolucji ta dysharmonia nie przeszkadzała, ale inteligentny projektant z pewnością nie stworzyłby ryby z taką skazą.

Podałem resztki ryby Uzdrowicielowi, żeby mógł się im krytycznie przyjrzeć, i poprowadziłem dalej zajęcia.

Chłopak zwlekał ze swoją skargą do rozpoczęcia nowego roku akademickiego.

Podczas ożywionej dyskusji Dziekan forsowała opinię, że zamierzałem upokorzyć Uzdrowiciela, tymczasem ja po prostu chciałem przeprowadzić dowód swojej tezy. Student nazwał kreacjonizm nauką i nic nie mówił o religii, zatem argumentowałem, że nie można mi postawić zarzutu o zniesławienie na tle wyznaniowym. Zwyczajnie skonfrontowałem dwie teorie naukowe. Chłopak mógł w każdej chwili przynieść na zajęcia własne przykłady.

– Jak zwykle, teoretycznie nie naruszył pan regulaminu – powiedziała Dziekan. – A jednak... Jakby to ująć... Gdyby ktoś mi powiedział, że któryś z wykładowców przyniósł na wykład zdechłą rybę i dał ją studentowi, który publicznie wyraził swoje przekonania religijne, to od razu wiedziałabym, że chodzi o pana. Rozumie pan, o czym mówię?

– Mówi pani, że zaobserwowała u mnie mniej konwencjonalne zachowanie niż u pozostałych pracowników uniwersytetu.

I chce pani, żebym się stosował do utartych schematów. To niezbyt racjonalna prośba, jeśli weźmiemy pod uwagę, że obcujemy ze światem nauki.

– Po prostu nie życzę sobie, żeby szokował pan ludzi.

– Jeżeli ktoś chce być naukowcem, to nie powinien się dziwić i dąsać, gdy inny badacz obali jego teorię.

Kiedy zakończyliśmy spór, Dziekan znowu była ze mnie niezadowolona, chociaż nie złamałem żadnych zasad, i przypomniała mi, że muszę dołożyć więcej starań, żeby się „dopasować". Za drzwiami zatrzymała mnie jej osobista asystentka Regina.

– Profesorze Tillman, zdaje się, że jeszcze nie mam pana na liście uczestników balu wydziałowego. O ile wiem, jest pan jedynym wykładowcą, który nie kupił biletów.

Jadąc do domu, czułem ucisk w klatce piersiowej i wiedziałem, że to fizyczna reakcja mojego organizmu na radę, której udzieliła mi Dziekan. Zdawałem sobie sprawę, że jeżeli nie pasuję nawet do wydziału naukowego na uniwersytecie, to nigdzie nie pasuję.

Natalie McPhee, córka zmarłego doktora Alana McPhee, potencjalnego ojca Rosie, mieszkała osiemnaście kilometrów od miasta. Tak małą odległość można było pokonać rowerem, ale Rosie nalegała, żebyśmy pojechali samochodem. Zdziwiłem się, widząc, że jeździ czerwonym kabrioletem porsche.

– To samochód Phila.

– Twojego „ojca"? – Zamarkowałem w powietrzu cudzysłów.

– Tak. Wyjechał do Tajlandii.

– Myślałem, że cię nie lubi. A jednak pożyczył ci samochód?

– To u niego typowe. Nie okazuje miłości, tylko daje przedmioty.

Ten porsche był idealnym prezentem dla nielubianej osoby. Wyprodukowano go przed siedemnastoma laty (więc posiadał przestarzały system emisji spalin), jego ekonomia spalania paliwa budziła grozę, charakteryzował go brak miejsca na nogi, wysoki poziom hałasu i nieczynna klimatyzacja. Ponadto Rosie potwierdziła moje przypuszczenia, że jest zawodny i drogi w utrzymaniu.

U celu podróży zdałem sobie sprawę, że przez całą drogę wyliczałem różne wady pojazdu wraz z ich szczegółowym opisem. Dzięki temu uniknąłem towarzyskiej wymiany zdań, ale nie zdążyłem zreferować Rosie metody pozyskania DNA.

– Twoim zadaniem będzie zająć Natalie rozmową, podczas gdy ja pobiorę materiał.

Dzięki takiemu podziałowi ról mieliśmy optymalnie wykorzystać swoje mocne strony.

Dosyć szybko jednak okazało się, że trzeba sięgnąć po plan awaryjny. Natalie nie chciała nic pić – przestrzegała nakazu abstynencji, ponieważ karmiła dziecko piersią, a na kawę było za późno. Jej decyzje były godne uznania, ale oznaczały, że nie uda się nam zetrzeć żadnej wydzieliny z kieliszka ani filiżanki.

Zastosowałem zatem plan B.

– Mogę zobaczyć dziecko?

– Teraz śpi – poinformowała mnie Natalie. – Musisz się zachowywać bardzo cicho.

Kiedy wstałem, ona też się podniosła z fotela.

– Proszę mi tylko powiedzieć, którędy mam iść.

– Pójdę z tobą.

Im bardziej nalegałem, że chcę sam dokonać oględzin, tym silniej ona się sprzeciwiała. Poszliśmy do pokoju noworodka. Zgodnie z zapowiedzią Natalie maluch spał. Ten fakt mnie zirytował, ponieważ zaplanowałem parę zupełnie bezinwazyjnych sposobów pobrania DNA od dziecka, które oczywiście też było spokrewnione z Alanem McPhee. Niestety, nie wziąłem pod uwagę instynktu obronnego matki. Za każdym razem, kiedy znajdowałem pretekst, żeby wyjść z pokoju, Natalie szła ze mną. To doprowadziło do serii kłopotliwych scen.

W końcu Rosie przeprosiła nas na chwilę i udała się do łazienki. Nawet gdyby wiedziała, jak uzyskać próbkę, to i tak nie mogła wejść do sypialni, bo Natalie zajęła strategiczną pozycję, z której mogła obserwować drzwi pokoju.

– Słyszałaś o projekcie genograficznym? – zapytałem.

Nie słyszała ani nie była zainteresowana. Ostentacyjnie zmieniła temat.

– Zdaje się, że bardzo fascynują cię dzieci.

Oto była moja szansa. Musiałem dobrze ją wykorzystać.

– Badam ich zachowanie. W odizolowanych warunkach. Obecność rodziców zakłóca naturalne procesy.

Dziwnie na mnie popatrzyła.

– Masz z nimi jakieś kontakty? No wiesz, ze skautami, ministrantami…

– Nie – odparłem. – Nie sądzę, żebym się do tego nadawał.

Rosie wróciła, a dziecko zaczęło płakać.

– Pora karmienia – powiedziała Natalie.

– Musimy już iść – zdecydowała Rosie.

Porażka! Zawiniły umiejętności społeczne. Gdybym je lepiej opanował, na pewno dostałbym się do niemowlaka.

– Przykro mi – burknąłem, kiedy szliśmy do absurdalnego pojazdu Phila.

– Niepotrzebnie. – Rosie sięgnęła do torebki i wyciągnęła pęk włosów. – Wyczyściłam jej szczotkę.

– Potrzebne nam cebulki – powiedziałem.

Włosów było jednak tyle, że powinniśmy znaleźć co najmniej jeden z cebulką.

Rosie znowu sięgnęła do torebki i tym razem wyjęła szczoteczkę do zębów.

Dopiero po chwili zrozumiałem implikacje tego faktu.

– Ukradłaś jej szczoteczkę!

– W szafce była zapasowa. I tak już powinna ją wymienić.

Kradzież mnie zgorszyła, ale dzięki niej niemal na pewno zdobyliśmy użyteczną próbkę DNA. Trudno było odmówić Rosie zaradności. A jeżeli Natalie rzadko wymieniała przybory toaletowe, to właściwie zrobiliśmy jej przysługę.

Rosie nie zgodziła się, żeby od razu poddać analizie materiał genetyczny z włosów lub ze szczoteczki. Wolała pobrać DNA od ostatniego kandydata i zrobić test obu naraz. Uderzył mnie brak logiki. Gdyby się okazało, że DNA Natalie dało wynik pozytywny, dalsze próby pozyskania materiału do testów byłyby bezcelowe. Rosie nie rozumiała jednak koncepcji pracy sekwencyjnej dla zminimalizowania kosztów i ryzyka.

Po problemach z dostępem do dziecka postanowiliśmy wspólnie wypracować najlepszą strategię przed wizytą u doktora Petera Enticotta.

– Powiem mu, że wybieram się na studia medyczne – zaproponowała Rosie.

Doktor Enticott pracował na wydziale medycyny uniwersytetu Deakin.

Miała się z nim umówić na kawę, co umożliwiłoby nam powtórzenie procedury wymazu z filiżanki, chociaż na razie ten sposób wykazał stuprocentową zawodność. Wyraziłem wątpliwość, czy barmanka przekona wykładowcę, że ma wystarczające kompetencje, by studiować medycynę. Rosie chyba poczuła się urażona tą uwagą. Powiedziała, że jej kompetencje są nieistotne. Mieliśmy go jedynie namówić na spotkanie w barze.

Większych trudności nastręczyło wymyślenie roli dla mnie, bo Rosie nie wierzyła, że zdoła wykonać to zadanie w pojedynkę.

– Jesteś moim chłopakiem – powiedziała. – Będziesz płacił za studia, dlatego jesteś bezpośrednio zainteresowany wynikiem rozmowy i pójdziesz ze mną na spotkanie. – Uważnie na mnie popatrzyła. – Nie musisz się przesadnie wczuwać w tę rolę.

W środę po południu Gene poprowadził za mnie zajęcia, żeby się odwdzięczyć za wieczór z aspergikami. Pojechaliśmy zabaweczką

Phila na uniwersytet Deakin. Byłem tam wiele razy na gościnnych wykładach albo w celu prowadzenia wspólnych badań. Znałem kilku naukowców z tamtejszego wydziału medycyny, ale Peter Enticott był mi obcy.

Zastaliśmy go w kawiarni pod gołym niebem pełnej studentów medycyny, którzy wrócili wcześniej z wakacji. Rosie mnie oczarowała! Inteligentnie dyskutowała o ogólnych zagadnieniach medycznych, a nawet o psychiatrii, w której, jak przewidywał nasz scenariusz, chciała się specjalizować. Powiedziała, że ukończyła rozszerzone studia licencjackie na wydziale psychologii społecznej i ma bogate doświadczenie w badaniach podyplomowych.

Peter wykazywał obsesyjne zainteresowanie podobieństwem Rosie do matki, które jednak dla naszych celów miało marginalne znaczenie. Trzy razy przerwał jej wypowiedź, żeby skomentować różne podobne cechy fizyczne. Zastanawiałem się, czy to zachowanie może wskazywać na jakiś szczególny rodzaj więzi między nim i matką Rosie – a tym samym stanowić punkt wyjścia do ustalenia związków krwi. A ja, podobnie jak w domu Eamonna Hughesa, szukałem fizycznych analogii między Rosie i jej potencjalnym ojcem, ale nie dostrzegłem nic oczywistego.

– Widzę, że wykazujesz dużo entuzjazmu, Rosie – powiedział Peter. – Nie mam wpływu na proces rekrutacji… przynajmniej oficjalnie.

Ten dobór słów sugerował możliwość udzielenia nieoficjalnego, a zatem nieetycznego wsparcia. Czyżby to był objaw nepotyzmu, a więc pośrednia wskazówka, że mamy do czynienia z ojcem Rosie?

– Twoje wykształcenie jest odpowiednie, ale będziesz musiała zdać egzamin GAMSAT. – Peter zwrócił się do mnie: – To standardowy test kwalifikacyjny.

– Zdałam go w ubiegłym roku – wyjaśniła Rosie. – Zdobyłam siedemdziesiąt cztery punkty.

Jej słowa zrobiły na Peterze wielkie wrażenie.

– Z takim wynikiem mogłabyś pójść od razu na Harvard. Ale musimy wziąć pod uwagę jeszcze inne czynniki, więc koniecznie daj mi znać, jeśli postanowisz się zapisać.

Miałem nadzieję, że Peter Eamonn nigdy nie pójdzie na drinka do Marquess of Queensbury.

Kelner przyniósł rachunek. Kiedy pochylił się do filiżanki Petera, odruchowo wyciągnąłem dłoń, żeby go powstrzymać. Kelner spojrzał na mnie bardzo nieprzyjaznym wzrokiem i niemal wyrwał mi z ręki filiżankę. Patrzyłem, jak niesie ją do wózka i stawia na półce z brudnymi naczyniami.

Peter sprawdził czas w telefonie.

– Muszę iść – powiedział. – Ale zostańmy w kontakcie.

Kiedy wyszedł, zobaczyłem, że kelner cały czas obserwuje wózek.

– Musisz odwrócić jego uwagę – poinformowałem Rosie.

– A ty po prostu weź tę filiżankę.

Poszedłem w kierunku wózka. Kelner nie spuszczał mnie z oka, ale gdy się zbliżyłem, odwrócił głowę i szybko ruszył w kierunku Rosie. Po chwili trzymałem filiżankę w ręce.

Spotkaliśmy się w samochodzie, który zaparkowaliśmy niedaleko kawiarni. Krótki spacer do auta pozwolił mi na chwilę refleksji. Zdałem sobie sprawę z faktu, że dla osiągnięcia celu posunąłem się do kradzieży. Czy powinienem wysłać do kawiarni czek? Ile mogła kosztować taka filiżanka? Naczynia często się tłukły w trudnych do przewidzenia okolicznościach. Gdyby wszyscy klienci kradli zastawę, lokal wkrótce straciłby płynność finansową.

– Masz? – zapytała Rosie.

Pokazałem jej filiżankę.

– Jesteś pewien, że to ta?

Elementy komunikacji niewerbalnej nie są moją mocną stroną, ale chyba udało mi się wyrazić za pomocą tych środków, że nawet jako drobny złodziejaszek nie straciłem umiejętności obserwacji.

– Zapłaciłaś rachunek? – zapytałem.

– Właśnie w ten sposób odwróciłam jego uwagę.

– Płacąc?

– Nie. Płaci się przy barze. Po prostu wyszłam.

– Musimy wrócić.

– Niech się pieprzą – odparła Rosie.

Wsiedliśmy do porsche i odjechaliśmy z dużą prędkością.

Co się ze mną działo?

I 2

Jechaliśmy w kierunku uniwersytetu i laboratorium, żeby sfinalizować projekt „Ojciec". Na horyzoncie zbierały się ciemne chmury, ale było ciepło, więc Rosie otworzyła dach. Wciąż analizowałem skutki kradzieży.

– Cały czas cię dręczy ten rachunek, Don?! – Rosie próbowała przekrzyczeć szum wiatru. – Zabawny jesteś! Okradamy ludzi z DNA, a ty się przejmujesz jakąś filiżanką!

– Pozyskiwanie DNA nie jest nielegalne! – odkrzyknąłem. To była prawda, chociaż w Wielkiej Brytanii odpowiadalibyśmy za naruszenie ustawy o tkankach ludzkich z dwa tysiące czwartego roku. – Powinniśmy wrócić.

– Cóż za interesujący przykład efektywnego wykorzystania czasu – powiedziała Rosie, nienaturalnie modulując głos.

Zatrzymaliśmy się pod sygnalizacją świetlną, co na chwilę stworzyło nam odpowiednie warunki komunikacji. Zaśmiała się i zrozumiałem, że imituje mój sposób formułowania opinii. W zasadzie miała rację, ale w grę wchodziły kwestie moralne, które zawsze powinny mieć pierwszeństwo.

– Wyluzuj – dodała po chwili. – Dzisiaj jest piękny dzień. Wreszcie się dowiemy, kto jest moim ojcem, a ja wyślę im czek za tę filiżankę. Przysięgam. – Popatrzyła na mnie. – Czy ty w ogóle umiesz się wyluzować? Potrafisz się cieszyć?

To było wielowymiarowe zagadnienie, niemożliwe do omówienia przy wyjącym wietrze, kiedy się rusza spod świateł na skrzyżowaniu. Poza tym poszukiwanie radości w życiu nie jest tożsame z poczuciem zadowolenia, co zostało udowodnione przez wiele badań naukowych.

– Przeoczyłaś zjazd – poinformowałem Rosie.

– Istotnie – odpowiedziała tym samym tonem, co przedtem. – Jedziemy na plażę. – Kiedy zaprotestowałem, krzyknęła: – Nie słyszę cię! Nic nie słyszę!

Włączyła muzykę – bardzo głośną rockową muzykę. Teraz rzeczywiście nie mogła mnie usłyszeć. Zostałem uprowadzony! Jechaliśmy przez dziewięćdziesiąt cztery minuty. Nie widziałem prędkościomierza i nie byłem przyzwyczajony do jazdy otwartymi pojazdami, ale odniosłem wrażenie, że wciąż przekraczaliśmy dopuszczalną prędkość.

Kakofonia dźwięków, wiatr i ryzyko śmierci – próbowałem wprowadzić się w stan psychiczny, który zwykle przyjmuję na fotelu u dentysty.

W końcu zatrzymaliśmy się na parkingu przy plaży – o tej godzinie w środku tygodnia niemal kompletnie pustym. Rosie popatrzyła na mnie.

– Rozchmurz się. Idziemy na spacer, a potem pojedziemy do laboratorium i odwiozę cię do domu. Nigdy więcej mnie nie zobaczysz.

– A nie możemy od razu wrócić do domu?

Zdałem sobie sprawę, jak dziecinnie zabrzmiała ta prośba. Musiałem przywołać się do porządku. Byłem dorosłym osobnikiem płci męskiej, dziesięć lat starszym i bardziej doświadczonym niż osoba, z którą aktualnie dzieliłem przestrzeń i która zapewne realizowała jakiś konkretny cel. Zapytałem, co zamierza osiągnąć.

– Wkrótce się dowiem, kto jest moim tatą. Muszę oczyścić umysł. Czy możemy mniej więcej pół godziny pospacerować? Chciałabym, żebyś przynajmniej udawał normalną ludzką istotę i posłuchał, co mam do powiedzenia.

Nie byłem pewien, czy umiem udawać normalną ludzką istotę, ale zgodziłem się na spacer. Rozumiałem, że Rosie przeżywa chwile silnego wzburzenia emocjonalnego, więc postanowiłem uszanować próbę walki z tą słabością. Zresztą okazało się, że niewiele mówiła, zatem spacer był całkiem przyjemnym doświadczeniem – prawie nie różnił się od spacerowania w pojedynkę.

Kiedy w drodze powrotnej podeszliśmy do samochodu, Rosie zapytała:

– Jaką lubisz muzykę?

– Dlaczego?

– Nie podobało ci się to, czego słuchaliśmy, jadąc w tę stronę, prawda?

– Istotnie.

– W takim razie teraz twoja kolej. Ale nie mam Bacha.

– Właściwie nie słucham muzyki – powiedziałem. – Bach był tylko nieudanym eksperymentem.

– Nie można przejść przez życie, nie słuchając muzyki.

– W ogóle nie zwracam na nią uwagi. Wolę słuchać informacji.

Nastąpiło długie milczenie. W końcu doszliśmy do samochodu.

– Czy twoi rodzice słuchali muzyki? A bracia albo siostry?

– Moi rodzice słuchali rocka, szczególnie ojciec. Lubił muzykę z czasów, kiedy był młody.

Zajęliśmy miejsca i Rosie znowu otworzyła dach. Przez chwilę manipulowała przy swoim iPhonie, którego używała jako źródła muzyki.

– Przygotuj się na powrót do przeszłości – uprzedziła i aktywowała plik dźwiękowy.

Już myślałem, że czeka mnie powrót na fotel dentystyczny, lecz niespodziewanie przekonałem się, jak bardzo słowa Rosie odpowiadały prawdzie. Znałem tę muzykę. Słyszałem ją w tle, kiedy dorastałem. Nagle przeniosłem się w czasie do swojego pokoju za zamkniętymi drzwiami, w którym pisałem programy w BASIC-u na moim komputerze wczesnej generacji, a ta piosenka brzmiała w tle.

– Znam tę piosenkę!

Rosie zaśmiała się.

– Gdybyś jej nie znał, byłby to ostateczny dowód, że przyleciałeś z Marsa.

Pędząc z powrotem do miasta czerwonym porsche z piękną kobietą za kierownicą i przy dźwiękach muzyki, poczułem się tak, jakbym stał na granicy innego świata. To było znajome uczucie, które jeszcze silniej dało o sobie znać, kiedy spadł deszcz, a dach samochodu się zaciął i nie mogliśmy go zamknąć. To samo czułem, patrząc na miasto po posiłku balkonowym oraz wtedy, gdy Rosie napisała mi swój numer telefonu. Inny świat, inne życie – w zasięgu ręki, lecz nieuchwytne.

Tliła się we mnie… *Sa-tys-fak-cja*.

Było już ciemno, kiedy zajechaliśmy pod uniwersytet. Oboje ociekaliśmy deszczem. Z pomocą instrukcji obsługi udało mi się ręcznie zamknąć dach samochodu.

W laboratorium otworzyłem dwa piwa (tym razem nie były potrzebne żadne sygnały paralingwistyczne), a Rosie stuknęła się ze mną butelką.

– Zdrówko! – powiedziała. – Dobra robota.

– Obiecujesz, że wyślesz czek do kawiarni?

– Tak. Obiecuję.

Dobrze.

– Świetnie się spisałaś – pochwaliłem ją. Już od jakiegoś czasu chciałem wyrazić tę opinię. Rosie była niezwykła w roli dziewczyny marzącej o studiach medycznych. – Ale dlaczego podałaś taki wysoki wynik egzaminu wstępnego?

– A jak myślisz?

Wyjaśniłem, że gdybym znał odpowiedź, nie zadałbym tego pytania.

– Bo chciałam zrobić wrażenie.

– Na swoim potencjalnym ojcu?

– Tak. I nie tylko. Mam dosyć traktowania mnie jak głupka.

– Uważam, że jesteś niezwykle inteligentna...

– Nie mów tego.

– Czego?

– Jak na barmankę. Chciałeś to dodać, prawda?

Przeczucie jej nie myliło.

– Moja matka była lekarzem. Ojciec też, przynajmniej ten, po którym odziedziczyłam geny. Nie trzeba być profesorem, żeby wyróżniać się inteligencją. Widziałam twoją minę, kiedy powiedziałam, że zdobyłam siedemdziesiąt cztery punkty. Pomyślałeś: „On nigdy nie uwierzy, że ta kobieta jest taka zdolna". A jednak uwierzył. Może więc powinieneś się pozbyć uprzedzeń.

To była konstruktywna krytyka. Rzadko utrzymywałem kontakt z jednostkami spoza kręgów akademickich, więc większość teorii dotyczących reszty świata formułowałem na podstawie filmów i seriali telewizyjnych, które oglądałem w dzieciństwie. Przyznaję, że bohaterów *Zaginionych w kosmosie* i *Star Treka* raczej trudno uznać za próbę reprezentatywną. W każdym razie Rosie nie pasowała do przyjętego przeze mnie stereotypu barmanki. Możliwe, że więcej moich opinii o ludziach zawiera błąd poznawczy. Wcale bym się nie zdziwił.

Analizator DNA już był gotowy.

– Jakie są twoje preferencje? – zapytałem.

– Wszystko jedno. Nie chcę nikogo faworyzować.

Domyśliłem się, że jest to opinia dotycząca kolejności testu, a nie wyboru ojca, więc sprecyzowałem pytanie.

– Nie wiem – odparła. – Całe popołudnie o tym myślałam. Alan nie żyje, więc to nie byłoby fajne. No i dziwnie bym się czuła, gdyby się okazało, że Natalie jest moją siostrą. Ale w pewnym sensie takie rozwiązanie byłoby właściwą kontynuacją, jeśli rozumiesz, o czym mówię. Z kolei Petera polubiłam, jednak właściwie nic o nim nie wiem. Pewnie ma swoją rodzinę.

Kolejny raz uderzyło mnie, że projekt „Ojciec" nie jest dobrze przemyślanym przedsięwzięciem. Rosie całe popołudnie próbowała stłumić niechciane emocje, a przecież zdawało się, że to właśnie one są jedynym motorem naszych poszukiwań.

Najpierw sprawdziłem Petera Enticotta, ponieważ włos ze szczotki Natalie wymagał więcej czasochłonnych przygotowań. Jego DNA nie pasowało do genów Rosie.

W kłębku włosów znalazłem parę cebulek, zatem kradzież szczoteczki do zębów była niepotrzebna. Inicjując test, pomyślałem o pierwszych dwóch kandydatach. Obaj – w tym Eamonn Hughes, z którym Rosie wiązała dużą nadzieję – okazali się pomyłką. Podobnego wyniku spodziewałem się po testach córki Alana.

Miałem rację. Koniecznie musiałem popatrzeć na Rosie, żeby zobaczyć jej reakcję.

Wyglądała na bardzo zasmuconą. Wszystko wskazywało na to, że znowu będziemy musieli się upić.

– Pamiętaj, że to tylko DNA jego córki – powiedziała.

– Już uwzględniłem ten fakt.

– Oczywiście. No to po sprawie.

– Ale nie rozwiązaliśmy problemu.

Jako naukowiec nie mam w zwyczaju rezygnować z trudnych wyzwań.

– I nie rozwiążemy – powiedziała Rosie. – Sprawdziliśmy już wszystkich, o których kiedykolwiek słyszałam.

– Przeszkód nie da się uniknąć – odparłem. – Wszystkie ważne projekty wymagają wytrwałości.

– Zachowaj ją na rzeczy, które są dla ciebie ważne.

Dlaczego skupiamy się na jednych sprawach kosztem innych? Zaryzykujemy życiem, żeby uratować tonącego, a nie przekażemy darowizny na cel charytatywny, który mógłby uchronić kilkanaścioro dzieci przed głodem. Instalujemy panele słoneczne, chociaż ich wpływ na stężenie dwutlenku węgla jest minimalny – a nawet może być szkodliwy, jeżeli weźmiemy pod uwagę sposoby ich produkcji i montażu – zamiast wspierać skuteczniejsze projekty infrastrukturalne.

Uważam, że zwykle podejmuję rozsądniejsze decyzje niż inni ludzie, ale i mnie zdarzają się błędy. Jesteśmy genetycznie zaprogramowani, żeby odpowiadać na bodźce w najbliższym otoczeniu. Reakcja na wieloaspektowe problemy, które trudno jednoznacznie zidentyfikować, wymaga użycia logiki i rozumu – narzędzi o mniejszej sile sprawczej niż instynkt.

To najbardziej prawdopodobne uzasadnienie mojego dalszego zainteresowania projektem „Ojciec". Z racjonalnego punktu widzenia powinienem wykorzystać swój potencjał badawczy do ważniejszych zadań, ale instynkt pchał mnie do pomocy Rosie w jej aktualnym przedsięwzięciu. Pijąc kieliszek pinot noir Muddy Water w restauracji Jimmy Watson przed wyjściem Rosie do pracy, próbowałem ją przekonać, żeby nie przerywała projektu. Ona jednak całkiem racjonalnie argumentowała, że w tej sytuacji już nie ma sensu zakładać, że jakiś kolega ze studiów jej mamy posiada większe predyspozycje niż inni. Na tym roku zapewne studiowało ponad sto osób, a trzydzieści lat temu, przy ówczesnej dyskryminacji płci, większość stanowili mężczyźni. Nakład prac logistycznych związanych z ustaleniem miejsca pobytu i badaniem pięćdziesięciu lekarzy, często żyjących w innych miastach, a nawet za granicą, przemawiał na niekorzyść projektu. Rosie stwierdziła, że nie zależy jej aż tak bardzo.

Chciała odwieźć mnie do domu, ale postanowiłem zostać i jeszcze się napić.

13

Przed ostatecznym porzuceniem projektu „Ojciec" postanowiłem się upewnić, czy Rosie prawidłowo podała szacunkową liczbę kandydatów na ojca. Wywnioskowałem, że niektóre czynniki można łatwo wyeliminować. Medycynę, gdzie uczę, studiuje wielu obcokrajowców. Rosie miała bardzo jasną skórę, zatem zdawało się mało prawdopodobne, że jej ojciec był Chińczykiem, Wietnamczykiem, czarnoskórym lub Hindusem.

Zacząłem od sprawdzenia podstawowych danych – na podstawie trzech nazwisk, które już znałem, poszukałem w Internecie informacji o tym roczniku studiów.

Wyniki przeszły moje oczekiwania, ale w badaniach naukowych ważną rolę odgrywa czynnik szczęścia. Nie zdziwiło mnie odkrycie, że matka Rosie ukończyła studia na mojej aktualnej uczelni. W tamtych czasach tylko dwa uniwersytety w Melbourne miały w ofercie kierunki medyczne.

Znalazłem dwie fotografie istotne dla przedmiotu poszukiwań. Jedną z nich był oficjalny portret wszystkich studentów tego rocznika, opatrzony stu czterdziestu sześcioma nazwiskami. Drugą zrobiono podczas balu absolwentów i także zawierała nazwiska. Przedstawiała jedynie sto dwadzieścia cztery twarze, zapewne dlatego, że część studentów nie uczestniczyła w tej zabawie. Transfer genów nastąpił podczas balu lub bezpośrednio po nim, mogliśmy zatem nie brać pod uwagę tych, którzy byli nieobecni. Dokonałem porównania i potwierdziłem, że ta studwudziestoczteroosobowa grupa stanowiła podzbiór stuczterdziestosześcioosobowego zespołu z pierwszej fotografii.

Oczekiwałem, że poszukiwania pozwolą mi uzyskać listę absolwentów i w najlepszym wypadku jedno zdjęcie. Niespodziewaną premią okazało się forum dyskusyjne pod hasłem „Gdzie oni są?". Jednakże prawdziwą gratką była informacja o zaplanowanym zjeździe z okazji trzydziestej rocznicy rozdania dyplomów. Miał się odbyć już za trzy tygodnie. Musieliśmy działać szybko.

Spożyłem obiad w domu i pojechałem rowerem do Marquess of Queensbury. Katastrofa! Nie zastałem Rosie. Barman poinformował mnie, że pracuje jedynie trzy wieczory w tygodniu. Uderzyło mnie, że to za mało, żeby zapewnić sobie odpowiedni dochód. Możliwe, że w dzień pracowała gdzie indziej. Znałem bardzo mało faktów z jej życia – miejsce pracy, dążenie do odnalezienia ojca oraz wiek, który oceniłem na dwadzieścia dziewięć lat, opierając się na informacji, że od balu absolwentów minęło ich trzydzieści. Nie zapytałem Gene'a, skąd zna Rosie. Nie znałem nawet nazwiska jej matki, które ułatwiłoby mi identyfikację właściwej osoby na fotografii.

Barman był sympatyczny, więc zamówiłem piwo oraz orzeszki i przejrzałem swoje notatki.

Zdjęcie z balu przedstawiało sześćdziesięciu trzech osobników płci męskiej, czyli zaledwie o dwóch więcej niż populacja osobników żeńskich – trochę za mało, żeby uzasadnić tezę Rosie o dyskryminacji płciowej. Niektórzy wykazywali cechy wyraźnie odmienne od europeidalnych, chociaż było ich mniej, niż oczekiwałem. Bal odbył się trzydzieści lat temu – przed napływem chińskich studentów. Liczba kandydatów wciąż była duża, ale zjazd absolwentów stanowił okazję do masowej akwizycji danych.

Do tej pory zdążyłem się zorientować, że Marquess of Queensbury jest barem dla homoseksualistów. Podczas pierwszej wizyty nie zwróciłem uwagi na przeważające tam interakcje społeczne, bo byłem skoncentrowany na poszukiwaniu Rosie i inicjacji projektu

„Ojciec", ale tym razem mogłem poddać otoczenie bardziej szczegółowej analizie. Przypomniał mi się szkolny klub szachowy – grupa ludzi połączonych wspólnymi zainteresowaniami. To był jedyny klub, do którego kiedykolwiek wstąpiłem, oczywiście oprócz klubu uniwersyteckiego – raczej jednak pełniącego funkcje gastronomiczne.

Nie miałem przyjaciół wśród homoseksualistów, ale ten fakt wynikał raczej z ogólnej liczby moich znajomych niż z uprzedzeń. Może Rosie była lesbijką? Pracowała w barze dla homoseksualistów, chociaż wszyscy klienci tego lokalu byli płci męskiej. Zapytałem o to barmana.

– Powodzenia, stary. – Zaśmiał się.

Nie odpowiedział na moje pytanie, tylko poszedł obsłużyć innego klienta.

Następnego dnia, gdy skończyłem lunch w klubie uniwersyteckim, wszedł Gene w towarzystwie kobiety, którą pamiętałem z wieczorku dla samotnych – Niespełnionej Seksualnie Badaczki. Widocznie znalazła rozwiązanie swoich kłopotów. Minęliśmy się w drzwiach stołówki.

Gene mrugnął do mnie i powiedział:

– Don, to Fabienne. Przyjechała z Belgii, żeby omówić możliwości współpracy.

Jeszcze raz mrugnął i szybko poszli dalej.

Z Belgii. A więc błędnie zakładałem, że Fabienne jest Francuzką. Belgijskie obywatelstwo jednak wiele wyjaśniało. Nad Francuzkami Gene już przeprowadził badania.

Rosie otworzyła Marquess of Queensbury o dwudziestej pierwszej. Już czekałem przed drzwiami.

– Don! – Wyglądała na zaskoczoną. – Wszystko w porządku?

– Mam parę informacji.

– Lepiej się pospiesz.

– Nie mogę, to bardzo szczegółowe informacje.

– Przykro mi, Don, ale jest tu mój szef. Nie chcę sobie narobić kłopotów. Potrzebuję tej pracy.

– O której kończysz?

– O trzeciej nad ranem.

Niebywałe! Kim byli klienci Rosie? Gdzie pracowali? Może wszyscy byli zatrudnieni w barach otwartych od dwudziestej pierwszej i mieli wolne cztery wieczory w tygodniu? Tworzyli niewidoczną gołym okiem nocną subkulturę i korzystali z zasobów logistycznych, które w przeciwnym razie musiałyby się zmarnować.

Wziąłem bardzo głęboki wdech i rzuciłem się na równie głęboką wodę.

– Dobrze, przyjdę po ciebie.

Pojechałem do domu, położyłem się spać i nastawiłem budzik na drugą trzydzieści. Odwołałem poranny jogging z Gene'em, żeby odzyskać godzinę snu. Postanowiłem też zrezygnować z treningu karate.

O drugiej pięćdziesiąt już jechałem rowerem przez przedmieścia. To wcale nie było przykre doświadczenie. Prawdę mówiąc, dostrzegłem wiele zalet pracy nocą. Puste laboratoria. Brak studentów. Szybszy dostęp do danych w sieci internetowej. Żadnych kontaktów z Dziekan. Gdybym znalazł stanowisko związane jedynie z działalnością badawczą, a nie z nauczaniem, to taki tryb pracy mógłby mi odpowiadać. Może prowadziłbym zajęcia przez łącze wideo na innym uniwersytecie w innej strefie czasowej?

Punktualnie o trzeciej zatrzymałem się przed barem, w którym pracowała Rosie. Nie mogłem otworzyć drzwi. Wisiała na nich tabliczka z informacją „Zamknięte". Głośno zapukałem i Rosie podeszła.

– Jestem wykończona – powiedziała.

Trudno się dziwić.

– Wejdź, prawie skończyłam.

Bar działał do drugiej trzydzieści, ale Rosie musiała jeszcze posprzątać.

– Chcesz piwo? – zapytała.

Piwo! O trzeciej nad ranem! Co za niedorzeczność.

– Tak. Proszę.

Usiadłem przy barze i patrzyłem, jak się krząta. Przypomniałem sobie, o czym myślałem poprzedniego dnia, siedząc w tym samym miejscu.

– Jesteś lesbijką?

– Przyszedłeś tutaj specjalnie, żeby mnie o to zapytać?

– Nie, to pytanie nie ma żadnego związku z głównym celem mojej wizyty.

– Doprawdy miło usłyszeć coś takiego od obcego mężczyzny w pustym barze o trzeciej nad ranem.

– Nie jestem obcy.

– Rzeczywiście, tylko trochę egzotyczny – powiedziała Rosie, śmiejąc się.

Prawdopodobnie rozbawiło ją podobieństwo semantyczne tych słów. Nadal nie odpowiedziała jednak na moje pytanie. Sobie też otworzyła piwo. Wyjąłem z plecaka teczkę i podałem Rosie fotografię z balu.

– Czy to właśnie na tej zabawie doszło do przekazania genów twojej matce?

– O cholera! Skąd to masz?

Streściłem swoje poszukiwania i pokazałem jej wykres, który sporządziłem.

– Wypisałem wszystkich. Sześćdziesięciu trzech kandydatów płci męskiej, w tym dziewiętnastu bez wyraźnych cech europeidalnych, co zostało stwierdzone na podstawie oceny wizualnej i poparte nazwiskami. Trzej już zostali wyeliminowani.

– Chyba żartujesz. Przecież nie przetestujemy… trzydziestu jeden facetów.

– Czterdziestu jeden.

– Nieważne. I tak nie mamy żadnego pretekstu, żeby się z nimi spotkać.

Powiedziałem jej o zjeździe.

– Jest drobny problem – rzekła Rosie. – Nikt nas nie zaprosił.

– Istotnie – potaknąłem. – To drobny problem, zresztą już rozwiązany. Podczas spotkania będzie serwowany alkohol.

– I co z tego?

Wskazałem ręką bar i kolekcję butelek na półkach.

– Będą potrzebne twoje umiejętności.

– Ty naprawdę robisz mnie w balona?

– Jesteś w stanie postarać się o pracę przy tym wydarzeniu?

– Hej, czekaj! To zaczyna przypominać jakieś wariactwo. Chcesz, żebyśmy się wprosili na tę imprezę i jakby nigdy nic, zebrali próbki z kieliszków? Naprawdę?

– Nie my, tylko ty. Mnie brakuje specjalistycznego przygotowania. Ale poza tym faktem twoja interpretacja jest prawidłowa.

– Zapomnij.

– Myślałem, że chcesz się dowiedzieć, kto jest twoim ojcem.

– Już raz ci powiedziałam, że nie za wszelką cenę.

Dwa dni później usłyszałem w słuchawce interkomu głos Rosie. Była dwudziesta czterdzieści siedem, a ja sprzątałem łazienkę, ponieważ Eva – gosposia w minispódniczce – odwołała wizytę, tłumacząc się chorobą. Wcisnąłem przycisk i wpuściłem Rosie na górę. Miałem na sobie jedynie skąpy strój do czyszczenia urządzeń sanitarnych – szorty, gumowe buty chirurgiczne i rękawice z lateksu.

– Oho! – Rosie przez chwilę uważnie na mnie patrzyła. – A więc tak wyglądają efekty intensywnego treningu karate.

To chyba była aluzja do moich mięśni klatki piersiowej. Nagle podskoczyła w miejscu niczym dziecko.

– Bierzemy się do roboty! Znalazłam agencję, która obsługuje tę imprezę, i zaproponowałam im gównianą stawkę godzinową, a oni na to: „Ekstra, ekstra, tylko nikomu ani słowa". Jak już będzie po wszystkim, podkabluję ich związkom zawodowym.

– Myślałem, że nie chcesz się tym zająć.

– Zmieniłam zdanie. – Podała mi zaplamioną książkę. – Naucz się tego. Muszę lecieć do pracy.

Odwróciła się i wyszła.

Zerknąłem na okładkę. *Podręcznik barmana. Kompendium wiedzy o przygotowaniu i serwowaniu drinków.* Okazało się, że to zestaw zadań, które powinienem opanować, żeby przekonująco wypaść w nowej roli. Zanim wyszedłem z łazienki, już zdołałem zapamiętać parę pierwszych przepisów. Kiedy szykowałem się do snu, pominąwszy codzienną rutynę aikido, żeby poświęcić więcej czasu lekturze książki, zrozumiałem, że sprawy nabrały zwariowanego tempa. Nie po raz pierwszy w moje życie wkradł się chaos, ale miałem gotową procedurę postępowania w przypadkach, które prowadziły do zaburzeń racjonalnego myślenia. Zatelefonowałem do Claudii.

Udało nam się spotkać następnego dnia. Oficjalnie nie jestem jednym z jej klientów, więc nasza dyskusja musiała się odbyć w kawiarni, a nie w gabinecie. I to mnie się zarzuca brak elastyczności!

Zreferowałem zaistniałą sytuację, ale przemilczałem projekt „Ojciec", ponieważ wolałem nie przyznawać się do swoich potajemnych sposobów pozyskiwania DNA, które w ocenie Claudii na pewno były nieetyczne. Podstawiłem zatem inny parametr – zasugerowałem, że podzielam zainteresowanie Rosie sztuką filmową.

– Rozmawiałeś o niej z Gene'em? – zapytała Claudia.

Powiedziałem, że to właśnie Gene mi ją przedstawił jako kandydatkę do projektu „Żona", ale zachęcał mnie jedynie do odbycia z nią stosunku seksualnego. Wyjaśniłem, że Rosie kompletnie się nie nadaje na partnerkę, chociaż Claudia chyba odniosła wrażenie, że jestem nią zainteresowany właśnie w tym kontekście. Może pomyślała, że wspólne zainteresowania są jedynie pretekstem do nawiązania bliższej znajomości. Popełniłem jeden z największych błędów, pytając Rosie o orientację seksualną, co mogło szczególnie umocnić to wrażenie.

Tymczasem Rosie ani razu nie wspomniała o projekcie „Żona". Incydent z marynarką i późniejsze wydarzenia szybko sprowadziły nasze relacje na inne, zupełnie nieplanowane tory. Dostrzegłem jednak ryzyko, że na pewnym etapie mogę zranić jej uczucia, jeżeli przyznam, że już po pierwszej randce przestała się liczyć dla projektu „Żona".

– A więc to cię martwi – powiedziała Claudia. – Nie chcesz zranić jej uczuć?

– Istotnie.

– Doskonale, Don.

– Błędny wniosek. To bardzo źle.

– Chodzi mi o to, że zależy ci na jej emocjach. To ważne. Miło spędzasz z nią czas?

– Fantastycznie – potaknąłem, po raz pierwszy zdając sobie sprawę z tego faktu.

– A jej jest dobrze w twoim towarzystwie?

– Chyba tak. Ale zgłosiła się do projektu „Żona".

– Nie zaprzątaj sobie tym głowy – powiedziała Claudia. – Wygląda na to, że jest dosyć odporna. Po prostu spróbuj się dobrze bawić.

Następnego dnia stało się coś dziwnego. Gene po raz pierwszy z własnej inicjatywy umówił się ze mną w swoim gabinecie. Zawsze to na mnie spoczywała odpowiedzialność za ustalenie terminu naszych interakcji, ale projekt „Ojciec" spowodował nienaturalnie długą przerwę między kolejnymi spotkaniami.

Gabinet Gene'a jest większy niż mój, co wynika raczej z demonstracji statusu niż z rzeczywistego zapotrzebowania na przestrzeń życiową. Drzwi otworzyła mi Piękna Helena, bo Gene jeszcze nie wrócił z jakiejś narady. Skorzystałem z okazji, żeby sprawdzić, czy na wiszącej na ścianie mapie pojawiły się nowe pinezki w Indiach i Belgii. Z niemal stuprocentową pewnością mogłem stwierdzić, że Indie już przedtem były oznaczone, jednak możliwe, że Olivia wcale nie pochodziła stamtąd. Powiedziała, że jest Hinduską, więc równie dobrze mogła mieszkać na Bali albo Fidżi czy też w każdym innym kraju zamieszkanym przez Hindusów. Gene prowadził badania pod kątem narodowości, a nie grup etnicznych, niczym podróżnicy, którzy prowadzą rejestr zwiedzonych krajów. Jak można się spodziewać, Korea Północna wciąż nie miała swojej pinezki.

W końcu przyszedł Gene i polecił Pięknej Helenie przynieść dwie kawy. Usiedliśmy przy stole niczym podczas konferencji.

– Słyszałem, że rozmawiałeś z Claudią – powiedział Gene.

To była jedna z wad spotykania się z Claudią na stopie prywatnej, a nie zawodowej – nie mogłem liczyć na dochowanie tajemnicy lekarskiej.

– A zatem dalej spotykasz się z Rosie, czyli ekspert się nie pomylił.

– Tak, spotykamy się, ale nie w ramach projektu „Żona".

Gene jest moim najlepszym przyjacielem, ale i tak miałem wątpliwości, czy powinienem mu mówić o projekcie „Ojciec". Na szczęście nie starał się zgłębić tego tematu. Pewnie uznał, że mam czysto seksualne intencje wobec Rosie. Prawdę mówiąc, zdziwiło mnie, że nie poruszył od razu tego tematu.

– Co wiesz o Rosie? – zapytał.

– Prawie nic – odpowiedziałem szczerze. – Rzadko mówimy o niej. Nasze dysputy dotyczą zagadnień ogólnych.

– Daj spokój – powiedział. – Wiesz, czym się zajmuje, gdzie spędza czas, prawda?

– Jest barmanką.

– OK. To wszystko?

– I nie przepada za ojcem.

Gene zaśmiał się bez szczególnego powodu.

– No to trudno faceta nazwać Robinsonem Crusoe.

W pierwszej chwili taka opinia zabrzmiała niedorzecznie w kontekście relacji rodzinnych, ale potem przypomniałem sobie, że czasami ludzie nawiązują do tego fikcyjnego rozbitka, kiedy chcą w metaforyczny sposób powiedzieć, że ktoś nie jest odosobniony. W tym przypadku musiało chodzić o to, że ojciec Rosie nie jest jedynym mężczyzną, którego nie darzy sympatią. Gene zauważył moją minę, kiedy próbowałem zrozumieć te zawiłości, więc rozwinął swoją myśl:

– Lista mężczyzn, których Rosie lubi, nie jest zbyt długa.

– Jest lesbijką?

– Równie dobrze mogłaby być – odparł Gene. – Widziałeś, jak się ubiera?

Ten komentarz zapewne dotyczył stroju, w którym Rosie pierwszy raz przyszła do mojego gabinetu. Jednak do pracy w barze ubierała się konwencjonalnie, a idąc z wizytą, żeby pobrać DNA, wkładała niczym nie wyróżniające się dżinsy i trykotowe bluzki. Tego wieczoru, kiedy zdarzył się incydent z marynarką, wyglądała niekonwencjonalnie, ale szczególnie atrakcyjnie.

Możliwe, że nie chciała wysyłać zachęcających sygnałów w otoczeniu, w którym poznała Gene'a – czyli prawdopodobnie w barze lub restauracji. Duża część odzieży damskiej jest zaprojektowana tak, żeby podkreślić atrakcyjność seksualną i zwabić potencjalnych partnerów. Jeżeli Rosie nie szukała partnera, to wybór innego stroju zdawał się jak najbardziej uzasadniony. Chciałem zadać Gene'owi wiele pytań dotyczących Rosie, ale domyślałem się, że mógłby źle zinterpretować moją ciekawość. O jedno jednak musiałem zapytać:

– Dlaczego zdecydowała się na udział w projekcie „Żona"?

Gene chwilę się wahał.

– Kto wie? – powiedział w końcu. – Chyba nie jest najgorsza, ale nie spodziewaj się cudów. Ta dziewczyna to wylęgarnia problemów. Pamiętaj, że masz przed sobą całe życie.

Rada Gene'a była zaskakująco wnikliwa. Czyżby wiedział, jak dużo czasu spędzam nad książką o koktajlach?

I4

Nazywam się Don Tillman i jestem alkoholikiem. Te słowa kołatały w mojej głowie, ale nie wypowiedziałem ich głośno – nie dlatego, że byłem pijany (a byłem), lecz dlatego, że gdybym to zrobił, pewnie okazałyby się prawdą i nie miałbym innego wyjścia, niż wybrać racjonalną strategię rozwiązania tego problemu – musiałbym przestać pić.

Mój stan upojenia alkoholowego był efektem ubocznym projektu „Ojciec" – a konkretnie wynikał z potrzeby opanowania umiejętności wymaganych od kelnera serwującego drinki. Dokonałem zakupu shakera, kieliszków, oliwek, skrobaka do cytrusów oraz dużej ilości trunków rekomendowanych przez *Podręcznik barmana*. Zamierzałem dzięki tym produktom opanować praktyczny aspekt przygotowywania drinków. Zadanie było zaskakująco trudne, a mnie brakuje wrodzonej zręczności. Prawdę mówiąc, jeśli nie liczyć sztuk walki oraz wspinaczki, której nie praktykowałem od studiów, w większości dyscyplin sportowych jestem niezdarny. Moja znajomość karate i aikido wynika z intensywnej, długoterminowej praktyki.

Najpierw ćwiczyłem precyzję, a potem szybkość. O dwudziestej trzeciej zero siedem byłem wykończony i pomyślałem, że test moich drinków pod kątem jakości może być interesującym doświadczeniem. Przyrządziłem klasyczne martini, martini z wódką, Margaritę i Kowboja-obciągacza – koktajle, które w opinii przedstawionej w podręczniku biją rekordy popularności. Wszystkie wyszły znakomicie, a różnica smaku była o wiele bardziej wyczuwalna niż w przypadku lodów. Niechcący wycisnąłem więcej soku z limonki do Margarity, niż przewidywał przepis, więc przygotowałem drugiego drinka, żeby zminimalizować straty.

Badania naukowe wielokrotnie wykazały, że szkodliwy wpływ alkoholu na zdrowie przewyższa jego zalety. Ja jednak twierdzę, że dobroczynne działanie na moje zdrowie psychiczne usprawiedliwia to ryzyko. Alkohol uspokaja mnie, a jednocześnie poprawia nastrój – jest to paradoksalna, ale przyjemna kombinacja. Poza tym redukuje poziom dyskomfortu w sytuacjach społecznych.

Z reguły starannie kontroluję własną konsumpcję i przestrzegam zasady dwóch dni abstynencji tygodniowo, chociaż projekt „Ojciec" już nie pierwszy raz spowodował złamanie tej reguły. Względnie niski poziom spożycia nie kwalifikuje mnie jako alkoholika. Podejrzewam jednak, że silna niechęć do zmiany tych nawyków może sugerować coś innego.

Podprojekt „Masowe pozyskanie DNA" postępował bez zarzutu – we właściwym tempie przyswajałem sobie kolejne rozdziały *Podręcznika barmana*. Wbrew obiegowej opinii alkohol nie niszczy komórek w mózgu.

Przygotowując się do snu, poczułem silne pragnienie nawiązania kontaktu telefonicznego z Rosie, żeby jej złożyć raport z postępów. Z racjonalnego punktu widzenia to nie było konieczne, bo nie warto tracić czasu na meldunki, że wszystko przebiega zgodnie z planem – to powinno być standardowe domniemanie. Racjonalizm przeważył. O włos.

Spotkałem się z Rosie na kawie dwadzieścia osiem minut przed rozpoczęciem bankietu z okazji zjazdu absolwentów. Teraz oprócz dyplomu z wyróżnieniem oraz doktoratu mogłem okazać świadectwo ukończenia kursu odpowiedzialnej pracy z alkoholem. Egzamin był bardzo łatwy.

Rosie już miała na sobie strój służbowy, a dla mnie przyniosła jego męski odpowiednik.

– Załatwiłam go wcześniej i wyprałam – powiedziała. – Nie chciałam ryzykować pokazu karate.

To oczywiście była aluzja do incydentu z marynarką, chociaż techniką, której tam użyłem, było aikido.

Starannie przygotowałem się do pobrania DNA – miałem przy sobie plastikowe woreczki, tampony z waty i samoprzylepne etykiety z nazwiskami osób z fotografii. Rosie zażyczyła sobie, żebyśmy nie pobierali DNA od tych, którzy nie uczestniczyli w balu absolwentów, więc wykreśliłem ich nazwiska. Zdziwiła się, że je zapamiętałem, ale wolałem uniknąć błędów wynikających z nieznajomości przedmiotu sprawy.

Bankiet zorganizowano w klubie golfowym, co było dosyć dziwne, ale przekonałem się, że obiekty klubu wykorzystywano raczej w celach konsumpcyjnych niż dla promocji golfa. Okazało się również, że nasze kwalifikacje znacznie przewyższają wymagany poziom. Za przygotowanie drinków odpowiadał stały personel, a naszym zadaniem było jedynie odbieranie zamówień, dostarczanie napojów i – co najważniejsze – sprzątanie pustych szklanek. Najwyraźniej zmarnowałem wszystkie godziny spędzone na rozwijaniu umiejętności przyrządzania koktajli.

Goście zaczęli się schodzić, a mnie wręczono tacę z napojami. Od razu zwróciłem uwagę na ważny problem – nikt nie nosił tabliczki z nazwiskiem! Jak zatem mieliśmy zidentyfikować źródło konkretnego DNA? Udało mi się znaleźć Rosie, która także dostrzegła tę przeszkodę, ale już znalazła rozwiązanie oparte na znajomości zachowań społecznych.

– Powiedz do nich tak: „Dzień dobry, mam na imię Don i dzisiaj będę pana obsługiwał, doktorze…"

Zaprezentowała gest, który miał wskazywać, że zdanie jest niepełne, a jednocześnie zachęcić rozmówcę do podania nazwiska.

Był to niezwykle skuteczny sposób, który sprawdził się w siedemdziesięciu dwóch i pół procent przypadków. W pewnym momencie zdałem sobie sprawę, że powinienem stosować tę samą procedurę również wobec kobiet, żeby uniknąć posądzenia o seksizm.

Wkrótce przybyli Eamonn Hughes i Peter Enticott, dwaj kandydaci, których już wyeliminowaliśmy. Jako przyjaciel rodziny Eamonn na pewno wiedział, w jaki sposób Rosie zarabia na życie, a moją obecność wytłumaczyła mu tak, że pracuję dodatkowo wieczorami, żeby zasilić swoją uniwersytecką pensję. Peterowi Enticottowi Rosie powiedziała, że zatrudniła się na pół etatu za barem, żeby sfinansować swoje studia medyczne. Chyba obaj odnieśli wrażenie, że poznaliśmy się z Rosie w pracy.

Najtrudniejszym elementem okazało się dyskretne zdejmowanie próbek ze szklanek – byłem w stanie zabezpieczyć najwyżej jedną za każdym razem, kiedy przynosiłem tacę z naczyniami do baru. Rosie napotkała jeszcze więcej problemów.

– Nie mogę zapamiętać wszystkich nazwisk – powiedziała rozgorączkowanym tonem, gdy minęliśmy się z tacami w dłoniach.

Ruch był coraz większy, a ona zdawała się nieco podekscytowana. Czasami zapominam, że wielu ludzi nie zna podstawowych technik pamięciowych. Powodzenie podprojektu spoczywało zatem w moich rękach.

– Będzie więcej okazji, kiedy wszyscy usiądą – uspokoiłem ją. – Nie ma się czym martwić.

Przeanalizowałem układ stołów zastawionych do kolacji – przy każdym stało dziesięć krzeseł, jedynie przy dwóch było ich jedenaście – co dawało dziewięćdziesięciu dwoje biesiadników. Oczywiście część tego zbioru stanowiły osobniki żeńskie. Partnerzy gości nie zostali zaproszeni. Istniało niewielkie ryzyko, że ojciec Rosie był transseksualistą. Zapamiętałem, żeby przyjrzeć się kobietom pod kątem cech męskich i poddać testom te, które mogły budzić wątpliwości. Ogólnie jednak liczby przedstawiały się zachęcająco.

Kiedy goście zasiedli do stołów, zmienił się tryb obsługi – dystrybucja ograniczonego wachlarza drinków ustąpiła miejsca zbieraniu zamówień. Zdaje się, że na tym przyjęciu obowiązywały zmodyfikowane zasady. W normalnych warunkach po prostu podalibyśmy do stołu butelki wina, piwa i wody, ale to była ekskluzywna ceremonia, na której klub realizował indywidualne preferencje. Zostaliśmy poinstruowani, żeby „wciskać ludziom najdroższy towar" – przypuszczalnie po to, by zwiększyć profity klubu. Pomyślałem, że jeżeli dobrze wykonam swoje zadanie, to zrehabilituję się za inne wady.

Podszedłem do jednego ze stołów jedenastoosobowych. Już wcześniej przedstawiłem się siedmiu gościom, uzyskując sześć nazwisk.

Zacząłem od kobiety, której nazwisko już znałem.

– Doktor Collie, miło panią znowu widzieć. Czego się pani napije?

Dziwnie na mnie popatrzyła i przez chwilę zdawało mi się, że tym razem metoda zapamiętywania za pomocą skojarzeń zawiodła, a kobieta naprawdę nazywa się Doberman albo Pudel. Na szczęście nie próbowała mnie poprawiać.

– Proszę tylko białe wino, dziękuję.

– Sugeruję Margaritę, najpopularniejszy koktajl na świecie.

– Robicie koktajle?

– Istotnie.

– W takim razie martini – powiedziała.

– Standardowe?

– Tak, dziękuję.

Łatwizna.

Zwróciłem się do wciąż niezidentyfikowanego mężczyzny, który siedział obok, i wypróbowałem trik Rosie.

– Dzień dobry, mam na imię Don i dzisiaj będę pana obsługiwał, doktorze...

– Mówiłeś, że robicie koktajle?

– Istotnie.

– Słyszałeś o Rob Royu?

– Oczywiście.

– No to dla mnie jeden.

– Słodki, wytrawny czy idealny? – zapytałem.

Jeden z mężczyzn siedzący naprzeciw mojego klienta zaśmiał się.

– Weź tego, Brian.

– Idealny – powiedział mężczyzna, którego teraz mogłem skojarzyć z nazwiskiem dr Brian Joyce. W bankiecie uczestniczyło dwóch Brianów, ale z drugim już rozmawiałem.

Doktor Walsh (podzbiór żeński, brak cech transseksualnych) zamówiła Margaritę.

– Standardową, premium, truskawkową, mango, melonową czy szałwiowo-ananasową? – zapytałem.

– Szałwiowo-ananasową? Czemu nie?

Moim kolejnym klientem był ostatni niezidentyfikowany mężczyzna – ten, którego rozbawiło zamówienie Briana. Przedtem nie udało mi się rozszyfrować jego nazwiska za pomocą rutynowej sztuczki, więc postanowiłem jej nie powtarzać.

– Czego pan sobie życzy? – zapytałem.

– Przynieś mi Kurdyjskiego Żeglarza na Podwójnym Gazie – powiedział. – Tylko żeby był wstrząśnięty, nie mieszany.

Nie znałem tego drinka, ale byłem pewien, że zawodowi barmani za ladą będą wiedzieli, jak się go przyrządza.

– Nazwisko, proszę.

– Że co?

– Proszę mi podać nazwisko. Żebym uniknął pomyłki.

Zapanowało milczenie. Po chwili siedząca obok doktor Jenny Broadhurst poinformowała:

– To Rod.

– Doktor Roderick Broadhurst, tak? – zapytałem, jedynie chcąc potwierdzić dane.

Zasada mówiąca, żeby zostawić partnerów w domu, oczywiście nie obowiązywała uczestników, którzy poślubili kolegę albo koleżankę z tego samego roku studiów. Było siedem takich par, a Jenny na pewno siedziała koło swojego męża.

– Co to ma… – zaczął Rod, ale Jenny weszła mu w słowo:

– Ma pan rację. Ja mam na imię Jenny i też poproszę Margaritę szałwiowo-ananasową. – Zwróciła się do Roda: – Dlaczego zachowujesz się jak palant? Co to za żart o tym kurdyjskim żeglarzu? Może byś tak przyczepił się do kogoś, kto ma podobną do ciebie liczbę synaps?

Rod popatrzył na nią, a potem na mnie.

– Przepraszam, stary, jaja sobie robię. Przynieś mi martini. Standardowe.

Bez problemu skompletowałem resztę nazwisk i zamówień. Zrozumiałem, że Jenny próbowała dyskretnie zwrócić uwagę Roda na fakt, że nie jestem dosyć inteligentny – zapewne ze względu na to, że pełniłem jedynie funkcję kelnera. Zastosowała zręczny trik, który zapamiętałem w celu użycia w podobnych sytuacjach społecznych, ale popełniła błąd merytoryczny, którego Rod nie poprawił. Niewykluczone, że pewnego dnia to nieporozumienie mogło spowodować pomyłkę w badaniach klinicznych albo naukowych.

Zanim wróciłem do baru, jeszcze raz zatrzymałem się przy nich, żeby podjąć polemikę.

– Nie istnieją żadne dowody doświadczalne, które potwierdzałyby korelację między liczbą połączeń synaptycznych a poziomem inteligencji ssaków naczelnych. Polecam doskonały artykuł Williamsa i Herrupa w „Annual Review of Neuroscience". – Miałem nadzieję, że ta wskazówka okaże się pomocna.

Okazało się, że moje zamówienia wywołały gorączkowe zamieszanie za barem. Tylko jedna osoba z trojga pracowników umiała sporządzić Rob Roya, i to jedynie w wersji konwencjonalnej. Podałem jej instrukcję przygotowania wersji idealnej. Powstały też trudności aprowizacyjne – brakowało składników na Margaritę szałwiowo-ananasową. Wprawdzie znalazł się ananas (w puszce – autor książki rekomendował użycie „możliwie najświeższych owoców", więc uznałem, że nasze mieszczą się w tej definicji), ale nie było szałwii. Udałem się do kuchni, lecz nie otrzymałem nawet suszonej wersji tego komponentu. Na pewno nie miałem do czynienia z „dobrze zaopatrzonym barem, przygotowanym na każdą okazję", do którego odwoływał się *Przewodnik barmana*. Obsługa kuchni była bardzo zajęta, ale zdobyłem trochę liści kolendry i dokonałem wizualnej inwentaryzacji dostępnych składników, żeby uniknąć podobnych problemów.

Rosie też przyjmowała zamówienia. Jeszcze nie przeszliśmy do fazy zbierania szklanek, a niektórzy goście pili dosyć wolno. Pomyślałem, że prawdopodobieństwo sukcesu bardzo by wzrosło przy wyższej fluktuacji drinków. Niestety nie wiedziałem, jak zachęcić swoje obiekty do szybszej konsumpcji w taki sposób, żeby nie złamać reguł odpowiedzialnej pracy z alkoholem. Postanowiłem zająć umiarkowane stanowisko i jedynie przypominać im, jakie wspaniałe drinki znajdują się w ofercie baru.

Przyjmując zamówienia, zwróciłem uwagę na zmianę w dynamice ekosystemu, której wyrazem było zdenerwowanie Rosie, kiedy za którymś razem mnie minęła.

– Ci przy stoliku piątym nie chcą u mnie złożyć zamówienia. Powiedzieli, że czekają na ciebie.

Odniosłem wrażenie, że niemal wszyscy woleli pić koktajle niż wino. Właściciele niewątpliwie mogli być zadowoleni z utargu. Niestety, zdawało się, że personel zatrudniono, wychodząc z założenia, że większość osób będzie pić piwo albo wino, dlatego obsługa baru miała problem z utrzymaniem tempa pracy. Znajomość koktajli wśród barmanów była zadziwiająco niska, więc do wielu zamówień musiałem dyktować przepisy.

Rozwiązanie obu problemów było jednak bardzo proste. Rosie stanęła za barem, żeby pomóc w przygotowaniu drinków, a ja sam zbierałem wszystkie zamówienia. Dobra pamięć okazała się cennym atutem, ponieważ nie musiałem nic zapisywać ani obsługiwać stołów pojedynczo. Zbierałem dyspozycje od wszystkich gości, a potem w regularnych odstępach czasu przekazywałem je pracownikom baru. Jeżeli któryś z gości potrzebował „czasu do namysłu", odchodziłem i wracałem później, zamiast czekać. Poruszałem się raczej biegiem, niż chodząc, i zwiększyłem tempo wypowiedzi do maksymalnego zrozumiałego poziomu. Ten proces był bardzo efektywny i chyba spotkał się z uznaniem uczestników, którzy od czasu do czasu nagradzali mnie oklaskami, kiedy udało mi się zaproponować komuś drinka spełniającego szczególne kryteria albo gdy powtórzyłem zamówienie dla całego stołu, chociaż wszystkim zdawało się, że ich nie słyszałem.

Goście dalej pili drinki, a ja oceniłem, że w drodze z sali bankietowej do kuchni jestem w stanie pobrać DNA z trzech szklanek. Resztę stawiałem na końcu kontuaru i dawałem sygnał Rosie, udzielając jej szybkich wskazówek, dotyczących nazwisk.

Zdawało mi się, że Rosie działała pod presją. Tymczasem ja świetnie się bawiłem. Zachowałem dosyć zimnej krwi, żeby sprawdzić zapas śmietanki, zanim podano desery. Jak mogłem się spodziewać, było jej za mało, żeby przyrządzić zaplanowaną przeze mnie liczbę koktajli współgrających z musem mango i puddingiem o nazwie Lepka Randka.

Rosie poszła do kuchni, żeby sprawdzić, czy uda nam się uzyskać więcej tego produktu. Kiedy wróciłem do baru, jeden z pracowników krzyknął do mnie:

– Hej, właśnie mam szefa na telefonie! Przywiezie śmietankę! Potrzebujesz jeszcze czegoś?

Przeprowadziłem inspekcję półek i dokonałem obliczeń opartych na wykazie „dziesięciu najpopularniejszych koktajli deserowych".

– Poproszę brandy, galliano, krem miętowy, cointreau, ajer-koniak, ciemny i jasny rum…

– Powoli, powoli – powiedział barman.

Nie zamierzałem jednak zwolnić. Byłem, jak to mówią, w transie.

Szef – mężczyzna w średnim wieku (szacunkowy BMI dwadzieścia siedem) – przyjechał z dostawą produktów wspomagających tuż przed fazą deseru i zreorganizował procedurę działania baru. Dystrybucja deserów okazała się świetną zabawą, chociaż ze względu na gwar rozmów napotkałem pewne trudności z odbiorem zamówień. Sprzedawałem przede wszystkim koktajle na bazie śmietanki, które w przeważającej części były nieznane gościom, ale wywołały entuzjastyczne reakcje.

Kiedy kelnerzy zebrali naczynia po deserze, przeprowadziłem w myślach kalkulację naszych starań. Wynik w dużej mierze zależał od skuteczności Rosie, ale moim zdaniem, już mieliśmy próbki co najmniej osiemdziesięciu pięciu procent męskiej populacji. To było dobre, choć nie optymalne wykorzystanie możliwości oferowanych przez aktualną sytuację. Ustaliwszy nazwiska gości, stwierdziłem, że nieobecnych jest jedynie dwunastu mężczyzn rasy europeidalnej, którzy uczestniczyli w balu absolutoryjnym. Wśród brakujących osobników był Alan McPhee, który nie mógł przybyć z powodu śmierci, ale już został wyeliminowany dzięki szczotce do włosów swojej córki.

Kiedy ruszyłem w kierunku baru, dogonił mnie doktor Ralph Browning.

— Mogę poprosić o jeszcze jednego Cadillaca? To chyba najlepszy drink, jaki kiedykolwiek piłem.

Obsługa baru już szykowała się do wyjścia, ale szef zawołał Rosie:

– Zrób panu Cadillaca.

Jenny i Rod Broadhurst wyszli z sali bankietowej.

– Niech będą od razu trzy – powiedział Rod.

Pracownicy baru otoczyli szefa i wywiązała się dyskusja.

– Moi ludzie już muszą iść do domu – powiedział do mnie szef, wzruszając ramionami. Zwrócił się do Rosie: – Chcesz nadgodziny?

Tymczasem przy barze zaczął ustawiać się tłum i goście dawali znaki rękami, żeby zwrócić na siebie uwagę.

Rosie podała Cadillaca doktorowi Browningowi, a potem popatrzyła na szefa.

– Nic z tego. Co najmniej dwóch musi zostać. Sama nie obsłużę setki ludzi.

– Będziesz miała mnie i jego. – Szef wskazał na mnie.

W końcu dostałem szansę, żeby wykorzystać nowo nabyte umiejętności. Rosie podniosła blat nad przejściem i wpuściła mnie za bar.

Doktor Miranda Ball uniosła rękę.

– Jeszcze raz to samo, proszę.

– Mamer w Alabamie dla Mirandy Ball! – krzyknąłem do Rosie, bo w okolicy baru zrobiło się bardzo głośno. – Po jednej miarce tarniówki, whisky, galliano, triple sec i soku pomarańczowego, plasterek pomarańczy i wiśnia!

– Skończył się triple sec! – odkrzyknęła Rosie.

– Zastąp go cointreau, ale odmierz o dwadzieścia procent mniej.

Doktor Lucas postawił pustą szklankę na barze i uniósł palec. Aha, jeszcze jeden.

– Gerry Lucas! Pusta szklanka! – zawołałem.

Rosie zabrała szklankę – miałem nadzieję, że wie, co zrobić. Jego próbki nie mieliśmy.

– Jeszcze jedna Lewatywa dla doktora Lucasa!

– Załatwione! – usłyszałem z kuchni.

Doskonale, Rosie pamiętała, żeby zdjąć próbkę.

Doktor Martin van Krieger krzyknął na cały głos:

– Jest jakiś koktajl z galliano i tequilą?!

Tłum zamilkł. Takie pytania były bardzo częste podczas kolacji, a moje odpowiedzi robiły na gościach duże wrażenie. Tym razem musiałem się zastanowić.

– Jeśli nie ma, to mówi się trudno! – krzyknął Martin.

– Potrzebuję trochę czasu na przeindeksowanie wirtualnej bazy danych – odparłem, żeby wytłumaczyć zwłokę. Po chwili przedstawiłem dwie propozycje: – Złoto Meksyku albo Tłuścioch Freddy.

Rozległy się brawa i wiwaty.

– Daj mi oba – zażądał doktor Martin.

Rosie wiedziała, jak zrobić Tłuściocha Freddy'ego. Szefowi podałem przepis na Złoto Meksyku.

W takim trybie bardzo skutecznie pracowaliśmy dalej. Postanowiłem wykorzystać tę okazję, żeby pobrać materiał do analizy od wszystkich lekarzy płci męskiej, także od tych, których przedtem odrzuciłem ze względu na niekompatybilną przynależność etniczną. O pierwszej dwadzieścia dwie zyskałem pewność, że mamy wszystkich oprócz jednego. Nadszedł zatem czas, żeby wykazać postawę proaktywną.

– Czy jest na sali doktor Anwar Khan? Proszę się zameldować! – Słyszałem takie wezwanie w telewizji. Miałem nadzieję, że brzmi dosyć władczo.

Doktor Khan pił jedynie wodę ze szklanki, z którą się nie rozstawał. Podszedł z nią do baru.

– Przez cały wieczór nie wypił pan ani jednego drinka! – powiedziałem.

– Czy to jakiś problem? Nie piję alkoholu.

– Bardzo roztropnie – pochwaliłem go, chociaż sam dawałem zły przykład, mając w zasięgu ręki otwartą butelkę piwa. – Polecam więc Dziewiczą Coladę, Dziewicę Marię, Dziewicę…

W tym momencie doktor Eva Gold objęła ramieniem doktora Khana. Niewątpliwie była pod wpływem alkoholu.

– Rozluźnij się, Anwar.

Doktor Khan popatrzył na nią, a potem na tłum gości, którzy, według mojej oceny, także wykazywali objawy upojenia.

– A niech mi tam, do diabła – powiedział. – Pokażcie mi te dziewice.

Postawił pustą szklankę na barze.

Kiedy wyszedłem z klubu, było już bardzo późno. Ostatni goście opuścili nas o drugiej trzydzieści dwie – dwie godziny i dwie minuty po zaplanowanym czasie. We troje z Rosie i szefem zrobiliśmy sto czterdzieści trzy koktajle. Rosie i szef sprzedali też trochę piwa, ale w tym przypadku nie dysponuję dokładnymi danymi na temat ilości.

– Możecie iść do domu – powiedział szef. – Posprzątamy tu rano.

Podał mi rękę, którą uścisnąłem zgodnie z obyczajem, chociaż zdawało mi się, że jest zbyt późno na rytuał powitania.

– Amghad – przedstawił się. – Odwaliliście kawał dobrej roboty.

Nie podał ręki Rosie, ale spojrzał na nią i się uśmiechnął. Zauważyłem, że Rosie wygląda na nieco zmęczoną. Tymczasem ja wciąż miałem dużo energii.

– Macie ochotę na drinka? – zapytał Amghad.

– Doskonały pomysł.

– Chyba żartujesz – powiedziała Rosie. – Ja idę. Twoje rzeczy są w torbie. Don, na pewno nie chcesz, żebym cię podwiozła?

Przyjechałem rowerem, a przez cały wieczór wypiłem jedynie trzy piwa. Oszacowałem, że nawet jeżeli napiję się z Amghadem, zawartość alkoholu w mojej krwi nie przekroczy dopuszczalnego limitu. Rosie zostawiła nas samych.

– No to czym się trujemy? – zapytał Amghad.

– Trujemy?

– Co chcesz do picia?

Och, oczywiście, ale dlaczego, dlaczego, dlaczego ludzie nigdy nie wyrażają się jasno?

– Piwo, proszę.

Amghad otworzył dwa jasne ale i stuknęliśmy się butelkami.

– Od jak dawna pracujesz w tej branży? – zapytał.

Projekt „Ojciec" w pewnym stopniu wymagał mataczenia i kłamstw, ale bynajmniej nie czułem się z tym komfortowo.

– To moje pierwsze ćwiczenia terenowe – odparłem. – Zrobiłem coś niewłaściwie?

Amghad się zaśmiał.

– Zabawny z ciebie gość. Posłuchaj, to nie najgorszy lokal, ale zwykle sprzedaje się tu steki, piwo i przeciętne wino. Dzisiejszy wieczór był wyjątkowy, i to przede wszystkim dzięki tobie. – Wypił trochę piwa i przez chwilę patrzył na mnie w milczeniu. – Myślę o rozkręceniu interesu w zachodniej części miasta. Wiesz, małego, eleganckiego cocktail baru w nowojorskim stylu, ale z bajerami. Na pewno wiesz, o czym mówię. Jeśli byłbyś zainteresowany…

Proponował mi posadę! To był prawdziwy komplement, zważywszy na niewielkie doświadczenie, którym dysponowałem. Mój mózg wysłał irracjonalny komunikat: „Jaka szkoda, że Rosie tego nie słyszy".

– Dziękuję, ale już mam pracę.

– Nie chodzi o pracę. Chciałbym po prostu, żebyśmy zostali wspólnikami.

– Nie, dziękuję – powtórzyłem. – Przykro mi, ale nie sądzę, że byłby pan ze mnie zadowolony.

– Możliwe, ale zwykle jestem całkiem niezłym obserwatorem. Zadzwoń do mnie, gdybyś zmienił zdanie. Nie ma pośpiechu.

Następnym dniem była niedziela.

Umówiliśmy się z Rosie na piętnastą w laboratorium. Zgodnie z przewidywaniem spóźniła się, a ja już zacząłem pracę. Potwierdziłem, że pobraliśmy próbki od wszystkich uczestników zjazdu, czyli mogliśmy poddać testom niemal całą męską część tego rocznika studiów. Spośród mężczyzn rasy indoeuropejskiej zostało nam tylko jedenastu osobników.

Rosie w obcisłych niebieskich dżinsach i białej koszuli podeszła do lodówki.

– Żadnego piwa, dopóki nie przetestujemy wszystkich próbek – powiedziałem.

Praca zajęła nam trochę więcej czasu niż zwykle, ponieważ musiałem zdobyć parę dodatkowych odczynników chemicznych z głównego laboratorium.

O dziewiętnastej zero sześć Rosie poszła po pizzę. To oczywiście niezdrowy wybór, ale poprzedniego dnia ominęła mnie kolacja. Obliczyłem, że mój organizm będzie zdolny przerobić nadmiar kilodżuli. Po powrocie Rosie zostało mi już tylko czterech kandydatów. Kiedy otwieraliśmy pudełko z pizzą, usłyszałem dzwonek telefonu komórkowego. Od razu się domyśliłem, kto to.

– Nie odpowiadałeś pod numerem domowym. Martwiłam się – powiedziała moja matka. To była uzasadniona reakcja, ponieważ niedzielne rozmowy z nią przez telefon są jednym z punktów mojego tygodniowego planu zajęć. – Gdzie jesteś?

– W pracy.

– Wszystko u ciebie w porządku?

– Tak.

Niezręcznie się czułem, wiedząc, że Rosie słucha naszej prywatnej rozmowy, więc starałem się używać lakonicznych wypowiedzi i jak najszybciej zakończyć konwersację. Rosie zaczęła się śmiać – na szczęście niegłośno, więc matka jej nie słyszała – i stroić zabawne miny.

– To twoja matka? – zapytała, gdy się rozłączyłem.

– Istotnie. Jak zgadłaś?

– Bo wyglądałeś jak szesnastolatek rozmawiający z mamą w obecności swojej... – Nie dokończyła. Na pewno zauważyła moje rozdrażnienie. – Albo jak ja, kiedy rozmawiam z Philem.

Zaintrygowało mnie, że dla Rosie rozmowa z rodzicem także jest trudna. Moja matka jest dobrą osobą, ale za dużą wagę przykłada do dzielenia się prywatnymi informacjami. Rosie sięgnęła po kawałek pizzy i zerknęła na monitor komputera.

– Domyślam się, że wciąż nic nie mamy...

– Mamy całkiem dużo. Właśnie wyeliminowaliśmy kolejnych pięciu i zostało nam czterech. Wśród nich także ten. – Wynik pojawił się, kiedy rozmawiałem przez telefon. – Skreśl Anwara Khana.

Rosie uaktualniła listę.

– Allahowi niech będą dzięki.

– Najbardziej skomplikowane zamówienie drinka na świecie – przypomniałem jej.

Doktor Khan zamówił pięć różnych drinków, rekompensując sobie w ten sposób wcześniejszą abstynencję. Z bankietu wyszedł w czułych objęciach doktor Gold.

– Tak, trochę mu pokrzyżowałam plany. Dolałam mu rumu do Dziewiczej Colady.

– Podałaś mu alkohol?

Odniosłem wrażenie, że to było naruszenie jego przekonań religijnych i osobistych.

– Może się nie załapać na swoje siedemdziesiąt dwie dziewice.

Słyszałem o tej teorii. Wynegocjowałem z Dziekan oficjalne stanowisko, zgodnie z którym traktuję równorzędnie wszystkie przekonania, które nie są oparte na dowodach naukowych. Jednak zawsze uważałem, że ten pogląd jest szczególnie osobliwy.

– To dążenie do kontaktów z dziewicami jest nieracjonalne – powiedziałem. – Zdaje się, że kobieta z pewnym doświadczeniem w sprawach seksu jest o wiele lepsza niż debiutantka.

Rosie zaśmiała się i otworzyła dwa piwa. Potem popatrzyła na mnie w taki sposób, w jaki mnie nie wypada patrzeć na innych.

– Niesamowity. Jesteś najbardziej zdumiewającym człowiekiem, jakiego poznałam. Nie wiem, dlaczego to robisz, ale dziękuję.

Stuknęła się ze mną butelką i wypiła łyk.

Miło mi było usłyszeć komplement, ale to była dokładnie taka sytuacja, jaka mnie martwiła, kiedy rozmawiałem z Claudią. Rosie chciała poznać motywy, które mną kierują, a to przecież ona postanowiła wziąć udział w projekcie „Żona" i prawdopodobnie wiązała z nim jakieś oczekiwania. Nadszedł najwyższy czas na szczerość.

– Prawdopodobnie uważasz, że chcę w ten sposób zainicjować stosunki intymne.

– Brałam pod uwagę taką możliwość – potaknęła Rosie.

A więc potwierdziła moje domysły.

– Bardzo mi przykro, jeżeli swoim zachowaniem stworzyłem błędne wrażenie.

– To znaczy? – zapytała.

– Nie interesujesz mnie jako partnerka. Pewnie powinienem był ci powiedzieć wcześniej, że kompletnie się nie nadajesz.

Próbowałem dokonać oceny reakcji Rosie, ale interpretacja mimiki twarzy nie jest moją mocną stroną.

– Cóż, w takim razie na pewno się ucieszysz, jeśli powiem, że jakoś to zniosę. Prawdę mówiąc, uważam, że ty też nie bardzo się nadajesz – powiedziała.

Te słowa przyniosły mi ulgę. Nie zraniłem jej uczuć. Pytanie jednak wciąż pozostało bez odpowiedzi.

– W takim razie dlaczego wypełniłaś kwestionariusz projektu „Żona"?

Słowa „wypełnić" użyłem jedynie w umownym sensie, ponieważ Gene nie wymagał od Rosie uczestnictwa w wypełnieniu kwestionariusza. Jednak jej odpowiedź wskazywała na jeszcze poważniejszy błąd komunikacji.

– Projektu „Żona"? – zdziwiła się, jakby pierwszy raz spotkała się z tą koncepcją.

– Gene przysłał cię do mnie jako kandydatkę do projektu „Żona". Miałaś być potencjalnym czarnym koniem.

– O czym ty mówisz?

– Nigdy nie słyszałaś o projekcie „Żona"? – próbowałem ustalić prawidłowy punkt wyjścia do dalszej dyskusji.

– Nie – odpowiedziała tonem, jakim zwykle udziela się instrukcji dzieciom. – Nigdy nie słyszałam o projekcie „Żona". Ale zaraz usłyszę. Ze szczegółami.

– Oczywiście – potaknąłem. – Sugeruję, żebyśmy jednocześnie wykorzystali ten czas na konsumpcję pizzy oraz piwa.

– Oczywiście – zgodziła się Rosie.

Dosyć szczegółowo zreferowałem założenia projektu „Żona", uwzględniając konsultacje z Gene'em i ćwiczenia terenowe w instytucjach matrymonialnych. Konkluzję zsynchronizowałem z konsumpcją ostatnich kawałków pizzy. Rosie właściwie powstrzymała się od komentarzy, jeżeli nie liczyć eksklamacji w rodzaju: „Jezu!" albo „O kurwa!".

– A więc wciąż realizujesz ten projekt? Projekt „Żona"? – zapytała w końcu.

W ramach eksplikacji poinformowałem ją, że teoretycznie projekt jest aktywny, ale z braku kompetentnych kandydatek nie odnotowałem żadnych postępów.

– Ojej, jaka szkoda – stwierdziła Rosie. – Kobieta idealna jeszcze się nie zgłosiła.

– Zakładam, że istnieje więcej niż jedna kandydatka, która spełnia wyznaczone kryteria – powiedziałem. – Można to jednak porównać do poszukiwań dawcy szpiku. Zarejestrowało się za mało obiektów.

– Pozostaje mieć nadzieję, że dosyć kobiet spełni obywatelski obowiązek i podda się twoim testom.

To była interesująca uwaga. Właściwie nie myślałem o projekcie w kategoriach obowiązku obywatelskiego. Podczas kilku ostatnich tygodni snułem refleksje na temat projektu „Żona" oraz braku sukcesów na tym polu i ogarniał mnie smutek, gdy widziałem, jak wiele kobiet szuka partnera na tyle desperacko, że rejestruje się do kwestionariusza, chociaż według wszelkiego prawdopodobieństwa nie spełnia podstawowych wymagań.

– Udział w projekcie jest całkowicie dobrowolny – sprostowałem.

– To niezwykle szlachetne z twojej strony. Coś ci powiem. Każda kobieta, która decyduje się poddać tym testom, lubi być traktowana przedmiotowo. Wydaje ci się, że dla nich to kwestia wyboru, ale jeśli poświęcisz dwie minuty, żeby się przyjrzeć naszemu społeczeństwu, które zmusza kobiety do myślenia o sobie jak o przedmiocie, to może zmienisz zdanie. Ciekawe, czy chcesz żyć z kobietą, która myśli właśnie w taki sposób? Naprawdę szukasz kogoś takiego? – Rosie wyglądała na zdenerwowaną. – Wiesz, dlaczego ubieram się w takim stylu? Dlaczego noszę okulary? Bo nie chcę, żeby ktoś mnie traktował jak przedmiot. Och, gdybyś wiedział, jak bardzo mnie obraziłeś swoim podejrzeniem, że jestem pretendentką, kandydatką…

– Dlaczego więc przyszłaś do mnie tamtego dnia przed incydentem z marynarką?

Rosie potrząsnęła głową.

– Pamiętasz, jak w twoim domu na balkonie zadałam ci pytanie o wielkość jąder?

Przytaknąłem.

– I nie zastanowiło cię, dlaczego na pierwszej randce pytam o takie rzeczy?

– Prawdę mówiąc, nie. Podczas randki za bardzo się koncentruję na tym, żeby samemu nie palnąć jakiegoś głupstwa.

– No dobra, nieważne. – Już zdawała się nieco spokojniejsza. – Zapytałam o to dlatego, że założyłam się z Gene'em. Gene, ta szowinistyczna świnia, próbował mi wmówić, że ludzie są z natury poligamistami i że dowodem na to jest wielkość ich jąder. Kazał mi iść do eksperta do spraw genetyki, żeby rozstrzygnąć nasz zakład.

Dopiero po chwili zrozumiałem cały zakres implikacji słów Rosie. Gene nie przygotował jej na zaproszenie na kolację. To znaczy, że kobieta – w tym przypadku Rosie – przyjęła bez uprzedniego ostrzeżenia propozycję randki ze mną. Przeniknęło mnie irracjonalnie wyolbrzymione uczucie satysfakcji. Tyle że Gene wprowadził mnie w błąd. I, o ile dobrze zrozumiałem, wykorzystał finansowo Rosie.

– Dużo pieniędzy przegrałaś? – zainteresowałem się. – Profesor psychologii nie powinien robić przesądzonych z góry zakładów z barmanką.

– Nie jestem pieprzoną barmanką.

Użycie wulgaryzmu wskazywało, że Rosie znowu traci nerwy. Nie mogła jednak zaprzeczyć oczywistym faktom. Zrozumiałem swój błąd – takie przejęzyczenie mogło wpędzić mnie w kłopoty, gdyby zdarzyło się przed grupą studentów.

– Bar…womanką…

– To brawurowa, chociaż niezbyt udana próba – powiedziała. – Ale nie o to chodzi. Pracuję w barze jedynie na pół etatu. Kończę studia psychologiczne. Na wydziale Gene'a. Teraz rozumiesz?

Oczywiście! Nagle przypomniałem sobie, gdzie ją przedtem widziałem – to ona spierała się z Gene'em po jego wykładzie otwartym. Pamiętam, że Gene zaprosił ją na kawę – to była sztuczka, której próbował z każdą atrakcyjną kobietą – ale ona odmówiła. Z jakiegoś powodu ten fakt mnie ucieszył. Gdybym jednak poznał ją od razu, kiedy weszła do mojego gabinetu, moglibyśmy uniknąć całego nieporozumienia. Nagle wszystko nabrało sensu – szczególnie scenka, którą odegrała przed Peterem Enticottem – z wyjątkiem dwóch rzeczy.

– Dlaczego nic mi nie powiedziałaś?

– Bo jestem barmanką i wcale się tego nie wstydzę. Albo to zaakceptujesz, albo nie mamy o czym gadać.

Odgadłem, że to metafora.

– Doskonale – powiedziałem. – To prawie wszystko tłumaczy.

– Aha, no dobrze. Ale dlaczego „prawie"? Nie zostawiajmy żadnych niedomówień.

– Dlaczego Gene ukrywał prawdę przede mną?

– Bo jest dupkiem.

– Jest moim najlepszym przyjacielem.

– Niech Bóg cię ma w opiece – powiedziała.

Wyjaśniliśmy sobie wiele spraw, więc mogliśmy znowu zająć się projektem, chociaż prawdopodobieństwo znalezienia ojca Rosie tego dnia zdawało się dosyć małe. Zostało czternastu kandydatów i dysponowaliśmy ostatnimi trzema próbkami. Wstałem i podszedłem do urządzenia.

– Słuchaj – powiedziała Rosie. – Pytam jeszcze raz, dlaczego to dla mnie robisz?

Przypomniałem sobie swoje refleksje nad tą kwestią oraz odpowiedź, którą przygotowałem – o wyzwaniu naukowym oraz altruistycznym nastawieniu wobec innych członków społeczności. Ale gdy tylko zacząłem mówić, zrozumiałem, że to nieprawda. Tego dnia już postawiłem dosyć błędnych hipotez i popełniłem wiele błędów komunikacyjnych. Doprawdy nie powinienem ich mnożyć.

– Nie wiem – przyznałem.

Odwróciłem się do analizatora i zacząłem układać próbkę. Nagle brzęk tłuczonego szkła przerwał mi pracę. To Rosie rzuciła probówką o ścianę – na szczęście nie użyła żadnej z wciąż nie-zbadanych próbek.

– Mam tego dosyć – oświadczyła i wyszła.

Nazajutrz ktoś zapukał do drzwi mojego gabinetu. Rosie.

– Wejdź – zaprosiłem ją do środka. – Domyślam się, że chcesz poznać wyniki trzech ostatnich testów.

Rosie nienaturalnie wolnym krokiem podeszła do biurka, gdzie poddawałem analizie dane, które potencjalnie mogły zmie-nić świat.

– Nie – odparła. – Wiem, że okazały się negatywne. Nawet ktoś taki jak ty zadzwoniłby, gdyby któraś pasowała.

– Istotnie.

Stała i patrzyła na mnie, nie mówiąc ani słowa. Zdaję sobie sprawę, że takie chwile ciszy stanowią sygnał do rozwinięcia te-matu, ale nie przychodziły mi na myśl żadne praktyczne uwagi. Ostatecznie to Rosie wypełniła lukę w komunikacji.

– Przepraszam, wczoraj puściły mi nerwy.

– Doskonale cię rozumiem. Tak ciężka praca bez żadnych re-zultatów może być źródłem silnej frustracji. Jest to jednak normą podczas badań naukowych. – Przypomniałem sobie, że ona też jest naukowcem, nie tylko barmanką. – Zresztą sama to wiesz.

– Mam na myśli twój projekt „Żona". Wciąż uważam, że to okropna metoda, ale takie uprzedmiotowienie kobiet wcale cię nie wyróżnia spośród innych mężczyzn. Ty jedynie mówisz o tym bardziej szczerze niż oni. Z drugiej strony, zrobiłeś dla mnie tak wiele…

– To był jedynie błąd komunikacji. Na szczęście został wy-jaśniony. Możemy zatem kontynuować projekt „Ojciec" bez ob-ciążeń natury osobistej.

– Nie. Nie możemy, dopóki nie zrozumiem, dlaczego to robisz.

Znowu to trudne pytanie. A przecież nie widziała żadnych przeszkód, dopóki sądziła, że kierują mną romantyczne pobudki, chociaż sama ich nie odwzajemniała.

– Moje motywy się nie zmieniły – powiedziałem zgodnie z prawdą. – Tymczasem twoje były nieoczywiste. Myślałem, że interesuję cię jako potencjalny partner. Na szczęście ta supozycja była oparta na błędnych przesłankach.

– Nie powinieneś przypadkiem poświęcić więcej czasu swojemu projektowi uprzedmiotowienia kobiet?

To pytanie idealnie pasowało do sytuacji, ponieważ dane, które właśnie studiowałem na monitorze komputera, sygnalizowały ważny przełom.

– Mam dobre wieści. W końcu pojawiła się kandydatka, która spełnia wszystkie warunki.

– No cóż – powiedziała Rosie. – W takim razie nie będę ci już potrzebna.

To doprawdy dziwna uwaga. Przecież potrzebowałem Rosie jedynie do pomocy w jej własnym projekcie.

16

Kandydatka nazywała się Bianca Rivera i rzeczywiście spełniała wszystkie kryteria. Była tylko jedna przeszkoda, której musiałem poświęcić trochę czasu. Bianca dopisała uwagę w kwestionariuszu, że dwa razy wygrała stanowy turniej tańca towarzyskiego i wymaga, żeby jej partner też był wytrawnym tancerzem. Fakt, że sama miała pewne roszczenia, zdawał się całkowicie uzasadniony. Zresztą jej postulat łatwo było spełnić. Poza tym znałem doskonałe miejsce, gdzie mógłbym ją zabrać.

Zatelefonowałem do Reginy, asystentki Dziekan, żeby się upewnić, czy wciąż sprzedaje bilety na bal wydziałowy, a potem napisałem e-mail do Bianki i zaprosiłem ją jako osobę towarzyszącą. Przyjęła zaproszenie! A zatem już miałem sympatię – i to idealną. Zostało mi dziesięć dni na naukę tańca.

Gene wszedł do mojego gabinetu, akurat kiedy ćwiczyłem kroki.

– Don, zawsze myślałem, że w statystyce oblicza się średnią długość życia na podstawie małżeństw z żywymi kobietami.

Była to aluzja do szkieletu, którego używałem do ćwiczeń. Wypożyczyłem go z wydziału anatomii, gdzie nikt nie pytał, do czego jest mi potrzebny. Sądząc po wymiarach kości miednicowej, niemal na pewno był to szkielet osobnika męskiego, ale ten fakt miał znikome znaczenie dla praktyki tańca. Wytłumaczyłem Gene'owi, jakie jest przeznaczenie mojego modelu, i pokazałem mu kadr z filmu *Grease*, wiszący na ścianie gabinetu.

– A więc pani Optymalna... och, przepraszam, doktor Optymalna, bo przecież ma tytuł doktorski, w końcu wpadła prosto do twojej skrzynki mailowej.

– Nie nazywa się Optymalna, tylko Rivera – sprostowałem.

– Masz zdjęcie?

– Nie było konieczne. Ustalenia dotyczące spotkania są dosyć precyzyjne. Przyjdzie na bal wydziałowy.

– O kurde! – Gene zamilkł na chwilę, a ja wznowiłem trening kroków. – Don, bal jest już w piątek za tydzień.

– Istotnie.

– Nie nauczysz się tańczyć w dziewięć dni.

– Dziesięć. Zacząłem wczoraj. Zapamiętanie kroków to banalna sprawa. Muszę jedynie popracować nad mechaniką ruchów. To zdecydowanie mniej wymagające niż sztuki walki.

Zademonstrowałem jedną z sekwencji.

– Imponujące – pochwalił mnie Gene. – Usiądź, Don.

Usiadłem.

– Mam nadzieję, że nie wkurzyłeś się za bardzo z powodu Rosie.

Niemal o niej zapomniałem.

– Dlaczego nie powiedziałeś mi, że studiuje psychologię? Nie wspomniałeś też o waszym zakładzie.

– Claudia mówi, że dobrze się bawiliście. Myślałem, że jeśli nic ci nie powiedziała, to miała jakiś szczególny powód. Może jest trochę zakręcona, ale na pewno nie głupia.

– To zrozumiałe – zgodziłem się. W dziedzinie spraw międzyludzkich nie ma sensu spierać się z profesorem psychologii.

– Cieszę się, że przynajmniej jednemu z was to nie przeszkadza – powiedział Gene. – Muszę ci się zwierzyć, że Rosie nie była szczególnie zadowolona z mojej decyzji. W ogóle nie wygląda na zadowoloną z życia. Słuchaj, Don, przekonałem ją, żeby przyszła na bal. Sama. Gdybyś wiedział, ile razy udało mi się ją do czegoś nakłonić, wiedziałbyś, że to wielkie osiągnięcie. Tobie chciałem zasugerować to samo.

– Mam się do czegoś przekonać?

– Nie, przyjść na bal, ale sam. Albo zaprosić Rosie jako osobę towarzyszącą.

Teraz zrozumiałem, do czego Gene mnie namawia. Ma tak silną obsesję na punkcie pociągu seksualnego, że widzi go nawet tam, gdzie go nie ma. Tym razem kompletnie się pomylił.

– Rosie i ja szczegółowo omówiliśmy kwestię bliskich relacji. Żadne z nas nie jest zainteresowane.

– Od kiedy kobiety cokolwiek omawiają szczegółowo? – zdziwił się Gene.

Spotkałem się z Claudią, żeby wysłuchać rad dotyczących mojej decydującej randki z Biancą. Zakładałem, że przyjdzie na bal w roli żony Gene'a, i uprzedziłem ją, że podczas zabawy mogę potrzebować jej wsparcia. Okazało się, że nawet nie wie o tym balu.

– Po prostu bądź sobą, Don. Jeżeli jej się nie spodobasz, to znaczy, że nie jest odpowiednią dla ciebie partnerką.

– Wydaje mi się, że żadna kobieta nie zaakceptowałaby mnie takiego, jaki jestem.

– A Daphne? – zapytała Claudia.

To prawda – Daphne różniła się od kobiet, z którymi umawiałem się na randki. To była doskonała metoda terapeutyczna – prezentacja kontrprzykładu, żeby pokonać uprzedzenia. Może Bianca okaże się młodszą, tańczącą wersją Daphne?

– A Rosie?

– Rosie jest kompletnie nieadekwatna.

– Pytałam o co innego – powiedziała Claudia. – Czy ona cię akceptuje takiego, jaki jesteś?

Zastanowiłem się przez kilka chwil. To było trudne pytanie.

– Zdaje się, że tak. Dlatego że nie ocenia mnie jako partnera.

– Chyba dobrze, że tak czujesz – oznajmiła Claudia.

Czujesz! Czujesz, czujesz, czujesz! Emocje wciąż groziły zburzeniem mojego światopoglądu. Najpierw męczyło mnie dokuczliwe pragnienie, żeby kontynuować projekt „Ojciec" zamiast projektu „Żona", a teraz uczucia stały się źródłem dręczącej niepewności przed spotkaniem z Biancą.

Przez całe życie krytykowano mnie za rzekomy brak emocji, jakby ta cecha była najgorszą z wad. Wszystkie interakcje z psychiatrami i psychologami – nawet z Claudią – zaczynają się od stwierdzenia, że powinienem pozostawać w większej harmonii z własnymi uczuciami. W istocie oznacza to, że powinienem się im poddać. Szczerze mówiąc, lubię tropić, rozpoznawać i analizować emocje. To praktyczna umiejętność i chciałbym znać się na tym jeszcze lepiej. Czasami emocja może być przyjemna – na przykład wdzięczność, jaką czułem do siostry, odwiedzającej mnie nawet w trudnych czasach, albo prymitywne uczucie zadowolenia po kieliszku wina – ale musimy być czujni i nie pozwolić, żeby uczucia sparaliżowały nasze codzienne czynności.

Zdiagnozowałem u siebie przeciążenie funkcji myślowych, więc rozłożyłem kartkę, żeby dokonać analizy sytuacji.

Zacząłem od wypisania niedawnych zakłóceń w porządku dnia. Dwa z nich miały zdecydowanie pozytywny skutek. Po pierwsze, Eva, gosposia w minispódniczce, świetnie się spisywała, dzięki czemu miałem do dyspozycji znacznie więcej czasu. Bez jej pomocy nie mógłbym się poświęcić większości swoich ostatnich dodatkowych zajęć. Po drugie, pomimo pewnego niepokoju mogłem się cieszyć faktem, że trafiła mi się pierwsza w pełni kompatybilna kandydatka do projektu „Żona". Pierwszy raz od podjęcia decyzji o stworzeniu związku miałem odpowiednią pretendentkę. Logika podpowiadała, że projekt „Żona", na który teraz zamierzałem poświęcić większość wolnego czasu, powinien zająć w moim życiu priorytetowe miejsce. Tutaj zidentyfikowałem problem numer jeden – moje emocje nie podążały wspólnym torem z logiką. Niechętnie korzystałem z tej okazji.

Nie byłem pewien, czy umieścić projekt „Ojciec" po stronie pozytywów czy negatywów, ale trzeba przyznać, że pochłonął niebywale dużo czasu, rezultat zaś był żaden. Moje argumenty, które przemawiały za kontynuacją, zawsze były słabe, a i tak zrobiłem więcej, niż do mnie należało. Gdyby Rosie chciała zlokalizować i pobrać DNA od reszty kandydatów, wiedziała, jak wykonać to zadanie. Miała już odpowiednie doświadczenie w zdejmowaniu wymazów. Ja mogłem zaproponować pomoc przy samych testach. I znowu logika kłóciła się z emocjami. Pragnąłem kontynuować projekt „Ojciec". Dlaczego?

Nie da się obiektywnie porównać różnych poziomów szczęścia, zwłaszcza w dużym przedziale czasu. Gdyby jednak ktoś mnie zapytał o najszczęśliwsze chwile mojego życia, bez wahania wskazałbym swój pierwszy dzień w Amerykańskim Muzeum Historii Naturalnej w Nowym Jorku podczas wyjazdu na konferencję w ramach studiów doktoranckich. Drugim najszczęśliwszym momentem był drugi dzień w tym muzeum, a trzecim – dzień trzeci. Jednak po niedawnych wydarzeniach ten schemat już nie był taki oczywisty. Trudno byłoby mi wybrać między Muzeum Historii Naturalnej a wielką nocą koktajli w klubie golfowym. Czy z tego powodu powinienem zastanowić się nad rezygnacją z dotychczasowej pracy i przyjęciem propozycji zostania wspólnikiem Amghada? Czy dzięki temu byłbym permanentnie szczęśliwszy? Ten pomysł zdawał się dosyć groteskowy.

Przyczyną mojej dezorientacji był fakt, że miałem do czynienia z równaniem, którego składnikami były duże wartości negatywne – najpoważniejszą było rozprzężenie dyscypliny – oraz równie duże wartości pozytywne – miłe doświadczenia jako konsekwencje tych anomalii. Niewymierność owych czynników uniemożliwiała mi ewaluację negatywnego bądź pozytywnego efektu netto. Poza tym wszelkie obliczenia zawierały ogromny margines błędu. Oznaczyłem projekt „Ojciec" jako czynnik o nieznanej wartości rezydualnej, co automatycznie nadało mu status najpoważniejszego zakłócenia rutyny.

Ostatnie miejsce na liście zajmowało ryzyko, że mój niestabilny, ambiwalentny stosunek do projektu „Żona" wpłynie negatywnie na interakcje społeczne z Biancą. Taniec mnie nie martwił – wiedziałem, że mogę improwizować, opierając się na doświadczeniu nabytym podczas przygotowań do turniejów sztuk walki oraz na optymalnym dozowaniu alkoholu, który w trakcie zawodów sportowych jest zabroniony. Bardziej się przejmowałem możliwością popełnienia towarzyskiego *faux pas*. Fatalnie byłoby zaprzepaścić doskonały romans jedynie dlatego, że nie zwróciłem uwagi na sarkazm albo patrzyłem partnerce w oczy dłużej lub krócej, niż nakazuje etykieta. Pocieszałem się tym, że Claudia w gruncie rzeczy miała rację – jeżeli Bianca będzie się za bardzo przejmować takimi sprawami, to znaczy, że nie jest partnerką idealną, a ja ulepszę kwestionariusz, żeby w przyszłości uniknąć podobnych problemów.

Skorzystałem z rady Gene'a – złożyłem wizytę w zakładzie wypożyczającym stroje wizytowe i zamówiłem najbardziej elegancki. Chciałem uniknąć powtórki incydentu z marynarką.

B al zaplanowano na piątek wieczorem w domu bankieto-
wym nad rzeką. Chcąc jak najefektywniej wykorzystać czas,
wziąłem strój do pracy i przed wyjściem ćwiczyłem ze szkieletem
cza-czę i rumbę. Kiedy wszedłem do laboratorium po piwo, poczułem silną falę emocji. Brakowało mi stymulacji, której do-
starczał projekt „Ojciec".

Frak z długimi połami i cylinder zupełnie nie nadają się do
jazdy rowerem, więc zamówiłem taksówkę i dotarłem na miejsce zgodnie z planem o dziewiętnastej pięćdziesiąt pięć. Za mną
zatrzymała się druga taksówka, z której wysiadła wysoka kobieta
o ciemnych włosach. Miała na sobie najbardziej egzotyczną suknię
na świecie, mieniącą się jaskrawymi kolorami – czerwonym, nie-
bieskim, żółtym i zielonym – fantazyjnie skrojoną i odsłaniającą
z jednej strony gołe ciało. Nigdy przedtem nie widziałem czegoś
równie widowiskowego. Szacunkowy wiek trzydzieści pięć lat
i BMI dwadzieścia dwa odpowiadały danym z kwestionariusza.
Nie przyjechała ani za wcześnie, ani za późno. Czyżbym patrzył
na swoją przyszłą żonę? Niemal nie mogłem uwierzyć we własne
szczęście.

Zerknęła na mnie, kiedy wysiadłem z taksówki, a potem odwróciła się i poszła w kierunku drzwi. Wziąłem głęboki oddech
i ruszyłem za nią. Weszła do środka, rozejrzała się, po czym znowu
mnie zauważyła i tym razem popatrzyła uważniej. Ostrożnie zbliżyłem się do niej na tyle, żeby zainicjować interakcję, ale nie

naruszyć jej przestrzeni osobistej. Spojrzałem jej w oczy. Odliczyłem: jeden, dwa. W końcu nieznacznie opuściłem wzrok.

– Serwus – powiedziałem. – Jestem Don.

Przyglądała mi się przez chwilę, a potem podała dłoń, którą lekko uścisnąłem.

– A ja Bianca. Jesteś bardzo… elegancki.

– Oczywiście. Na zaproszeniu napisano, że obowiązuje strój wieczorowy.

Minęły mniej więcej dwie sekundy i Bianca wybuchnęła śmiechem.

– Udało ci się mnie nabrać. Powiedziałeś to z taką powagą. Wiesz, każdy wymienia „poczucie humoru" wśród cech, których oczekuje, ale nigdy nie spodziewasz się, że poznasz prawdziwego komika. Mam wrażenie, że czeka nas dobra zabawa.

Sprawy przyjęły wyjątkowo pomyślny obrót.

Sala balowa była ogromna – część powierzchni zajmowało kilkadziesiąt stołów, przy których siedzieli elegancko ubrani pracownicy naukowi. Wszystkie oczy zwróciły się na nas. Zauważyłem, że wywołaliśmy poruszenie. Najpierw pomyślałem, że przyczyną tego zamieszania jest niezwykła suknia Bianki, ale wiele innych kobiet też miało na sobie interesujące kreacje. Po chwili u niemal wszystkich mężczyzn zauważyłem czarne garnitury i białe koszule z muchą. Nikt inny nie przyszedł we fraku i cylindrze. To tłumaczyło pierwotną reakcję mojej towarzyszki. Poczułem się nieco zdenerwowany, ale nie po raz pierwszy znalazłem się w takiej sytuacji. Rzuciłem cylinder w tłum, a mój gest został nagrodzony owacjami. Biance chyba spodobało się, że jesteśmy w centrum zainteresowania.

Posadzono nas przy stole numer dwanaście, tuż przy parkiecie do tańca. Orkiestra zaczęła się stroić. Przeprowadziłem pobieżną analizę instrumentów, która wykazała, że tego wieczoru prawdopodobnie nie przyda się moja znajomość kroków cza-czy, samby, rumby, fokstrota, walca, tanga ani lambady. Oceniłem, że będę musiał polegać na umiejętnościach nabytych podczas drugiego dnia mojego projektu tanecznego – dzisiaj miał królować rock and roll.

Gene doradził mi, że najlepiej przyjść na bal pół godziny po oficjalnym rozpoczęciu, zatem przy stole były jedynie trzy miejsca wolne. Jedno z nich należało do Gene'a, który chodził dookoła, dolewając gościom szampana. Nie odnotowałem obecności Claudii.

Zlokalizowałem Laszlo Hevesiego z wydziału fizyki, który ubrał się w nieadekwatne do okoliczności spodnie trekkingowe i luźną koszulę. Siedział koło kobiety, w której ze zdziwieniem rozpoznałem Frances z randki w systemie *speed dating*. Po jego drugiej stronie siedziała Piękna Helena. Był z nimi mniej więcej trzydziestoletni, ciemnowłosy mężczyzna (szacunkowy wskaźnik BMI dwadzieścia), który wyglądał, jakby od kilku dni zapominał się ogolić, a koło niego najpiękniejsza kobieta, jaką w życiu widziałem. W odróżnieniu od bardzo rozbudowanej kreacji Bianki miała na sobie zieloną suknię bez żadnych ozdób, tak skromną, że nie dostrzegłem nawet żadnych pasków utrzymujących ją na ciele. Dopiero po chwili zdałem sobie sprawę, że właścicielką tej sukni jest Rosie.

Zajęliśmy z Biancą dwa wolne miejsca między Szczeciniastym i Frances, wpasowując się w naprzemienny wzór damsko--męski, który zdawał się obowiązywać przy stole. Rosie zaczęła od prezentacji uczestników. Rozpoznałem elementy protokołu, który przyswoiłem sobie dla celów konferencyjnych, lecz nigdy w praktyce nie miałem okazji zastosować.

– Don, to jest Stefan.

Wskazała na Szczeciniastego. Podałem mu dłoń, zwracając szczególną uwagę na użycie takiej samej jak on siły uścisku. Moim zdaniem była nadmierna, co od razu nastawiło mnie negatywnie do tego człowieka. Nie mam daru ewaluacji innych ludzi – umiem ocenić jedynie zawartość merytoryczną ich komunikacji ustnej i pisemnej. Potrafię jednak zidentyfikować studentów, którzy mogą sprawiać kłopoty.

– Pańska reputacja pana wyprzedza – powiedział Stefan.

Możliwe, że niesprawiedliwie go osądziłem.

– Słyszał pan o moich dokonaniach?

– Można tak powiedzieć. – Zaśmiał się.

Zdałem sobie sprawę, że nie powinienem kontynuować tej konwersacji, zanim nie przedstawię Bianki.

– Rosie, Stefan, pozwólcie państwo przedstawić sobie Biancę Riverę.

Rosie podała jej rękę, mówiąc:

– Bardzo mi miło panią poznać.

Popatrzyły na siebie, serdecznie się uśmiechając, a potem Stefan też się z nią przywitał.

Dopełniwszy obowiązków, zwróciłem się do Laszlo, z którym już od jakiegoś czasu nie rozmawiałem. Laszlo jest jedynym znanym mi człowiekiem, którego umiejętności towarzyskie są gorsze od moich. Wygodnie go było mieć za sąsiada, bo zapewniał dobry kontrast.

– Serwus, Laszlo – powiedziałem, zakładając, że w tym wypadku styl formalny byłby niepożądany. – Cześć, Frances. Widzę, że w końcu znalazłaś partnera. Jak wielu kontaktów to wymagało?

– Gene nas sobie przedstawił – powiedział Laszlo.

W niestosowny sposób przyglądał się Rosie. Gene spojrzał na niego i uniósł kciuk do góry, a potem stanął z butelką schłodzonego szampana między mną a Biancą, która szybko odwróciła kieliszek do góry dnem.

– Don i ja nie pijemy – powiedziała i odwróciła również mój kieliszek.

Gene szeroko uśmiechnął się do mnie. To była dziwna reakcja na irytujące niedopatrzenie, którego się dopuściłem – Bianca zapewne wypełniła pierwszą wersję kwestionariusza.

– W jaki sposób poznałaś Dona? – Rosie spytała Biancę.

– Mamy wspólne zainteresowania. Uwielbiamy taniec – usłyszała w odpowiedzi.

Pomyślałem, że to wspaniała riposta, zręcznie omijająca projekt „Żona", ale Rosie dziwnie na mnie zerknęła.

– Och, jak cudownie – powiedziała. – Przygotowanie do dyplomu pochłania mnie tak bardzo, że sama nie mam czasu na tańce.

– To wymaga dobrej organizacji – odparła Bianca. – Jestem zwolenniczką skutecznego zarządzania czasem.

– O tak. Ja… – Rosie nie dokończyła swojej wypowiedzi, bo Bianca weszła jej w słowo:

– Pierwszy raz dotarłam do finału w turnieju ogólnokrajowym, kiedy jeszcze studiowałam. Przez pewien czas zastanawiałam się, czy nie zrezygnować z triatlonu albo z kursu „Kuchnia japońska", ale…

Rosie uśmiechnęła się, lecz inaczej niż zwykle.

– Nie, to byłoby niemądre. Mężczyźni uwielbiają kobiety, które umieją gotować.

– Staram się wierzyć, że już wyrośliśmy z takich stereotypów – zauważyła Bianca. – Don całkiem dobrze radzi sobie w kuchni.

Sugestia Claudii, żebym napomknął o swoim talencie kulinarnym w kwestionariuszu, najwyraźniej dała pozytywne rezultaty. Rosie dostarczyła kolejnych dowodów na poparcie tej tezy:

– Rzeczywiście cudownie gotuje. Ostatnio zjedliśmy u niego na balkonie fantastycznego homara.

– Och, naprawdę?

To było miłe, że Rosie próbowała okazać pomoc i chwaliła mnie przed Biancą, ale Stefan znowu zaczął się zachowywać jak trudny student. Zastosowałem wobec niego trik znany z wykładów – zaangażowałem go w dyskusję, zanim zdołał przejąć inicjatywę.

– Jest pan chłopakiem Rosie?

Stefan nie miał gotowej odpowiedzi – w środowisku lekcyjnym kontynuowałbym wykład, wiedząc, że od teraz delikwent będzie się miał na baczności. Rosie jednak odpowiedziała za niego:

– Stefan studiuje ze mną.

– Partner to chyba właściwsze określenie.

– Na dzisiejszy wieczór – uściśliła Rosie.

Stefan się uśmiechnął.

– Pierwsza randka.

Zdawało się dosyć dziwne, że mają rozbieżne opinie na temat charakteru swoich relacji. Rosie znowu zwróciła się do Bianki:

– Dla ciebie i Dona to też pierwsza randka?

– Tak, Rosie.

– Co sądzisz o kwestionariuszu?

Bianca szybko zerknęła na mnie, a potem znowu popatrzyła na Rosie.

– To cudowny pomysł. Większość mężczyzn chce mówić tylko o sobie. Miło, że dla odmiany to ja byłam w centrum uwagi.

– Domyślam się, że to sprawia ci frajdę – zauważyła Rosie.

– No i Don lubi tańczyć – powiedziała Bianca. – Nie mogłam uwierzyć w swoje szczęście. Ale wiesz, jak to mówią: „Szczęście to nie hazard, tylko ciężka praca".

Rosie sięgnęła po kieliszek, a Stefan zapytał:

– Od dawna tańczysz, Don? Wygrałeś jakieś nagrody?

Od odpowiedzi uratowała mnie Dziekan, która właśnie weszła na salę. Miała na sobie wyszukaną różową suknię, która rozszerzała się na dole. Towarzyszyła jej kobieta mniej więcej w tym samym wieku, ubrana po męsku w standardowy czarny garnitur i muchę. Goście zareagowali podobnie jak wtedy, gdy zobaczyli mnie, ale na końcu nie rozległy się wiwaty.

– O losie! – jęknęła Bianca.

Nie darzyłem Dziekan szczególnym szacunkiem, ale i tak poczułem się dziwnie, słysząc tę uwagę.

– Przeszkadzają ci homoseksualne kobiety? – zapytała Rosie nieco agresywnym tonem.

– Skądże! – odparła Bianca. – Ale przeszkadza mi kiepski styl.

– W takim razie będziesz się świetnie bawić z Donem – powiedziała Rosie.

– Uważam, że Don wygląda bosko – oświadczyła Bianca. – Trzeba mieć dobry zmysł, żeby spróbować czegoś odważnego. Każdy przecież może włożyć garnitur albo zwyczajny prosty ciuch. Prawda, Don?

Uprzejmie skinąłem głową. Bianca uosabiała wszystkie cechy, których oczekiwałem u kobiet. Tymczasem z jakiegoś powodu mój instynkt się buntował. Może przyczyną była pomyłka dotycząca abstynencji? Moja pierwotna skłonność do alkoholu stymulowała umysł do odrzucenia osoby, która zabraniała mi pić. Musiałem pokonać to uprzedzenie.

Kiedy zjedliśmy przystawki, orkiestra zagrała parę głośnych akordów. Stefan podszedł do sceny i wziął mikrofon od wokalisty.

– Dobry wieczór wszystkim – powiedział. – Sądzę, że powinniście wiedzieć, że tego wieczoru gościmy byłą finalistkę krajowego turnieju tańca. Możliwe, że znacie ją z telewizji. Proszę państwa, Bianca Rivera! Dajmy Biance i jej partnerowi Donowi parę minut na pokazanie swoich umiejętności!

Nie spodziewałem się, że mój pierwszy taniec będzie występem publicznym, ale wolny parkiet stanowił istotną zaletę.

Wiele razy wygłaszałem prelekcję przed pełną aulą i uczestniczyłem w turniejach sztuk walki, więc nie peszyła mnie obecność widzów.

Wyszliśmy z Biancą na parkiet.

Przyjąłem standardową pozycję wyjściową do jive'a, którą ćwiczyłem na szkielecie, i natychmiast poczułem niechęć graniczącą z odrazą. Zawsze tak się czuję, kiedy sytuacja zmusza mnie do bliskiego kontaktu fizycznego z innym człowiekiem. Przygotowałem się psychicznie pod tym kątem, ale zaistniał jeszcze poważniejszy problem. Nie ćwiczyłem do muzyki. Jestem pewien, że precyzyjnie odtworzyłem kroki, ale niekoniecznie we właściwym tempie i z prawidłową prędkością. Już po chwili zaczęliśmy się o siebie potykać, co oczywiście doprowadziło do katastrofy. Bianca próbowała prowadzić, ale mnie brakowało doświadczenia w tańcu z żywą partnerką, szczególnie taką, która próbuje przejąć kontrolę.

Usłyszałem śmiech z sali. Jestem ekspertem w cierpliwym znoszeniu drwin. Kiedy Bianca przestała się ze mną szarpać, dokonałem pobieżnego przeglądu sali, żeby ustalić, kto się nie śmieje – to doskonały sposób na rozpoznanie stronników. Tego wieczoru moimi przyjaciółmi okazali się Gene, Rosie i, co dziwne, Dziekan ze swoją partnerką. Stefan z całą pewnością nie należał do tego obozu.

Musiało się zdarzyć coś wielkiego, żeby uratować sytuację. Podczas swoich badań nad tańcem zwróciłem uwagę na pewne ruchy o wysokim stopniu specjalizacji, z których nie zamierzałem korzystać, ale zapamiętałem je, ponieważ zdawały się dosyć interesujące. Miały tę zaletę, że nie wymagały nadzwyczajnej synchronizacji ani kontaktu cielesnego. Nadszedł czas, żeby je zastosować.

Wykonałem kroki o nazwach: biegnący człowiek, dojenie krowy i wędkarz – próbowałem złowić na wędkę Biancę, która niestety nie połknęła haczyka. Ściśle mówiąc, stała zupełnie bez ruchu. W końcu zaryzykowałem manewr wymagający kontaktu fizycznego, który tradycyjnie służy do spektakularnego zakończenia sekwencji. Polega on na tym, że osobnik męski przerzuca osobnika żeńskiego przez oba biodra, przez plecy i między nogami. Tak skomplikowane zadanie wymaga kooperacji ze strony partnerki, zwłaszcza jeżeli jest cięższa niż model szkieletu. Brak współpracy sprawił, że moja próba bardziej przypominała atak na Biancę. W odróżnieniu od aikido trening tańca chyba nie uwzględnia bezpiecznych upadków.

Chciałem jej pomóc, ale zignorowała moją wyciągniętą rękę. Sama wstała i poszła do łazienki. Na szczęście nie stwierdziłem żadnych obrażeń.

Wróciłem do stołu i usiadłem. Stefan wciąż rechotał.

– Głupek – skomentowała jego zachowanie Rosie.

Gene powiedział coś do niej – prawdopodobnie, żeby zapobiec eskalacji nerwowego napięcia – i nieco się uspokoiła.

Bianca wróciła na swoje miejsce przy stole, ale jedynie po to, żeby wziąć torebkę.

– Przyczyny problemu należy upatrywać w synchronizacji… – Próbowałem się wytłumaczyć. – Metronom w mojej głowie jest nastawiony na inną częstotliwość niż orkiestra.

Bianca przestała zwracać na mnie uwagę, ale Rosie wyglądała na zainteresowaną moimi argumentami.

– Podczas ćwiczeń wyłączyłem dźwięk, żeby się skupić na opanowaniu kroków.

Rosie nie odpowiedziała. Usłyszałem, że Bianca mówi do Stefana:

– Zdarza się. To nie pierwszy raz, ale najgorszy. Mężczyźni często mówią, że umieją tańczyć…

Ruszyła, nie żegnając się ze mną, lecz Gene poszedł za nią i przejął moje obowiązki towarzyskie.

Dostrzegłem okazję. Szybko odwróciłem kieliszek i nalałem wina. Okazało się, że to kiepskie gordo blanco o wysokiej zawartości cukru osadowego. Wypiłem i nalałem sobie następny kieliszek.

Rosie wstała i podeszła do orkiestry. Najpierw porozmawiała z wokalistą, a potem z perkusistą.

Po chwili wróciła i w stylizowany sposób wyciągnęła do mnie rękę. Rozpoznałem ten gest – widziałem go dwanaście razy. Był to sygnał, który Olivia Newton-John daje Johnowi Travolcie w filmie

Grease, żeby zainicjować scenę tańca, w której Gene mi przeszkodził, kiedy ją ćwiczyłem dziewięć dni temu. Rosie pociągnęła mnie z powrotem na parkiet.

– Tańcz – powiedziała. – Po prostu tańcz!

Zacząłem wykonywać kroki bez muzyki. Tak, jak podczas treningu. Rosie naśladowała mnie, utrzymując moje tempo. Potem uniosła rękę i zaczęła nią machać w rytm naszych kroków. Nagle usłyszałem, że perkusista zaczął uderzać w bęben, i podskórnie czułem, że dopasował się do nas. Niemal nie zauważyłem, kiedy dołączyła do niego reszta orkiestry.

Rosie była dobrą tancerką i o wiele łatwiej było nią manipulować niż szkieletem. Poprowadziłem ją przez bardziej skomplikowane układy, koncentrując się jedynie na mechanice, a nie na potencjalnych błędach. Piosenka z *Grease* się skończyła i wszyscy bili brawo. Ale zanim zdążyliśmy wrócić do stołu, orkiestra znowu zaczęła grać, a tłum zaklaskał do rytmu – *Satisfaction*. Możliwe, że był to jedynie wpływ gordo blanco na moje funkcje kognitywne, ale nagle ogarnęło mnie niezwykłe uczucie – nie tyle satysfakcji, ile absolutnej radości. Podobnie się czułem w Muzeum Historii Naturalnej i podczas przyrządzania koktajli. Znowu zatańczyliśmy i tym razem poddałem się wrażeniom zmysłowym dostarczanym przez ruchy swojego ciała w rytm muzyki, którą znałem z dzieciństwa, oraz przez Rosie przemieszczającą się w tym samym tempie.

Kiedy muzyka się skończyła i znowu rozległy się brawa, rozejrzałem się za Biancą, swoją partnerką. Zlokalizowałem ją w pobliżu drzwi w towarzystwie Gene'a. Myślałem, że będzie zadowolona, że problem został rozwiązany, ale nawet z tak daleka i mimo ograniczonej umiejętności interpretacji zachowań ludzkich potrafiłem ocenić, że jest wściekła. Odwróciła się i wyszła.

Za sprawą jednego tańca reszta wieczoru okazała się niesamowita. Wszyscy podchodzili do Rosie i do mnie, żeby nam pogratulować. Fotograf dał każdemu z nas gratis pamiątkowe zdjęcie. Stefan wyszedł przed końcem imprezy. Gene wystarał się w barze o dobrego szampana, którego wypiliśmy razem z nim i doktorantką fizyki, Węgierką o imieniu Klara. Zatańczyliśmy z Rosie jeszcze raz, a potem wykonałem tańce z niemal wszystkimi kobietami na balu. Zapytałem Gene'a, czy powinienem zaprosić do tańca Dziekan albo jej partnerkę, ale stwierdził, że to pytanie jest za trudne nawet dla takiego eksperta jak on. Postanowiłem nie podejmować tej próby, ponieważ Dziekan była w złym nastroju. Zgromadzeni goście dali jej wyraźnie do zrozumienia, że wolą tańczyć, niż słuchać przemowy, którą przygotowała.

Na końcu wieczoru orkiestra zagrała walca, a kiedy umilkła, rozejrzałem się dookoła i zauważyłem, że zostaliśmy z Rosie sami na parkiecie. I znowu usłyszałem brawa. Dopiero później zdałem sobie sprawę, że to doświadczenie nie wiązało się z przykrym uczuciem wywołanym przez bliski kontakt fizyczny z innym człowiekiem. Uznałem, że był to wynik mojej wzmożonej koncentracji na poprawnym wykonaniu kroków tanecznych.

— Zamówimy jedną taksówkę? — zaproponowała Rosie.

To brzmiało jak rozsądny sposób na redukcję zanieczyszczeń powietrza pochodnymi związków organicznych.

— Trzeba było ćwiczyć kroki w różnym tempie — powiedziała Rosie w taksówce. — Jednak nie jesteś taki mądry, jak mi się zdawało.

Bez komentarza odwróciłem się do okna.

— O nie! O cholera! Zrobiłeś to, prawda? To jeszcze gorzej, bo w takim razie wolałeś zrobić z siebie idiotę, niż przyznać, że ta baba jest zupełnie z innej bajki.

— To byłoby niezwykle niezręczne. Nie miałem żadnego powodu, żeby odrzucić jej kandydaturę.

— Oprócz jednego — że nie chcesz się ożenić z papugą.

Bardzo mnie rozśmieszyły te słowa, niewątpliwie za sprawą alkoholu i dekompensacji po okresie silnego stresu. Oboje śmialiśmy się przez parę minut, a Rosie kilka razy nawet dotknęła mnie w ramię. Nie przeszkadzało mi jej zachowanie, ale kiedy skończyliśmy się śmiać, znowu poczułem się niezręcznie i odwróciłem wzrok.

– Jesteś zdumiewający – poinformowała mnie Rosie. – Popatrz na mnie, kiedy do ciebie mówię.

Uparcie wyglądałem przez okno. Już i tak byłem pod wpływem silnych bodźców.

– Przecież wiem, jak wyglądasz.

– Jakiego koloru są moje oczy?

– Brązowe.

– Kiedy się urodziłam, miałam niebieskie oczy – powiedziała. – Błękitne. Tak jak matka. Była Irlandką, ale oczy miała niebieskie. Dopiero później zrobiły się brązowe.

Popatrzyłem na Rosie. Co za niesamowita historia!

– Oczy twojej matki zmieniły kolor?

– Nie, moje. Dzieciom to się zdarza. Właśnie wtedy matka się zorientowała, że Phil nie jest moim ojcem. I ona, i Phil mieli niebieskie oczy. Postanowiła powiedzieć mu prawdę. Chyba powinnam się cieszyć, że nie jest lwem.

Miałem pewne trudności ze zrozumieniem, o czym Rosie mówi – rozpraszał mnie alkohol i zapach jej perfum. Jej słowa stanowiły jednak dla mnie podstawę do utrzymania rozmowy na bezpiecznym gruncie. Dziedziczenie pospolitych cech uwarunkowanych przez materiał genetyczny, takich jak kolor oczu, to zagadnienie bardziej złożone, niż się powszechnie uważa, byłem więc pewny, że mógłbym je omawiać wystarczająco długo, żeby zająć czas aż do końca naszej podróży. Zdawałem sobie jednak sprawę, że byłoby to działanie defensywne i nieuprzejme wobec Rosie, która dla mojego dobra nie wahała się narazić na wstyd ani zagrozić stabilności swojego związku ze Stefanem.

Porzuciłem więc rozważania o genetyce i dokonałem rozbioru syntaktycznego jej ostatniej wypowiedzi: „Chyba powinnam się cieszyć, że nie jest lwem". Za punkt wyjścia przyjąłem tezę, że jest to nawiązanie do naszej nocnej dysputy na balkonie, podczas której poinformowałem Rosie, że lwy zabijają potomstwo z poprzednich miotów partnerki. Może zatem chciała porozmawiać o Philu?

To też była interesująca kwestia. Głównym stymulantem projektu „Ojciec" było rozczarowanie Philem w roli rodzica. Tymczasem Rosie ani razu nie podała racjonalnego uzasadnienia tej emocji, jeżeli nie liczyć negatywnego stosunku Phila do alkoholu, posiadania niepraktycznego pojazdu czy też wyboru szkatułki na biżuterię w charakterze prezentu.

– Był agresywny? – zapytałem.

– Nie. – Rosie przez chwilę milczała. – Po prostu… stał się nieprzewidywalny. Jednego dnia byłam dla niego najukochańszym dzieckiem na świecie, a następnego równie dobrze mogłoby mnie nie być.

To była bardzo ogólna opinia i nie mogła stanowić podstawy do podjęcia zakrojonego na szeroką skalę genetycznego śledztwa.

– Mogłabyś przedstawić jakiś przykład?

– Od czego by zacząć? Już wiem. Po raz pierwszy było tak, kiedy skończyłam dziesięć lat. Obiecał, że zabierze mnie do Disneylandu. Pochwaliłam się wszystkim w szkole. A potem czekałam, czekałam i czekałam, a ten dzień nigdy nie nadszedł.

Taksówka zatrzymała się pod blokiem. Rosie mówiła dalej, patrząc na oparcie fotela kierowcy.

– No i stąd się u mnie wzięło to przekonanie o braku akceptacji. – Zwróciła się do mnie. – A jak ty sobie z tym radzisz?

– Ten problem nigdy mnie nie dotyczył – powiedziałem. Nie było czasu na rozpoczynanie nowego wątku dyskusji.

– Gówno prawda – skomentowała Rosie.

Wyglądało na to, że oczekiwała szczerej odpowiedzi. W końcu siedziałem przed przyszłą psycholog.

– Miałem trochę problemów w szkole – przyznałem. – Stąd zainteresowanie sztukami walki. Rozwinąłem jednak parę subtelniejszych technik radzenia sobie w trudnych sytuacjach społecznych.

– Takich jak dzisiejszy bal.

– Starałem się wyeksponować rzeczy, które budziły u innych ludzi rozbawienie.

Rosie milczała. Zidentyfikowałem jej postawę jako technikę terapeutyczną, ale brakowało mi pomysłu, jak się zachować, więc po prostu mówiłem dalej:

– Nie miałem wielu przyjaciół. Właściwie nie miałem ich wcale. Oprócz siostry, która niestety zmarła dwa lata temu z powodu niekompetencji lekarzy.

– Co się stało? – zapytała cicho Rosie.

– Niezdiagnozowana ciąża pozamaciczna.

– Och, Don – powiedziała współczująco Rosie.

Odniosłem wrażenie, że wybrałem właściwy obiekt zwierzeń.

– Była z kimś… w związku?

– Nie. – Odgadłem, jakie będzie następne pytanie. – Nigdy się nie dowiedzieliśmy, jakie było źródło materiału genetycznego.

– Jak miała na imię?

Było to z pozoru niewinne pytanie, ale nie widziałem żadnego powodu, żeby dzielić się z Rosie tą informacją. Sformułowanie ogólne było wystarczająco jednoznaczne, ponieważ miałem tylko jedną siostrę. Poczułem jednak pewien dyskomfort psychiczny. Dopiero po chwili zrozumiałem jego przyczynę. Chociaż nie podjąłem w tej materii żadnej świadomej decyzji, nie wypowiedziałem imienia swojej siostry od dnia jej śmierci.

– Michelle.

Po tym wyznaniu nastąpiło dłuższe milczenie.

Nagle taksówkarz odkaszlnął znacząco. Nie sądzę jednak, że prosił nas o piwo.

– Chcesz wejść na górę? – zapytała Rosie.

Sytuacja mnie przytłoczyła. Najpierw spotkanie z idealną kandydatką na żonę, potem tańce, odrzucenie przez Biancę, intensywne interakcje towarzyskie, dyskusja o sprawach prywatnych – a teraz, kiedy sądziłem, że to już koniec ciężkiej próby, Rosie proponowała dalszą konwersację. Nie byłem pewien, czy to zniosę.

– Jest już bardzo późno – powiedziałem. Zdawało mi się, że to społecznie akceptowalny sposób wyrażenia deklaracji, że zamierzam udać się do domu.

– Rano taksówki są tańsze.

Jeżeli dobrze zrozumiałem jej sugestię, oznaczało to, że definitywnie straciłem grunt pod nogami. Musiałem się upewnić, czy właściwie zinterpretowałem tę wypowiedź.

– Chcesz, żebym został na noc?

– Może. Ale najpierw będziesz musiał wysłuchać historii mojego życia.

Uwaga! Miej się na baczności, Willu Robinson! Nadciąga niezidentyfikowana obca forma życia! Czułem, że zapadam się w emocjonalną otchłań. Zdołałem jednak zachować spokój na tyle, żeby odpowiedzieć:

– Niestety, moje plany na jutrzejszy ranek obejmują wiele ważnych spraw.

Rutynowe zajęcia, powrót do normalności.

Rosie otworzyła drzwi taksówki. Chciałem, żeby już poszła, ale wciąż miała coś do powiedzenia.

– Don, mogę ci zadać pytanie?

– Tylko jedno.

– Uważasz, że jestem atrakcyjna?

Następnego dnia Gene skarcił mnie, że wszystko zrujnowałem. Ale to nie on siedział w taksówce po całym dniu wytężonego wysiłku psychicznego, w towarzystwie najpiękniejszej kobiety świata. Moim zdaniem, zręcznie wybrnąłem z tej trudnej sytuacji.

Rozpoznałem podchwytliwe pytanie. Chciałem, żeby Rosie mnie lubiła, a pamiętałem jej płomienne słowa o mężczyznach, którzy przedmiotowo traktują kobiety. Testowała mnie, żeby sprawdzić, czy postrzegam ją jako przedmiot, czy istotę ludzką. Oczywiście poprawna była ta druga opcja.

– Szczerze mówiąc, nie zauważyłem – powiedziałem najpiękniejszej kobiecie świata.

Wysłałem z taksówki sms-a do Gene'a. Była pierwsza zero osiem, ale wyszedł z balu o tej samej godzinie, co ja, a mieszkał dalej. „Pilne: jogging jutro szósta rano". Gene odpisał: „Niedziela ósma. Weź dane kontaktowe Bianki". Zamierzałem nalegać na wcześniejszą godzinę, ale uświadomiłem sobie, że mogę wykorzystać ten czas w praktyczny sposób – na uporządkowanie myśli.

Zdawało się oczywiste, że Rosie zaprosiła mnie do wspólnego uprawiania seksu. Miałem rację, że uniknąłem tego zagrożenia. Oboje wypiliśmy znaczną ilość szampana, a alkohol jest owiany sławą złego doradcy w sprawach seksu. Rosie miała na to doskonały dowód. Decyzja jej matki, niewątpliwie podjęta pod wpływem alkoholu, do dzisiaj była przyczyną dojmujących cierpień.

Moje doświadczenie w sferze kontaktów intymnych było bardzo niewielkie. Gene często powtarzał, że zgodnie z konwencją należy z tymi sprawami poczekać do trzeciej randki, tymczasem żaden mój związek uczuciowy nie rozwinął się poza pierwszą. Zresztą, jeżeli mam być precyzyjny, to z Rosie spotkałem się dopiero na jednej randce – tego wieczoru, kiedy zdarzył się incydent z marynarką i posiłek balkonowy.

Nie korzystałem z usług domów publicznych – nie ze względów moralnych, ale dlatego, że ich idea zdawała mi się odpychająca. To nie był racjonalny powód, lecz w przypadku prymitywnych potrzeb wystarczy prymitywne uzasadnienie.

Tym razem wiele czynników wskazywało, że trafiła mi się okazja na – cytując Gene'a – „seks bez zobowiązań". Zostały spełnione wszystkie warunki: oboje złożyliśmy wyraźne deklaracje, że nie interesuje nas romans, a potem Rosie zasygnalizowała, że chce ze mną uprawiać seks. Czy ja też chciałem uprawiać seks z Rosie? Nie widziałem żadnych logicznych przeciwwwskazań, również dobrze mogłem się poddać swoim pierwotnym instynktom. Miałem zatem oczywistą odpowiedź – tak. Wysnuwszy tę stuprocentowo racjonalną konkluzję, absolutnie nie mogłem przestać o niej myśleć.

W niedzielę rano zgodnie z umową Gene spotkał się ze mną przed swoim domem. Miałem ze sobą dane kontaktowe Bianki i sprawdziłem jej narodowość – była Panamką. Ta wiadomość bardzo go ucieszyła.

Gene zażądał szczegółowej relacji z mojego wieczoru z Rosie, ale uznałem, że nie warto trwonić czasu na tłumaczenie wszystkiego dwa razy, i postanowiłem opowiedzieć po powrocie do Claudii. Nie zaplanowałem innych tematów dyskusji, a Gene nie potrafił biec i mówić jednocześnie, więc kolejne czterdzieści siedem minut upłynęło nam w milczeniu.

Kiedy wróciliśmy do domu Gene'a, Claudia i Eugenie akurat jadły śniadanie. Usiadłem i oznajmiłem:

– Potrzebuję rady.

– Czy to może poczekać? – zapytała Claudia. – Musimy zawieźć Eugenie do szkółki jeździeckiej, a potem mamy gości na wczesnym lunchu.

– Nie. Zdaje się, że popełniłem błąd towarzyski. Złamałem jedną ze złotych zasad Gene'a.

– Don, sądzę, że twój panamski ptak odfrunął – powiedział Gene. – Możesz ją uznać za jeden ze stopni budowania doświadczenia.

– Ta zasada dotyczy Rosie, a nie Bianki. Nigdy nie odpuszczaj okazji na seks z kobietą przed trzydziestką.

– Gene to powiedział? – upewniła się Claudia.

Nagle do pokoju wszedł Carl, więc przygotowałem się, żeby odeprzeć jego rytualny atak, ale on zatrzymał się, żeby popatrzeć na ojca.

– Uznałem, że muszę skonsultować się z tobą, Claudio, bo jesteś psychologiem, i z Gene'em, bo doskonale zna ten problem z praktyki – powiedziałem.

Gene zerknął na Claudię, a potem na Carla.

– Och, masz na myśli moje błędy młodości... Które oczywiście popełniłem dopiero po ukończeniu szkoły. – Zwrócił się z powrotem do mnie. – Uważam, że to może poczekać do jutra. Porozmawiamy podczas lunchu.

– A co z Claudią? – zapytałem.

Claudia wstała od stołu.

– Mną się nie przejmuj. Jestem pewna, że Gene zawsze jest poinformowany lepiej ode mnie.

To zabrzmiało obiecująco – zwłaszcza że tę opinię wygłosiła jego żona.

– Coś ty jej powiedział?! – zdziwił się Gene.

Zgodnie z planem konsumowaliśmy lunch w klubie uniwersyteckim.

– Powiedziałem, że nie zwróciłem uwagi na jej wygląd. Nie chciałem, żeby pomyślała, że traktuję ją jak obiekt pożądania.

– Jezu! – jęknął Gene. – Raz w życiu zdarza ci się pomyśleć, zanim coś powiesz, ale to właśnie ten jedyny raz, kiedy nie powinieneś filozofować.

– Miałem powiedzieć, że jest piękna? – zapytałem pełen niedowierzania.

– No widzisz? Już przy pierwszej próbie trafiłeś bez pudła.

Gene się mylił, bo cały problem polegał właśnie na tym, że przy pierwszej próbie popełniłem błąd.

– To by tłumaczyło tort.

Musiał zauważyć, że nie zrozumiałem tej uwagi. To chyba nic dziwnego.

– Jadła tort czekoladowy. Na zajęciach. Na śniadanie.

Wprowadzenie niezdrowego tortu czekoladowego do diety śniadaniowej szło w parze ze skłonnością Rosie do nikotyny, ale nie było konwencjonalnym wykładnikiem stresu. Gene jednak przekonywał mnie, że dzięki temu Rosie chce sobie poprawić nastrój.

Naświetliwszy tło sytuacji, przedstawiłem przyjacielowi swój problem.

– A więc nie wierzysz, że jest tą jedyną – podsumował Gene. – Nie może być twoją partnerką życiową.

– Kompletnie się nie nadaje. Ale jest niezwykle atrakcyjna. Jeżeli już muszę uprawiać z kimś przypadkowy seks, to ona jest idealną kandydatką. Poza tym nie ma między nami więzi uczuciowej.

– W takim razie skąd ten stres? – zapytał Gene. – Seks nie jest ci obcy?

– Skądże – powiedziałem. – Mój lekarz twierdzi, że to dobre dla zdrowia.

– Oto przesuwanie granic nauki – zauważył Gene.

Zdaje się, że to był żart. Moim zdaniem, zalety regularnego uprawiania seksu są znanym od dawna faktem.

– Uważam jednak, że udział drugiej osoby doprowadzi do komplikacji – wyjaśniłem.

– Oczywiście – potaknął Gene. – Powinienem był się domyślić. Może lepiej zajrzyj do jakiegoś podręcznika?

W Internecie znalazłem wiele informacji na ten temat, ale przeglądając wyniki hasła „pozycje seksualne", po kilku minutach wiedziałem, że podręcznik zapewni mi więcej merytorycznych instrukcji, a mniej treści dodatkowych.

Bez problemu znalazłem stosowny tytuł i wkrótce wypróbowałem w swoim gabinecie wybraną na chybił trafił pozycję. Nazywała się Odwrócona Kowbojka (wariant 2). Zastosowałem ją – łatwizna. Niemniej, jak już zasygnalizowałem w rozmowie z Gene'em, udział drugiej osoby stanowił pewien problem. Wyciągnąłem z szafy szkielet i ułożyłem go na sobie zgodnie z książkowym schematem.

Na uczelni obowiązuje zasada, że nie otwiera się drzwi cudzych gabinetów bez pukania. Gene zawsze łamie tę zasadę, ale pozwalam mu na to, bo jest moim przyjacielem. Dziekan jednak nie uważam za przyjaciółkę. Oczywiście sytuacja była dosyć krępująca, tym bardziej że Dziekan przyszła w towarzystwie gościa, ale wina leżała po jej stronie. Miała szczęście, że nie zdjąłem ubrania.

– Don – powiedziała. – Mogę panu przeszkodzić w naprawianiu tego szkieletu? Chciałabym panu przedstawić doktora Petera Enticotta z Komisji Badań Medycznych. Opowiadałam mu o pańskich studiach nad marskością wątroby i bardzo chciał pana poznać. Zastanawia się nad przyznaniem dotacji.

Położyła szczególny nacisk na ostatnie dwa słowa, jakby sądziła, że jestem kompletnie oderwany od uczelnianej polityki i mógłbym zapomnieć, że cały świat obraca się dookoła pieniędzy. Szczerze mówiąc, miała rację.

Od razu poznałem Petera – niedoszłego ojca Rosie z uniwersytetu Deakin, który niechcący uczynił z nas złodziei filiżanek. On też mnie poznał.

– Don i ja już się spotkaliśmy – powiedział. – Jego partnerka zamierza złożyć dokumenty na studia medyczne, a ostatnio byliśmy razem na prywatnym przyjęciu. – Mrugnął do mnie. – Zdaje się, że za mało pani płaci swoim pracownikom naukowym.

Odbyliśmy wspaniałą dyskusję o mojej pracy z pijanymi myszami. Peter wykazał wielkie zainteresowanie, a ja parokrotnie musiałem go zapewniać, że zaplanowałem badania tak, by nie wymagały pieniędzy ze źródeł pozauniwersyteckich. Dziekan cały czas dawała mi znaki dłońmi i robiła znaczące miny. Domyśliłem się, że mam przedstawić swoje eksperymenty w fałszywym świetle, żeby dostać dotację, którą ona przeznaczy na jakiś inny projekt wykazujący za słabe wyniki. Postanowiłem udawać, że nie rozumiem, o co jej chodzi, ale z tego powodu Dziekan machała rękami jeszcze energiczniej. Dopiero później dotarło do mnie, że nie powinienem zostawiać na podłodze otwartej książki z pozycjami seksualnymi.

Zdecydowałem, że na początku wystarczy mi znajomość dziesięciu pozycji. Więcej mogłem się nauczyć, jeżeli pierwszy kontakt okaże się sukcesem. Ćwiczenia nie zajęły mi dużo czasu – mniej niż nauka kroków cza-czy. Stosunek wyników do włożonego wysiłku zdawał się o wiele korzystniejszy niż w przypadku tańca i już nie mogłem się doczekać praktycznego wykorzystania nowych umiejętności.

Złożyłem Rosie wizytę w jej miejscu pracy. Pokój doktorantów był ciemną klitką z biurkami pod ścianą. Policzyłem osiem osób – wśród nich Rosie i Stefan, którego biurko sąsiadowało z biurkiem Rosie.

Stefan dziwnie się do mnie uśmiechnął. Wciąż traktowałem go podejrzliwie.

– Don, pełno cię na Facebooku. – Po chwili zwrócił się do Rosie: – Zapomniałaś zmienić status swojego związku.

Zobaczyłem na jego monitorze wspaniałe zdjęcie, na którym tańczyłem z Rosie. Podobne zdjęcie dostałem od fotografa i postawiłem w domu koło komputera. Fotograf sportretował nas, kiedy obracałem Rosie w tańcu, a jej mina wyrażała pełnię szczęścia. Z technicznego punktu widzenia, nie zostałem „otagowany", bo nie miałem konta na Facebooku (portale społecznościowe pozostawały poza domeną moich zainteresowań), ale na fotografii dopisano nasze nazwiska: „Prof. Don Tillman z wydziału genetyki i doktorantka psychologii Rosie Jarman".

– Nie chcę o tym rozmawiać – powiedziała Rosie.

– Nie podoba ci się ta fotografia?

To był zły znak.

– Chodzi o Phila. Nie chcę, żeby to zobaczył.

– Myślisz, że twój ojciec spędza całe życie na Facebooku? – zapytał Stefan.

– Poczekaj, aż zadzwoni – odparła Rosie. – „Dużo zarabia? Pieprzysz się z nim? Ile bierze na klatę?".

– Nic nadzwyczajnego. Wszyscy ojcowie zadają takie pytania o facetów, z którymi chodzą ich córki – wyjaśnił Stefan.

– Ja nie chodzę z Donem. Po prostu razem zamówiliśmy taksówkę. To wszystko. Prawda, Don?

– Istotnie.

– No widzisz? – Rosie zwróciła się do Stefana. – Możesz sobie wsadzić swoją teorię tam, gdzie jej miejsce. Na zawsze.

– Muszę z tobą pomówić na osobności – powiedziałem do Rosie.

Twardo popatrzyła mi w oczy.

– Chyba nie mamy o czym rozmawiać na osobności.

Zdawało mi się to dziwne. Pomyślałem jednak, że prawdo-podobnie Rosie i Stefan dzielą się informacjami tak samo, jak ja i Gene. Przecież towarzyszył jej na balu.

– Rozpatrzyłem ponownie twoją propozycję seksu – oznaj-miłem.

Stefan zasłonił usta. Nastąpiła dosyć długa pauza w komuni-kacji – oceniłem, że trwała sześć sekund.

– Don, to był zwykły żart – powiedziała w końcu Rosie. – Tylko żart.

To nie miało sensu. Mógłbym zrozumieć, gdyby zmieniła zdanie. Albo gdyby moja opinia dotycząca uprzedmiotowienia kobiet okazała się decydującym czynnikiem negatywnym. Ale żart? Przecież nie jestem aż tak niewrażliwy na sygnały społeczne, żeby nie poznać się na żartach. Właściwie to jednak jestem. Już zdarzało mi się źle odczytać żarty. I to często. Żart. Miałem obsesję na punkcie żartów.

– Och, aha. A kiedy spotkamy się w związku z drugim projektem?

Rosie spuściła głowę.

– Nie ma żadnego drugiego projektu.

19

Przez tydzień starałem się wrócić do swojej codziennej rutyny, a czas, który zyskałem dzięki pomocy Evy i odwołaniu projektu „Ojciec", wykorzystałem, żeby nadrobić zaległości w karate i aikido.

Sensei, piąty dan, mężczyzna, który bardzo mało mówi, szczególnie do posiadaczy zaledwie czarnego pasa, wziął mnie na bok, kiedy ćwiczyłem na worku treningowym w *dojo*.

– Coś cię bardzo rozgniewało – powiedział. Tylko to.

Znał mnie wystarczająco dobrze, by wiedzieć, że po zidentyfikowaniu emocji podejmę walkę, żeby nie dać się jej zniewolić. Ale dobrze się stało, że ze mną porozmawiał, bo nie zdawałem sobie sprawy, że kipi we mnie złość.

Przez jakiś czas byłem zły na Rosie za to, że niespodziewanie odmówiła mi czegoś, na czym mi zależało. Jednak później byłem już zły tylko na siebie z powodu własnej niekompetencji społecznej, która niewątpliwie przyniosła Rosie wstyd.

Podjąłem czynności w celu skomunikowania się z Rosie, ale za każdym razem kontakt urywał się na poczcie głosowej. W końcu zostawiłem wiadomość:

– A gdyby się okazało, że cierpisz na białaczkę i nie wiesz, skąd uzyskać szpik do przeszczepu? Twój biologiczny ojciec byłby idealnym dawcą i miałby silną motywację, żeby ci pomóc.

Zaniedbanie twojego projektu może się skończyć śmiercią. Zostało już tylko jedenastu kandydatów.

Rosie nie odpowiedziała na moje wezwanie.

– To się zdarza – powiedziała Claudia podczas trzeciego od czterech tygodni spotkania na kawie. – Zadurzyłeś się w kobiecie, ale nic z tego nie wyszło…

A więc o to chodziło. W pewnym sensie „zadurzyłem się" w Rosie.

– Co mam zrobić?

– Nie będzie ci łatwo – poinformowała mnie Claudia. – Jednak każdy powie ci to samo. Spróbuj o niej zapomnieć. Za jakiś czas pojawi się ktoś inny.

Rzeczowe argumenty Claudii, oparte na solidnych podstawach teoretycznych i rozległym doświadczeniu zawodowym, oczywiście były słuszniejsze niż moje nierozsądne uczucia. Zastanawiając się nad tym, co powiedziała, pomyślałem jednak, że jej rady – a w istocie cała domena psychologii – bazują na wynikach badań prowadzonych wśród normalnych osobników. Zdaję sobie sprawę, że posiadam pewne niepospolite cechy. Czy to mogło znaczyć, że sugestie Claudii nie miały zastosowania w moim przypadku?

Zdecydowałem się na kompromis. Zamierzałem kontynuować projekt „Żona", a jeżeli (i tylko jeżeli) będę dysponował wolnym czasem, postaram się go przeznaczyć na samodzielną realizację projektu „Ojciec". Gdybym przedstawił Rosie wyniki, to może znowu zostalibyśmy przyjaciółmi.

Po fatalnych wynikach randki z Biancą wprowadziłem wiele zmian do kwestionariusza i zaostrzyłem kryteria. Włączyłem pytania o taniec, tenisa i sporty pokrewne oraz brydża, żeby wyeliminować kandydatki, które wymagałyby ode mnie nabycia zbędnych umiejętności, a jednocześnie podniosłem poziom wymagań w kategoriach: matematyka, fizyka i zagadnienia genetyczne. Opcja „c) z umiarem" stała się jedyną dopuszczalną odpowiedzią na pytanie o alkohol. Zorganizowałem system nadsyłania wypełnionych kwestionariuszy w taki sposób, żeby trafiały bezpośrednio do Gene'a, który oczywiście łączył tę odpowiedzialność z ugruntowaną praktyką badawczą polegającą na wtórnym wykorzystaniu danych. Gene miał dać mi znać, jeżeli ktoś będzie spełniał moje wymagania. W stu procentach.

W związku z brakiem kandydatek do projektu „Żona" poświęciłem się opracowywaniu najlepszego sposobu pozyskania próbek DNA do projektu „Ojciec".

Na właściwą odpowiedź wpadłem, trybując przepiórkę. Kandydaci byli lekarzami, zatem mogłem się spodziewać, że chętnie wezmą udział w badaniach naukowych poświęconych genetyce. Musiałem jedynie znaleźć wiarygodny powód, żeby poprosić ich o DNA. Dzięki gruntownym przygotowaniom do niedawnej prelekcji o zespole Aspergera miałem pod ręką właśnie taki pretekst.

Wyjąłem kartkę z moją listą jedenastu nazwisk. Dwaj kandydaci nie żyli, więc zostało dziewięciu – siedmiu z nich mieszkało za granicą, co tłumaczyło ich nieobecność na zjeździe absolwentów. Numery telefonów pozostałych dwóch lekarzy wskazywały na miejsce zamieszkania w mojej okolicy. Jeden z nich był dyrektorem Instytutu Badań Medycznych na moim uniwersytecie. Zatelefonowałem najpierw do niego.

– Gabinet profesora Lefebvre'a – usłyszałem w słuchawce kobiecy głos.

– Tu profesor Tillman z wydziału genetyki. Chciałbym zaprosić profesora Lefebvre'a do udziału w badaniach naukowych.

– Profesor wyjechał na urlop naukowy do Ameryki. Wróci dopiero za dwa tygodnie.

– Doskonale. Projekt jest zatytułowany *Obecność markerów genetycznych warunkujących autyzm u szczególnie uzdolnionych osobników*. Chciałbym, żeby profesor wypełnił kwestionariusz i dostarczył próbkę DNA.

Dwa dni później miałem już ustalone miejsca pobytu wszystkich dziewięciu żyjących kandydatów. Wysłałem im kwestionariusze spreparowane na podstawie materiałów naukowych do prelekcji o aspergikach, a także szpatułki do wymazów. Kwestionariusze nie miały dla mnie żadnego znaczenia, ale musiałem je przygotować, żeby projekt wyglądał autentycznie. W liście motywacyjnym przedstawiłem się jako profesor nauk genetycznych na prestiżowym uniwersytecie. Tymczasem pozostało mi zlokalizowanie krewnych obu zmarłych lekarzy.

W Internecie znalazłem nekrolog doktora Gerharda von Deyna, który zmarł na zawał. Była w nim mowa o jego córce – wówczas studentce medycyny. Bez problemu wpadłem na trop doktor Brigitte von Deyn, a ona z radością zgodziła się na udział w badaniu. Łatwizna.

Geoffrey Case stanowił o wiele trudniejsze wyzwanie. Zmarł już rok po studiach. Od dawna miałem jego podstawowe dane, które znalazłem na stronie internetowej poświęconej zjazdowi absolwentów. Nie ożenił się ani nie miał (oficjalnie) dzieci.

Tymczasem pojawiły się pierwsze próbki DNA. Dwaj lekarze z Nowego Jorku odmówili udziału w projekcie. Dlaczego przedstawiciele branży medycznej nie chcieli wesprzeć ważnych badań? Czyżby mieli coś do ukrycia? Na przykład nieślubną córkę w tym samym mieście, z którego dostali zawiadomienie o pracach badawczych? Pomyślałem, że gdyby podejrzewali mnie o nieczyste zamiary, mogliby przysłać próbkę DNA kogoś ze swoich znajomych. Jednoznaczna odmowa była lepsza niż oszustwo.

Siedmiu kandydatów – w imieniu jednego z nich młoda doktor von Deyn – dostarczyło próbki. Żaden z nich nie był ojcem (ani półsiostrą) Rosie. Profesor Lefebvre wrócił z urlopu naukowego i chciał się ze mną spotkać osobiście.

– Przyjechałem po odbiór przesyłki od profesora Lefebvre'a – powiedziałem do recepcjonistki w szpitalu miejskim, gdzie pracował.

Łudziłem się, że dzięki temu uniknę bezpośredniego kontaktu i pytań. Miałem pecha. Recepcjonistka podniosła słuchawkę telefonu, wybrała przycisk i zaanonsowała mnie. Doktor Lefebvre wyszedł z gabinetu. Wyglądał jak typowy pięćdziesięcioczteroletni mężczyzna. W ciągu minionych trzynastu tygodni poznałem wielu pięćdziesięcioczterolatków. Trzymał w ręce dużą kopertę, prawdopodobnie z kwestionariuszem, który zaraz miał się znaleźć w koszu na śmieci, oraz DNA.

Kiedy podszedł, chciałem od razu przechwycić kopertę, ale on wyciągnął do mnie drugą rękę, żeby się przywitać. Było to dosyć niezręczne, ale skutek był taki, że uścisnęliśmy sobie dłonie, a on zatrzymał kopertę.

— Simon Lefebvre — przedstawił się. — Po co pan właściwie przyszedł?

To pytanie kompletnie mnie zaskoczyło. Czyżby kwestionował moje motywy?

— Po pańskie DNA — powiedziałem. — I po kwestionariusz. Do ważnego projektu naukowego. Bardzo ważnego.

Byłem coraz bardziej zdenerwowany i zapewne było to słychać w moim głosie.

— Och, na pewno. — Simon się zaśmiał. — Dlatego, zupełnym przypadkiem, wybrał pan jako obiekt badań dyrektora Instytutu Medycyny Doświadczalnej.

— Wyselekcjonowaliśmy osoby szczególnie uzdolnione.

— Czego tym razem chce Charlie?

— Charlie? — Nie znałem żadnego Charliego.

— W porządku — powiedział. — To głupie pytanie. Ile mam znowu wybulić?

— Nic nie trzeba bulić. Żaden Charlie nie ma z tym nic wspólnego. Potrzebuję jedynie pańskiego DNA... no i kwestionariusza.

Simon znowu się zaśmiał.

– Udało się panu mnie zainteresować. Proszę to powtórzyć swoim zleceniodawcom. Niech mi pan opowie o tym projekcie. I o staraniach o akceptację komisji etyki. O całej katastrofie.

– Czy mogę już dostać tę próbkę? – zapytałem. – Wysoki poziom realizacji próby ma ogromne znaczenie dla analizy statystycznej.

– Niech mi pan prześle pocztą dokumentację.

Prośba Simona Lefebvre'a była kompletnie uzasadniona. Niestety, nie dysponowałem właściwymi dokumentami, ponieważ projekt był jedynie fikcją. Ich przygotowanie wymagałoby zapewne kilkuset godzin pracy.

Przystąpiłem do analizy prawdopodobieństwa, że Simon Lefebvre jest ojcem Rosie. Zostało jeszcze czterech nie testowanych kandydatów: Lefebvre, Geoffrey Case (zmarły) i dwaj nowojorczycy Isaac Esler i Solomon Freyberg. Na podstawie informacji dostarczonych przez Rosie każdy z nich miał dwadzieścia pięć procent szans na to, że jest jej ojcem. Niemniej brak pozytywnych wyników na tym etapie projektu skłaniał mnie do wzięcia pod uwagę innych możliwości. W dwóch przypadkach nie udało się przeprowadzić testów bezpośrednio na kandydatach, lecz wykorzystaliśmy ich krewnych jako substytut. Nie można wykluczyć, że jedna lub obie córki były – tak samo, jak Rosie – rezultatami seksu pozamałżeńskiego, który, jak twierdzi Gene, jest zjawiskiem powszechniejszym, niż się zwykle sądzi. Warto też pamiętać, że co najmniej jeden z respondentów fikcyjnego badania naukowego mógł rozmyślnie dostarczyć fałszywą próbkę.

Musiałem również uwzględnić ewentualność, że matka Rosie nie powiedziała całej prawdy. Ta opcja pojawiła się w moich rozważaniach dosyć późno, ponieważ domyślnie zakładam, że ludzie są prawdomówni. Przypuszczalnie matka chciała przekonać swoją córkę, że jej ojciec jest lekarzem, tak jak ona, a nie osobą o mniej prestiżowej pozycji społecznej. Uwzględniwszy wszystkie dopuszczalne warianty, oceniłem, że w przypadku Simona Lefebvre'a prawdopodobieństwo, że jest ojcem Rosie, wynosi szesnaście procent. Sporządzenie dokumentacji badań nad zespołem Aspergera wymagałoby ogromnego wysiłku dla osiągnięcia niepewnych rezultatów.

Postanowiłem mimo wszystko podjąć próbę. Ta decyzja była mało racjonalna.

Kiedy pracowałem nad dokumentacją, zatelefonował do mnie prawnik, żeby przekazać mi informację o zgonie Daphne. Chociaż Daphne nie żyła już od jakiegoś czasu, niespodziewanie poczułem się samotny. Nasza przyjaźń opierała się na prostych zasadach. Teraz wszystko zdawało się bardziej skomplikowane.

Prawnik zadzwonił do mnie dlatego, że Daphne zapisała mi w spadku, jak to ujął, „niewielką kwotę". Dziesięć tysięcy dolarów. Miał również zaadresowany do mnie list, który Daphne napisała odręcznie na ozdobnej papeterii przed przeprowadzką do domu opieki.

> *Drogi Donie,*
>
> *dziękuję za to, że dzięki Tobie ostatnie lata mojego życia były tak inspirujące. Kiedy Edward trafił do domu opieki społecznej, myślałam, że już nic dobrego mnie nie spotka. Na pewno wiesz, jak dużo mnie nauczyłeś i jak ciekawe były nasze dyskusje, ale możesz nie zdawać sobie sprawy, że byłeś dla mnie cudownym towarzyszem i wsparciem.*
>
> *Kiedyś powiedziałam Ci, że dla każdej kobiety byłbyś wspaniałym mężem. Przypominam Ci to na wypadek, gdybyś zapomniał. Jestem pewna, że jeżeli dobrze się rozejrzysz, znajdziesz właściwą partnerkę. Nie przestawaj szukać,*
> *Don.*

Wiem, że nie potrzebujesz moich pieniędzy tak bardzo,
jak moje dzieci, ale zapisałam Ci w testamencie drobną sumę.
Byłabym szczęśliwa, gdybyś mógł wydać ją na coś kompletnie
nieracjonalnego.
Z wyrazami miłości,
Twoja przyjaciółka
Daphne Speldewind

Znalezienie kompletnie nieracjonalnego zakupu zajęło mi niecałe dziesięć sekund – prawdę mówiąc, dałem sobie jedynie tyle czasu na podjęcie decyzji, bo nie chciałem, żeby wpłynął na nią jakikolwiek proces myślowy.

Projekt badawczy o zespole Aspergera był fascynujący, ale pochłaniał bardzo dużo czasu. Ostateczna wersja konspektu była doprawdy imponująca i wiedziałem, że każda komisja zatwierdziłaby ten dokument, gdybym się starał o subwencję. Zresztą dyskretnie zasugerowałem, że już został zatwierdzony, i jedynie w ostatniej chwili zrezygnowałem ze sfałszowania listu akceptującego. Zatelefonowałem do asystentki Lefebvre'a i wyjaśniłem, że zapomniałem mu wysłać dokumenty, ale mogę je teraz dostarczyć osobiście. Coraz lepiej radziłem sobie w sztuce podstępu.

Kiedy wszedłem do recepcji, znowu nastąpiła pełna procedura wezwania Lefebvre'a. Tym razem nie miał ze sobą koperty. Próbowałem mu wręczyć dokumenty, a on wyciągnął rękę na powitanie i powtórzyła się niezręczna sytuacja, której doświadczyliśmy za pierwszym razem. Lefebvre zdawał się rozbawiony tym faktem. Tymczasem ja czułem nerwowe napięcie. Po tak wytężonej pracy w końcu chciałem zdobyć jego DNA.

– Dzień dobry – powiedziałem. – Oto dokumenty, zgodnie z pańskim życzeniem. Wszystkie roszczenia zostały spełnione. Teraz proszę o próbkę DNA i kwestionariusz.

Lefebvre znowu się zaśmiał i zmierzył mnie wzrokiem z góry na dół. Czyżby w moim wyglądzie było coś niezwykłego? Miałem na sobie T-shirt na dni nieparzyste z nadrukowaną tablicą Mendelejewa – prezent urodzinowy, który dostałem rok po dyplomie – oraz praktyczne spodnie, sprawdzające się równie dobrze podczas spacerów, wykładów na uczelni, prowadzenia badań naukowych, jak i w pracach fizycznych. Włożyłem też wysokiej jakości buty do biegania. Jedyne, co można było mi zarzucić, to że skarpetki, widoczne pod nogawkami spodni, nieco różniły się odcieniem, co jest częstą pomyłką, kiedy ktoś się ubiera przy słabym oświetleniu. Z drugiej strony, odniosłem wrażenie, że dla Simona Lefebvre'a wszystko jest zabawne.

– Pięknie. „Wszystkie roszczenia zostały spełnione" – powtórzył, imitując moją intonację, a potem normalnym głosem dodał: – Charlie może spać spokojnie. Na pewno przeczytam konspekt.

Znowu ten Charlie! Co za absurd!

– DNA! – zażądałem stanowczo. – Potrzebna mi próbka.

Lefebvre zarechotał, jakbym powiedział najśmieszniejszy żart na świecie. Po policzkach płynęły mu łzy. Prawdziwe łzy.

– Setnie się ubawiłem.

Wziął chusteczkę higieniczną z pudełka na biurku recepcjonistki, otarł łzy, wydmuchał nos i wyrzucił chusteczkę do kosza, oddalając się z moim konspektem.

Podszedłem do kosza i wyjąłem z niego chustkę.

20

Już trzeci dzień z kolei siedziałem z gazetą w czytelni klubu uniwersyteckiego. Chciałem wywołać wrażenie, że znalazłem się tam przypadkiem. Ze swojej pozycji mogłem swobodnie obserwować kolejkę przy barze, przy którym Rosie czasami kupowała lunch, chociaż nie kwalifikowała się na członkinię klubu. Gene dosyć niechętnie ujawnił mi tę informację.

– Don, chyba już czas, żebyś dał jej spokój. Będziesz przez nią cierpiał.

Nie mogłem się z nim zgodzić. Świetnie sobie radzę z emocjami. Byłem przygotowany na odrzucenie.

W końcu zobaczyłem Rosie. Weszła i zajęła miejsce w kolejce, a ja wstałem i stanąłem za nią.

– Don! – zdziwiła się. – Co za zbieg okoliczności.

– Mam nowe informacje na temat projektu.

– Nie ma żadnego projektu. Przepraszam za… za poprzedni raz, kiedy się widzieliśmy. Cholera! Narobiłeś mi wstydu, a to ja cię przepraszam.

– Przyjmuję przeprosiny – powiedziałem. – Musisz pojechać ze mną do Nowego Jorku.

– Co? Nie. O nie, Don. Wykluczone.

Dotarliśmy do kasy, ale nie wybraliśmy żadnych dań, więc wróciliśmy na koniec kolejki. Kiedy usiedliśmy przy stole, już zdążyłem opowiedzieć Rosie o projekcie badawczym na temat zespołu Aspergera.

– Musiałem napisać rozprawę naukową liczącą trzysta siedemdziesiąt jeden stron tylko dla tego profesora. Dzięki niemu zostałem znawcą zespołu sawanta.

Trudno było rozszyfrować reakcję Rosie, ale zdawała się raczej zdumiona niż zachwycona.

– Jeżeli cię sprawdzą, będziesz bezrobotnym znawcą tego tematu – powiedziała. – Domyślam się, że ten człowiek nie jest moim ojcem.

– Istotnie.

Zdobycie próbki DNA Lefebvre'a wymagało dużego wysiłku, ale poczułem ulgę, kiedy się okazało, że test wykazał wynik negatywny. Już poczyniłem pewne przygotowania, w których pozytywny wynik mógł przeszkodzić.

– Zostały jedynie trzy możliwości. Dwaj kandydaci mieszkają w Nowym Jorku i obaj odmówili udziału w badaniu. Zaklasyfikowałem ich jako trudne przypadki, *ditto* będę potrzebował cię w Nowym Jorku.

– W Nowym Jorku! Nie, Don. Nie, nie, nie, nie. Nie polecisz do Nowego Jorku. Ani ze mną, ani sam.

Spodziewałem się, że Rosie może odmówić, ale spadek po Daphne wystarczył na zakup dwóch biletów.

– Jeżeli będzie trzeba, polecę sam, ale nie jestem pewien, czy sprostam aspektom społecznym tego zadania.

Rosie pokręciła głową.

– To jakieś szaleństwo.

– Nie chcesz się dowiedzieć, kim oni są? – zapytałem. – Ci dwaj spośród trzech potencjalnych twoich ojców?

– Powiedz.

– Isaac Esler. Psychiatra.

Widziałem, że Rosie głęboko się namyśla.

– Może. Isaac. Tak sądzę. Mógł być przyjacielem lub kimś w tym rodzaju. Kurczę, to było tak dawno… – Zamilkła na chwilę. – A ten drugi?

– Solomon Freyberg. Chirurg.

– Krewny Maxa Freyberga?

– Jego drugie imię to Maxwell.

– O cholera! Max Freyberg. A więc wyjechał teraz do Nowego Jorku? Niemożliwe. Mówisz, że mam jedną szansę na trzy, że jestem jego córką? I dwie na trzy, że mam żydowskie korzenie?

– O ile twoja matka mówiła prawdę.

– Moja matka nigdy nie kłamała.

– Ile miałaś lat, kiedy zmarła?

– Dziesięć. Wiem, o czym myślisz. Ale na pewno się nie mylę.

Oczywiście nie można było liczyć na racjonalną dyskusję o tych sprawach. Przeszedłem zatem do drugiej kwestii, którą poruszyła.

– Przeszkadza ci fakt, że mogłabyś się okazać Żydówką?

– To jest w porządku. Gorzej jest zostać krewną Freyberga. Jeżeli jednak on jest ojcem, to nic dziwnego, że mama trzymała to w tajemnicy. Nigdy o nim nie słyszałeś?

– Jedynie w związku z tym projektem.

– Słyszałbyś, gdybyś interesował się futbolem.

– Jest piłkarzem?

– Prezesem klubu. I znanym dupkiem. Kim jest ten trzeci?

– To Geoffrey Case.

– O Boże. – Rosie pobladła. – On nie żyje.

– Istotnie.

– Mama dużo o nim opowiadała. Zdarzył mu się wypadek. A może choroba? Chyba rak. W każdym razie coś niedobrego. Ale nie wiedziałam, że byli razem na roku.

Uderzyło mnie teraz, że do tej pory wyjątkowo niestarannie podchodziliśmy do tego projektu, przede wszystkim z powodu nieporozumień wiodących do okresowego zawieszania i wznawiania działań. Gdybyśmy od razu przyjrzeli się liście nazwisk, nie przeoczylibyśmy tak oczywistych możliwości.

– Wiesz o nim coś jeszcze?

– Nie. Mama była bardzo smutna po jego śmierci. Cholera. To zaczyna mieć sens, prawda? Teraz wiem, dlaczego nic mi nie powiedziała.

Moim zdaniem, to wciąż nie miało sensu.

– Był z prowincji – dodała Rosie. – Zdaje się, że jego ojciec prowadził praktykę na jakimś zadupiu.

Na stronie internetowej znalazłem informację, że Geoffrey Case pochodził z Moree w północnej części Nowej Południowej Walii, ale ten fakt raczej nie tłumaczył, dlaczego matka Rosie ukrywała przed nią jego tożsamość. Drugą cechą wyróżniającą Case'a była jego śmierć. Możliwe zatem, że Rosie miała na myśli właśnie ten powód – że matka chciała jej oszczędzić wiadomości o zgonie ojca. Można by jednak oczekiwać, że Phil został wtajemniczony, by przekazać Rosie tę informację, kiedy będzie na tyle dorosła, żeby sobie z nią poradzić.

Kiedy rozmawialiśmy, zobaczyłem, że na salę wszedł Gene. Z Biancą! Pomachali do nas i poszli na górę do prywatnej stołówki. Niebywałe.

– Fuj! – powiedziała Rosie.

– Gene prowadzi badania nad pociągiem seksualnym wśród różnych narodowości.

– Jasne. Żal mi tylko jego żony.

Poinformowałem Rosie, że związek Gene'a i Claudii jest małżeństwem otwartym.

– Ach tak. No to szczęściara z niej. Zamierzasz zaproponować taki sam układ zwyciężczyni projektu „Żona"?

– Oczywiście – potaknąłem.

– Oczywiście – powtórzyła Rosie.

– Jeżeli będzie sobie tego życzyła – dodałem, żeby uniknąć nieporozumienia.

– Myślisz, że taki scenariusz jest realny?

– Jeśli znajdę partnerkę, chociaż to wydaje się coraz mniej prawdopodobne, nie szukałbym kontaktów seksualnych z nikim innym. Ale nie najlepiej odczytuję pragnienia innych osób.

– Powiedz mi coś, czego nie wiem – poprosiła Rosie bez żadnej oczywistej przyczyny.

Szybko przeszukałem zasoby pamięci, żeby znaleźć jakiś interesujący fakt.

– Hmmm… Narządy płciowe trutni i tygrzyków paskowanych eksplodują podczas kopulacji.

Byłem na siebie zły, bo pierwsza ciekawostka, o której pomyślałem, dotyczyła seksu. Bałem się, że Rosie – doktorantka psychologii – zastosuje freudowską interpretację mojej wypowiedzi. Ona jednak popatrzyła na mnie i pokręciła głową. A potem się zaśmiała.

– Nie stać mnie na lot do Nowego Jorku, ale sam tam zginiesz.

W książce telefonicznej Moree był jeden numer przy nazwisku M. Case. Kobieta, która podniosła słuchawkę, poinformowała mnie, że doktor Case senior, który – jakby sprawy były nie dość zagmatwane – także miał na imię Geoffrey, zmarł parę lat temu, a jego cierpiąca na chorobę Alzheimera żona Margaret od dwóch lat przebywa w domu opieki społecznej. To była wspaniała wiadomość. Lepiej, że wciąż żyła matka kandydata niż jego ojciec – tożsamość biologicznej matki rzadko budzi wątpliwości.

Mogłem poprosić Rosie, żeby pojechała ze mną, ale już się zgodziła polecieć do Nowego Jorku, a ja nie chciałem stwarzać nowych możliwości popełnienia społecznego *faux pas*, które mogłoby zagrozić naszej wyprawie. Wiedziałem z doświadczenia nabytego podczas kontaktów z Daphne, jak łatwo jest pobrać próbkę DNA od osoby z chorobą Alzheimera. Wypożyczyłem samochód i przygotowałem tampony, wymazówki, sterylne woreczki oraz pęsetę. Znalazłem też starą wizytówkę – sprzed swojego awansu na profesora nadzwyczajnego. Doktor Don Tillman budzi większy respekt w placówkach medycznych.

Moree znajduje się tysiąc dwieście trzydzieści kilometrów od Melbourne. Odebrałem samochód o piętnastej czterdzieści trzy, po ostatnim piątkowym wykładzie na uczelni. Według internetowego organizatora podróży jazda w jedną stronę miała trwać czternaście godzin i trzydzieści cztery minuty.

Za czasów studenckich regularnie jeździłem do moich rodziców w Shepparton, więc wiedziałem, że długie trasy mają na mnie taki sam wpływ jak poranny jogging na targ. Badania potwierdzają, że kreatywność wzrasta podczas wykonywania prostych mechanicznych czynności, takich jak bieganie, gotowanie lub jazda samochodem. Niezakłócony czas na refleksje zawsze jest mile widzianym zjawiskiem.

Pojechałem na północ autostradą Hume i nastawiłem tempomat na sugerowaną przez GPS dozwoloną prędkość, zamiast polegać na zawyżonych wskazaniach prędkościomierza. Dzięki temu mogłem zaoszczędzić parę minut, nie ryzykując złamania przepisów. Gdy tak siedziałem sam w samochodzie, miałem uczucie, jakby całe moje życie stało się przygodą, której kulminacja nastąpi podczas podróży do Nowego Jorku.

Postanowiłem nie odtwarzać podcastów w czasie jazdy, żeby zminimalizować ładunek kognitywny i zachęcić swoją podświadomość do przetworzenia najświeższych danych. Jednak po trzech godzinach zacząłem odczuwać znużenie. Podczas jazdy nie zwracam szczególnej uwagi na otoczenie – staram się jedynie unikać wypadku – a poza tym na autostradzie nie działo się nic ciekawego. Radio rozpraszałoby mnie tak samo, jak podcasty, więc po raz pierwszy od czasu eksperymentu z Bachem postanowiłem kupić płytę CD. Stacja benzynowa na granicy Nowej Południowej Walii posiadała w ofercie niewielki wybór muzyki, ale rozpoznałem parę płyt z kolekcji mojego ojca. Zdecydowałem się na album *Running on Empty* Jacksona Browne'a. Włączyłem automatyczne powtarzanie i przez kolejne trzy dni ta muzyka była oficjalnym tłem dźwiękowym mojej podróży i refleksji. W odróżnieniu od większości ludzi bardzo lubię powtarzalność. Chyba miałem szczęście, że to była samotna wyprawa.

Podświadomość nie dostarczyła mi nic ciekawego, więc podjąłem obiektywną analizę dotychczasowych wyników projektu „Ojciec".

Co wiedziałem?

1. Poddałem testom czterdziestu jeden z czterdziestu czterech kandydatów. (Uwzględniłem także kilku, których przynależność etniczna na pierwszy rzut oka sugerowała brak kompatybilności.) Nie otrzymałem ani jednego pozytywnego wyniku. Wziąłem pod uwagę możliwość, że jeden z siedmiu respondentów kwestionariusza dotyczącego zespołu Aspergera dostarczył wymaz policzkowy pobrany od innego osobnika. Uznałem jednak, że prawdopodobieństwo takiego zdarzenia było marginalne. Łatwiej było odmówić udziału w badaniu. W ten sposób postąpili dwaj kandydaci: Isaac Esler i Max Freyberg.

2. Rosie zidentyfikowała czterech kandydatów jako znajomych jej matki. Byli to: Eamonn Hughes, Peter Enticott, Alan McPhee, a od niedawna również Geoffrey Case. Trzech pierwszych uważała za bardzo prawdopodobnych. Teraz dołączył do nich Geoffrey Case, z którym aktualnie wiązałem największe oczekiwania.

3. Cały projekt opierał się wyłącznie na informacji udzielonej przez matkę Rosie, że newralgiczny akt seksualny miał miejsce podczas balu absolwentów. Możliwe, że skłamała, ponieważ biologiczny ojciec zajmował w społeczeństwie mniej prestiżową pozycję. To mogło tłumaczyć, dlaczego nie ujawniła jego tożsamości.

4. Matka Rosie postanowiła zostać w związku partnerskim z Philem. To mój pierwszy nowy argument, który wspierał koncepcję, że ojciec biologiczny był mniej wartościowym lub nieosiągalnym kandydatem na męża. Ustalenie, czy Esler albo Freyberg w chwili poczęcia Rosie byli żonaci lub związani z kimś w inny sposób, mogło dostarczyć interesujących wyników.

5. Śmierć Geoffreya Case'a nastąpiła po kilku miesiącach od narodzin Rosie oraz – prawdopodobnie – od ustalenia, że Phil nie jest jej biologicznym ojcem. Zaplanowanie przez matkę Rosie odpowiedniego testu DNA również mogło trwać jakiś czas. Do tej pory Geoffrey Case zapewne nie żył, a zatem nie mógł przyjąć roli ojca Rosie.

To było pożyteczne ćwiczenie. Dało mi nieco jaśniejszy pogląd na aktualny status projektu, dostarczyło paru drobnych uwag i potwierdziło, że moją wyprawę usprawiedliwia wysokie prawdopodobieństwo, iż Geoffrey Case jest ojcem Rosie.

Postanowiłem jechać dalej, dopóki nie będę zmęczony – to była rewolucyjna decyzja, bo w normalnych warunkach zaplanowałbym jazdę, opierając się na dostępnych materiałach dotyczących zmęczenia, i na tej podstawie zarezerwowałbym noclegi. Byłem jednak tak zaabsorbowany, że zabrakło mi czasu na opracowanie planu. Niemniej co dwie godziny zatrzymywałem się jedynie na krótkie przerwy i zdołałem utrzymać wysoki poziom koncentracji. O dwudziestej trzeciej czterdzieści trzy zdiagnozowałem silne oznaki znużenia, ale zamiast udać się na spoczynek, wjechałem na stację benzynową, uzupełniłem paliwo i zamówiłem cztery podwójne espresso. Otworzyłem dach samochodu, nastawiłem głośniej odtwarzacz CD, żeby pokonać senność, i o siódmej dziewiętnaście w sobotę, napędzany silną dawką kofeiny wjechałem razem z Jacksonem Browne'em do Moree.

21

Zaprogramowałem GPS, żeby pokierował mnie do domu opieki społecznej, gdzie przedstawiłem się jako przyjaciel rodziny Case'ów.

– Obawiam się, że Margaret pana nie pozna – powiedziała pielęgniarka.

Miałem podobne podejrzenia, ale na wszelki wypadek przygotowałem wiarygodną historyjkę. Pielęgniarka zaprowadziła mnie do jednoosobowego pokoju z łazienką. Pani Case spała.

– Mam ją zbudzić?

– Nie, po prostu trochę przy niej posiedzę – odparłem.

– Zostawię was samych. Proszę mnie wezwać, gdyby czegoś pan potrzebował.

Pomyślałem, że dziwnie by wyglądało, gdybym wyszedł za szybko, więc usiadłem przy łóżku. Oceniłem, że Margaret Case skończyła mniej więcej osiemdziesiąt lat – była w tym samym wieku, co Daphne, kiedy przeprowadziła się do domu opieki. Mając na uwadze historię Rosie, mogłem przypuszczać, że właśnie patrzę na jej babkę.

Margaret Case leżała nieruchoma i milcząca na swoim wąskim łóżku, więc wykorzystałem ten czas na rozmyślania o projekcie „Ojciec". Był możliwy jedynie dzięki rozwojowi techniki. Jeszcze parę lat temu tajemnica pozostałaby nie odkryta – matka Rosie zabrałaby ją do grobu.

Wierzę, że nadrzędnym obowiązkiem nauki – i w ogóle ludzkości – jest dokonać jak największej liczby odkryć. Jestem jednak naukowcem badającym zjawiska materialne, a nie psychologiem.

Leżąca przede mną kobieta nie była pięćdziesięcioczteroletnim lekarzem, który prawdopodobnie uciekł przed obowiązkami rodzicielskimi. Była zupełnie bezbronna. Bez problemu mogłem pobrać próbkę włosów albo wymaz ze szczoteczki do zębów, ale miałem pewne opory.

Z tego powodu – oraz kilku innych, których wtedy nie rozumiałem – postanowiłem, że nie skorzystam z tej okazji.

Nagle Margaret Case się zbudziła. Otworzyła oczy i popatrzyła wprost na mnie.

– Geoffrey? – spytała cicho, ale bardzo wyraźnie.

Pytała o męża czy o dawno zmarłego syna? Kiedyś odparłbym bez zastanowienia: „Nie żyją" – nie ze złośliwości, lecz dlatego, że zamiast kierować się emocjami, automatycznie podaję rzeczowe informacje. Jednak ostatnio zaszła we mnie jakaś zmiana, więc udało mi się przemilczeć fakt.

Margaret zapewne zrozumiała, że nie jestem tym, kogo chciała zobaczyć, i zaczęła płakać. Nie wydawała żadnych odgłosów, ale po policzkach płynęły jej łzy. Machinalnie – bo często robiłem to w czasach znajomości z Daphne – wyjąłem chusteczkę i wytarłem jej twarz. Margaret z powrotem zamknęła oczy. Tak więc samo przeznaczenie podało mi próbkę, po którą przyszedłem.

Czułem się wycieńczony i kiedy wyszedłem z domu opieki, ja też z niewyspania miałem łzy w oczach. Była wczesna jesień i tak daleko na północy kraju już zrobiło się ciepło. Położyłem się pod drzewem i zasnąłem.

Po przebudzeniu ujrzałem stojącego nade mną lekarza w białym fartuchu i na jedną straszną chwilę cofnąłem się w czasie o dwadzieścia lat. Na szczęście trwało to bardzo krótko – szybko wróciłem do rzeczywistości i okazało się, że lekarz jedynie chciał sprawdzić, czy nie jestem chory lub martwy. Nie złamałem żadnych przepisów. Minęły cztery godziny i osiem minut, od kiedy wyszedłem z pokoju Margaret Case.

Ten incydent przypomniał mi o zagrożeniach związanych z wyczerpaniem organizmu. Drogę powrotną zaplanowałem o wiele rozważniej – co godzinę zatrzymywałem się na pięciominutową przerwę, a o dziewiętnastej zero sześć zaparkowałem przed motelem, zjadłem za bardzo wysmażony stek i poszedłem spać. Wczesny nocleg pozwolił mi na start w niedzielę już o piątej rano.

Autostrada omija Shepparton, ale zjechałem na boczną drogę i pojechałem do centrum miasta. Postanowiłem nie odwiedzać rodziców. Nadliczbowe szesnaście kilometrów, które musiałbym pokonać, żeby dojechać z autostrady do ich domu i z powrotem, niebezpiecznie wydłużyłoby podróż, która i tak była dosyć trudna. Chciałem jednak popatrzeć na miasto.

Minąłem sklep żelazny Tillmanów. W niedzielę był zamknięty, a mój ojciec i brat zapewne siedzieli w domu z matką. Ojciec prawdopodobnie poprawiał obrazy na ścianach, a matka prosiła mojego brata, żeby sprzątnął ze stołu swój projekt budowlany, bo chciała nakryć do niedzielnego obiadu. Od pogrzebu siostry nie przyjeżdżałem do domu.

Stacja benzynowa była czynna, więc napełniłem bak. Za ladą stał mniej więcej czterdziestopięcioletni mężczyzna (szacunkowe BMI trzydzieści). Kiedy podszedłem, poznałem go i dokonałem korekty wieku – trzydzieści dziewięć lat. Wyłysiał, zapuścił brodę i utył, ale to niewątpliwie był Gary Parkinson, z którym chodziłem do szkoły. Chciał wstąpić do wojska i podróżować. Wyraźnie nie spełnił swojego marzenia. Kolejny raz pomyślałem, jakie to szczęście, że mogłem się stąd wyrwać i od nowa ułożyć sobie życie.

– Cześć, Don – powiedział.

Oczywiście też mnie poznał.

– Serwus, GP.

– Nic się nie zmieniłeś. – Zaśmiał się.

Było już ciemno, kiedy wróciłem do Melbourne i oddałem samochód. Zostawiłem w odtwarzaczu płytę Jacksona Browne'a. GPS wskazał, że przejechałem dwa tysiące czterysta siedemdziesiąt dwa kilometry. Chusteczka z materiałem genetycznym Margaret Case była zabezpieczona w sterylnym woreczku, ale nie zmieniłem zdania – nie zamierzałem jej badać.

Wciąż czekała nas wyprawa do Nowego Jorku.

Spotkałem się z Rosie na lotnisku. Niezręcznie się czuła, wiedząc, że sponsorowałem jej bilet, więc wysunąłem propozycję, że najlepiej się odwdzięczy, jeżeli wyselekcjonuje parę kandydatek do projektu „Żona", z którymi mógłbym się umówić na randkę.

– Pieprz się – odparła.

Wyglądało na to, że znowu jesteśmy przyjaciółmi.

Nie do wiary, ile rzeczy Rosie wzięła w tę podróż! Poprosiłem, żeby się spakowała tak oszczędnie, jak to możliwe, ale i tak jej bagaż podręczny przekroczył dopuszczalną wagę siedmiu kilogramów. Na szczęście mogłem przełożyć część nadliczbowego ekwipunku do swojej torby. Sam zabrałem jedynie ultralekki komputer, szczoteczkę do zębów, żyletkę, zapasową koszulę, spodenki sportowe, zmianę bielizny i (niestety) nieporęczne upominki pożegnalne od Gene'a i Claudii. Dostałem tylko tydzień urlopu, ale i tak Dziekan stawiała na mojej drodze przeszkody. Coraz wyraźniej widziałem, że szuka powodu, żeby się mnie pozbyć.

Rosie nigdy przedtem nie była w Ameryce, ale znała procedury lotniskowe. Specjalne względy, jakie okazywano mi na każdym kroku, zrobiły na niej ogromne wrażenie. Zgłosiliśmy się do odprawy bez kolejki, a potem poprowadzono nas przejściem dla ochrony do salonu dla klasy biznesowej, chociaż podróżowaliśmy ekonomiczną.

Pijąc w salonie szampana, wyjaśniłem Rosie, że zasłużyłem sobie na specjalne przywileje dzięki szczególnej czujności i przestrzeganiu przepisów oraz procedur podczas poprzednich podróży.

Poza tym przedstawiłem wiele sugestii dotyczących odprawy paszportowej i bagażowej, rozkładu lotów, treningu pilotów i luk w systemie bezpieczeństwa. Aktualnie nie wymagano ode mnie więcej pomocy, ponieważ wysunąłem tyle propozycji, że „wystarczy ich do końca życia".

– No to zdrowie specjalnych klientów. – Rosie wzniosła toast. – Jaki mamy plan?

Oczywiście dobra organizacja czasu ma najwyższe znaczenie podczas podróży, dlatego sporządziłem harmonogram godzinowy (z podziałem na krótsze jednostki w szczególnych przypadkach), którym doraźnie zastąpiłem swój rozkład tygodniowych zajęć. Uwzględniłem w nim umówione przez Rosie spotkania z obydwoma kandydatami na ojca – psychiatrą Eslerem i chirurgiem plastycznym Freybergiem. Tymczasem jedyny zaplanowany przez Rosie punkt wyprawy dotyczył naszego spotkania na lotnisku. Zdumiewające! Z drugiej strony, przynajmniej nie musiałem się obawiać, że nasze zamiary będą ze sobą kolidowały.

Otworzyłem harmonogram na laptopie i zacząłem prezentację. Rosie nie pozwoliła mi przedstawić nawet połowy czynności zaplanowanych na czas lotu.

– Przeskocz o parę punktów do przodu, Don. Co będziemy robić w Nowym Jorku? Między sobotnią kolacją u Eslerów i spotkaniem z Freybergiem w środę… wieczorem, prawda? Mamy dla siebie całe cztery dni w Nowym Jorku.

– W sobotę po kolacji pójdziemy na stację metra przy Marcy Avenue i pociągiem linii J, M albo Z pojedziemy na Delancey Street. Tam przesiądziemy się na linię F…

– Ogólnie, ogólnie, Don. Od niedzieli do środy. Każdy dzień jednym zdaniem. Pomiń jedzenie, spanie i środki transportu.

To było duże ułatwienie.

– W niedzielę Muzeum Historii Naturalnej, w poniedziałek Muzeum Historii Naturalnej, we wtorek Muzeum Historii Naturalnej, w środę…

– Stop, czekaj! Nie mów mi, co będziemy robić w środę. Niech to będzie niespodzianka.

– Pewnie i tak zgadniesz.

– Pewnie tak – powiedziała Rosie. – Ile razy byłeś w Nowym Jorku?

– Teraz będzie trzeci.

– I domyślam się, że to nie będzie twoja pierwsza wizyta w muzeum.

– To prawda.

– A co ja mam robić, kiedy ty będziesz zwiedzał muzeum?

– Nie zastanawiałem się nad tym. Zakładam, że zaplanowałaś własne, niezależne ode mnie zajęcia w Nowym Jorku.

– W takim razie twoje założenia są błędne – oznajmiła Rosie. – Razem zobaczymy Nowy Jork. W niedzielę i poniedziałek ja będę szefem. We wtorek i środę twoja kolej. Jeśli będziesz chciał, żebym przesiedziała dwa dni w muzeum, to przesiedzę dwa dni w muzeum. Z tobą. Ale w niedzielę i poniedziałek ja jestem przewodnikiem.

– Przecież nie znasz Nowego Jorku.

– Ty też.

Rosie zaniosła kieliszki do baru, żeby dolać szampana. W Melbourne była dopiero dziewiąta czterdzieści dwie, ale już się przestawiłem na czas nowojorski. Kiedy Rosie się oddaliła, znowu otworzyłem laptopa i połączyłem się ze stroną internetową Muzeum Historii Naturalnej. Musiałem skorygować plan zwiedzania.

Po chwili Rosie wróciła i natychmiast dokonała zamachu na moją przestrzeń osobistą. Zatrzasnęła pokrywę laptopa! Niebywałe! Gdybym to samo zrobił studentowi, który podczas wykładu gra w *Angry Birds*, następnego dnia znalazłbym się na dywaniku u Dziekan. W hierarchii uniwersyteckiej jestem profesorem nadzwyczajnym, a Rosie jedynie doktorantką. Należy mi się trochę respektu.

– Porozmawiajmy – powiedziała. – Nie mieliśmy okazji pogadać o niczym innym oprócz DNA. Teraz spędzimy ze sobą tydzień, więc chcę cię poznać. A jeżeli właśnie to ty masz mi zdradzić, kto jest moim ojcem, to też powinieneś co nieco o mnie wiedzieć.

Nie minęło nawet piętnaście minut, a już wszystkie moje plany legły w gruzach, zostały rozszarpane na strzępy, rozbite w drobny mak. Rosie przejęła kontrolę.

Pod eskortą obsługi lotniska podążyliśmy do samolotu odlatującego o czternastej trzydzieści do Los Angeles. Dzięki moim szczególnym przywilejom mieliśmy z Rosie cały trzyosobowy rząd dla siebie. Stewardesy sadzają mnie koło innych pasażerów tylko wtedy, gdy wszystkie miejsca są zajęte.

– Zacznij od swojego dzieciństwa – rozkazała Rosie.

Brakowało jedynie, żeby poświeciła mi w oczy reflektorem, by scena przesłuchania była kompletna. Byłem jej więźniem, zatem przystąpiłem do negocjacji… i zacząłem układać plan ucieczki.

– Musimy się zdrzemnąć. W Nowym Jorku jest już późno.

– Nieprawda, dopiero siódma. Kto chodzi spać o siódmej? Zresztą i tak nie uda mi się zasnąć.

– Mam w torbie tabletki nasenne.

Rosie nie mogła wyjść z podziwu, że łykam tabletki nasenne. Sądziła, że stronię od środków farmaceutycznych. Nie myliła się, mówiąc, że wcale mnie nie zna. Ustaliliśmy, że pokrótce zreferuję swoje wczesne doświadczenia, które dla niej jako przyszłej psycholog na pewno będą miały doniosłe znaczenie, a potem zjemy kolację, weźmiemy tabletki i pójdziemy spać. Pod pretekstem potrzeby skorzystania z toalety udałem się do kierownika obsługi kabiny i poprosiłem, żeby kolację dostarczono nam jak najszybciej.

22

Z apoznanie Rosie z historią mojego życia było dziecinnie łatwe. Każdy psycholog i psychiatra, z którym się spotykałem, prosił o omówienie tego tematu, więc mogę recytować z pamięci wszystkie niezbędne fakty.

Mój ojciec jest właścicielem sklepu żelaznego w niewielkim mieście. Mieszka z matką i moim młodszym bratem, który zapewne przejmie interes po ojcu, kiedy ten przejdzie na emeryturę albo umrze. Moja starsza siostra dożyła jedynie czterdziestu lat z powodu niekompetencji lekarzy. Kiedy zmarła, matka przez dwa tygodnie wstała z łóżka jedynie raz, żeby wziąć udział w pogrzebie. Było mi bardzo smutno po śmierci siostry. O tak, czułem też złość.

Z ojcem łączy mnie dosyć silna, ale pozbawiona emocji więź. Jest to satysfakcjonujący nas obu układ. Matka jest opiekuńcza, lecz czuję się przez nią osaczony. Brat mnie nie lubi. Sądzę, że widział we mnie zagrożenie dla swoich marzeń o przejęciu rodzinnego interesu, a później nie zaakceptował alternatywnej drogi, którą wybrałem. Mógł postrzegać sklep jako symbol względów ojca. Jeżeli rzeczywiście tak było, to mój brat wygrał walkę o nie, jednak nie jest mi przykro z tego powodu. Rzadko widuję się z rodziną. Matka telefonuje do mnie w niedziele.

W szkole nie działo się nic godnego uwagi. Lubiłem przedmioty ścisłe. Nie miałem wielu przyjaciół, krótko mówiąc, byłem klasowym popychadłem. Osiągałem najlepsze wyniki w szkole ze wszystkich przedmiotów oprócz angielskiego, w którym byłem najlepszy wśród chłopców. Po ukończeniu szkoły wyprowadziłem się z domu i pojechałem na uniwersytet. Najpierw zdałem egzaminy na studia informatyczne, ale w swoje dwudzieste pierwsze urodziny podjąłem decyzję o zmianie kierunku i poszedłem na genetykę. Możliwe, że podświadomie chciałem w ten sposób przedłużyć sobie okres studiów, ale zdawało się, że to logiczny wybór. Genetyka była szybko rozwijającą się dziedziną nauki. W mojej rodzinie brak historii zaburzeń psychicznych.

Z uśmiechem zwróciłem się do Rosie. Już wiedziała o mojej siostrze i o kłopotach z silniejszymi kolegami. Oświadczenie na temat zaburzeń psychicznych było zgodne z prawdą, chyba że siebie też zdefiniowałbym jako „członka rodziny". Gdzieś w archiwach medycznych znajduje się mająca dwadzieścia jeden lat teczka z moim nazwiskiem i słowami: „Depresja, psychoza maniakalno-depresyjna? Zaburzenia obsesyjno-kompulsywne?" i „Schizofrenia?". Znaki zapytania są tu bardzo istotne – oprócz potwierdzenia widocznej gołym okiem depresji nigdy nie postawiono rozstrzygającej diagnozy, chociaż różni specjaliści próbowali mnie wtłoczyć w ramy jednej z prymitywnych kategorii. Wierzę teraz, że wszystkie moje problemy wynikają stąd, że mój mózg jest skonfigurowany inaczej niż u większości osobników naszego gatunku. Tutaj, a nie w chorobie tkwi źródło wszystkich przypisywanych mi objawów psychiatrycznych. Nic dziwnego, że cierpiałem na depresję – nie miałem przyjaciół, seksu ani życia towarzyskiego, bo byłem niekompatybilny z resztą ludzi. Moje zaangażowanie i siłę koncentracji błędnie zinterpretowano jako manię, a zamiłowanie do porządku nazwano zaburzeniem obsesyjno-kompulsywnym.

Mali aspergicy ze szkoły Julie prawdopodobnie borykali się z takimi samymi problemami. U nich jednak rozpoznano zaburzenia chorobowe, z którymi medycyna łatwo może sobie poradzić, o ile wśród lekarzy znajdzie się ktoś dosyć inteligentny, żeby zastosować brzytwę Ockhama i uznać, że trudności tych dzieciaków to przede wszystkim rezultat typowej dla aspergików konfiguracji mózgu.

– Co się zdarzyło w twoje dwudzieste pierwsze urodziny? – zapytała Rosie.

Czyżby czytała w moich myślach? Tego dnia postanowiłem nadać swojej egzystencji nowy kierunek, bo każda zmiana była lepsza niż tkwienie w dołku. Rzeczywiście wyobrażałem sobie depresję jako dziurę w ziemi.

To była jedynie połowa prawdy. Zwykle nie obchodzę urodzin, ale tym razem rodzice szczególnie nalegali i zaprosili na przyjęcie wielu krewnych oraz swoich przyjaciół, żeby zatuszować brak moich własnych kolegów.

Jeden z wujków wygłosił przemowę. Wiedziałem, że zgodnie z tradycją jubilat jest obiektem drobnych żartów, ale wujek, zachęcony wybuchami śmiechu, opowiadał jedną anegdotę za drugą. Byłem wstrząśnięty, słysząc, że zna bardzo osobiste fakty z mojego życia, i zrozumiałem, że na pewno usłyszał je od mojej matki.

Ta od czasu do czasu chwytała go za rękę, żeby go powstrzymać, ale ją ignorował i zamilkł dopiero, kiedy zobaczył, że matka płacze. Do tej pory zdążył przedstawić szczegółowy wykaz moich wad i dał wszystkim do zrozumienia, ile wstydu i bólu sprawiłem swoim najbliższym. Wyglądało na to, że u podstaw całego zła leży fakt, iż miałem bzika na punkcie komputerów. Wtedy postanowiłem się zmienić.

– I dostałeś bzika na punkcie genetyki – powiedziała Rosie.

– Nie miałem takiego zamiaru.

Ale oczywiście tak to się musiało skończyć. Wyszedłem z dołka tylko po to, żeby się kompletnie zatracić w nowym hobby. Gdzie ta kolacja?

– Opowiedz mi jeszcze o twoim ojcu.

– Dlaczego?

Właściwie nie interesowało mnie, w jakim celu o niego zapytała. Po prostu próbowałem przekazać pałeczkę, żeby odwrócić kierunek rozmowy. Claudia poleciła mi ten trik, jeżeli ktoś będzie mnie zasypywał trudnymi pytaniami. Miałem jednak pamiętać, żeby go nie nadużywać. To była pierwsza taka okazja.

– Chyba dlatego, że chcę zrozumieć, czy to przez niego jesteś popieprzony.

– Nie jestem popieprzony.

– W porządku, nie jesteś. Przepraszam. Nie miałam na myśli nic złego. Ale trudno cię uznać za przeciętniaka – poinformowała mnie Rosie, przyszła pani psycholog.

– Zgadza się. Czy „popieprzony" znaczy to samo, co „nie-przeciętny człowiek"?

– Źle się wyraziłam. Zacznijmy od nowa. Chyba zadałam ci to pytanie dlatego, że to ja przez swojego ojca jestem popieprzona.

Co za niecodzienna deklaracja. Nie licząc lekkomyślnego stosunku do kwestii zdrowotnych, Rosie nie wykazywała żadnych zaburzeń pracy mózgu.

– Jakie symptomy świadczą o popieprzeniu?

– Babrzę się w gównie, którego wolałabym uniknąć. Nie jestem w tym dobra. Wyrażam się dosyć jasno?

– Oczywiście – potaknąłem. – Masz na myśli, że czasami zdarzają się niekomfortowe sytuacje, a ty zauważasz u siebie deficyt cech, które pozwoliłyby zamortyzować ich wpływ na twoje życie osobiste. Myślałem, że użycie przez ciebie słowa „popieprzona" sugerowało, że zdiagnozowałaś u siebie jakieś zaburzenia osobowości, które chciałabyś wyplenić.

– Nie, mam nadzieję, że wszystko ze mną w porządku.

– A zatem jaką krzywdę wyrządził ci Phil?

Rosie nie udzieliła odpowiedzi na to najważniejsze pytanie. Może właśnie to był objaw „popieprzenia"?

– Jezu, co z tą kolacją? — powiedziała w końcu.

Poszła do toalety, a ja skorzystałem z okazji, żeby rozpakować upominki od Gene'a i Claudii. Zawieźli mnie na lotnisko, więc nie mogłem odmówić, kiedy wręczyli mi prezenty. Na szczęście

Rosie nie było obok, gdy je otworzyłem. Gene dał mi nową książkę z pozycjami seksualnymi, na której napisał: „To na wypadek, gdyby wyczerpały Ci się pomysły". Opatrzył dedykację symbolem genu, którego czasami używa zamiast podpisu. Prezent od Claudii nie był tak wstydliwy, ale kompletnie nieistotny dla celu mojej podróży – para dżinsów i koszula. Ubrania zawsze się przydają, ale już miałem w torbie zapasową koszulę i nie widziałem powodu, żeby brać spodnie na zmianę, kiedy wyjeżdżam z domu jedynie na osiem dni.

Gene kolejny raz źle zinterpretował charakter mojej znajomości z Rosie, ale mogłem go zrozumieć. Nie potrafiłbym racjonalnie wyjaśnić, dlaczego zaprosiłem Rosie do Nowego Jorku, a Gene wytłumaczył to sobie zgodnie ze swoim światopoglądem.

W drodze na lotnisko poprosiłem Claudię o radę, jak zorganizować sobie tyle czasu w towarzystwie jednej osoby.

– Pamiętaj, że trzeba słuchać, co mówi – powiedziała Claudia. – Jeżeli zada ci trudne pytanie, spróbuj się dowiedzieć, dlaczego o to pyta. Odwróć kierunek rozmowy. Studiuje psychologię, więc na pewno lubi mówić o sobie. Zwróć uwagę na swoje emocje, a nie kieruj się jedynie logiką. Emocje kierują się własnymi prawami. Pozwól się ponieść nurtowi.

Prawdę mówiąc, Rosie przespała prawie cały lot do Los Angeles, a w przerwach oglądała filmy, ale zapewniła mnie – i to dwa razy – że jej nie obraziłem. Po prostu przez jakiś czas chciała pobyć sama.

Nie miałem nic przeciwko temu.

23

Przebrnęliśmy przez kontrolę paszportową na lotnisku. Poprzednie doświadczenia nauczyły mnie, żeby nie dzielić się z Amerykanami swoimi uwagami na temat usprawnień. Nie potrzebowałem też listu polecającego od Davida Borensteina z uniwersytetu Columbia, który potwierdzał, że jestem zdrowym psychicznie, kompetentnym człowiekiem. Rosie zdawała się niezwykle nerwowa – nawet dla kogoś tak mało obeznanego z emocjami jak ja. Bałem się, że wzbudzi podejrzenia celników, którzy bez żadnego szczególnego powodu odeślą ją do domu tak samo jak mnie podczas ostatniej podróży do Ameryki.

– Kim pan jest z zawodu? – zapytał urzędnik.

– Genetykiem – odparłem.

– Najlepszym na świecie?

– Tak.

Przepuszczono nas przez bramkę. Rosie niemal biegiem ruszyła w kierunku kontroli celnej, a potem do wyjścia. Ja szedłem z obiema torbami parę metrów za nią. Wyraźnie działo się coś dziwnego.

Dogoniłem ją tuż za drzwiami obrotowymi i zobaczyłem, że sięga do torebki.

– Fajkę! – powiedziała. Zapaliła papierosa i głęboko się zaciągnęła. – Nic nie mów, dobrze? Jeśli jest jeden powód, żebym rzuciła palenie, to właśnie go odkryłam. Osiemnaście i pół godziny! Kurwa.

Rosie miała szczęście, że nie pozwoliła mi nic mówić. Zachowałem milczenie, ale nie mogłem się nadziwić, jak wielki wpływ na jej życie ma nałóg.

– O co chodziło z tym „najlepszym genetykiem na świecie"?

Wyjaśniłem, że posiadam specjalną wizę O-1 dla wybitnych przybyszów z innych stref. Potrzebowałem wizy po ostatnim razie, kiedy odmówiono mi wstępu na terytorium Stanów Zjednoczonych, a ten dokument uznawany był za najbezpieczniejsze rozwiązanie. Wizy O-1 są rzadkością, ale rzeczywiście na każde pytanie o niezwykłość moich talentów mogę odpowiedzieć twierdząco. Rosie rozbawiło określenie „przybysz z innych stref". Poprawka: wywołało histeryczny śmiech.

W końcu zgasiła niedopałek i poszliśmy do baru. W Los Angeles była dopiero siódma czterdzieści osiem, ale zamierzaliśmy przestawić zegarki, gdy wylądujemy w Nowym Jorku.

Nie musieliśmy czekać na bagaż, a kontrola na lotnisku przebiegła bez niespodzianek, zatem mogłem zastosować najlepszy z zaprojektowanych scenariuszy – złapaliśmy wcześniejszy lot do Nowego Jorku. Miałem pewne plany związane z czasem zaoszczędzonym dzięki temu manewrowi.

Na lotnisku JFK wskazałem Rosie najkrótszą drogę do peronu AirTrain.

– Mamy do wyboru dwie linie metra.

– Zakładam, że nauczyłeś się na pamięć rozkładu jazdy – wyraziła przypuszczenie Rosie.

– Nie, stosunek zysków do włożonego wysiłku byłby niekorzystny. Zapamiętałem jedynie linie i stacje, które znajdują się na trasach naszych przejazdów.

Nowy Jork jest wspaniały. Uwielbiam to miasto. Jego układ urbanistyczny, przynajmniej od 14th Street w kierunku centrum, cechuje doskonała logika.

Rosie zatelefonowała do żony Isaaca Eslera, która wykazała bardzo pozytywną reakcję na kontakt z Australijczykami i oczekiwała wiadomości o spotkaniu absolwentów. W metrze Rosie powiedziała:

– Potrzebny ci jakiś pseudonim. Esler może pamiętać twoje nazwisko z kwestionariusza o zespole Aspergera.

Już przedtem wziąłem to pod uwagę.

– Austin – zaproponowałem. – Jak *Austin Powers. Agent specjalnej troski.*

Rosie niemal pękła ze śmiechu. To była historyczna chwila. Udało mi się świadomie kogoś rozbawić i nie zawdzięczałem tego żadnemu z dziwactw mojego charakteru.

– A zawód?

– Właściciel sklepu żelaznego. – Była to spontanicznie podjęta decyzja.

– Noooo – powiedziała Rosie. – W porządku.

Pojechaliśmy linią E do stacji pośredniej Lexington Avenue & 53rd Street, a następnie szybkim krokiem poszliśmy pieszo w kierunku centrum.

– Gdzie mamy hotel? – zapytała Rosie, gdy kierowałem nas w stronę Madison Avenue.

– Na Lower East Side. Ale najpierw musimy iść na zakupy.

– Cholera, Don, już po wpół do szóstej. O wpół do ósmej powinniśmy być u Eslerów. Nie mamy czasu na zakupy. Przecież muszę się przebrać.

Popatrzyłem na Rosie. Miała na sobie konwencjonalny strój – dżinsy i koszulę. Nie rozumiałem, w czym problem, ale i tak mieliśmy dosyć czasu.

– Nie zamierzałem iść do hotelu przed kolacją, ale przybyliśmy wcześniej, więc...

– Don, spędziłam dwadzieścia cztery godziny w samolocie. Od teraz nic już nie robimy według twojego planu, dopóki go nie przejrzę i nie usunę wszystkich szalonych pomysłów.

– Zarezerwowałem dokładnie cztery minuty na transakcję – powiedziałem.

Już staliśmy przed sklepem Hermès, gdzie – jak wykazały przeprowadzone przeze mnie badania – można kupić najlepsze szale pod słońcem. Wszedłem do środka, a Rosie ruszyła za mną. Byliśmy jedynymi klientami. Doskonale.

– Don, wydaje mi się, że nie jesteś odpowiednio ubrany.

Nieodpowiednio ubrany na zakupy! Włożyłem uniwersalny zestaw na podróż, wizytę w restauracji, spotkanie towarzyskie, zwiedzanie muzeum... i na zakupy: sportowe buty, luźne spodnie, T-shirt i pulower, który moja matka zrobiła na drutach. Przecież nie wybieraliśmy się do Le Gavroche. Wydawało mi się nieprawdopodobne, żeby obsługa placówki handlowej odmówiła transakcji, kierując się subiektywną oceną garderoby klienta. Oczywiście miałem rację.

Za ladą stały dwie kobiety – jedna (przybliżony wiek pięćdziesiąt pięć lat, BMI mniej więcej dziewiętnaście) nosiła pierścionki na wszystkich palcach oprócz kciuków, a druga (przybliżony wiek dwadzieścia lat, szacunkowy BMI dwadzieścia dwa) miała na nosie wielkie fioletowe okulary, które upodabniały ją do insekta. Cechą charakterystyczną obu były bardzo formalne stroje. Przystąpiłem do transakcji.

– Poszukuję dobrej jakości szala.

Pierścienica uśmiechnęła się.

– Myślę, że możemy panu pomóc. Czy to dla młodej damy?

– Nie. Dla Claudii.

Zdawałem sobie sprawę, że ta informacja niewiele wyjaśnia, ale nie bardzo wiedziałem, co jeszcze mógłbym dodać.

– A Claudia jest... – Ekspedientka wykonała okrężny ruch dłonią. – W jakim jest wieku?

– Czterdzieści jeden lat, trzysta pięćdziesiąt sześć dni.

– Aha, czyli niedługo obchodzą państwo urodziny – powiedziała Pierścienica.

– Nie, tylko Claudia. – Moje urodziny były dopiero za trzydzieści dwa dni, więc na pewno nie „niedługo". – Claudia nosi szale nawet przy ładnej pogodzie, żeby ukryć zmarszczki na szyi, bo uważa, że są nieatrakcyjne. Ten szal zatem nie musi być praktyczny. Może pełnić funkcje dekoracyjne.

Pierścienica pokazała mi szal.

– Co pan sądzi o tym?

Był niezwykle lekki – w związku z tym nie zapewniałby ochrony przed wiatrem ani chłodem. Niemniej wyglądał bardzo dekoracyjnie, czyli spełniał moje kryteria.

– Doskonały. Ile płacę?

Kończył nam się czas.

– Kosztuje tysiąc dwieście dolarów.

Otworzyłem portfel i wyjąłem kartę kredytową.

– Zaraz, zaraz, nie tak szybko – nagle odezwała się Rosie. – Chyba powinniśmy zobaczyć, co jeszcze macie w ofercie, zanim się zdecydujemy.

Zerknąłem na nią.

– Cztery minuty. Mamy mało czasu.

Pierścienica położyła na ladzie jeszcze trzy szale. Rosie obejrzała jeden z nich. Postanowiłem ją naśladować i pochyliłem się nad drugim. Ładnie się prezentował. Wszystkie ładnie się prezentowały. Brakowało mi skali porównawczej.

Kontynuowaliśmy zakupy. Pierścienica kładła na ladzie kolejne szale, a my je oglądaliśmy. Podeszła Kobieta Insekt, aby służyć pomocą. W końcu wytropiłem jeden szal, który mogłem inteligentnie skomentować.

– Ten jest wadliwy! Ma zakłóconą symetrię. Symetria jest postrzegana przez ludzi jako najważniejszy element piękna.

– Może asymetria tego szala podkreśli symetrię Claudii? – Rosie wysunęła błyskotliwą tezę.

Kobieta Insekt przyniosła różowy szal z puszystego materiału. Może brakuje mi doświadczenia, ale nawet ja wiedziałem, że Claudia nie byłaby nim zachwycona, więc natychmiast odłożyłem go na stertę propozycji zweryfikowanych negatywnie.

– Co z nim jest nie tak? – zapytała Rosie.

– Nie wiem. Nie nadaje się.

– Tylko tyle? Stać cię na więcej. Wyobraź sobie, kto mógłby go nosić.

– Barbara Cartland – zasugerowała Pierścienica.

Nie znałem tego nazwiska, ale nagle przyszedł mi na myśl ktoś inny.

– Dziekan! Na bal.

Rosie wybuchnęła śmiechem.

– Rze-czy-wiś-cie. – Zdjęła ze stosu inny szal. – A ten?

Był niemal przezroczysty.

– Julie – odparłem bez namysłu, a potem wyjaśniłem Rosie i ekspedientkom, że kojarzy mi się ze skąpym strojem organizatorki wykładów na temat zespołu Aspergera. Zdaje się jednak, że ona nie nosiłaby szala, który osłabiłby siłę wyrazu jej garderoby.

– Teraz ten.

Podobał mi się ten szal w jaskrawych kolorach, chociaż Rosie zaopiniowała go negatywnie jako zbyt krzykliwy.

– Bianca.

– No właśnie. – Rosie nie przestawała się śmiać. – Wiesz o strojach więcej, niż ci się wydaje.

Kobieta Insekt pokazała nam szal ozdobiony wizerunkami ptaków. Wziąłem go do ręki – ptactwo zostało odtworzone bardzo realistycznie. Podobał mi się.

– Ptaki całego świata – poinformowała mnie Kobieta Insekt.

– O Boże, nie! – jęknęła Rosie. – Dla Claudii? O nie.

– Dlaczego? Jest niezwykle interesujący.

– Ptaki całego świata! Z czym ci się to kojarzy? Bo mnie z eksperymentami Gene'a.

Na ladzie pojawiało się coraz więcej szali z różnych zakamarków sklepu, ich sterta rosła, a my dalej dokonywaliśmy inspekcji, a potem odkładaliśmy je na bok. Wszystko działo się tak szybko, że przypomniała mi się wielka noc koktajli, tyle że tym razem to my byliśmy klientami. Zastanawiałem się, czy tym ekspedientkom praca sprawia równie wielką przyjemność jak mnie.

W końcu zostawiłem wybór Rosie. Zdecydowała się na pierwszy szal, który nam zaprezentowano.

– Chyba właśnie zmarnowałeś przeze mnie godzinę życia – powiedziała Rosie, kiedy wyszliśmy ze sklepu.

– Skądże! Nieważny jest rezultat. Dobrze się bawiłem.

– Następnym razem, kiedy będziesz szukał dobrej zabawy, przydałaby mi się para manolo blahników.

Słowo „para" sugerowało, że chodzi o buty.

– Mamy jeszcze czas na zakupy?

Już i tak nie zdążylibyśmy pójść do hotelu.

– Żartuję, żartuję.

Całe szczęście, bo musieliśmy się spieszyć, żeby dotrzeć do Eslerów zgodnie z planem. Rosie jednak chciała się przebrać. Na stacji Union Square była toaleta. Rosie weszła do niej, a kiedy znowu ją zobaczyłem, była zdumiewająco odmieniona.

– Niebywałe – powiedziałem. – Ale szybko!

Rosie popatrzyła na mnie.

– Zamierzasz iść w tym stroju? – Jej ton wyrażał duże niezadowolenie.

– To moje normalne rzeczy – powiedziałem. – Mam zapasową koszulę.

– Pokaż.

Sięgnąłem do torby po koszulę, którą wziąłem na zmianę, ale nabrałem podejrzeń, że ona też się nie spodoba Rosie. Nagle przypomniałem sobie o upominku od Claudii i pokazałem jej tę nową koszulę.

– Claudia mi ją sprezentowała – powiedziałem. – Mam też dżinsy, jeżeli to coś zmienia.

– Chwalić Claudię. Zasłużyła sobie na ten szal.

– Spóźnimy się.

– Drobne spóźnienie nikomu nie zaszkodzi.

Isaac i Judy Esler mieszkali w Williamsburgu. Moja amerykańska karta telefoniczna działała bez zarzutu, więc mogliśmy się posłużyć nawigacją GPS, żeby dotrzeć na miejsce. Miałem nadzieję, że czterdzieści sześć minut to według klasyfikacji Rosie wciąż „drobne spóźnienie".

– Pamiętaj, masz na imię Austin – przypomniała mi Rosie, dzwoniąc do drzwi.

Otworzyła nam Judy. Oceniłem jej wiek na pięćdziesiąt lat, a BMI na dwadzieścia sześć. Mówiła z nowojorskim akcentem. Martwiła się, że zgubiliśmy drogę. Jej mąż Isaac wyglądał jak karykatura psychiatry – pięćdziesiąt parę lat, niski, łysiejący, z czarną kozią brodą, BMI dziewiętnaście. Był zdecydowanie mniej sympatyczny niż żona.

Zaproponowali nam martini. Pamiętałem z przygotowań do wielkiej nocy koktajli, jaki wpływ na mój organizm ma ten drink, i zdecydowałem, że muszę poprzestać na trzech. Judy przygotowała tartinki rybne i zapytała o szczegóły naszej podróży. Chciała ustalić, czy po raz pierwszy przylecieliśmy do Nowego Jorku, jaka jest pogoda w Australii (akurat to było łatwe) i czy zamierzamy zrobić jakieś zakupy albo zwiedzić muzea. Rosie zmierzyła się ze wszystkimi tymi pytaniami.

– Jutro rano Isaac wybiera się do Chicago – poinformowała nas Judy. – Powiedz państwu, po co tam lecisz.

– Na konferencję. – Isaac tak samo jak ja nie potrzebował wielu słów, żeby podtrzymać konwersację.

Mimo to, zanim weszliśmy do jadalni, zadał mi jedno pytanie:

– Czym się zajmujesz, Austin?

– Austin prowadzi sklep żelazny. – Rosie wyręczyła mnie z obowiązku odpowiedzi. – Bardzo prężny sklep.

Judy podała pyszną kolację. Jako główne danie zaproponowała łososia, zapewniwszy Rosie, że ryba pochodzi z hodowli odnawialnej. Ostatnio jadłem bardzo mało, i to jedynie niepełnowartościowe posiłki na pokładzie samolotu, dlatego wyjątkowo mi smakowała kolacja u Eslerów. Isaac otworzył butelkę oregońskiego pinot gris i hojnie napełnił mój kieliszek. Dyskutowaliśmy o Nowym Jorku i o różnicach między amerykańską i australijską polityką.

– Bardzo się cieszę, że nas odwiedziliście – powiedziała Judy. – Przynajmniej w taki sposób możemy sobie wynagrodzić nieobecność na zjeździe. Isaacowi było bardzo przykro, że nie mógł polecieć.

– Właściwie nie bardzo – mruknął Isaac. – Powroty do przeszłości to nic przyjemnego. – Zjadł ostatni kęs ryby i popatrzył na Rosie. – Jesteś bardzo podobna do matki. Była trochę młodsza niż ty, kiedy ostatni raz ją widziałem.

– Pobraliśmy się dzień po dyplomie i od razu przeprowadziliśmy się tutaj – powiedziała Judy. – Podczas ślubu Isaac miał potężnego kaca. Był takim niegrzecznym chłopcem… – Uśmiechnęła się.

– Chyba już wystarczy tych bajek, Judy. To były dawne czasy.

Przyglądał się Rosie, a ona uważnie patrzyła na niego.

Judy wzięła ze stołu talerze – Rosie i mój. Miała zajęte obie ręce, więc uznałem, że właśnie nadeszła nasza szansa. Wstałem i wziąłem talerze Isaaca i Judy. Isaac był zbyt zajęty zabawą z Rosie w kto pierwszy spuści wzrok, więc nie zgłosił sprzeciwu. W drodze do kuchni udało mi się zdjąć z widelca próbkę DNA Isaaca.

– Austin i Rosie na pewno są zmęczeni podróżą – powiedziała Judy, kiedy wróciliśmy do jadalni.

– Austin, wspominałeś, że prowadzisz sklep żelazny? – Isaac wstał. – Mógłbym cię poprosić na chwilę, żebyś zerknął na mój cieknący zlew? To pewnie robota dla hydraulika, ale może wystarczy wymienić zaworek.

– To znaczy kurek – sprostowała Judy, jakby zapomniała, że przyjechaliśmy z tego samego kraju, co Isaac.

Zszedłem z Isaakiem do piwnicy. Byłem pewien, że znajdę jakąś radę na jego problem hydrauliczny. Za szkolnych czasów właśnie w taki sposób spędzałem wakacje. Ale u podnóża schodów nagle zgasło światło. Nie wiedziałem, co się stało. Awaria prądu?

– W porządku, Don? – Isaac zdawał się zatroskany.

– Tak, nic mi nie jest – odparłem. – Co się stało?

– Stało się to, że odpowiedziałeś na imię Don, Austinie.

Staliśmy naprzeciw siebie w kompletnej ciemności. Nie sądzę, że istnieją konwencje towarzyskie obowiązujące podczas przesłuchania przez psychiatrę w ciemnej piwnicy.

– Jak się pan domyślił? – zapytałem.

– Dwie nieoczekiwane próby kontaktu w ciągu miesiąca i obie z jednego uniwersytetu. Zajrzałem do Internetu. Dobrze razem wyglądacie w tańcu.

Chwilę milczeliśmy w ciemności.

– Znam odpowiedź na twoje pytanie, ale obiecałem, że jej nie wyjawię. Gdyby chodziło o kwestię życia i śmierci albo w przypadku poważnej choroby psychicznej, zastanowiłbym się nad zmianą stanowiska. Dzisiaj nie widzę jednak powodu, żeby złamać obietnicę, którą złożyłem dlatego, że wszystkie zainteresowane strony dobrze przemyślały, co będzie dla nich najlepsze. Przebyłeś daleką drogę, żeby zdobyć moje DNA, i jak sądzę, udało ci się, kiedy sprzątnąłeś talerze ze stołu. Może jednak zechcesz się jeszcze raz zastanowić, zanim spełnisz życzenie swojej dziewczyny.

Włączył światło.

Kiedy szliśmy z powrotem na górę, pewna myśl nie dawała mi spokoju. U szczytu schodów zatrzymałem się.

– Jeżeli wiedział pan, po co przyjechaliśmy, to dlaczego wpuścił nas pan do domu?

– Dobre pytanie – odparł. – Skoro je zadałeś, to na pewno potrafisz sam na nie odpowiedzieć. Chciałem zobaczyć Rosie.

24

Dzięki zażytym w odpowiednim momencie tabletkom na-
sennym zbudziłem się o siódmej zero sześć bez uczucia
dezorientacji.

W drodze do hotelu Rosie zasnęła w metrze. Postanowiłem
nie mówić jej od razu o interakcji z Eslerem w piwnicy jego domu
ani o tym, co zobaczyłem na tablicy wiszącej na ścianie. Była to
powiększona fotografia ślubna Judy i Isaaca. Obok Isaaca stał
w wizytowym stroju świadka Geoffrey Case, któremu wtedy zostało jeszcze tylko trzysta siedemdziesiąt dni życia. Uśmiechał się.

Sam wciąż się zastanawiałem nad implikacjami tego faktu,
a Rosie pewnie zareagowałaby w bardzo emocjonalny sposób,
psując sobie wyjazd do Nowego Jorku. Zaimponowało jej, że
zdobyłem próbkę DNA, a tym bardziej to, że zachowałem się tak
dyskretnie, kiedy wstałem, żeby pomóc Judy.

– Uważaj, bo jeszcze odkryjesz w sobie jakieś umiejętności
towarzyskie.

Hotel był w zadowalającym stopniu wygodny. Po zameldowa-
niu Rosie poinformowała mnie, że miała pewne obawy. Myślała,
że w zamian za bilet do Nowego Jorku będę oczekiwał, żeby za-
mieszkała ze mną w jednym pokoju. Niczym prostytutka! Poczułem się oburzony. Wyglądało na to, że moja reakcja ją ucieszyła.

Po powrocie z bardzo udanej sesji w hotelowej siłowni zobaczyłem mrugającą lampkę na telefonie. Rosie.

– Gdzie byłeś? – zapytała.

– Na siłowni. Aktywność fizyczna skutecznie redukuje efekty długiej podróży. Słońce działa podobnie. Zamierzałem się udać na spacer – dwadzieścia dziewięć przecznic w ożywczym słońcu.

– Nie zapomniałeś przypadkiem o czymś? Dzisiaj jest mój dzień. Jutro też. Do północy poniedziałku jesteś do mojej dyspozycji. A teraz rusz tyłek i chodź tutaj. Idziemy na śniadanie.

– Mam przyjść w stroju gimnastycznym?

– Nie, Don, nie w stroju gimnastycznym. Weź prysznic, przebierz się. Masz dziesięć minut.

– Zawsze jem śniadanie przed prysznicem.

– Ile ty masz lat? – zapytała agresywnie Rosie. Nie czekając na odpowiedź, powiedziała: – Zachowujesz się jak starzec. „Zawsze jem śniadanie przed prysznicem. Nie siadaj na tym krześle, to moje miejsce...". Nie wkurwiaj mnie, Tillman.

Ostatnie słowa wypowiedziała bardzo wolno. Zdecydowałem, że lepiej jej nie wkurwiać. Jutro o północy ten koszmar się skończy. Do tego czasu muszę polegać na technikach NLP sprawdzonych podczas wizyt u dentysty.

Okazało się, że czekał mnie towarzyski odpowiednik leczenia kanałowego. Kiedy zszedłem do restauracji, Rosie z miejsca przyjęła postawę krytyczną.

– Od jak dawna masz tę koszulę?

– Od czternastu lat – powiedziałem. – Szybko schnie. Jest doskonała na podróże.

Kupiłem ją w sklepie specjalistycznym dla podróżników, chociaż muszę przyznać, że od daty jej produkcji technika obróbki tkanin poczyniła znaczne postępy.

– Bardzo dobrze – powiedziała Rosie. – W takim razie jej wartość już się zwróciła. A teraz marsz do pokoju. Chcę cię widzieć w drugiej koszuli.

– Druga jest mokra.

– Mam na myśli tę od Claudii. A przy okazji włóż dżinsy. Nie będę chodziła po Nowym Jorku z łachmaniarzem.

Kiedy wykonałem drugie podejście do śniadania, Rosie powitała mnie uśmiechem.

– Wiesz co? Po odgruzowaniu wyglądasz nie najgorzej. – Zamilkła i popatrzyła na mnie. – Don, nie bawi cię ta historia, prawda? Wolałbyś w tej chwili być sam w muzeum.

Trzeba przyznać, że była to wnikliwa obserwacja.

– Rozumiem cię. Ale zrobiłeś dla mnie coś wspaniałego, no i zaprosiłeś mnie do Nowego Jorku. A jeśli już poruszyliśmy ten temat, to jeszcze nie skończyliśmy wydawać twoich pieniędzy. Dlatego chcę coś zrobić dla ciebie.

Mogłem przedstawić tezę, że owe próby zrobienia czegoś dla mnie oznaczają jedynie, że mam spełniać jej zachcianki. Wolałem jednak nie ryzykować, iż kolejny raz usłyszę, że mam jej „nie wkurwiać".

– Teraz jesteś w nowym miejscu i w nowym stroju. Kiedy średniowieczni pielgrzymi przybywali do Santiago po kilkusetkilometrowej podróży, na znak przemiany palili swoje szaty. Nie proszę cię, żebyś spalił swoje rzeczy... przynajmniej na razie. We wtorek możesz znowu je włożyć. Chcę jednak, żebyś się otworzył na coś nowego. Daj mi dwa dni, żebym mogła ci pokazać swój świat. Zacznijmy od śniadania. Jesteśmy w mieście, w którym można zjeść najlepsze śniadania pod słońcem.

Chyba zauważyła, że nie jestem przekonany do tego pomysłu.

– Słuchaj, zawsze organizujesz sobie czas tak, żeby nie stracić ani chwili, prawda?

– Istotnie.

– Zgodziłeś się spędzić dwa dni po mojemu. Jeżeli się zatrzaśniesz w swojej skorupie, zmarnujesz dwa dni życia, które ktoś chce tobie umilić, sprawić, że będą fascynujące i produktywne. Zamierzam... – Zamilkła. – Zostawiłam w pokoju przewodnik. Kiedy wrócę, pójdziemy razem na śniadanie.

Zawróciła i poszła w kierunku wind.

Wstrząsnęła mną logika Rosie. Zawsze usprawiedliwiałem swój harmonogram koniecznością racjonalnego wykorzystania czasu. Czy jednak było to przywiązanie do efektywności, czy do samego faktu, że życie toczy się zgodnie z planem? Czy naprawdę tak bardzo przypominałem własnego ojca, który co wieczór siadał na tym samym krześle? Nigdy nie wspominałem o tym Rosie. Ja też miałem swoje ulubione krzesło.

Poza tym istniał jeszcze jeden argument, którego Rosie nie przedstawiła, ponieważ nie mogła go znać. W ciągu ostatnich ośmiu tygodni przeżyłem dwie spośród trzech najwspanialszych przygód mojego dorosłego życia (o ile potraktuję wszystkie wizyty w Muzeum Historii Naturalnej jak jedną przygodę). W obu towarzyszyła mi Rosie. Czyżby między tymi faktami istniał jakiś związek? Koniecznie musiałem to ustalić.

Kiedy Rosie wróciła, właśnie skończyłem resetować mózg. To ćwiczenie wymagało silnej woli, ale pozwoliło mi ponownie skonfigurować umysł i dostroić go do czynności adaptacyjnych.

– No i…? – zapytała.

– A zatem, gdzie zjemy najlepsze śniadanie pod słońcem?

Bar sieci World's Best Breakfast znaleźliśmy tuż za rogiem. To było najbardziej niezdrowe śniadanie, jakie kiedykolwiek zjadłem, ale wmówiłem sobie, że przez dwa dni mogę ignorować przyrost tkanki tłuszczowej oraz szkody dla kondycji fizycznej, bystrości umysłu i sprawności w sztukach walki. Takie podejście zawdzięczałem trybowi awaryjnemu, w którym aktualnie działał mój mózg.

– Nie mogę uwierzyć, że wchłonąłeś to wszystko – powiedziała Rosie.

– Smakowało mi.

– Odpuśćmy sobie lunch. Zjemy późny obiad.

– Możemy jeść o dowolnej godzinie.

Kelnerka podeszła do naszego stolika. Rosie wskazała jej puste kubki po kawie.

– Pycha. Chyba każde z nas rozprawi się z jeszcze jedną.

– Hę? – spytała kelnerka.

Najwyraźniej nie zrozumiała Rosie. Drugą oczywistą rzeczą był fakt, że Rosie nie wie, jak smakuje pyszna kawa, chyba że zrobiła to, co ja – zignorowała nazwę „kawa" i potraktowała to, co nam zaserwowano, jak nieznany, egzotyczny napój. W moim przypadku ta technika sprawdziła się znakomicie.

– Jedną zwykłą kawę ze śmietanką i jedną zwykłą bez... Proszę – powiedziałem.

– Jasne.

W tym mieście wszyscy wyrażają się precyzyjnie. Takie miasta lubię. Lubię też mówić po amerykańsku, nazywać rzeczy po imieniu: śmietanka, a nie mleczko do kawy, dźwig, a nie winda, rachunek, a nie paragon. Już przed pierwszą podróżą do Stanów Zjednoczonych zapamiętałem długą listę różnic między słownictwem australijskim i amerykańskim. Zdziwiłem się, z jaką łatwością mój mózg automatycznie zaczął operować nowymi terminami.

Poszliśmy w kierunku centrum. Rosie co chwila zerkała do przewodnika zatytułowanego *Nie dla turystów*, co mogło źle wróżyć naszej wyprawie.

– Dokąd idziemy?

– Donikąd. Już jesteśmy na miejscu.

Staliśmy naprzeciw sklepu odzieżowego. Rosie zapytała, czy możemy na chwilę wejść.

– Nie musisz mnie o to pytać – powiedziałem. – Dzisiaj ty tu rządzisz.

– Jeżeli chodzi o sklepy, to lepiej się upewnić. Zakupy to frajda przede wszystkim dla dziewczyn. Już chciałam powiedzieć: „Na pewno znasz Fifth Avenue", ale w twoim przypadku niczego nie można być pewnym.

Zaobserwowałem pewną symetrię. Wiedziałem, że w interakcjach z Rosie nie ma żadnych pewników. W przeciwnym razie zdziwiłbym się, słysząc, że nazywa się „dziewczyną". Zawsze sądziłem, że feministki nie akceptują tego terminu w odniesieniu do dorosłych kobiet.

Zauważyłem, że Rosie coraz lepiej potrafi mnie rozszyfrować. Nigdy przedtem nie oddalałem się poza centra konferencyjne ani muzeum, a tymczasem – dzięki nowej konfiguracji umysłu – wszystko wokół fascynowało mnie. Sklep, w którym jedynym towarem były cygara. Ceny biżuterii. Flatiron. Muzeum seksu. Na to Rosie popatrzyła tylko z zewnątrz i postanowiła nie wchodzić do środka. Prawdopodobnie właściwa decyzja – ekspozycja mogła być interesująca, ale stwarzała zbyt wielkie ryzyko popełnienia *faux pas*.

– Chcesz coś kupić? – zapytała Rosie.

– Nie.

Parę minut później wpadłem na świetny pomysł.

– Czy można tu kupić męskie koszule?

– Na Fifth Avenue w Nowym Jorku? – zaśmiała się Rosie. – Może nam się uda przy odrobinie szczęścia.

Wyczułem w jej głosie sarkazm, na szczęście niegroźny. W ogromnym sklepie o nazwie Bloomingdale's znaleźliśmy koszulę tej samej klasy, co koszula od Claudii. Ściśle rzecz biorąc, nie było to przy samej Fifth Avenue. Nie potrafiłem wybrać, która z dwóch wyselekcjonowanych koszul bardziej mi się podoba, więc zakupiłem obie. Moja garderoba zaczynała pękać w szwach!

Dotarliśmy do Central Parku.

– Zrezygnowaliśmy z lunchu, ale chyba jeszcze zmieszczę loda – poinformowała mnie Rosie.

W parku stał stragan, przy którym można było dokonać zakupu lodów z automatu, jak i wyrobów gotowych.

Ogarnął mnie irracjonalny strach. Od razu zlokalizowałem jego źródło. Mimo to musiałem się upewnić.

– Czy smak jest istotny?

– Może być z orzechami ziemnymi. W końcu jesteśmy w Stanach Zjednoczonych.

– Wszystkie lody smakują tak samo.

– Terefere.

Przedstawiłem teorię o wymrożeniu kubków smakowych.

– Założymy się? – zaproponowała Rosie. – Jeśli zgadnę różnicę między orzechowymi i waniliowymi, stawiasz dwa bilety na *Spidermana*. Na Broadwayu. Na dzisiejszy wieczór.

– Będą miały odmienną strukturę. Z powodu orzechów.

– No to wybierz inne smaki. Zaskocz mnie.

Zamówiłem morelowe i mango.

– Zamknij oczy – nakazałem.

Ta procedura właściwie była zbędna, bo kolory obu lodów były niemal identyczne, ale nie chciałem, żeby Rosie zobaczyła, jak rzucam monetą, by ustalić kolejność testu. Powziąłem uzasadnione podejrzenia, że dzięki swojej wiedzy psychologicznej odgadnie, jakiej sekwencji zmiennych losowych zamierzam użyć.

Rzuciłem monetą i podałem Rosie loda.

– Mango – powiedziała.

Była to odpowiedź zgodna ze stanem faktycznym. Rzuciłem jeszcze raz. Znowu reszka.

– To też mango.

Trzy razy z rzędu prawidłowo rozpoznała mango, a potem morelowe i ponownie morelowe. Prawdopodobieństwo uzyskania takiego wyniku dzięki przypadkowi wynosiło jedną trzydziestą pierwszą. W związku z tym mogłem założyć z dziewięćdziesięciosiedmioprocentową pewnością, że istotnie potrafiła rozróżnić smaki. Niebywałe.

– No to co? Idziemy dzisiaj na *Spidermana*?

– Nie. Raz się pomyliłaś.

Rosie popatrzyła na mnie bardzo uważnie i nagle wybuchnęła śmiechem.

– Robisz mnie w balona, prawda? Nie do wiary, ty naprawdę żartujesz.

Podała mi loda.

– Jeżeli i tak nie czujesz smaku, to możesz wziąć morelowego.

Popatrzyłem na niego. Rosie już go lizała. I znowu odgadła moje myśli.

– Jak zamierzasz się całować z dziewczyną, jeżeli masz opory przed polizaniem loda, którego próbowała?

Przez parę minut czułem przenikającą mnie irracjonalną radość. Szedłem opromieniony sukcesem swojego żartu i rozbierałem na części pierwsze uwagę Rosie o całowaniu. „Całować się z dziewczyną", „polizać loda, którego próbowała" – słowa wypowiedziane w trzeciej osobie, ale niemal na pewno w jakiś sposób powiązane z dziewczyną, która właśnie tego słonecznego sobotniego popołudnia jadła lody z Donem Tillmanem, paradującym w nowej koszuli i dżinsach po Central Parku w Nowym Jorku.

Ten dzień dostarczył mi wielu przyjemnych doznań, ale już w hotelu poczułem, jak bardzo była mi potrzebna stuczternastominutowa przerwa, którą przeznaczyłem tylko dla siebie – prysznic, e-mail, ćwiczenia rozciągające z wykorzystaniem technik relaksacyjnych. Wysłałem Gene'owi e-maila ze skróconą relacją z naszych doświadczeń. Kopię wiadomości dostała Claudia.

Rosie spóźniła się trzy minuty na nasze spotkanie o dziewiętnastej w foyer. Już miałem zatelefonować do jej pokoju, ale właśnie się pojawiła. Miała na sobie rzeczy kupione tego dnia – białe dżinsy i błękitny T-shirt – oraz tę samą marynarkę, co poprzedniego wieczoru. Przypomniałem sobie pewien Gene-izm, zwrot zwykle kierowany pod adresem Claudii:

– Wyglądasz dzisiaj bardzo elegancko – powiedziałem.

To było ryzykowne zagranie, ale jej reakcja wskazywała na zadowolenie. Rzeczywiście wyglądała elegancko.

Wypiliśmy parę drinków w barze, który szczycił się najdłuższą listą koktajli pod słońcem – wielu z nich nie znałem – i obejrzeliśmy *Spidermana*. Po spektaklu Rosie stwierdziła, że fabuła była za bardzo przewidywalna, ale na mnie każdy aspekt tego widowiska zrobił piorunujące wrażenie. Od dzieciństwa nie byłem w teatrze. Fabuła mało mnie obchodziła, bo skoncentrowałem się całkowicie na rozwiązaniach technicznych związanych z lataniem. Efekty były niezwykłe.

Wróciliśmy metrem na Lower East Side. Byłem głodny, ale nie chciałem łamać reguł, sugerując, że powinniśmy coś zjeść. Okazało się jednak, że Rosie to też już zaplanowała. Zarezerwowała na dwudziestą drugą dwa miejsca w restauracji o nazwie Momofuku Ko. Znowu wkroczyliśmy w strefę czasową Rosie.

– To mój prezent dla ciebie za to, że mnie zaprosiłeś – powiedziała.

Usiedliśmy przy dwunastoosobowym kontuarze, skąd mogliśmy obserwować kucharzy podczas pracy. Nie musieliśmy przestrzegać żadnych szczególnych zasad, które zwykle tak bardzo mnie stresują w innych restauracjach.

– Mają państwo jakieś preferencje, alergie albo potrawy, których państwo nie lubią? – zapytał kucharz.

– Jestem wegetarianką, ale jem owoce morza z hodowli odnawialnych – poinformowała go Rosie. – A mój przyjaciel zje wszystko… Naprawdę wszystko.

Nie pamiętam, ile dań zjedliśmy – po jakimś czasie przestałem je liczyć. Spróbowałem grasicy, *foie gras* (po raz pierwszy w życiu!) i ikry koników morskich. Wypiliśmy butelkę szampana rosé. Rozmawiałem z kucharzami, którzy chętnie objaśniali mi znaczenie wszystkich swoich czynności. To była najlepsza kolacja, jaką kiedykolwiek jadłem. Poza tym nikt mnie nie zmuszał do włożenia marynarki, żebym mógł się najeść. W istocie, mężczyzna siedzący obok mnie miał na sobie strój, który nawet w Marquess of Queensbury mógłby zostać oceniony jako ekstremalny. Jego elementem były między innymi rozmaite przedmioty wpięte w skórę twarzy. Przez chwilę przysłuchiwał się mojej konwersacji z kucharzami, a potem zapytał, skąd jestem. Nie widziałem powodu, żeby trzymać to w tajemnicy.

– Jak ci się podoba w Nowym Jorku?

Odrzekłem, że Nowy Jork jest niezwykle interesujący, i zrelacjonowałem przebieg całego dnia. Zdawałem sobie jednak sprawę, że pod wpływem stresu, którego przyczyną była rozmowa z nieznajomym, zaszła we mnie zmiana – a raczej wróciłem do swojego normalnego sposobu bycia.

W dzień, w towarzystwie Rosie czułem się odprężony. Rozmawiałem i zachowywałem się inaczej niż zwykle, co przełożyło się także na dyskusję z kucharzami, której sednem była wymiana informacji zawodowych. Tymczasem nieformalna interakcja społeczna z innym człowiekiem sprowokowała mnie, żebym znowu stał się sobą. Zdaję sobie sprawę, że kiedy jestem sobą, moje zachowanie i formy ekspresji werbalnej mogą być odbierane przez innych jako dziwactwo. Mój interlokutor chyba to zauważył.

– Wiesz, co najbardziej lubię w Nowym Jorku? – zapytał. – Mieszka tu tylu cudaków, że nikogo nie dziwią żadne ekstrawagancje. Tutaj każdy jest normalny.

– Jak ci się podobało? – zapytała Rosie, kiedy szliśmy z powrotem do hotelu.

– To był najlepszy dzień mojego życia… – odparłem.

Rosie tak bardzo ucieszyła się z tej odpowiedzi, że postanowiłem nie kończyć zdania, chociaż miałem na końcu języka: „…oprócz Muzeum Historii Naturalnej".

– Pośpij sobie dłużej – zasugerowała. – Spotkamy się w tym samym miejscu o wpół do dziesiątej i znowu zjemy późne śniadanie. Dobrze?

Prezentacja kontrargumentów byłaby kompletnie bezproduktywna.

N ie przyniosłem ci wstydu? Rosie bała się, że podczas zwiedzania Strefy Zero mogę wygłaszać niestosowne uwagi. Nasz przewodnik, emerytowany strażak Frank, który stracił wielu kolegów w ataku na World Trade Center, okazał się szalenie ciekawym człowiekiem. Zadałem mu wiele praktycznych pytań, na które odpowiadał inteligentnie i, jak sądziłem, z dużym entuzjazmem.

– Mogłeś nieco zmienić ton – powiedziała Rosie. – W pewnym sensie odwróciłeś uwagę uczestników od emocjonalnego aspektu tej wycieczki.

To chyba znaczyło, że na chwilę pozwoliłem innym zapomnieć o smutku. Doskonale.

Poniedziałek poświęciliśmy na zwiedzanie popularnych atrakcji turystycznych.

Zjedliśmy śniadanie w delikatesach Katz, gdzie nakręcono scenę do filmu *Kiedy Harry poznał Sally*. Wjechaliśmy na dach Empire State Building, znanego z filmu *Niezapomniany romans*. Poszliśmy też do dwóch wspaniałych muzeów – MoMA i Met.

Do hotelu wróciliśmy wcześnie – o szesnastej trzydzieści dwie.

– Do zobaczenia o wpół do siódmej – powiedziała Rosie.

– Co będzie na kolację?

– Hot dogi. Idziemy na mecz baseballowy.

Nigdy nie oglądam sportu. Nigdy. Powód jest oczywisty – a przynajmniej powinien być dla każdego, kto ceni swój czas.

Jednak mój przekonfigurowany umysł, wzbogacony silną dawką pozytywnych bodźców, przyjął tę propozycję. Spędziłem zatem najbliższe sto osiemnaście minut, poznając przez Internet zasady gry i zapamiętując nazwiska zawodników.

W metrze Rosie przekazała mi kolejne informacje. Przed wylotem z Melbourne wysłała e-mail do Mary Keneally, psycholog prowadzącej badania naukowe na uniwersytecie Columbia, i właśnie dostała odpowiedź. Mogła się z nią spotkać w sprawach zawodowych następnego dnia, ale w związku z tym nie zdąży odwiedzić Muzeum Historii Naturalnej. Obiecała, że wybierze się tam ze mną w środę, ale wolała się upewnić, czy nazajutrz mogę pójść sam. Oczywiście, że mogłem.

Na stadionie Yankee zamówiliśmy piwo i hot dogi. Obok nas usiadł mężczyzna w czapce z daszkiem. Miał mniej więcej trzydzieści pięć lat, a jego przybliżony BMI wynosił czterdzieści (co oznacza wagę niebezpieczną dla zdrowia). Zjadł trzy hot dogi! To wyjaśniało, w jaki sposób rozwinęła się u niego tak groźna otyłość.

Zaczął się mecz, a ja musiałem wytłumaczyć Rosie przebieg rozgrywki. Obserwacja praktycznego zastosowania reguł gry była niezwykłym przeżyciem. Za każdym razem, kiedy na boisku następowało jakieś zdarzenie, Baseballowy Grubas notował coś w zeszycie. W pewnej chwili, kiedy biegacze byli przy drugiej i trzeciej bazie, a na pole wyszedł Curtis Granderson, Baseballowy Grubas zwrócił się do mnie:

— Jeśli uda mu się zbić tych dwóch, to wysunie się na prowadzenie w statystyce pałkarzy. Ciekawe, jaką ma szansę?

Nie wiedziałem, jaką dokładnie ma szansę. Mogłem go jedynie poinformować, że biorąc pod uwagę dane przedstawione w profilu tego zawodnika, takie jak stosunek uderzeń prawidłowych do uderzeń wykonanych oraz udział procentowy *home runów*, wynik mieści się między 9,9 a 27,2 procent. Niestety zabrakło mi czasu na zapamiętanie statystyki odbić za dwie i trzy bazy, ale Baseballowy Grubas i tak zdawał się zafascynowany moimi obliczeniami, więc nawiązaliśmy interesującą dysputę. Pokazał mi, jak należy wypełniać wydrukowane w programie meczu tabele, używając różnych symboli dla każdego ze zdarzeń. Omówił również zasady korzystania z bardziej rozbudowanych statystyk. Nie miałem najmniejszego pojęcia, że sport może stanowić taką pożywkę dla mózgu.

Rosie zamówiła więcej piwa i hot dogów, a Baseballowy Grubas przeszedł do analizy „szczęśliwej serii" Joe DiMaggio w 1941 roku. Twierdził, że stanowiła ona zaprzeczenie wszelkich racjonalnych statystyk. Miałem co do tego pewne wątpliwości, więc nasza dysputa dopiero zaczęła nabierać rumieńców, kiedy mecz się skończył. Baseballowy Grubas postulował, żebyśmy pojechali metrem do baru w Midtown. To jednak był dzień Rosie, zatem zapytałem ją o opinię na temat jego propozycji, ale wyraziła zgodę.

W barze panował hałas, a na dużym ekranie trwały kolejne mecze. Inni mężczyźni, którzy – jak się wydaje – nie byli znajomymi Baseballowego Grubasa, dołączyli do naszej polemiki. Wypiliśmy dużo piwa i rozmawialiśmy o statystykach baseballowych. Rosie siedziała z drinkiem przy barze i obserwowała sytuację. Było już późno, kiedy Baseballowy Grubas, który naprawdę miał na imię Dave, oznajmił, że musi iść do domu. Wymieniliśmy się adresami e-mailowymi, a ja podsumowałem wieczór konkluzją, że prawdopodobnie zyskałem nowego przyjaciela.

Wracając do hotelu, zdałem sobie sprawę z faktu, że moje zachowanie tego dnia odpowiadało stereotypowi przeciętnego mężczyzny – piłem piwo w barze, oglądałem telewizję i dyskutowałem o sporcie. Powszechnie wiadomo, że kobiety mają negatywny stosunek do takiego sposobu bycia. Zapytałem Rosie, czy sprawiłem jej przykrość.

– Ani trochę. Miałam wielką frajdę, widząc, że jesteś prawdziwym facetem. Że się przystosowałeś.

Zwróciłem jej uwagę, że to bardzo niezwykła opinia w ustach feministki, ale dodałem, że takie słowa zwiększyłyby jej atrakcyjność w gronie konwencjonalnych mężczyzn.

— O ile interesowaliby mnie konwencjonalni mężczyźni.

Odniosłem wrażenie, że to dobry moment na pytanie natury osobistej.

— Masz chłopaka?

Nie byłem pewien, czy posłużyłem się właściwą terminologią.

— No jasne, ale zapomniałam go wyjąć z walizki.

Najwyraźniej żartowała. Zaśmiałem się, ale po chwili przypomniałem jej, że właściwie nie odpowiedziała na moje pytanie.

— Don, nie sądzisz, że gdybym miała chłopaka, to już dawno byś o nim wiedział?

Zdawało mi się całkowicie dopuszczalne, że mógłbym o nim nie wiedzieć. Rzadko rozmawiałem z Rosie o sprawach osobistych, nie związanych z projektem „Ojciec". Nie znałem jej przyjaciół, może z wyjątkiem Stefana, który — jak ustaliłem — nie był jej chłopakiem. Oczywiście obyczaj nakazywał, żeby zaprosiła swojego stałego partnera na bal wydziałowy i nie proponowała mi seksu po zabawie, ale nie wszyscy przestrzegali takich konwencji. Najlepszym przykładem był Gene. Wziąłem pod uwagę, że Rosie może mieć chłopaka, który nie lubi tańczyć ani spoufalać się z kadrą akademicką, ewentualnie przebywa w innym miejscu albo pozostaje z nią w związku otwartym. Nie musiała o nim mówić. Ja też rzadko wspominałem Gene'owi i Claudii o Daphne i mojej siostrze — i *vice versa*. Po prostu należeli do odrębnych obszarów mojego życia. Wytłumaczyłem tę kwestię Rosie.

— Krótko mówiąc, nie. Nie mam — odparła. Przeszliśmy parę kroków, milcząc. — Ale jeżeli potrzebujesz dłuższego wyjaśnienia, to… W samolocie zapytałeś, co to znaczy, że jestem popieprzona. Sto jeden złotych zasad psychologii: ojcowie są pierwszymi mężczyznami naszego życia. To oni na zawsze warunkują nasze relacje damsko-męskie. Ja gratisowo dostałam dwóch do wyboru: Phila, który mieszał mi w głowie, oraz prawdziwego ojca, który nas zostawił. Wyobraź to sobie – kończę dopiero dwanaście lat, a Phil bierze mnie na kolana i zaczyna gadkę w stylu: „Wolałbym, żebyś usłyszała to od swojej matki, ale już jej nie masz". Wiesz, zwyczajne rzeczy, które ojcowie mówią dwunastoletnim dziewczynkom. Nie jestem twoim tatą. Twoja mama umarła, zanim zdążyłaś ją dobrze poznać, ale nie jest idealną osobą, za którą ją uważałaś. Jesteś tu tylko dlatego, że twoja mama się puszczała, więc wolałbym, żeby cię nie było, a ja wreszcie mógłbym pójść własną drogą.

– Naprawdę tak do ciebie powiedział?

– Użył innych słów, ale to miał na myśli.

Wydawało mi się mało prawdopodobne, żeby dwunastoletnia dziewczynka – nawet przyszła studentka psychologii – mogła prawidłowo odczytać nie wyrażone wprost myśli dorosłego mężczyzny. Czasami lepiej jest – tak jak w moim przypadku – zdać sobie sprawę ze swojego braku kompetencji w niektórych sprawach, niż żyć w fałszywym przekonaniu o własnej nieomylności.

– Dlatego nie ufam mężczyznom. Zawsze oczekuję, że są kimś innym, niż się zdawali na początku. Że nie można na nich polegać. Mniej więcej tak wyglądają moje wnioski po siedmiu latach studiowania psychologii.

Odniosłem wrażenie, że to bardzo skromny rezultat siedmioletnich studiów, ale przyjąłem hipotezę, że nie uwzględniła wiedzy ogólnej nabytej w procesie kształcenia.

– Chcesz się ze mną spotkać jutro wieczorem? – zapytała. – Możemy robić to, na co będziesz miał ochotę.

Już przemyślałem swoje jutrzejsze plany.

– Znam kogoś na uniwersytecie Columbia – powiedziałem. – Może poszedłbym z tobą?

– A co z muzeum?

– I tak już skróciłem cztery wizyty do dwóch. Równie dobrze mogę się zmieścić w jednym dniu.

To rozumowanie było pozbawione logiki, ale wypiłem dużo piwa i zwyczajnie miałem ochotę pójść na Columbię. Popłynąć z nurtem.

– W takim razie do zobaczenia o ósmej... Tylko się nie spóźnij – powiedziała Rosie.

A potem mnie pocałowała. Nie namiętnie, tylko w policzek, ale i tak jej pocałunek wytrącił mnie z równowagi. Trudno powiedzieć, czy efekt był pozytywny, czy negatywny, lecz na pewno zaburzył równowagę.

Wysłałem e-maila do Davida Borensteina na Columbii, a potem włączyłem Skype i opowiedziałem Claudii o dzisiejszych zdarzeniach. Pocałunek pominąłem milczeniem.

– Zdaje się, że Rosie bardzo się postarała – zauważyła Claudia.

To była celna uwaga. Rosie zaplanowała takie czynności, których normalnie bym unikał, a jednak sprawiły mi wielką przyjemność.

– A ty? Wciąż masz zamiar oprowadzić ją w środę po Muzeum Historii Naturalnej?

– Nie, chcę zobaczyć ekspozycję skorupiaków, a potem faunę i florę Antarktyki.

– Przemyśl to jeszcze raz – powiedziała Claudia.

26

P ojechaliśmy metrem na uniwersytet Columbia. David Borenstein nie odpisał na mój e-mail, ale nie powiedziałem
o tym Rosie, która zaprosiła mnie na swoje spotkanie, jeśli nie
będzie kolidować z moim.

– Mogę cię przedstawić jako mojego współpracownika – powiedziała. – Chciałabym, żebyś zobaczył, czym się zajmuję, kiedy
nie mieszam drinków.

Mary Keneally była profesorem nadzwyczajnym katedry psychiatrii na wydziale medycyny. Nigdy nie pytałem Rosie o temat
jej pracy doktorskiej. Okazało się, że to poważne zagadnienie:
*Ocena ryzyka środowiskowego we wczesnych stadiach zaburzeń afek-
tywnych dwubiegunowych.* Rosie zajęła rozsądne, głęboko prze-
myślane stanowisko w tej sprawie. Rozmawiała z Mary przez
pięćdziesiąt trzy minuty, a potem wszyscy troje poszliśmy na kawę.

– W głębi duszy jesteś raczej psychiatrą niż psychologiem –
Mary zwróciła się do Rosie. – Nie zastanawiałaś się nigdy nad
przejściem na wydział medycyny?

– Pochodzę z rodziny lekarzy – odparła Rosie. – Można powiedzieć, że się zbuntowałam.

– W takim razie, kiedy skończysz się buntować, to pamiętaj,
że mamy tutaj bardzo dobry program studiów medycznych.

– Jasne – odparła lekceważąco Rosie. – Ja i Columbia.

– Dlaczego nie? Właściwie skoro już przebyłaś taki kawał
świata… – Przerwała, żeby szybko do kogoś zatelefonować,

a potem się uśmiechnęła. – Chodź, przedstawię cię naszemu dziekanowi.

Kiedy szliśmy z powrotem do budynku, w którym znajdował się wydział medycyny, Rosie pochyliła się do mnie.

– Mam nadzieję, że cię zamurowało z wrażenia – powiedziała.

W końcu stanęliśmy przed drzwiami gabinetu dziekana, który wyszedł nas przywitać.

– Don! – Ucieszył się na mój widok. – Właśnie przeczytałem twój e-mail. Jeszcze nie zdążyłem odpisać. – Popatrzył na Rosie. – Nazywam się David Borenstein. To Don panią przyprowadził?

Wszyscy razem poszliśmy na lunch do wydziałowej kafeterii. David powiedział Rosie, że to on rekomendował mój wniosek o wizę O-1.

– Nie wahałem się ani chwili – powiedział. – Jeżeli Don kiedykolwiek zechce dołączyć do najwyższej ligi, to zawsze znajdzie u nas pracę.

Podobno pizza z pieca opalanego węglem jest szkodliwa dla środowiska, ale zwykle podejrzliwie traktuję takie oświadczenia. Często są wynikiem emocji, a nie badań naukowych, i nie uwzględniają kosztów pośrednich. Posługują się prostym schematem: elektryczność dobra, węgiel zły. Ale skąd się bierze elektryczność? Pizza, którą zjedliśmy tego dnia w Arturo, była przepyszna. Najlepsza pizza pod słońcem.

Zainteresowała mnie jedna z opinii wyrażonych przez Rosie podczas wizyty na uniwersytecie.

– Zdawało mi się, że matka jest dla ciebie wzorem. Dlaczego nie chcesz zostać lekarzem?

– Nie chodzi o matkę. Mój ojciec też jest lekarzem. Pamiętasz? To z jego powodu tutaj jesteśmy. – Wlała do kieliszka resztę czerwonego wina. – Zastanawiałam się nad tym. Zdałam testy na medycynę. Nie zmyślałam w rozmowie z Peterem Enticottem. I naprawdę zdobyłam siedemdziesiąt cztery punkty. Mogą je sobie wsadzić w dupę. – Użyła agresywnego słownictwa, ale jej sympatyczne nastawienie się nie zmieniło. – Bałam się, że wybór studiów medycznych będzie dowodem mojej obsesji na punkcie prawdziwego ojca. Jakbym na złość Philowi chciała iść w jego ślady. Ale sama widziałam, jaki to popieprzony tok myślenia.

Gene często powtarza, że psychologowie mają największy problem ze zrozumieniem siebie. Przykład Rosie potwierdzał tę tezę. Dlaczego zrezygnowała z kierunku, w którym była dobra i który dawał jej satysfakcję? Poza tym można by oczekiwać, że po kilku latach badań naukowych poprzedzonych trzyletnimi studiami z psychologii powinna umieć precyzyjniej zaklasyfikować swoje problemy behawioralne, osobowościowe i emocjonalne, a nie nazywać ich „popieprzeniem". Oczywiście nie podzieliłem się z nią tymi refleksjami.

O dziesiątej trzydzieści weszliśmy do muzeum. Byliśmy pierwsi w kolejce po bilety. Zaprojektowałem tę wycieczkę jako przegląd historii świata, planety i życia. Trzynaście miliardów lat w sześć godzin. W południe Rosie zaproponowała usunięcie z harmonogramu przerwy na lunch, żebyśmy mieli więcej czasu na zwiedzanie. Po jakimś czasie zatrzymaliśmy się przed rekonstrukcją słynnych śladów stóp z Laetoli, odciśniętych przez hominidów mniej więcej trzy miliony sześćset tysięcy lat temu.

– Czytałam o nich artykuł. To była matka z dzieckiem, prawda? Trzymali się za ręce.

Słyszałem o tej, jak na mój gust, zbyt romantycznej, chociaż niewykluczonej interpretacji.

– Don, myślałeś kiedyś o tym, żeby mieć dzieci?

– Tak – odparłem machinalnie, zapominając, że należy zmienić temat. – Ale to mało prawdopodobne, a zarazem niepożądane.

– Dlaczego?

– Mało prawdopodobne, bo straciłem wiarę w projekt „Żona". A niepożądane dlatego, że byłbym niekompatybilnym ojcem.

– Dlaczego?

– Bo byłbym dla swoich dzieci źródłem samych zmartwień.

Rosie się zaśmiała. Moim zdaniem, to była bardzo nietaktowna reakcja, ale po chwili Rosie wyjaśniła:

– Wszyscy rodzice są przyczyną zmartwień swoich dzieci.

– Nawet Phil?

Znowu się zaśmiała.

– Przede wszystkim Phil.

O szesnastej dwadzieścia osiem zakończyliśmy zwiedzanie ekspozycji ssaków naczelnych.

– Och, nie. To wszystko? – zmartwiła się Rosie. – Czy możemy obejrzeć coś jeszcze?

– Zostały nam do zwiedzenia dwie sale – pocieszyłem ją. – Mogą cię jednak trochę znudzić.

Zaprowadziłem ją do sali kul – sfer różnej wielkości, które ukazują skalę wszechświata. Nie jest to spektakularna ekspozycja, ale jej wydźwięk jest wyjątkowy. Ludzie niezwiązani z nauką, a raczej niezwiązani z naukami ścisłymi, rzadko zdają sobie sprawę ze skali – jacy jesteśmy mali wobec wszechświata i jacy wielcy w porównaniu z neutrinem. Zrobiłem, co w mojej mocy, żeby uatrakcyjnić dla Rosie tę teorię.

Potem wsiedliśmy do windy i wyszliśmy wprost na kosmiczną ścieżkę Heilbrunów, studziesięciometrową spiralną rampę, symbolizującą czas od Wielkiego Wybuchu aż do dzisiaj. Wzdłuż ścieżki można zobaczyć jedynie rysunki i fotografie, a od czasu do czasu odłamek skały albo skamielinę, na które nawet nie muszę patrzeć, bo dobrze znam tę historię. Próbowałem ją odtworzyć dla Rosie tak dokładnie, a jednocześnie ciekawie, jak to tylko możliwe, nawiązując do eksponatów, które tego dnia widzieliśmy. Wreszcie zeszliśmy do końca i zatrzymaliśmy się przy cienkiej jak włos linii, symbolizującej znane dzieje ludzkości. Zrobiło się późno i byliśmy ostatnimi zwiedzającymi. Podczas poprzednich wizyt słuchałem reakcji turystów, którzy schodzili z kosmicznej ścieżki. „Człowiek zaczyna się czuć, jakby bardzo mało znaczył, prawda?", mówili. Sądzę, że i w taki sposób można na to spojrzeć – dojść do wniosku, że w konfrontacji z wszechświatem nasze życie, zdarzenia historyczne czy „szczęśliwa seria" Joe DiMaggio są kompletnie nieistotne.

Rosie jednak potrafiła zwerbalizować to, co ja jedynie czułem.

– Jej – westchnęła niemal szeptem, zerkając przez ramię na gigantyczną konstrukcję. Nagle w tej mikroskopijnej chwili wyrwanej z historii wszechświata chwyciła mnie za rękę i nie wypuściła przez całą drogę do metra.

27

P rzed porannym odlotem z Nowego Jorku czekało nas jeszcze jedno decydujące zadanie. Max Freyberg, specjalista chirurgii kosmetycznej i potencjalny ojciec biologiczny Rosie, który miał „zaklepane" wszystkie terminy, zgodził się spotkać z nami na piętnaście minut o osiemnastej czterdzieści pięć. Rosie poinformowała jego sekretarkę, że pisze serię artykułów prasowych o absolwentach uniwersytetu, którzy osiągnęli w życiu szczególny sukces. Dostałem aparat fotograficzny Rosie i miałem wystąpić jako fotoreporter.

Umówienie wizyty było trudną misją, ale wkrótce okazało się, że pozyskanie DNA w miejscu pracy będzie o wiele bardziej skomplikowane niż w warunkach domowych lub w sytuacjach społecznych. Zaprogramowałem swój mózg na rozwiązanie tego problemu podczas pobytu w Nowym Jorku i oczekiwałem, że przetworzy dane bez udziału świadomego myślenia. Niestety mój mózg najwyraźniej był zajęty innymi sprawami, bo najlepszy wynik, jaki otrzymałem, uwzględniał wykorzystanie pierścionka z kolcem, który miał posłużyć do upuszczenia krwi podczas uścisku rąk na powitanie. Rosie skrytykowała ten pomysł jako społecznie niedopuszczalny.

Sama zaproponowała, żebyśmy obcięli mu włos – potajemnie albo pod pretekstem poprawienia fryzury w celu wykonania idealnej fotografii. Przyjęliśmy tezę, że lekarz zajmujący się chirurgią plastyczną na pewno dba o swój wygląd. Niestety obcięty włos raczej nie dostarczyłby odpowiedniego materiału genetycznego – musielibyśmy go wyrwać z cebulką. Rosie włożyła do torby pęsetę. Pierwszy raz w życiu miałem nadzieję na spędzenie piętnastu minut w zadymionym pomieszczeniu. Niedopałek papierosa rozwiązałby nasze zmartwienia. Musieliśmy mieć oczy otwarte na wszelkie możliwości.

Klinika doktora Freyberga znajdowała się w starej kamienicy na Upper West Side. Rosie nacisnęła guzik domofonu i po chwili pracownik ochrony zaprowadził nas do poczekalni, której ściany były szczelnie pokryte oprawionymi dyplomami i listami od pacjentów chwalących dokonania doktora Freyberga.

Sekretarka doktora, mniej więcej pięćdziesięciopięcioletnia tyczkowata kobieta (przybliżone BMI szesnaście) o nieproporcjonalnie szerokich ustach, poprowadziła nas do jego gabinetu. Jeszcze więcej dyplomów! Sam Freyberg miał poważną wadę – był kompletnie łysy. Tak więc pobranie włosa nie wchodziło w grę. Nie dostrzegłem też żadnych dowodów, że jest palaczem.

Rosie zrobiła fantastyczny wywiad. Freyberg przedstawił parę procedur, których, moim zdaniem, nie usprawiedliwiały względy medyczne, i zaakcentował ich znaczenie dla wzrostu samooceny pacjentów. Na szczęście otrzymałem milczącą rolę w naszym przedstawieniu, bo w przeciwnym razie wdałbym się w spór z doktorem. Poza tym musiałem włożyć dużo wysiłku w utrzymanie koncentracji. Mój mózg wciąż pochłaniała analiza wcześniejszego incydentu z trzymaniem się za ręce.

— Przepraszam — powiedziała Rosie. — Czy mogłabym poprosić o coś do picia?

No tak! Metoda wymazu!

— Oczywiście — potaknął Freyberg. — Herbatę? Kawę?

— Kawę, dziękuję. Czarną. Pan też się napije?

— Nie mam ochoty. Kontynuujmy. — Wcisnął przycisk interkomu. — Rachel. Jedna czarna kawa.

— Powinien pan wypić kawę — odezwałem się.

– Omijam kawę z daleka – poinformował mnie Freyberg.

– Nie stwierdzono szkodliwego działania kofeiny, o ile nie wykazuje pan genetycznej nietolerancji na ten związek. Wręcz przeciwnie...

– Proszę mi przypomnieć... Z jakiej państwo są gazety?

To było proste, bezpośrednie, kompletnie przewidywalne pytanie. Przed przystąpieniem do działania ustaliliśmy, że pracujemy na rzecz fikcyjnego wydawnictwa uniwersyteckiego, którego nazwę Rosie już raz wymieniła podczas powitania.

Tymczasem mój mózg znowu zadziałał wadliwie. Oboje z Rosie odpowiedzieliśmy w tym samym momencie.

– „Transformacje" – powiedziała Rosie.

– „Mutacje" – powiedziałem.

To była niekonsekwencja, którą każdy racjonalnie myślący człowiek zinterpretowałby – zresztą prawidłowo – jako zwyczajną, niewinną pomyłkę. Jednak Freyberg podejrzliwie na nas popatrzył i napisał coś na kartce. Kiedy Rachel przyniosła kawę, dał jej tę notatkę. Zdiagnozowałem u niego paranoję i zacząłem obmyślać plan ucieczki.

– Muszę skorzystać z toalety – powiedziałem.

Zamierzałem zatelefonować z łazienki do Freyberga, żeby Rosie mogła się ewakuować, kiedy on podniesie słuchawkę.

Ruszyłem w kierunku drzwi, ale Freyberg wstał i zablokował drogę ucieczki.

– Niech pan skorzysta z mojej prywatnej łazienki – powiedział. – Nalegam.

Poprowadził mnie na drugi koniec gabinetu do drzwi z tabliczką „Tylko dla personelu", przed którymi stała Rachel, a potem wrócił do Rosie. Mogliśmy się wydostać jedynie tą samą drogą, którą przyszliśmy. Wyjąłem z kieszeni telefon i wybrałem usługę biura numerów, które po chwili połączyło mnie z Rachel. Usłyszałem dzwonek, a potem głos Rachel w słuchawce. Starałem się mówić cicho.

– Proszę poprosić do telefonu doktora Freyberga. To nagły wypadek.

Wyjaśniłem, że moja żona jest pacjentką Freyberga i jej usta właśnie eksplodowały. Rozłączyłem się i wysłałem SMS-a do Rosie: „Uciekaj! Teraz!".

Łazience doktora przydałaby się wizyta Evy. Udało mi się otworzyć okno, którego oczywiście nikt od dawna nie używał. Pode mną były trzy piętra, ale z muru wystawało dosyć ozdobnych elementów. Wyszedłem na parapet, a potem ostrożnie, w pełnym skupieniu zacząłem się zsuwać po elewacji. Miałem nadzieję, że Rosie zdołała się wymknąć. Dawno nie uprawiałem wspinaczki skałkowej, a zejście okazało się trudniejsze, niż sądziłem. Ściana była śliska po niedawnym deszczu, moje buty do biegania zaś nie sprawdzały się najlepiej w tych warunkach. Nagle poślizgnąłem się i dopiero w ostatniej chwili zdążyłem złapać za szorstką cegłę. Usłyszałem dobiegające z dołu krzyki.

Wreszcie znalazłem się na poziomie ulicy i zobaczyłem przed budynkiem małe zbiegowisko. Rosie stała pomiędzy ludźmi. Zarzuciła mi ramiona na szyję.

– O mój Boże, Don, przecież mogłeś się zabić. Nasz projekt nie jest aż tak ważny.

– Ryzyko było minimalne. Najważniejsze to zupełnie nie myśleć o wysokości.

Skierowaliśmy się w stronę metra. Rosie była poruszona. Freyberg sądził, że jest kimś w rodzaju prywatnej detektyw działającej w imieniu niezadowolonej pacjentki. Próbował nakłonić ochroniarzy, żeby ją zatrzymali. Bez względu na to, czy tę decyzję dałoby się usprawiedliwić, znaleźlibyśmy się w niezwykle trudnej sytuacji.

– Muszę się przebrać – powiedziała Rosie. – To nasza ostatnia noc w Nowym Jorku. Co chcesz robić?

Mój pierwotny plan zakładał stek w restauracji, ale teraz zgodnie z obowiązującym od kilku dni wzorcem jadaliśmy razem, więc musiałem znaleźć lokal odpowiedni dla wegetarianki z inklinacją do owoców morza z hodowli odnawialnych.

– Coś wymyślimy – powiedziałem. – Jest wiele możliwości.

Zmiana koszuli zajęła mi trzy minuty. Przez kolejne sześć czekałem na Rosie. W końcu poszedłem do jej pokoju i zapukałem do drzwi. Znowu minęły wieki, zanim usłyszałem jej głos.

– Jak długo, twoim zdaniem, trwa wzięcie prysznica?

– Trzy minuty i dwadzieścia sekund – poinformowałem ją. – Chyba że z myciem włosów. W tym przypadku czas wydłuża się o minutę i dwanaście sekund.

Zwłoka wynikała przede wszystkim z zaleceń producenta odżywki, którą zgodnie z instrukcją należało pozostawić na włosach przez jedną minutę.

– Już idę.

Rosie w samym ręczniku otworzyła drzwi. Miała mokre włosy i wyglądała wyjątkowo atrakcyjnie. Na chwilę zapomniałem utrzymywać wzrok na wysokości jej twarzy.

– Hej, dzisiaj tam nie ma naszyjnika – powiedziała.

To prawda. Nie mogłem skorzystać z tego usprawiedliwienia. Ale Rosie wcale nie zamierzała mi robić wykładu na temat niewłaściwego zachowania. Zamiast tego uśmiechnęła się i podeszła parę kroków. Nie byłem pewien, czy zamierza zbliżyć się jeszcze bardziej ani jak sam powinienem postąpić. W rezultacie zostaliśmy na swoich pozycjach. Sytuacja była dosyć niezręczna, lecz podejrzewałem, że oboje przyczyniliśmy się do zaistnienia tego problemu.

– Szkoda, że nie wziąłeś tego pierścionka – powiedziała Rosie.

W pierwszej chwili mój mózg zinterpretował jej słowa jako rozczarowanie brakiem pierścionka zaręczynowego i zaczął konstruować całkowicie mylny scenariusz. Dopiero potem zrozumiałem, że miała na myśli pierścionek ze szpikulcem, który zaproponowałem jako sposób na uzyskanie kropli krwi Freyberga.

– Tyle zachodu, a i tak nie mamy próbki.

– Na szczęście mamy.

– Naprawdę? Skąd?

– Z jego łazienki. To prawdziwy niechluj. Powinien zbadać prostatę. Cała podłoga…

– Wystarczy – wtrąciła Rosie. – Za dużo informacji. Ale dobra robota.

– Freyberg za mało uwagi poświęca higienie – stwierdziłem. – Zwłaszcza jak na chirurga. Pseudochirurga. Jak można tak zaprzepaścić swój talent? Komu potrzebne wszczepianie syntetyków do organizmu jedynie po to, żeby zmienić wygląd?

– Poczekaj, aż skończysz pięćdziesiąt pięć lat, a twoja partnerka czterdzieści pięć, i zobaczymy, czy wciąż będziesz tak mówił.

– Podobno jesteś feministką – zareagowałem, chociaż zaczynałem w to wątpić.

– To nie znaczy, że nie chcę wyglądać atrakcyjnie.

– Wygląd zewnętrzny nie powinien mieć wpływu na ocenę twojego partnera.

– Życie jest pełne rzeczy, które nie powinny się dziać – zauważyła Rosie. – Jesteś genetykiem. Każdy zwraca uwagę na wygląd. Nawet ty.

– To prawda, ale nie pozwalam sobie na ocenę ludzi na tej podstawie.

Wkroczyłem na niebezpieczny teren. Podczas balu wydziałowego ten sam temat stał się dla mnie przyczyną poważnych problemów. Opinia, którą właśnie wygłosiłem, wyrażała moje przekonania dotyczące ewaluacji innych osób oraz sposobu, w jaki ja sam jestem postrzegany. Nigdy jednak nie musiałem weryfikować tych poglądów w obecności kobiety stojącej przede mną w hotelowym pokoju w samym ręczniku. Zrozumiałem, że nie powiedziałem jej całej prawdy, zatem uściśliłem:

– Oczywiście czasami dochodzi do głosu testosteron.

– Czyżby gdzieś tutaj krył się komplement?

Dyskusja zaczęła zbaczać z tematu i stawała się coraz trudniejsza. Podjąłem próbę klarownego wyłożenia swojego stanowiska w tej sprawie.

– Lekkomyślnością z mojej strony byłoby twierdzić, że jesteś niebywale piękną kobietą.

To, co się potem stało, niewątpliwie było wynikiem zaburzenia umysłu wskutek niecodziennych, traumatycznych zdarzeń, których doświadczyłem w ciągu ostatnich godzin: spaceru za rękę, ucieczki z kliniki chirurgii plastycznej i nadzwyczaj silnego wstrząsu wywołanego tak bliską obecnością niemal nagiej najpiękniejszej kobiety świata.

Część winy ponosi również Gene, a właściwie jego sugestia, że wielkość płatka małżowiny usznej determinuje siłę pociągu seksualnego. Nigdy przedtem nie czułem aż tak silnego pożądania w stosunku do innej osoby, więc nagle zawładnęło mną pragnienie dokonania oględzin uszu Rosie. Retrospektywna analiza tej sytuacji wykazuje pewne podobieństwa ze sceną kulminacyjną *Obcego* Alberta Camusa – wyciągnąłem rękę, żeby odgarnąć jej włosy. Jednakże w tym wypadku reakcja Rosie była zdumiewająco odmienna od udokumentowanej w powieści, którą przerabialiśmy w liceum. Rosie otoczyła mnie ramionami i pocałowała.

Możliwe, że mam niestandardowo skonfigurowany mózg, ale moi przodkowie nie zdołaliby wypełnić zadań związanych z prokreacją, nie posiadając elementarnej umiejętności rozpoznawania i reagowania na proste bodźce seksualne. To cecha zakodowana na stałe w moich genach. W związku z tym również pocałowałem Rosie. Nastąpiła pewna forma interakcji.

Na chwilę przerwaliśmy te czynności. Nie ulegało kwestii, że tego dnia kolacja się opóźni. Rosie przyglądała mi się i wyraziła zaskakującą opinię:

– Wiesz co? Gdybyś zmienił okulary i fryzurę, byłbyś podobny do Gregory'ego Pecka w *Zabić drozda*.

– To dobrze? – Biorąc pod uwagę okoliczności, zakładałem, że tak, ale chciałem usłyszeć od niej potwierdzenie.

– Och, to tylko najseksowniejszy mężczyzna na świecie.

Jeszcze trochę na siebie popatrzyliśmy, a potem pochyliłem się, żeby znowu ją pocałować. Tymczasem Rosie mnie powstrzymała.

– Don, jesteśmy w Nowym Jorku. To coś w rodzaju wakacji. Nie chcę, żebyś sobie zbyt wiele obiecywał.

– Co się zdarzy w Nowym Jorku, zostaje w Nowym Jorku, dobrze mówię?

Gene nauczył mnie tego sformułowania, żebym mógł się nim posłużyć podczas wyjazdów na sympozja. Do tej pory ani razu nie musiałem z niego korzystać. Brzmiało dosyć dziwnie, ale zdawało się pasować do okoliczności. Oczywiście sprawą najwyższej wagi było ustalenie przez obie strony, że nie zaistnieje emocjonalna ciągłość tego zdarzenia. Wprawdzie w przeciwieństwie do Gene'a w domu nie czekała na mnie żona, ale moja koncepcja małżonki odbiegała od przykładu reprezentowanego przez Rosie, która po zakończeniu aktu seksualnego prawdopodobnie wychodziła na balkon, żeby zapalić papierosa. Warto zauważyć, że wbrew oczekiwaniom ta wizja wcale nie była szczególnie odpychająca.

– Muszę coś przynieść ze swojego pokoju – powiedziałem.

– Dobry pomysł. Tylko wróć zaraz.

Mój pokój znajdował się zaledwie jedenaście pięter wyżej, więc poszedłem schodami. Wziąłem prysznic, a potem przekartkowałem książkę, którą podarował mi Gene. A więc jednak miał rację. Niebywałe.

Zszedłem z powrotem do pokoju Rosie. Minęły czterdzieści trzy minuty. Zapukałem do drzwi i Rosie otworzyła. Teraz miała na sobie strój do spania, który, szczerze mówiąc, odsłaniał jeszcze więcej szczegółów anatomii niż ręcznik. Trzymała dwa kieliszki schłodzonego szampana.

– Przepraszam, już trochę zwietrzał.

Rozejrzałem się. Łóżko było zaścielone, kotary w oknach zasłonięte i paliła się tylko jedna lampka nocna. Podałem Rosie książkę Gene'a.

– W związku z faktem, że to nasz pierwszy i zapewne jedyny raz, a ty niewątpliwie masz większe doświadczenie, proponuję, żeby tobie przypadł wybór pozycji.

Rosie przerzuciła parę kartek, a potem zaczęła od nowa. Zatrzymała się na pierwszej stronie, na której Gene narysował swoją sygnaturę.

– Dostałeś to od Gene'a?

– To prezent od niego na podróż.

Próbowałem rozszyfrować jej minę i zdawało mi się, że dostrzegłem złość, ale po chwili to wrażenie minęło i Rosie poinformowała mnie normalnym tonem:

– Don, przykro mi. Nie mogę. Naprawdę przepraszam.

– Czy powiedziałem coś niestosownego?

– Nie, to moja wina. Naprawdę mi przykro.

– Zmieniłaś zdanie, kiedy mnie nie było?

– Tak – odparła Rosie. – Właśnie o to chodzi. Przepraszam.

– Na pewno nie zachowałem się niewłaściwie?

Uważałem Rosie za przyjaciółkę i w tej chwili myślałem jedynie o tym, że nasza przyjaźń może być zagrożona. Temat seksu przestał istnieć.

– Nie, nie, to moja wina – powtórzyła. – Ty zachowałeś się niezwykle taktownie.

Nie jestem przyzwyczajony do otrzymywania takich komplementów. Poczułem się spełniony. Ten wieczór zatem nie okazał się totalną porażką.

Nie mogłem zasnąć. Nic nie jadłem, a minęła dopiero dwudziesta pięćdziesiąt pięć. Claudia i Gene na pewno byli w pracy, tam w Melbourne, zresztą nie miałem ochoty rozmawiać z żadnym z nich. Domyśliłem się, że w tej chwili nie powinienem wznawiać interakcji z Rosie, więc zatelefonowałem do jedynego przyjaciela, który mi pozostał. Umówiliśmy się w pizzerii. Dave już był po kolacji, ale mimo wszystko zjadł całą porcję. Potem poszliśmy do baru, gdzie oglądaliśmy baseball i dyskutowaliśmy o kobietach.

Nie pamiętam, co dokładnie mówiliśmy, ale sądzę, że niewiele z zaprezentowanych argumentów mógłbym wykorzystać w racjonalnym planowaniu przyszłości.

Mózg odmówił mi posłuszeństwa. Oczywiście to jedynie figura stylistyczna, która przedstawia sytuację w wyolbrzymionych proporcjach. Rdzeń kręgowy wciąż funkcjonował, moje serce biło i nie zapomniałem o oddychaniu. Byłem w stanie spakować bagaż, spożyć śniadanie w swoim pokoju, dostać się na lotnisko JFK, przebrnąć przez odprawę i zająć miejsce na pokładzie samolotu do Los Angeles. Potrafiłem też utrzymać komunikację z Rosie na poziomie wystarczającym do koordynacji tych czynności.

Procesy kognitywne pozostawały jednak w stanie uśpienia. Przyczyna była oczywista – przeciążenie emocjonalne! Zwykle dobrze zarządzam emocjami, ale za radą Claudii – która podobno jest specjalistką psychologii klinicznej – w Nowym Jorku uwolniłem je i naraziłem na niebezpiecznie silną stymulację. Teraz szalały w moim mózgu, paraliżując zdolność trzeźwego myślenia. Tymczasem zdolność trzeźwego myślenia była mi niezbędna do analizy problemu.

Rosie usiadła przy oknie, a ja zająłem miejsce koło przejścia. Zastosowałem się do procedur bezpieczeństwa i tym razem powstrzymałem się przed napiętnowaniem ich jako nieuzasadnionych, irracjonalnych supozycji. Gdyby groziła nam nieuchronna katastrofa, każdy i tak zająłby się swoimi sprawami. W moim przypadku sytuacja wyglądała inaczej. Byłem sparaliżowany.

Rosie położyła dłoń na moim ramieniu.

– Jak się czujesz, Don?

Próbowałem się skupić na analizie poszczególnych aspektów ostatnich przeżyć w relacji do właściwych im reakcji emocjonalnych. Wiedziałem, od czego zacząć. Z logicznego punktu widzenia nie musiałem wracać do swojego pokoju po książkę Gene'a. Oryginalny scenariusz tej interakcji, zaplanowany jeszcze w Melbourne podczas moich przygotowań do kontaktu seksualnego, nie uwzględniał pokazywania Rosie żadnej książki. Może jestem niekompetentnym uczestnikiem sytuacji społecznych, ale w obliczu pocałunku i redukcji odzieży Rosie do ręcznika dalsze czynności nawet mnie nie powinny nastręczać problemów. Moja wiedza na temat pozycji seksualnych stanowiła dodatkową zaletę, choć za pierwszym razem prawdopodobnie miałaby marginalne znaczenie.

Dlaczego zatem instynkt popchnął mnie do podjęcia czynności, które miały destrukcyjny wpływ na nowo otwarte horyzonty? Pierwszoplanowy wniosek był oczywisty – instynkt podpowiedział mi, żeby nie procedować zainicjowanego projektu. Ale dlaczego? Mogłem wskazać trzy opcje:

1. Strach, że się nie sprawdzę w sytuacji intymnej.
   Szybko odrzuciłem tę tezę. Na pewno brakowało mi takiej wprawy, jaką mają bardziej doświadczeni osobnicy, a nawet niewykluczone, że mój lęk wywołałby impotencję, chociaż to zdawało się mało prawdopodobne. Jednak uczucie ośmieszenia nawet w towarzystwie Rosie nie było mi obce. Popęd płciowy był silniejszy niż chęć ochrony własnego wizerunku.
2. Brak prezerwatywy.
   Poddając ten wieczór analizie refleksyjnej, doszedłem do wniosku, że moje wyjście oznaczało dla Rosie próbę pozyskania środków zabezpieczających. Zgodnie z zasadami bezpiecznego seksu powinienem był postarać się o nie, na przykład u konsjerża, który oprócz jednorazowych

szczoteczek do zębów i żyletek niewątpliwie posiadał także takie artykuły pierwszej potrzeby. Zaniedbanie tego detalu stanowiło dowód, że instynktownie nie zamierzałem kontynuować doświadczenia. Pewnego razu Gene opowiedział mi o szalonej eskapadzie taksówkowej ulicami Kairu w poszukiwaniu punktu dystrybucji prezerwatyw. Jak widać, moja motywacja nie była aż tak silna.

3. Nie umiałbym sobie poradzić z konsekwencjami emocjonalnymi.

Trzecia opcja zarysowała się dopiero po odrzuceniu pierwszej i drugiej. Od razu wiedziałem – instynktownie! – że to prawidłowy wniosek. Mój mózg już przedtem musiał udźwignąć nadmiar emocji. Nie chodziło jedynie o karkołomne zejście po elewacji kliniki chirurgicznej ani o przesłuchanie w ciemnej piwnicy przez brodatego psychiatrę, który nie cofnąłby się przed niczym, żeby chronić swój sekret. Ani nawet o silne przeżycia związane z trzymaniem Rosie za rękę w drodze z muzeum do metra, chociaż był to jeden z determinantów. Chodziło o ogół doznań, które towarzyszyły mojemu pobytowi z Rosie w Nowym Jorku.

Instynkt podpowiedział mi, że gdybym dodał do puli jeszcze jedno doświadczenie – takie jak eksplozywna (dosłownie) próba zbliżenia seksualnego – emocje wzięłyby w posiadanie mój umysł. A potem popchnęłyby mnie w kierunku nawiązania związku uczuciowego z Rosie. To byłaby podwójna katastrofa. Po pierwsze, na dłuższą metę Rosie była zupełnie nieprzystającą kandydatką. Po drugie, jasno dała do zrozumienia, że taki związek nie mógł trwać po powrocie z Nowego Jorku. To były wzajemnie sprzeczne powody – wykluczały się i wynikały z odmiennych przesłanek. Nie miałem pojęcia, który jest właściwy.

Samolot zaczął podejście końcowe do lądowania na LAX. Zwróciłem się do Rosie. Od jej pytania minęło parę godzin i zdążyłem dokładnie przemyśleć tę kwestię. Jak się czułem?

– Zdezorientowany – odpowiedziałem jej.

Wziąłem pod uwagę, że mogła zapomnieć, o co pytała, ale możliwe, że moja odpowiedź miała dla niej sens bez względu na kontekst.

– Witaj w prawdziwym świecie.

Udało mi się nie zasnąć przez pierwsze sześć z piętnastu godzin lotu do domu z Los Angeles, ponieważ próbowałem zresetować swój zegar biologiczny, ale to było trudne zadanie.

Rosie spała parę godzin, a potem obejrzała film. Zerknąłem na nią i zauważyłem, że płacze. Zdjęła z głowy słuchawki i otarła łzy.

– Płaczesz – stwierdziłem fakt. – Coś się stało?

– Wzruszyłam się – odparła Rosie. – To smutny film. *Co się wydarzyło w Madison County*. Domyślam się, że ty nie płaczesz na filmach.

– Istotnie. – Zdałem sobie sprawę, że ta cecha może zostać odebrana jako wada, więc zachowawczo dodałem: – Zdaje się, że to reakcja spotykana raczej u kobiet.

– Dzięki. – Rosie znowu zamilkła, ale odniosłem wrażenie, że stłumiła wywołany filmem smutek. Po chwili zapytała: – Powiedz, czujesz coś, kiedy oglądasz film? Widziałeś *Casablancę*?

Już kiedyś słyszałem to pytanie. Zadali mi je Gene i Claudia po wspólnym obejrzeniu DVD. Moja odpowiedź zatem była podyktowana głęboką refleksją.

– Obejrzałem parę romantycznych filmów i szczerze mówiąc, nie zauważyłem u siebie żadnej reakcji. W odróżnieniu od Gene'a, Claudii i prawdopodobnie większości ludzkiej populacji nie jestem podatny na historie miłosne. Moja konstrukcja psychiczna najwyraźniej opiera się na innych założeniach.

W niedzielę poszedłem na kolację do Gene'a i Claudii. Jak nigdy przedtem, dokuczało mi osobliwe zmęczenie po podróży, więc napotkałem pewne trudności związane z przedstawieniem spójnej relacji. Próbowałem opowiedzieć o spotkaniu z Davidem Borensteinem na uniwersytecie Columbia, o ekspozycjach w muzeach i o posiłku w Momofuku Ko, ale oni obsesyjnie maglowali mnie pytaniami o interakcje z Rosie. Trudno oczekiwać, że będę pamiętał każdy szczegół wyprawy. Poza tym oczywiście nie mogłem ich wtajemniczyć w projekt „Ojciec".

Claudia była bardzo zadowolona z szala, ale to znowu dało jej pretekst do indagacji.

– Rosie pomogła ci go wybrać?

Wciąż tylko Rosie, Rosie i Rosie.

– Ekspedientka doradziła ten. Po prostu.

– Don, zamierzasz jeszcze spotkać się z Rosie? – spytała Claudia, kiedy wychodziłem.

– Tak, w sobotę – odparłem zgodnie z prawdą, pomijając fakt, że nie chodzi o spotkanie towarzyskie. Na ten dzień zaplanowaliśmy analizę DNA.

Claudia zdawała się usatysfakcjonowana.

Jadłem samotnie lunch w klubie uniwersyteckim, przeglądając dokumentację projektu „Ojciec", kiedy podszedł Gene ze swoim talerzem i kieliszkiem wina i przysiadł się do mnie. Próbowałem szybko odłożyć dokumenty, ale to jedynie go przekonało, że usiłuję coś przed nim ukryć. Nagle popatrzył nad moim ramieniem w kierunku bufetu.

– O Boże! – powiedział.

Zerknąłem za siebie, żeby zobaczyć, co go tak poruszyło, a wtedy on śmiejąc się, porwał teczkę.

– To własność prywatna! – oburzyłem się, ale on już zdążył zajrzeć do środka. Na wierzchu znajdowała się zbiorowa fotografia studentów ostatniego roku.

Gene wyglądał na szczerze zdziwionego.

– Mój Boże. Gdzie to znalazłeś? – Uważnie studiował twarze. – Ma chyba ze trzydzieści lat. A co to za gryzmoły?

– Notatki dotyczące organizacji zjazdu – powiedziałem. – Pomagałem przyjacielowi. To sprawa sprzed kilku tygodni.

Niezły wybieg, jeżeli wziąć pod uwagę, jak mało czasu miałem na jego sformułowanie. Posiadał jednak pewien defekt, który Gene od razu wychwycił.

– Przyjacielowi? Ach, no jasne. Jednemu z twoich licznych przyjaciół. Szkoda, że mnie nie zaprosiłeś.

– Dlaczego?

– A jak myślisz? Kto zrobił to zdjęcie?

Oczywiście! Ktoś musiał być fotografem. Wstrząs na chwilę odebrał mi mowę.

– Byłem tam jedynym gościem z zewnątrz – wyjaśnił Gene. – Uczyłem ich genetyki. Co to była za noc! Wszyscy napruci, bez osób towarzyszących… Najlepsza biba w mieście.

Gene wskazał jedną z osób na fotografii. Cały czas zajmowałem się jedynie osobnikami męskimi i ani razu nie pomyślałem, żeby zidentyfikować matkę Rosie. Jednak teraz, gdy Gene mi ją pokazał, z łatwością ją rozpoznałem. Podobieństwo było oczywiste – odnosiło się nawet do koloru włosów, chociaż u matki był bardziej stonowany. Stała między Isaakiem Eslerem i Geoffreyem Case'em. Case uśmiechał się tak, jak na fotografii ślubnej Eslera.

– Bernadette O'Connor. – Gene popił łyk wina. – Irlandka.

Znałem ten ton. Gene szczególnie pamiętał tę kobietę, ale nie dlatego, że była matką Rosie. Prawdę mówiąc, chyba nie widział między nimi żadnego związku. Podjąłem błyskawiczną decyzję, że zachowam ten fakt dla siebie.

Gene przesunął palcem w lewo.

– Geoffrey Case. Facet nawet nie zdążył sobie odbić kasy wydanej na czesne.

– Zmarł, zgadza się?

– Samobój.

To była nowa informacja.

– Jesteś pewien?

– Jasne, że tak – powiedział Gene. – No już przestań. O co tu właściwie chodzi?

Zignorowałem to pytanie.

– Dlaczego to zrobił?

– Pewnie zapomniał połknąć lit – powiedział Gene. – Miał cyklofrenię, ale w dobre dni był duszą towarzystwa.

Popatrzył na mnie uważnie. Wiedziałem, że zaraz zacznie mnie przesłuchiwać, dlaczego interesuję się Geoffreyem Case'em i zjazdem absolwentów, więc gorączkowo szukałem wiarygodnego uzasadnienia. Z opresji wybawił mnie pusty młynek do pieprzu. Gene pokręcił nim parę razy, a potem wstał i poszedł do bufetu, żeby go wymienić. Zanim wrócił, wziąłem papierową serwetkę i pobrałem próbkę z jego kieliszka.

29

W sobotę jechałem rowerem na uniwersytet w trudnym do nazwania, a zatem dokuczliwym nastroju. Życie szybko wracało do normalnego rytmu. Tego dnia mieliśmy wykonać testy definitywnie zamykające projekt „Ojciec". W najgorszym wypadku Rosie mogła jeszcze wpaść na trop osoby, którą przeoczyliśmy – innego wykładowcy, pracownika obsługi balu, a może kogoś, kto wyszedł wcześniej – niemniej jeden dodatkowy test to kwestia zaledwie minut. Tak więc to już ostatni powód do spędzenia czasu z Rosie.

Spotkaliśmy się w laboratorium. Mieliśmy trzy próbki – wymaz z widelca Isaaca Eslera, strzęp papieru toaletowego z próbką uryny z podłogi Freyberga i serwetkę ze śliną Gene'a. Wciąż nie powiedziałem Rosie o chusteczce z DNA Margaret Case, ale bardziej mi zależało na wyniku badania Gene'a. Zaistniało wysokie prawdopodobieństwo, że to Gene jest ojcem Rosie. Starałem się o tym nie myśleć, ale taką możliwość potwierdzała reakcja Gene'a na fotografię, jego prawidłowa identyfikacja matki Rosie oraz historia jego nieformalnych kontaktów intymnych.

– Co to za serwetka? – zdziwiła się Rosie.

Spodziewałem się tego pytania.

– Powtórka testu. Jedna z poprzednich próbek była zanieczyszczona.

Chociaż coraz lepiej radziłem sobie z kłamstwami, to było za mało, żeby wprowadzić w błąd Rosie.

– Pieprzenie. Kto to? Case, prawda? Zdobyłeś próbkę DNA Geoffreya Case'a.

Najłatwiej było przytaknąć, ale potwierdzenie, że ta próbka pochodzi od Case'a, wprowadziłoby wiele komplikacji, gdyby test wykazał wynik pozytywny. Prawdziwa matnia kłamstw.

– Powiem ci, jeżeli się okaże, że to on.

– Powiedz mi teraz! To na pewno on.

– Skąd możesz wiedzieć?

– Po prostu wiem.

– Nie masz żadnych dowodów. Opowieść Isaaca Eslera wskazuje raczej na niego. Miał się ożenić po balu z inną studentką. Przyznał, że był pijany. Podczas kolacji zachowywał się tak, jakby ukrywał tajemnicę. Na fotografii stoi koło twojej matki.

O tej okoliczności nigdy przedtem nie dyskutowaliśmy, a bardzo łatwo było ją sprawdzić. Kiedyś Gene polecił mi, żebym przeprowadził pewne ćwiczenie podczas sympozjum: „Jeśli chcesz wiedzieć, kto z kim sypia, po prostu zwróć uwagę, z kim siedzą przy śniadaniu". Człowiek, z którym matka Rosie spędziła tamtą noc, prawdopodobnie stał koło niej. Chyba że akurat naciskał spust migawki.

– Moja intuicja przeciwko twojej logice. Chcesz się założyć?

Przyjęcie tego wyzwania byłoby nie fair. Zajmowałbym uprzywilejowaną pozycję dzięki interakcji z Eslerem w jego piwnicy. Realistycznie zakładałem, że każdy z kandydatów – Isaac Esler, Gene i Geoffrey Case – ma jednakową szansę. Przemyślałem słowa Eslera o „wszystkich zainteresowanych stronach" i stwierdziłem, że były niejednoznaczne. Może chronił w ten sposób swojego przyjaciela, ale równie dobrze mógł się chować za jego plecami. Z drugiej strony, jeżeli Esler nie był ojcem Rosie, to dlaczego nie pozwolił mi po prostu zbadać swojego DNA? Czyżby chciał zagmatwać sprawę? Jeżeli tak, to mu się udało, ale jedynie tymczasowo. Jego zwodnicze zachowanie skłoniło mnie do zrewidowania wcześniejszego postanowienia. Gdyby się okazało, że wyeliminowaliśmy wszystkich kandydatów, łącznie z Eslerem, to jednak zamierzałem poddać testom próbkę pobraną od Margaret Case.

– W każdym razie to z całą pewnością nie Freyberg. – Rosie przerwała moje rozważania.

– Dlaczego tak sądzisz?

Kandydatura Freyberga była najmniej prawdopodobna, lecz na pewno nie niemożliwa.

– Zielone oczy. Przecież powinnam od razu o tym pomyśleć. – Poprawnie zinterpretowała moją sceptyczną minę i dodała: – No, przyznaj, przecież to ty jesteś genetykiem. On ma zielone oczy, więc nie może być moim ojcem. Sprawdziłam to w Internecie.

A to dopiero! Angażuje do pomocy profesora genetyki, wybitnego przybysza z innej strefy, wyjeżdża z nim na tydzień i spędza w jego towarzystwie niemal każdą minutę, lecz odpowiedzi na pytanie natury genetycznej szuka w Internecie.

– To uproszczony model.

– Don, moja matka miała niebieskie oczy. Ja mam brązowe. Mój prawdziwy ojciec też musiał mieć brązowe, tak?

– Nie – odparłem. – To bardzo prawdopodobne, ale nie stuprocentowo pewne. Dziedziczenie koloru oczu to wyjątkowo skomplikowane zagadnienie. Zielony jest możliwy. Niebieski też.

– Studentka medycyny… lekarka… na pewno coś o tym wiedziała, prawda?

Oczywiście zrobiła aluzję do swojej matki. Pomyślałem jednak, że to nieodpowiednia pora, żeby przedstawić Rosie szczegółową analizę wad systemu edukacji medycznej. Ograniczyłem się zatem do stwierdzenia:

– Mało prawdopodobne. Gene wykładał genetykę na medycynie. To uproszczenie bardzo w jego stylu.

– Pieprzyć Gene'a – powiedziała Rosie. – Mam go po dziurki w nosie. Zbadaj tę serwetkę. To on.

W jej głosie nie było już jednak takiej pewności jak przedtem.

– Co zamierzasz zrobić, kiedy się dowiesz?

Już dawno powinienem postawić to pytanie. Fakt, że do tej pory go nie zadałem, był kolejnym dowodem na brak solidnego planu, ale od kiedy zacząłem brać Gene'a pod uwagę jako potencjalnego ojca Rosie, jej zamiary zyskały na znaczeniu.

– Właściwie dziwne, że o to pytasz – odparła Rosie. – Kiedyś ci powiedziałam, że chcę zamknąć tę sprawę. Myślę jednak, że chodziło o podświadomą fantazję, że mój prawdziwy ojciec przyjedzie na białym koniu i… rozprawi się z Philem.

– Za to, że nie dotrzymał obietnicy i nie zabrał cię do Disneylandu? Chyba trudno po tak długim czasie wymyślić dla niego sprawiedliwą karę.

– Przecież mówię, że to tylko fantazja. Widziałam w nim kogoś w rodzaju bohatera. Ale teraz wiem, że to jeden z tych trzech facetów. Dwóch z nich już poznałam. Mam do wyboru Isaaca Eslera i jego filozofię: „Powroty do przeszłości to nic przyjemnego" albo Maxa Freyberga: „Moja misja jest niezwykła – wskrzeszam u ludzi poczucie własnej wartości". Obaj są głupimi kutasami. Słabeuszami, którzy uciekli przed odpowiedzialnością.

Uderzył mnie brak logiki w jej wywodzie. Przecież co najmniej jeden z nich nie uciekł.

– Geoffrey Case… – zacząłem. Chciałem powiedzieć, że ta charakterystyka nie pasuje do niego, ale gdyby Rosie wiedziała, w jaki sposób zginął, mogłaby zinterpretować jego samobójstwo jako sposób ucieczki przed odpowiedzialnością.

– Wiem, wiem. Ale jeżeli okaże się, że to ktoś jeszcze inny – jakiś gość w średnim wieku, który udaje porządnego człowieka, to niech się gnojek ma na baczności.

– Zamierzasz go zdemaskować?

Byłem wstrząśnięty. Nagle zdałem sobie sprawę, że nasze działania mogą komuś sprawić wielki ból. Może nawet mojemu najlepszemu przyjacielowi. Całej jego rodzinie! Matka Rosie nie chciała, żeby jej córka poznała prawdę. Czyżby właśnie dlatego? Naturalnie znała ludzką naturę o wiele lepiej niż ja.

– Tak jest.

– Przecież wyrządzisz duże szkody, a w zamian nic nie zyskasz.

– Poczuję się lepiej.

– To błędna hipoteza – zaoponowałem. – Badania wykazują, że zemsta pogarsza samopoczucie ofiary…

– Już postanowiłam.

Jedna z możliwości zakładała, że ojcem Rosie był Geoffrey Case. W tym wypadku wszystkie trzy próbki wykażą wynik negatywny, a dla niej będzie już za późno, żeby dokonać zemsty. Nie chciałem jednak polegać wyłącznie na tej presumpcji.

Wyłączyłem analizator.

– Przestań! – krzyknęła Rosie. – Mam prawo wiedzieć.

– Nieprawda, nie masz, jeżeli chcesz wykorzystać tę wiedzę, żeby kogoś zranić.

– A co ze mną? Ja cię w ogóle nie obchodzę?

Jej reakcje były coraz gwałtowniejsze. Tymczasem ja zachowałem spokój. Rozsądek znowu przejął kontrolę. Mój umysł pracował bez zarzutu.

– Bardzo mnie obchodzisz. Ogromnie. Dlatego nie mogę przyłożyć ręki do twoich niemoralnych planów.

– Don, jeśli nie zrobisz tego testu, już nigdy się do ciebie nie odezwę. Nigdy.

Trudno było się oswoić z tą informacją, lecz taka decyzja zdawała się logicznie uzasadniona.

– Domyślałem się, że to nieuchronne – powiedziałem. – Zakończymy projekt, a ty wyraziłaś brak dalszego zainteresowania aspektem seksualnym.

– A więc to moja wina!? – krzyknęła Rosie. – Oczywiście, że moja. Przecież nie jestem pieprzoną kechareczką z dyplomem doktorskim, która nie pali i popija jedynie herbatkę. Nie jestem należycie zorganizowana!

– Usunąłem punkt o abstynencji. – Zrozumiałem, że miała na myśli mój drugi projekt. Dlaczego jednak do niego nawiązała? Czyżby właśnie dokonała autoewaluacji pod kątem projektu „Żona"? Implikacją tej tezy było... – Brałaś mnie pod uwagę jako partnera?

– Oczywiście – powiedziała. – Tyle że ty nie masz pojęcia o zachowaniach społecznych, twoim życiem rządzi biała tablica i nie znasz uczucia miłości... Jesteś po prostu idealny!

Wyszła, trzasnąwszy drzwiami.

Włączyłem analizator. Bez wciąż spoglądającej mi przez ramię Rosie mogłem bezpiecznie zbadać próbki, a potem zdecydować, co dalej. Nagle usłyszałem, że ktoś otworzył drzwi. Odwróciłem się, myśląc, że to Rosie, ale zamiast niej ujrzałem Dziekan.

– Pracuje pan nad swoim tajnym projektem, profesorze Tillman?

Znalazłem się w poważnych kłopotach. Podczas wszystkich poprzednich konfrontacji z Dziekan byłem pewien, że nie doszło do złamania regulaminu albo naruszenie zasad było na tyle nieistotne, że nie musiałem się obawiać konsekwencji. Jednakże użycie analizatora DNA do prywatnych celów stanowiło pogwałcenie statutu obowiązującego na wydziale genetyki. Ile wiedziała? Normalnie nie pracowała w weekendy. Jej obecność na pewno nie była przypadkowa.

– Zdaniem Simona Lefebvre'a to fascynujące badania – powiedziała Dziekan. – Parę dni temu przyszedł do mnie, żeby zapytać o projekt naukowy prowadzony na moim wydziale. Projekt, do którego podobno niezbędne jest jego DNA. Sądziłam, że to jakiś żart. Proszę mi wybaczyć brak poczucia humoru, ale poczułam się niedoinformowana – nigdy nie słyszałam o takim projekcie. Pomyślałam, że nie mogłabym przeoczyć pańskiego abstraktu, kiedy przedstawił go pan komisji etyki.

Do tej pory Dziekan zdawała się opanowana i podawała racjonalne argumenty. Nagle jednak podniosła głos.

– Od dwóch lat próbuję przekonać wydział medycyny do sfinansowania wspólnych badań naukowych, a tymczasem pan nie tylko łamie zasady etyczne, ale na domiar złego idzie z tym do człowieka, który trzyma rękę na worku z pieniędzmi! Chcę dostać pisemne sprawozdanie z pańskich badań. Jeżeli wśród dokumentów nie będzie zgody komisji etyki, którą jakimś cudem przeoczyłam, to zaczniemy szukać kandydatów na stanowisko profesora nadzwyczajnego. – Wychodząc, Dziekan zatrzymała się przy drzwiach. – Wciąż mam na biurku pańską skargę na Kevina Yu. Niech się pan nad tym zastanowi. Proszę też zwrócić mi klucz do laboratorium. Dziękuję.

Projekt „Ojciec" został zakończony. Oficjalnie.

Następnego dnia Gene wszedł do mojego gabinetu, kiedy wypełniałem kwestionariusz EPDS*.

– Dobrze się czujesz?

Wybrał idealny moment, żeby zadać to pytanie.

– Chyba nie, ale powiem ci za mniej więcej piętnaście sekund. – Dokończyłem test, podsumowałem wyniki i podałem arkusz Gene'owi. – Szesnaście – poinformowałem. – Drugi w kolejności wynik w historii moich badań tą metodą.

Gene zerknął na tytuł.

– Test depresji poporodowej? Chyba wiesz, że ostatnio nie urodziłeś dziecka?

– Pominąłem pytania dotyczące dzieci. To było jedyne narzędzie pomiaru depresji, które Claudia miała w domu, kiedy zmarła moja siostra. Nie zmieniłem go, żeby zachować spójność danych.

– Rozumiem, że to twoja wersja zjawiska, które my nazywamy „poznawaniem swoich emocji", tak?

---

* EPDS (Edinburgh Postnatal Depression Scale) – Edynburska Skala Depresji Poporodowej (przyp. tłum.).

Czułem, że to jedynie pytanie retoryczne, więc postanowiłem je przemilczeć.

– Posłuchaj, jestem w stanie wyprostować twoje sprawy.

– Naprawdę? Rosie się z tobą skontaktowała?

– Jezu, Don – jęknął Gene. – To Dziekan się ze mną skontaktowała. Nie wiem, co robiłeś, ale testy DNA bez zgody komisji etyki… to bilet na zieloną trawkę.

Uwzględniłem taki scenariusz. Już postanowiłem zatelefonować do Amghada, szefa klubu golfowego, i wrócić do rozmowy o otwarciu cocktail baru. I tak była już najwyższa pora, by zmienić zawód. Weekend był dla mnie okresem brutalnego zderzenia z rzeczywistością. Po interakcji z Dziekan wróciłem do domu i odkryłem, że moja gosposia także wypełniła kwestionariusz projektu „Żona". Na pierwszej stronie napisała: „Don, nikt nie jest idealny. Eva". Byłem w stanie podwyższonej wrażliwości na bodźce emocjonalne, więc ten incydent wywołał u mnie silną reakcję. Eva była dobrą osobą, która nosiła minispódniczki prawdopodobnie po to, żeby zwrócić na siebie uwagę potencjalnego partnera. Reprezentowała relatywnie niski status socjoekonomiczny, którego na pewno się wstydziła, odpowiadając na pytania o osiągnięcia naukowe i stosunek do drogiej żywności. Pomyślałem o wszystkich kobietach, które wypełniły kwestionariusz z nadzieją, że znajdą partnera. Miały nadzieję, że tym partnerem zostanę właśnie ja, chociaż dysponowały niewielką liczbą danych na mój temat i pewnie zawiodłyby się przy bliższym poznaniu.

Nalałem sobie kieliszek pinot noir i wyszedłem na balkon. Światła miasta przypomniały mi o pierwszej kolacji z Rosie, która wbrew wartościom wyznaczonym przez kwestionariusz okazała się jednym z najprzyjemniejszych posiłków mojego życia.

Claudia w czasie naszych spotkań twierdziła, że jestem za bardzo wybredny, ale w Nowym Jorku Rosie wykazała, że moja pierwotna ocena determinująca rzeczy, które dają poczucie szczęścia, była kompletnie niezgodna z rzeczywistością. Sączyłem powoli wino i obserwowałem modyfikacje w krajobrazie. W jednym z okien ktoś wyłączył lampę, sygnalizacja na przejściu dla pieszych zmieniła kolor z czerwonego na zielony, refleksy świateł przejeżdżającego ambulansu odbiły się od budynków. Nagle zrozumiałem, że celem kwestionariusza nie było zidentyfikowanie kobiety, którą mógłbym zaakceptować, lecz znalezienie kogoś, kto zaakceptowałby mnie.

Postanowiłem, że bez względu na decyzje powzięte na podstawie doświadczeń z Rosie, już nie skorzystam z pomocy kwestionariusza. Projekt „Żona" wygasł.

Gene miał dużo do powiedzenia.

– Bez pracy, bez schematu, bez planu zajęć twój świat się zawali. – Znowu zerknął na test depresji. – Już zaczyna się walić. Posłuchaj, zrobimy tak: prowadziłeś te testy na zlecenie wydziału psychologii. Sfingujemy wniosek do komisji etyki. Myślałeś, że już został zatwierdzony.

Gene oczywiście robił, co w jego mocy. Uśmiechnąłem się, żeby nie sprawić mu przykrości.

– Czy w taki sposób uda nam się odjąć parę punktów od tego wyniku? – zapytał, machając mi przed oczami arkuszem EPDS.

– Chyba nie.

Przez chwilę siedzieliśmy w milczeniu. Wyraźnie nie mieliśmy sobie nic więcej do powiedzenia. Spodziewałem się, że Gene wstanie i wyjdzie, ale podjął jeszcze jedną próbę.

– Don, pozwól mi sobie pomóc. Chodzi o Rosie, prawda?

– To bez sensu.

– Powiem wprost: jesteś nieszczęśliwy. Tak bardzo nieszczęśliwy, że zaprzepaściłeś perspektywy swojej kariery zawodowej, reputację i swój przenajświętszy harmonogram.

Miał rację.

– Do cholery, Don, złamałeś przepisy. Od kiedy to łamiesz przepisy?

Dobre pytanie. Zawsze przestrzegam przepisów. Tymczasem w ciągu ostatnich dziewięćdziesięciu dziewięciu dni naruszyłem wiele norm prawnych, etycznych i osobistych. Mogłem precyzyjnie określić, kiedy to się zaczęło – tego dnia, kiedy Rosie weszła do mojego gabinetu, a ja włamałem się do systemu rezerwacji miejsc w Le Gavroche, żeby pójść z nią na randkę.

– To wszystko z powodu kobiety? – dziwił się Gene.

– Na to wygląda. Wiem, że postępuję nieracjonalnie.

Było mi wstyd. Popełnić błąd towarzyski to jedno, ale przyznać się, że straciłem zdolność racjonalnego działania, to zupełnie inny kaliber.

– Nieracjonalna jest jedynie twoja wiara w kwestionariusze.

– EPDS jest bardzo…

– Mam na myśli inny kwestionariusz. Wiesz, z pytaniami w rodzaju: „Czy jadasz nereczki?". Jakby kto pytał, to moim zdaniem, genetyka zmiotła z ringu twój kwestionariusz. Jeden do zera dla genetyki.

– Sądzisz, że sytuacja między mną i Rosie to wynik kompatybilności genów?

– Pięknie to ująłeś – pochwalił mnie Gene. – Ale gdybyś chciał być nieco bardziej romantyczny, powiedziałbym raczej, że się zakochałeś.

Co za niezwykła deklaracja! A poza tym sensowna. Do tej pory uważałem, że romantyczna miłość już na zawsze pozostanie poza domeną moich doświadczeń. Jednakże stanowiła doskonałą wykładnię mojej aktualnej sytuacji. Chciałem się jednak upewnić.

– To twoja profesjonalna diagnoza? Jako eksperta w sprawach związanych z popędem płciowym?

Gene skinął głową.

– Doskonale.

Jego wnikliwe spostrzeżenia zainicjowały transformację mojego umysłu.

– Nie jestem pewien, w jaki sposób to może ci pomóc – westchnął Gene.

– Rosie zidentyfikowała i nazwała moje trzy wady. Wadą numer jeden była niezdolność do odczuwania miłości. Muszę się pozbyć jeszcze tylko dwóch.

– Czyli?

– Niekompatybilności z oficjalnym protokołem zachowań społecznych oraz przywiązania do harmonogramów. Pestka.

30

Zarezerwowałem spotkanie z Claudią w tej samej kawiarni, co zawsze. Zamierzałem omówić z nią kwestię zachowań społecznych. Wiedziałem, że udoskonalenie interakcji z innymi istotami w obrębie mojego gatunku będzie wymagało pewnego wysiłku, a moje najlepsze starania mogą i tak nie przekonać Rosie. Były to jednak praktyczne umiejętności, które warto było posiadać bez względu na optymalny efekt.

Ekscentryzm społeczny w pewnym stopniu stawiał mnie w wygodnej pozycji. W szkole pełniłem rolę klasowego błazna, którą najpierw wykorzystywałem mimowolnie, a później z premedytacją. Nadszedł jednak czas dorosnąć.

Kelnerka podeszła do naszego stolika.

– Złóż zamówienie – powiedziała Claudia.

– Na co masz ochotę?

– Na bezkofeinową *latte* z chudym mlekiem.

Moim zdaniem, to prawdziwe kuriozum wśród kaw, ale postanowiłem przemilczeć krytyczny komentarz. Claudia na pewno pamiętała z poprzednich spotkań moją opinię na ten temat i nie chciałaby, żebym ponownie ją wygłosił. Ja zaś wolałem jej nie denerwować.

– Dla mnie podwójną *espresso* – zwróciłem się do kelnerki. – A dla mojej przyjaciółki bezkofeinową *latte* z chudym mlekiem. Bez cukru, proszę.

– No, no – zdziwiła się Claudia. – Coś się zmieniło.

Zwróciłem jej uwagę, że zawsze zamawiam kawę efektywnie, a zarazem uprzejmie, ale i tak twierdziła, że w moim sposobie interakcji z otoczeniem zaszła subtelna zmiana.

– Gdyby ktoś mnie zapytał, gdzie można się nauczyć dobrych manier, na pewno nie pomyślałabym o Nowym Jorku, a tymczasem patrzcie państwo, jaki dżentelmen.

Poinformowałem ją, że wręcz przeciwnie, nowojorczycy byli nadzwyczaj przyjacielscy. Zilustrowałem ten pogląd przykładowymi epizodami z udziałem Baseballowego Dave'a, Mary, która prowadziła badania naukowe nad cyklofrenią, dziekana wydziału medycznego na uniwersytecie Columbia Davida Borensteina oraz kucharzy i dziwaka w Momofuku Ko. Wspomniałem o kolacji u Eslerów, przedstawiając ich jako przyjaciół rodziny Rosie. Claudia wysunęła prosty wniosek – każda z tych niecodziennych sytuacji społecznych, a także permanentna obecność Rosie przyczyniły się do dramatycznego wzrostu moich umiejętności.

– Nie warto, żebyś je ćwiczył tylko ze mną albo z Gene'em, bo na nas nie musisz robić dobrego wrażenia ani się z nami zaprzyjaźniać.

Claudia słusznie darzyła uznaniem ćwiczenia praktyczne, ale ja wiem z doświadczenia, że dzięki lekturom i obserwacji lepiej przyswajam wiedzę. Tak więc następnym zadaniem, jakie sobie wyznaczyłem, było pobranie z Internetu stosownych materiałów edukacyjnych.

Postanowiłem zacząć od czterech filmów romantycznych, szczególnie rekomendowanych przez Rosie: *Casablanki*, *Co się wydarzyło w Madison County*, *Kiedy Harry poznał Sally* i *Niezapomnianego romansu*. Uzupełniłem ten wybór dwoma nadprogramowymi tytułami: *Zabić drozda* i *Biały Kanion*, głównie ze względu na Gregory'ego Pecka, który, zdaniem Rosie, był „najseksowniejszym mężczyzną na świecie".

Obejrzenie wszystkich sześciu filmów – z uwzględnieniem czasu na włączenie pauzy i zanotowanie uwag – zajęło mi cały tydzień. Filmy okazały się niezwykle wartościowym źródłem informacji, lecz opanowanie zawartego w nich materiału było dużym wyzwaniem. Prezentowały oszałamiająco intensywną dynamikę uczuć! Nie poddałem się i podjąłem analizę kolejnych filmów z dziedziny relacji damsko-męskich, które tym razem podsunęła mi Claudia. Były to pozycje zarówno ze szczęśliwym, jak i tragicznym finałem. Obejrzałem: *Hitcha, Przeminęło z wiatrem, Dziennik Bridget Jones, Annie Hall, Notting Hill, To właśnie miłość* oraz *Fatalne zauroczenie*. Claudia poleciła mi także „dla odprężenia" *Lepiej być nie może*. Podkreśliła, że mam ten film potraktować jak antytezę swoich nowych umiejętności. Muszę przyznać, że bohater grany przez Jacka Nicholsona zrobił na mnie dobre wrażenie, kiedy podczas randki w restauracji rozwiązał problem z marynarką z większą finezją niż ja w analogicznych okolicznościach. Podobało mi się również to, że pomimo zauważalnego deficytu kompetencji społecznych, dużej różnicy wieku między nim a bohaterką Helen Hunt, prawdopodobnie także zaburzeń psychiatrycznych i wyraźniejszego niż u mnie braku tolerancji względem otoczenia, w końcu udało mu się zdobyć miłość kobiety. Claudia dokonała doskonałego wyboru.

Powoli zacząłem rozumieć sens tych zjawisk. W relacjach damsko-męskich obowiązywały pewne stałe zasady, a jedną z nich był negatywny stosunek do cudzołóstwa. Myślałem o tym, kiedy kolejny raz spotkałem się z Claudią na treningu zachowań społecznych.

Wypróbowaliśmy różne scenariusze.

– To danie jest wadliwe – powiedziałem. Stworzyliśmy hipotetyczną sytuację. Naprawdę piliśmy jedynie kawę. – Brzmi zbyt prowokacyjnie, prawda?

Claudia potaknęła.

– Poza tym nie powinieneś używać w tym kontekście słów: „wadliwe" ani „defektywne". To język maniaków komputerowych.

– Ale mogę powiedzieć: „Przepraszam, czasami źle się wyrażam. Mam taką wadę", prawda? W tym sensie „wada" jest dopuszczalna?

– Istotnie – powiedziała Claudia i się zaśmiała. – To znaczy, tak. Don, takich rzeczy człowiek się uczy przez wiele lat.

Nie miałem do dyspozycji wielu lat, ale szybko się uczę, a poza tym przestawiłem umysł w tryb ekspresowego wchłaniania wiedzy. Człowiek-gąbka. Postanowiłem to zademonstrować.

– Teraz skonstruuję poprzedzone formułką grzecznościową obiektywne stwierdzenie faktu, po którym nastąpi prośba o wyjaśnienie zaistniałej sytuacji: „Przepraszam. Zamówiłem średnio wysmażony stek. Czy pańskim zdaniem tak wygląda średnio wysmażony stek?".

– Dobry początek, ale pytanie zabrzmiało dosyć agresywnie.

– Nie do przyjęcia?

– Może w Nowym Jorku. Nie obwiniaj kelnera.

Wprowadziłem odpowiednią modyfikację.

– Przepraszam. Zamówiłem średnio wysmażony stek. Mógłby pan sprawdzić, czy na pewno został odpowiednio przyrządzony?

Claudia skinęła głową. Wciąż jednak nie wyglądała na całkowicie zadowoloną. Ostatnio poświęciłem dużo czasu analizie emocji, więc prawidłowo zdiagnozowałem jej minę.

– Don, jestem zachwycona twoimi postępami, ale... taka przemiana, żeby sprostać czyimś oczekiwaniom, to nie najlepszy pomysł. Wkrótce możesz się zniechęcić i tego żałować.

Nie podzielałem jej opinii. Po prostu uczyłem się nowego pakietu zachowań.

– Jeżeli naprawdę kogoś kochasz, to musisz go zaakceptować takiego, jaki jest. Możesz jedynie mieć nadzieję, że pewnego dnia ten ktoś z własnej woli zechce coś w sobie zmienić.

Ostatnie zdanie sprzęgło się z zasadą wierności, o której rozmyślałem na początku naszej sesji. Już nie musiałem poruszać tego tematu – poznałem odpowiedź na swoje pytanie. Claudia na pewno mówiła o swoim mężu.

Nazajutrz udałem się na poranny jogging z Gene'em. Musieliśmy porozmawiać prywatnie w okolicznościach uniemożliwiających mu ucieczkę. Zacząłem prywatny wykład, ledwo wystartowaliśmy do biegu. Tematem przewodnim była teza, że cudzołóstwo jest absolutnie niedopuszczalnym zjawiskiem. Żadne korzyści nie usprawiedliwiały ryzyka kompletnej katastrofy. Gene już raz się rozwiódł. Eugenie i Carl...

Gene się zatrzymał i ciężko sapał. Starając się przekazać swoje refleksje w jasny, zdecydowany sposób, nadałem szybsze tempo niż zwykle. On jest w o wiele gorszej ode mnie kondycji fizycznej, więc to, co dla mnie jest jedynie relaksacyjnym truchtem dla spalenia zbędnych kalorii, dla jego układu sercowo-naczyniowego stanowi duży wysiłek.

– Słyszę cię – powiedział. – Czegoś ty się naczytał?

Opowiedziałem mu o filmach, które obejrzałem, oraz o przedstawionym w nich modelu przyzwoitych i nieprzyzwoitych zachowań. Gdyby Gene i Claudia mieli królika, groziłoby mu niebezpieczeństwo ze strony zawiedzionej kochanki. Gene nie zgodził się ze mną – nie w kwestii królika, lecz raczej oddziaływania jego sposobu bycia na ich małżeństwo.

– Jesteśmy psychologami – oświadczył. – Jakoś sobie radzimy z ideą małżeństwa otwartego.

Zignorowałem fakt, że niesłusznie zaklasyfikował się do grona psychologów, i skupiłem się na kluczowym zagadnieniu – wszystkie autorytety oraz kodeksy moralne uznają priorytetowe znaczenie wierności. Nawet teoria psychologii ewolucyjnej dopuszcza tezę, że jeżeli człowiek dowie się o cudzołóstwie partnera, to ma silny pretekst usprawiedliwiający odrzucenie.

– Ta teoria mówi jedynie o mężczyznach – zauważył Gene. – Bo mężczyźni nie mogą sobie pozwolić na ryzyko wychowania dziecka, które nie posiada jego genów. Zresztą mniejsza z tym. Myślałem, że ty zawsze walczyłeś z instynktami.

– Istotnie. Instynkt pcha mężczyznę do zdrad małżeńskich. Dlatego trzeba go kontrolować.

– Kobiety godzą się na to, o ile zdrada nie jest dla nich przyczyną publicznego wstydu. Tak jest we Francji.

Przytoczyłem kontrargument zawierający przykład z literatury popularnej i filmu.

– *Dziennik Bridget Jones*? – zdziwił się Gene. – Naprawdę mamy się zachowywać jak bohaterowie bajek dla grzecznych dziewczynek?

Znowu się zatrzymał i pochylony wpół, próbował złapać oddech. Wiedząc, że przez chwilę nie będzie mi przerywał, dostrzegłem szansę przedstawienia dowodów. W podsumowaniu przypomniałem mu, że przecież kocha Claudię, dlatego powinien być gotowy na wszystkie niezbędne wyrzeczenia.

– Zastanowię się nad tym, kiedy zobaczę, że tobie też się udało zmienić długoletnie przyzwyczajenia – zadeklarował.

Sądziłem, że rezygnacja z harmonogramu będzie względnie łatwym zadaniem. Od ośmiu dni nie przestrzegałem żadnego planu i chociaż napotkałem wiele problemów, to żaden z nich nie wynikał z niedoskonałości systemu bezplanowego. Nie wziąłem jednak pod uwagę, jak silne będzie oddziaływanie chaosu, który zapanował w moim życiu. Zbiór takich negatywnych czynników, jak niepewność dalszych interakcji z Rosie, projekt nauki umiejętności społecznych oraz obawa, że związek moich najlepszych przyjaciół zmierza ku dezintegracji, został uzupełniony o wizję utraty pracy. Harmonogram zajęć zdawał się zatem jedyną stałą funkcją w moim życiu.

W końcu poszedłem na kompromis, który powinien zadowolić Rosie. Każdy posiada ustalony plan regularnych zajęć – w moim przypadku były to wykłady, spotkania i treningi sztuk walki. Założyłem, że na tyle mogę sobie pozwolić. Wzorem innych ludzi zamierzałem notować ważne daty w terminarzu, ale zredukować stopień ich standaryzacji. Dopuściłem możliwość zaistnienia zmian w systemie tygodniowym. Po analizie tej decyzji stwierdziłem, że jedynym elementem, który wymagał szczególnej uwagi, był budzący najwięcej krytycznych komentarzy Ujednolicony Program Posiłków.

Jak można się domyślać, moja następna wizyta na targu miała niezwykły przebieg. Kiedy stanąłem przed straganem z owocami morza, właściciel stoiska sięgnął do zbiornika z wodą po homara.

– Zmiana planów – poinformowałem go. – Co dobrego jest dzisiaj w ofercie?

– Homar – powiedział z silnym akcentem. – Wtorek, homar dobry dla pana.

Zaśmiał się i pomachał ręką do pozostałych klientów. Zrozumiałem, że próbuje ze mnie zadrwić. Kiedy Rosie mówiła: „Nie wkurwiaj mnie", robiła specjalną minę, którą teraz zastosowałem. To wystarczyło.

– Żartuję – powiedział sprzedawca. – Miecznik bardzo ładny. I ostrygi. Lubi pan ostrygi?

Lubiłem ostrygi, ale nigdy nie przyrządzałem ich w domu. Zamawiałem je bez skorup, ponieważ dobre restauracje zwykle informowały w menu, że serwują je świeżo obrane.

Wróciłem do domu z torbą pełną produktów, które nie były składnikami żadnego konkretnego przepisu. Ostrygi okazały się dużym wyzwaniem. Nie potrafiłem wsunąć noża w skorupę w celu jej otwarcia, nie ryzykując obrażeń z powodu dyslokacji ostrza. Mogłem się posłużyć Internetem, żeby odkryć właściwą metodę działania, ale zmarnowałbym za dużo czasu. Właśnie dlatego mój dotychczasowy grafik opierał się na powtarzalnych, znajomych czynnościach. Umiałbym z zamkniętymi oczami podzielić homara, jednocześnie rozwiązując w myślach skomplikowany problem genetyczny. Co złego jest w standaryzacji? Kolejna ostryga nie chciała się poddać procedurze otwierania. Zacząłem tracić nerwy i już zamierzałem wyrzucić wszystkie ostrygi do kosza, lecz nagle wpadłem na wspaniały pomysł.

Włożyłem jedną z ostryg na parę sekund do kuchenki mi-krofalowej. Otworzyła się bardzo łatwo. Była ciepła, ale pyszna. Spróbowałem tej samej metody z drugą, tym razem dodając odro-binę soku z cytryny i szczyptę pieprzu. Sensacja! Poczułem, że cały świat stanął przede mną otworem. Miałem nadzieję, że te ostrygi pochodziły z hodowli odnawialnych, bo zamierzałem podzielić się swoim nowym odkryciem z Rosie.

3 1

Zajęty kwestią rozwoju osobistego miałem mało czasu, żeby przemyśleć i ustosunkować się do przedstawionej przez Dziekan groźby zwolnienia. Postanowiłem nie powierzać Gene'owi opracowania alibi, skoro już pogodziłem się z faktem, że reguły rzeczywiście zostały naruszone. Byłoby to wbrew wyznawanym przeze mnie zasadom prawomyślności i pogłębiłoby popełniony błąd.

Udało mi się zepchnąć na dalszy plan myśli o karierze zawodowej, ale do świadomości przedarła się ostatnia uwaga Dziekan na temat Kevina Yu i mojej skargi dotyczącej plagiatu. Po zastanowieniu doszedłem do wniosku, że to niemożliwe, by Dziekan sugerowała nieetyczne rozwiązanie – żebym wycofał skargę i dzięki temu zachował pracę. Jej słowa nie dawały mi spokoju, ponieważ sam naruszyłem regulamin podczas pracy nad projektem „Ojciec". Pewnego razu zakwestionowałem moralność Gene'a, a wtedy on opowiedział mi dowcip.

Jezus zwraca się do tłumu kamienującego kobietę lekkich obyczajów: „Kto z was jest bez grzechu, niech pierwszy rzuci kamień". Nagle jakiś kamień trafia kobietę. Jezus odwraca się i mówi: „Czasami naprawdę mnie wkurzasz, mamo".

Skończyły się czasy, kiedy mogłem się porównywać z Matką Boską. Zszedłem na złą drogę, byłem taki sam, jak wszyscy. Nie mogłem z czystym sumieniem sięgnąć po kamień.

Wezwałem Kevina do gabinetu. Pochodził ze środkowych Chin i miał mniej więcej dwadzieścia osiem lat (szacunkowy BMI dziewiętnaście). Zdefiniowałem jego minę i zachowanie jako oznaki zdenerwowania.

Trzymałem w ręce jego tekst napisany w całości lub co najmniej częściowo przez korepetytora. Pokazałem mu tę dysertację i zadałem oczywiste pytanie – dlaczego nie napisał jej samodzielnie?

Odwrócił wzrok, co odebrałem jako uwarunkowaną kulturowo oznakę szacunku, a nie przebiegłości, lecz zamiast odpowiedzieć, zaczął mówić o konsekwencjach prawdopodobnego relegowania. Miał w Chinach żonę i dziecko, którym jeszcze nie powiedział o swoich kłopotach. Chciał przyjechać do Australii na stałe, a jeżeli nie miałby takiej możliwości, to przynajmniej pragnął zajmować się genetyką. Ten błąd mógłby odebrać marzenia jemu i jego żonie, która od niemal czterech lat jest zdana na własne siły. Rozpłakał się.

Jeszcze niedawno stwierdziłbym, że to smutna historia, lecz zupełnie nie jest związana z przedmiotem sprawy. Zostały złamane zasady. Teraz jednak sam byłem w podobnej sytuacji. Nie naruszyłem regulaminu rozmyślnie, a przynajmniej nie z wyrachowaniem. Niewykluczone, że Kevin tak samo nie przemyślał swojego zachowania.

– Jakie są zasadnicze argumenty przeciwko stosowaniu upraw modyfikowanych genetycznie? – zapytałem.

Dysertacja dotyczyła etycznych i prawnych zagadnień związanych z postępem genetyki. Kevin udzielił wyczerpującej odpowiedzi. Zadałem kolejne pytania, na które także odpowiedział poprawnie. Zdawało się, że jego wiedza na ten temat jest bardzo obszerna.

– Dlaczego nie napisałeś pracy samodzielnie?

– Jestem naukowcem. Nie mówię po angielsku na tyle swobodnie, żeby pisać o kwestiach moralnych i kulturowych. Chciałem mieć pewność, że zdam. Nie myślałem o konsekwencjach.

Nie wiedziałem, jak się do tego ustosunkować. Bezmyślne działanie jest prawdziwym przekleństwem, którego nie chciałem tolerować wśród przyszłych naukowców. Nie zamierzałem też dopuścić, żeby moja własna niedoskonałość wpłynęła na podjęcie prawidłowej decyzji w sprawie Kevina. Zresztą, jeśli o to chodzi, czekały mnie zasłużone sankcje. Jednak dla mnie strata pracy miała zupełnie inny oczekiwany efekt niż dla Kevina. Jemu raczej nikt nie zaproponuje lukratywnego udziału w prowadzeniu cocktail baru.

Zastanawiałem się dosyć długo, Kevin po prostu siedział. Musiał się domyślać, że rozważam pewną formę ułaskawienia. Czułem jednak niezwykły dyskomfort, rozpatrując rezultaty różnych wariantów decyzyjnych. Czy właśnie tym codziennie zajmowała się Dziekan? Po raz pierwszy poczułem do niej coś w rodzaju szacunku. Nie byłem pewien, czy uda mi się szybko rozwiązać problem. Jednak wiedziałem, że okrucieństwem byłoby pozostawienie Kevina w niepewności.

— Rozumiem… — zacząłem i nagle uświadomiłem sobie, że rzadko używam tego sformułowania w odniesieniu do istot ludzkich. Zamilkłem i jeszcze chwilę rozmyślałem. — Proponuję wykonanie projektu komplementarnego. Niech to będzie dysertacja na temat etyki osobistej. Jako alternatywa dla relegowania.

Na twarzy Kevina pojawiła się emocja, którą zidentyfikowałem jako ekstazę.

Oczywiście wiedziałem, że interakcje międzyludzkie nie ograniczają się jedynie do zamawiania kawy i dochowania wierności partnerskiej. Od czasów szkolnych dobierałem garderobę, lekceważąc trendy mody. Na początku po prostu nie przejmowałem się swoim wyglądem, potem jednak odkryłem, że moje ubrania bawią innych. Cieszyło mnie, że mam opinię człowieka stojącego na bakier z normami społecznymi. Naprawdę jednak nie wiedziałem, jak się ubrać.

Poprosiłem Claudię o pomoc w zakupie stosownych ubrań. Już raz wykazała kompetencje przy zakupie dżinsów i koszuli, jednak tym razem nalegała, żebym jej towarzyszył.

– Kiedyś może mnie zabraknąć – powiedziała.

Po krótkiej refleksji wywnioskowałem, że nie miała na myśli śmierci, lecz coś bardziej aktualnego… rozpad małżeństwa! Musiałem w jakiś sposób ostrzec Gene'a o nadciągającym niebezpieczeństwie.

Zakupy zajęły całe przedpołudnie. Odwiedziliśmy kilka sklepów, w których nabyliśmy obuwie, spodnie, marynarkę, drugą parę dżinsów, jeszcze więcej koszul, pasek, a nawet krawat.

Miałem w planach dalsze zakupy, które nie wymagały udziału Claudii. Do sprecyzowania wymagań wystarczyła mi fotografia. Odwiedziłem optyka, salon fryzjerski (zamiast mojego stałego fryzjera) oraz sklep z męską odzieżą. Wszędzie obsługa była bardzo pomocna.

Dzięki temu mogłem jak najlepiej wykorzystać swoje kompetencje społeczne i umiejętność planowania podczas zdarzeń rzeczywistych, odbywających się w ściśle wyznaczonym czasie. Projekt „Don" został zrealizowany. Nadszedł czas na przystąpienie do projektu „Rosie".

Na drzwiach szafy w moim gabinecie wisi lustro, którego do tej pory nigdy nie potrzebowałem. Teraz dokonałem oceny swojego wyglądu. Spodziewałem się, że będę miał tylko jedną szansę na przełamanie negatywnej opinii, jaką miała o mnie Rosie, i na wywołanie reakcji emocjonalnej. Chciałem ją w sobie bez reszty rozkochać.

Zgodnie z etykietą nie powinienem nosić kapelusza w pomieszczeniach, uznałem jednak, że sektor dla doktorantów można uznać za przestrzeń publiczną. Przy takim założeniu kapelusz jest dopuszczalny. Jeszcze raz skontrolowałem odbicie w lustrze. Rosie miała rację. W trzyczęściowym garniturze mógłbym uchodzić za

Gregory'ego Pecka z *Zabić drozda*. Atticus Tillman. Najseksowniejszy mężczyzna na świecie.

Rosie siedziała przy swoim biurku. Stefan też, jak zwykle nieogolony. Wygłosiłem przygotowaną wcześniej kwestię:

– Dzień dobry, Stefan. Cześć, Rosie. Rosie, chciałbym cię zaprosić na kolację, chociaż wiem, że informuję o tym dosyć późno. Chcę się z tobą czymś podzielić.

Nie odezwali się. Patrzyłem prosto na Rosie.

– Uroczy naszyjnik – powiedziałem. – Przyjadę po ciebie za piętnaście ósma.

Wychodząc, czułem, że trzęsą mi się ręce, ale dałem z siebie wszystko. Filmowy Hitch byłby ze mnie dumny.

Przed spotkaniem z Rosie odwiedziłem jeszcze dwa miejsca. Przeszedłem bez słowa koło biurka Heleny. Gene siedział przed komputerem i patrzył na zdjęcie Azjatki o nieszczególnej urodzie. Rozpoznałem format – była to jedna z kandydatek do projektu „Żona". Kraj pochodzenia – Korea Północna.

Gene dziwnie na mnie popatrzył. Mój kostium Gregory'ego Pecka był na pewno elementem nieoczekiwanym, ale jak najbardziej stosownym do mojej misji.

– Cześć, Gene.

– „Cześć"? Gdzie się podziało „Serwus"?

Poinformowałem go, że usunąłem ze swojego słownika wiele niekonwencjonalnych zwrotów.

– Claudia wszystko mi powiedziała. Myślałeś, że twój dotychczasowy mentor nie sprosta zadaniu?

Nie zrozumiałem pytania.

– Mam na myśli siebie. Nie zwróciłeś się do mnie z prośbą o pomoc – wyjaśnił.

To prawda. Informacje zwrotne dostarczone przez Rosie skłoniły mnie do rewizji kompetencji społecznych Gene'a, a moja ostatnia współpraca z Claudią i wzory filmowe utwierdziły mnie w przekonaniu, że jego umiejętności były ograniczone do określonej domeny i że nie używał ich w najlepszym interesie własnym ani swojej rodziny.

– Nie – odpowiedziałem. – Oczekiwałem porad dotyczących właściwych społecznie zachowań.

– A co to ma znaczyć?

– To oczywiste, jesteśmy do siebie podobni. Dlatego właśnie jesteś moim najlepszym przyjacielem. I dlatego mam dla ciebie zaproszenie.

Dobrze się przygotowałem na ten dzień. Podałem Gene'owi kopertę. Nie otworzył jej, lecz wrócił do rozmowy.

– Jesteśmy do siebie podobni? Bez obrazy, Don, ale twoje zachowanie, to znaczy, twoje wcześniejsze zachowanie to była inna liga. Jeśli chcesz poznać moją opinię, to chowałeś się za wizerunkiem, który jedynie twoim zdaniem był zabawny. Nic dziwnego, że wszyscy uważali cię za… pajaca.

Właśnie o to mi chodziło. Ale Gene nie dostrzegł związku. Moim obowiązkiem jako jego kumpla było zachować się po mę-sku i wygarnąć całą prawdę.

Podszedłem do mapy świata, na której pinezkami zaznaczył każdy swój podbój erotyczny. Miałem nadzieję, że patrzę na nią ostatni raz. Dźgnąłem ją palcem, chcąc wywołać atmosferę za-grożenia.

– Właśnie tak – powiedziałem. – A ty wierzysz, że ludzie uważają cię za Casanovę. Ale wiesz co? Wprawdzie nie obchodzi mnie, co o tobie myślą obcy, jednak powinieneś wiedzieć, że mają cię za dupka. I mają rację, Gene. Skończyłeś pięćdziesiąt sześć lat, masz żonę i dwójkę dzieci, chociaż nie wiem, czy jeszcze długo tak będzie. Czas dorosnąć. Mówię ci to jako przyjaciel.

Patrzyłem na twarz Gene'a. Coraz lepiej odczytywałem emo-cje, ale tym razem pojawiło się ich więcej niż zwykle. Sądzę, że był zdruzgotany. Poczułem ulgę. Podstawowa strategia bezpośredniej konfrontacji męsko-męskiej okazała się skuteczna. Obyło się bez rękoczynów.

32

Wróciłem do swojego gabinetu i zmieniłem kostium Gregory'ego Pecka na nowe spodnie i marynarkę. Po chwili podniosłem słuchawkę telefonu. Recepcjonistka po drugiej stronie linii powiedziała, że nie mogę się umówić w sprawie osobistej, więc zarezerwowałem na szesnastą konsultację dotyczącą mojej kondycji fizycznej z Philem Jarmanem, ojcem Rosie – tym z cudzysłowu zrobionego palcami w powietrzu.

Gdy szykowałem się do wyjścia, rozległo się pukanie do drzwi i weszła Dziekan. Dała mi znak, żebym poszedł z nią. Nie uwzględniłem jej w swoim planie, lecz to był dobry dzień na zamknięcie ważnego etapu mojej kariery zawodowej.

Zjechaliśmy windą i przeszliśmy przez kampus do jej biura, nie odzywając się do siebie. Wyglądało na to, że konwersacja ma się odbyć w sformalizowanej atmosferze. Czułem dyskomfort, co było racjonalną reakcją na niemal pewne zwolnienie z etatu na prestiżowej uczelni za zachowanie niezgodne z etyką zawodową. Tego jednak się spodziewałem. Moje emocje pochodziły z innego źródła. Obecna sytuacja przywołała wspomnienie mojego pierwszego tygodnia w szkole średniej, kiedy wezwano mnie na dywanik do dyrektora za rzekomo niestosowne zachowanie. Zarzucano mi, że poddałem katechetkę zbyt zdecydowanej indagacji. Z perspektywy czasu widzę, że nauczycielka miała dobre intencje, ale wykorzystała pozycję władzy dla udowodnienia swoich racji, co dla mnie – wtedy zaledwie jedenastoletniego chłopca – było źródłem buntu.

Prawdą jest, że dyrektor wykazał się zrozumieniem, ale upomniał mnie, że powinienem okazywać nauczycielce więcej szacunku. Było jednak za późno – już idąc do dyrektorskiego gabinetu, wiedziałem, że wszelkie próby dopasowania się do grupy są bez sensu. Przez następne sześć lat miałem być klasowym błaznem. Często myślałem o tym zdarzeniu. W tamtej chwili moja decyzja zdawała się racjonalną reakcją opartą na ocenie nowego środowiska, jednak patrząc wstecz, zrozumiałem, że kierował mną jedynie sprzeciw wobec ustalonej hierarchii, która nie pozwalała na rzeczową dyskusję.

Teraz, w drodze do gabinetu Dziekan, inna myśl przyszła mi do głowy – a gdyby tamta katechetka była wybitnym teologiem dysponującym dwoma tysiącami lat chrześcijańskiej filozofii? Z pewnością jej argumenty byłyby bardziej przekonujące niż wywody jedenastolatka. Czy wtedy byłbym usatysfakcjonowany? Nie sądzę. Mój ścisły umysł, posłuszny wobec metody naukowej, nie mógłby się pogodzić z wrażeniem, że „ktoś mnie robi w balona", jak by to powiedziała Rosie. Czy tak się czuł Uzdrowiciel? Czy incydent z flądrą – chociaż uzasadniony – nie był taką samą manifestacją władzy hierarchicznej jak zamach dokonany na mnie przez szkolną katechetkę?

Przekraczając ostatni raz, jak sądziłem, próg gabinetu Dziekan, zwróciłem uwagę na tabliczkę na drzwiach z jej nazwiskiem, które wyjaśniło pewną drobną pomyłkę. Profesor Charlotte Lawrence. Nigdy nie myślałem o niej jako o „Charlie", ale Simon Lefebvre mógł ją tak nazywać.

Weszliśmy do środka i zajęliśmy miejsca.

– Widzę, że ubrał się pan jak na rozmowę kwalifikacyjną – powiedziała. – Szkoda, że na co dzień ani razu nie zaszczycił nas pan taką elegancją.

Nie odpowiedziałem.

– A więc, nie ma pan żadnego raportu? Ani wyjaśnień?

Znowu nie miałem pojęcia, co powiedzieć.

W drzwiach stanął Simon Lefebvre. Oczywiście wszystko było ukartowane. Dziekan – Charlie – przywołała go gestem ręki.

– Oszczędzi pan czas, składając wyjaśnienia Simonowi i mnie jednocześnie.

Lefebvre miał ze sobą dokumenty, które mu przekazałem.

Po chwili do gabinetu Dziekan weszła jej asystentka Regina, której nikt nie uprzedmiotowił, dodając do jej imienia słowo: „Piękna".

– Pani profesor, panowie profesorowie, bardzo przepraszam – powiedziała. Cóż, jeszcze przez parę minut mogłem się nacieszyć tym tytułem. – Mam problem z rezerwacją w Le Gavroche. Zdaje się, że usunęli panią z listy VIP-ów.

Po minie Dziekan poznałem, że jest zdenerwowana, ale odprawiła Reginę ruchem dłoni.

Simon Lefebvre uśmiechnął się do mnie.

– Wystarczyło przysłać mi dokumenty przez gońca – powiedział, wskazując teczkę. – Nie musiał pan udawać geniusza-idioty, chociaż muszę przyznać, że wyszło to panu doskonale. Zresztą to samo można powiedzieć o pańskim projekcie badań. Musimy go jeszcze przekazać do komisji etyki, ale właśnie czegoś takiego potrzebowaliśmy. Genetyka i medycyna, temat na czasie. Obu wydziałom przyniesie korzyści.

Próbowałem poddać analizie wyraz twarzy Dziekan, jednak mój obecny poziom umiejętności okazał się niewystarczający.

– Gratuluję, Charlie – powiedział Simon. – Dopięłaś swego. Masz swój projekt wspólnych prac badawczych. Instytut może wyłożyć cztery bańki, czyli więcej, niż przewiduje budżet, więc masz zielone światło.

Domyśliłem się, że mówił o czterech milionach dolarów.

– Trzymaj się go. – Wskazał na mnie. – To czarny koń. A ja go potrzebuję do projektu.

Moja inwestycja w kompetencje społeczne wykazała pierwszy zysk – nie straciłem wątku rozmowy, nie zadałem żadnego głupiego pytania, nie wprawiłem Dziekan w zakłopotanie ani nie postawiłem w sytuacji, która mogłaby jej zaszkodzić. Skinąłem tylko głową i wróciłem do swojego gabinetu.

Phil Jarman miał niebieskie oczy. Wiedziałem o tym, ale i tak była to pierwsza cecha, na którą zwróciłem uwagę. Miał pięćdziesiąt parę lat, był mniej więcej dziesięć centymetrów wyższy ode mnie, silnie umięśniony i bardzo wysportowany. Staliśmy przed biurkiem w recepcji „Siłowni Jarmana". Na ścianach wisiały wycinki z gazet i zdjęcia przedstawiające młodego Phila na boisku futbolowym. Gdybym był studentem medycyny bez zaawansowanej znajomości sztuk walki, zastanowiłbym się dwa razy, zanim poszedłbym do łóżka z jego dziewczyną. Może właśnie dlatego Phil nigdy się nie dowiedział, kto był ojcem Rosie.

– Przynieś profesorkowi sprzęt i niech podpisze oświadczenie.

Recepcjonistka wyglądała na zaskoczoną.

– To przecież jedynie ocena kondycji.

– Taka jest nowa polityka firmy. Obowiązuje od dzisiaj – powiedział Phil.

– Właściwie nie przyszedłem po ocenę… – zacząłem, ale Phil miał swój plan, którego nie zamierzał zmienić.

– Zapisałeś się na ocenę kondycji – powiedział. – Sześćdziesiąt pięć dolców. Zaraz dostaniesz rękawice.

Chyba rozmyślnie nazwał mnie profesorkiem. Może Rosie miała rację, że widział zdjęcie z balu? Nie ukrywałem swojego nazwiska. Przynajmniej odkryłem, że już wie, kim jestem. A czy on wiedział, że ja wiem? Naprawdę byłem coraz lepszy w dostrzeganiu takich subtelności.

Przebrałem się w koszulkę gimnastyczną i spodenki, które pachniały świeżym praniem, potem obaj założyliśmy rękawice bokserskie. Rzadko trenowałem boks, ale nie bałem się walki.

W razie konieczności mogłem zastosować dobre techniki defensywne. Bardziej interesowała mnie rozmowa.

– Spróbuj mnie uderzyć – powiedział Phil.

Zadałem parę lekkich ciosów, które bez wysiłku sparował.

– No dalej! Zrób to tak, żebym coś poczuł.

Sam się prosił o kłopoty.

– Twoja pasierbica próbuje znaleźć swojego ojca biologicznego, bo jest z ciebie niezadowolona.

Phil opuścił gardę. Co za kiepska forma! Gdybyśmy walczyli naprawdę, teraz mógłbym mu zadać czysty cios.

– Pasierbica? – zdziwił się. – Tak o sobie mówi? To dlatego tu jesteś?

Uderzył z całej siły, więc musiałem zastosować odpowiedni blok. Przewidział mój unik i spróbował uderzyć hakiem. Ten cios też sparowałem i przeszedłem do kontrataku. Phil zręcznie się uchylił.

– Raczej nie uda się jej go znaleźć, więc powinniśmy rozwiązać problemy, które ma z tobą.

Phil wyprowadził prawy prosty na moją głowę. Zablokowałem cios i odsunąłem się.

– Ze mną? Z Philem Jarmanem? Z facetem, który zaczynał od zera, a teraz ma własny interes? Który wyciska na klacie sto czterdzieści pięć kilo i zdaniem wielu kobiet jest lepszą partią niż jakiś konował, prawnik albo inny jajogłowy?

Zaatakował szybką serią ciosów, a ja wyprowadziłem kontrę. Pomyślałem, że mam dużą szansę na zwycięstwo, jeżeli dalej będę go zajmował konwersacją.

– Tobie nic do tego, ale powiem ci, że byłem w radzie szkoły, trenowałem piłkarską drużynę seniorów…

– Najwyraźniej to za mało – powiedziałem. – Może Rosie oczekuje czegoś więcej niż faceta idealnego.

Nagle mnie olśniło, że to może być mój własny przypadek. Czyżby cały mój wysiłek włożony w samodoskonalenie miał się zmarnować? Czy skończę jak Phil, próbując zdobyć miłość Rosie, a otrzymując jedynie pogardę?

Walka i refleksja nie są kompatybilne. Pięść Phila dosięgnęła splotu słonecznego. Udało mi się cofnąć i zamortyzować cios, ale i tak wylądowałem na deskach. Phil stał nade mną wściekły.

– Może Rosie kiedyś się dowie o wszystkim. Może to w czymś pomoże, a może nie. – Potrząsnął ciężko głową, jakbym to ja go znokautował. – Czy to ja się nazywam jej ojczymem? Zapytaj ją o to. Nie mam innych dzieci ani żony. Robiłem wszystko, co trzeba. Czytałem jej bajki, wstawałem do niej w środku nocy, zabierałem na konie. Po śmierci jej matki okazało się, że wszystko robię źle.

Usiadłem i krzyknąłem. Ja też byłem wściekły.

– Nie zabrałeś jej do Disneylandu! Okłamałeś ją!

Podciąłem mu nogi. Nieumiejętnie upadł na parkiet. Chwilę się siłowaliśmy, ale w końcu zdołałem go obezwładnić. Z nosa kapała mu krew prosto na moją koszulkę.

– Do Disneylandu! – krzyknął. – Miała wtedy dziesięć lat!

– Pochwaliła się wszystkim w szkole. Wciąż ma do ciebie o to pretensje.

Phil próbował się wyrwać, ale go przytrzymałem, chociaż w rękawicach bokserskich nie było to łatwe.

– Chcesz wiedzieć, kiedy jej obiecałem tę wycieczkę? Wspomniałem o tym raz. Tylko raz. Wiesz, kiedy? Na pogrzebie jej matki. Od ośmiu miesięcy jeździłem na wózku.

Rozsądnie brzmiało to wyjaśnienie. Szkoda, że Rosie nie przekazała mi tych informacji, zanim rozłożyłem jej ojczyma na łopatki i rozkwasiłem mu nos. Zwierzyłem się Philowi, że ja też na pogrzebie swojej siostry złożyłem pod wpływem chwili impulsywną obietnicę, że przekażę darowiznę na rzecz hospicjum, chociaż te fundusze lepiej było przeznaczyć na badania. Chyba zrozumiał.

– Kupiłem jej szkatułkę na biżuterię. Wciąż suszyła o nią głowę matce. Po rehabilitacji myślałem, że dawno zapomniała o Disneylandzie.

– Trudno przewidzieć, jak decyzje, które podejmujemy, wpłyną na innych ludzi.

– Amen – powiedział Phil. – Możemy wstać?

Wciąż krwawił i prawdopodobnie miał złamany nos, więc jego prośba była uzasadniona, ale jeszcze z nim nie skończyłem.

– Nie, najpierw rozwiążemy problem.

Dzień był pełen wrażeń, ale wciąż czekało mnie najważniejsze zadanie. Skontrolowałem swoje odbicie w lustrze. Nowe, o wiele lżejsze okulary i fryzura odmieniły mnie bardziej niż ulepszona garderoba.

Wsunąłem do kieszeni marynarki ważną kopertę, a pudełeczko włożyłem do kieszeni spodni. Zamawiając taksówkę, zerknąłem na tablicę. Harmonogram był upstrzony dopiskami w czerwonym kolorze (od niedawna używałem zmywalnych markerów). To był mój kod dla projektu „Rosie". Pogratulowałem sobie zmian, które wyniknęły z notatek, nawet jeśli tego dnia miałbym nie osiągnąć ostatecznego celu.

33

Podjechała taksówka. Na chwilę zatrzymaliśmy się przed kwiaciarnią. Nie wchodziłem tam – ani do żadnego innego sklepu z kwiatami – od kiedy przestałem odwiedzać Daphne. Dla Daphne kupowałem wawrzynki, ale tego dnia prawidłowym wyborem były oczywiście róże. Kwiaciarka mnie poznała, a ja przedstawiłem jej informację o śmierci Daphne. Na zakończenie transakcji zakupu tuzina długich róż, które zdawały się kompatybilne z romantycznym modelem behawioralnym, przycięła i włożyła mi do butonierki parę wawrzynków. Ich zapach przywołał wspomnienia o Daphne. Szkoda, że nie zdążyła poznać Rosie.

Próbowałem skontaktować się z Rosie, gdy zbliżaliśmy się do jej bloku, ale nie odbierała telefonów. Nie czekała przed domem, a większość przycisków domofonu była pozbawiona identyfikatorów z nazwiskami. Dopuściłem ewentualność, że Rosie jednak odrzuciła moje zaproszenie.

Trząsłem się z zimna. Czekałem dokładnie dziesięć minut, potem raz jeszcze zatelefonowałem. Rosie znowu nie odebrała, więc podszedłem do kierowcy, żeby go zwolnić. Nagle wybiegła z budynku. Oczywiście, przecież to nie ona przeszła metamorfozę, tylko ja. Powinienem przewidzieć, że się spóźni. Miała na sobie czarną sukienkę, która tak bardzo mnie oszołomiła tego dnia, kiedy doszło do incydentu z marynarką. Wręczyłem jej bukiet róż. Reakcję Rosie zinterpretowałem jako zaskoczenie.

Uważnie mi się przyjrzała.

– Znowu wyglądasz inaczej… zupełnie inaczej… – powiedziała. – Co się stało?

– Postanowiłem dokonać autoreformy.

Podobało mi się brzmienie słowa „autoreforma". Wsiedliśmy do taksówki, Rosie z bukietem kwiatów, ale krótka podróż do restauracji upłynęła nam w niezręcznym milczeniu. Czekałem na jakieś uwagi definiujące stosunek Rosie do mnie i stwierdziłem, że najlepiej będzie, jeżeli pozwolę jej pierwszej zabrać głos. Odezwała się jednak dopiero, gdy zobaczyła, że taksówka zatrzymuje się przed Le Gavroche – miejscem incydentu z marynarką.

– Don, to jakiś żart?

Zapłaciłem za kurs, obszedłem samochód i otworzyłem drzwi po jej stronie. Wysiadła, ale jakby niechętnie. Stała w miejscu, przyciskając do piersi bukiet, więc objąłem ją w talii i dyskretnie poprowadziłem do drzwi, przed którymi stał znany mi z poprzedniej wizyty *maitre d'* w uniformie – Miłośnik Marynarek. Poznał Rosie, o czym świadczyło jego powitanie.

– Rosie! – Potem spojrzał na mnie. – Dobry wieczór.

– Dobry wieczór. – Wziąłem od Rosie bukiet i przekazałem go *maitre d'*. – Mamy rezerwację na nazwisko Tillman. Czy mógłby pan zająć się kwiatami?

To był standardowy zwrot, ale bardzo poprawiał pewność siebie. Tym razem nasze zachowanie było przewidywalne i zdawało się, że wszyscy są usatysfakcjonowani. *Maitre d'* dyskretnie sprawdził listę rezerwacji. Skorzystałem z okazji, żeby zneutralizować ewentualne zadawnione urazy, i wygłosiłem drobny, przygotowany wcześniej żart.

– Przykro mi z powodu naszego poprzedniego nieporozumienia. Dzisiaj nie powinno być żadnych kłopotów. No, chyba że biały burgund będzie za bardzo schłodzony. – Uprzejmie się uśmiechnąłem.

Podszedł kelner, *maitre d'* przedstawił mnie i z uznaniem wyraził się o mojej marynarce, a potem zostaliśmy poprowadzeni do stołu. Wszystko szło jak z płatka.

Zamówiłem butelkę chablis. Wciąż jednak miałem wrażenie, że Rosie potrzebuje więcej czasu na akomodację.

Pojawił się sommelier z winem. Rozglądał się, jakby szukał pomocy. Rozpoznałem oznaki zdenerwowania.

– Proszę bardzo, przechowujemy je w temperaturze trzynastu stopni, ale jeżeli życzy pan sobie mniej... lub bardziej schłodzone...

– Takie jest w sam raz. Dziękuję.

Wlał odrobinę wina do mojego kieliszka. Zakołysałem kieliszkiem, powąchałem i zgodnie ze standardową procedurą skinąłem głową na znak aprobaty. Tymczasem wrócił kelner, który wskazał nam drogę do stolika. Był dosyć wysokim, mniej więcej czterdziestoletnim mężczyzną o szacunkowym вмі wynoszącym dwadzieścia dwa.

– Dobry wieczór, profesorze Tillman – powiedział. – Mam na imię Nick i jestem starszym kelnerem. Jeżeli będzie pan czegoś potrzebował albo jeśli wyniknie jakiś problem, proszę mnie wezwać.

– Dziękuję bardzo, Nick.

Kelnerzy przedstawiający się imieniem są raczej elementem kultury amerykańskiej. Możliwe, że restauracja Le Gavroche nieprzypadkowo przyjęła taką strategię dla odróżnienia od innych lokali. Druga ewentualność była taka, że traktowano nas ze szczególnymi względami. Domyśliłem się, że chodzi właśnie o to – prawdopodobnie uznano mnie za niebezpieczną jednostkę. Bardzo dobrze. Tego wieczoru potrzebowałem silnego wsparcia.

Nick wręczył nam karty dań.

– Z przyjemnością pozostawię decyzję w kwestii menu szefowi kuchni – powiedziałem. – Proszę jedynie nie serwować nam mięsa, a jeżeli owoce morza, to tylko z hodowli odnawialnych.

Nick się uśmiechnął.

– Porozmawiam z szefem i zobaczymy, co się da zrobić.

– Zdaję sobie sprawę, że to trudne wyzwanie, ale moja przyjaciółka przestrzega dosyć rygorystycznych zasad – wyjaśniłem. Rosie bardzo dziwnie na mnie popatrzyła. Mój komentarz miał ją nieco rozruszać i chyba się udało. Spróbowała chablis i posmarowała masłem bułkę. Cierpliwie zachowałem milczenie.

W końcu się odezwała:

– No dobra, Gregory Pecku. Co teraz? Omówimy najpierw *My Fair Lady* czy powiesz mi o swoim wielkim odkryciu?

Doskonale. Rosie była gotowa od razu przejść do rzeczy. Zresztą właśnie bezpośredniość zawsze była jednym z jej pozytywnych atrybutów, lecz tym razem nie udało jej się zidentyfikować najważniejszej kwestii, nad którą mieliśmy debatować.

– Oddaję się do twojej dyspozycji. – Był to uniwersalny sposób uchylenia się od roli moderatora dyskusji i przekazania inicjatywy interlokutorowi.

– Don, skończ z tym cyrkiem. Dowiedziałeś się, kim jest mój ojciec, prawda? To ten od serwetki, no nie?

– Niewykluczone – odparłem zgodnie z prawdą. Mimo pozytywnego rozstrzygnięcia interakcji z Dziekan nie odzyskałem klucza do laboratorium. – Ale nie tą wiadomością chciałem się z tobą podzielić.

– W porządku, oto nasz plan: dzielisz się swoją wiadomością; mówisz, kto jest moim ojcem; wyjaśniasz, co ci się stało; i idziemy do domu.

Trudno mi było zdefiniować ton jej głosu i formę ekspresji, ale widziałem, że niosły negatywny przekaz. Rosie popiła łyk wina.

– Przepraszam – powiedziała trochę zawstydzona. – Wal śmiało. Dziel się.

Ogarnęły mnie złe przeczucia co do skuteczności następnego etapu konwersacji, ale nie miałem planu awaryjnego. Materiałem źródłowym przygotowanego wystąpienia był film *Kiedy Harry poznał Sally*. W miarę łatwo było się do niego ustosunkować, pasował do sytuacji i posiadał ważną zaletę – nawiązywał do szczęśliwych chwil naszej wyprawy do Nowego Jorku. Miałem nadzieję, że Rosie potrafi dostrzec te relacje, najlepiej bez udziału świadomości. Jednym haustem dopiłem wino. Rosie śledziła wzrokiem mój kieliszek, a potem popatrzyła na mnie.

– Dobrze się czujesz, Don?

– Zaprosiłem cię tutaj, bo kiedy człowiek dochodzi to wniosku, że pragnie z kimś spędzić resztę życia, to chce, żeby ta reszta zaczęła się możliwie szybko.

Studiowałem uważnie minę Rosie. Zidentyfikowałem przede wszystkim osłupienie.

– O mój Boże – jęknęła, potwierdzając tę diagnozę.

Postanowiłem kontynuować, dopóki była nastawiona na odbiór komunikatów.

– Teraz wiem, że wszystko, co robiłem przez całe życie, prowadziło mnie do ciebie.

Zauważyłem, że tym razem Rosie nie udało się powiązać cytatu z filmem *Co się wydarzyło w Madison County*, który w samolocie wywołał u niej tak silną reakcję emocjonalną. Wyglądała na zażenowaną.

– Don, co ci… co ty ze sobą zrobiłeś?

– Dokonałem paru zmian.

– Wielkich zmian.

– Żadne modyfikacje behawioralne, których ode mnie wymagasz, nie są zbyt wysoką ceną za przywilej bycia z tobą.

Rosie wykonała gest, którego nie umiałem zinterpretować: poruszyła otwartą dłonią w dół, jakby próbowała coś zgnieść albo zasłonić. Rozejrzała się, a kiedy oderwałem od niej wzrok, żeby sprawdzić, na co patrzy, zobaczyłem, że wszyscy klienci restauracji nam się przyglądają. Nick zatrzymał się w pół drogi do naszego stolika. Zrozumiałem, że w przypływie emocji uniosłem głos. To jednak mnie nie zniechęciło.

– Jesteś najdoskonalszą kobietą na świecie. Wszystkie inne są mi obojętne. Na wieczność. Nie będzie konieczny żaden botoks ani implanty.

Usłyszałem, że ktoś klaszcze – to była szczupła, mniej więcej sześćdziesięcioletnia kobieta, siedząca przy sąsiednim stoliku z koleżanką w tym samym wieku.

Rosie wypiła łyk wina i zaczęła mówić, bardzo ostrożnie dobierając słowa:

– Don, nie wiem, od czego zacząć. Nawet nie wiem, z kim rozmawiam – z dawnym Donem czy z Billym Crystalem…

– Nie ma dawnego ani nowego Dona – odparłem. – To jedynie koncepcje behawioralne. Konwencje społeczne. Inne okulary i fryzura.

– Lubię cię, Don – stwierdziła Rosie. – Dobrze? Zapomnijmy o tym, że chciałam publicznie zdemaskować swojego ojca. Chyba masz rację. Naprawdę, naprawdę cię lubię. Dobrze się bawię w twoim towarzystwie. To najlepszy okres mojego życia, ale wiesz… nie mogłabym co wtorek jeść homara. Rozumiesz?

– Zrezygnowałem z Ujednoliconego Programu Posiłków. Usunąłem z tygodniowego harmonogramu trzydzieści osiem procent zajęć, nie licząc snu. Pozbyłem się starych T-shirtów. Wyeliminowałem wszystkie rzeczy, które ci nie odpowiadały. Możliwe są dalsze zmiany.

– Zmieniłeś się dla mnie?

– Tylko swoje zachowanie.

Rosie milczała przez chwilę. Najwyraźniej przetwarzała w myślach nowe dane.

– Daj mi minutę na zastanowienie – powiedziała.

Mimowolnie włączyłem stoper w zegarku. Nagle Rosie zaczęła się śmiać. Spojrzałem na nią, zaskoczony tym niezwykłym wybuchem wesołości podczas podejmowania najważniejszej w życiu decyzji.

– To przez zegarek – wyjaśniła. – Mówię: „Daj mi minutę", a ty zaczynasz odmierzać czas. Prawdziwy Don wciąż żyje.

Czekałem, obserwując wskazówkę stopera. Piętnaście sekund przed końcem czasu uznałem, że Rosie na pewno udzieli negatywnej odpowiedzi. Nie miałem nic do stracenia. Wyciągnąłem z kieszeni małe pudełko i otworzyłem je, żeby pokazać zakupiony pierścionek. Nagle pożałowałem, że umiem odczytywać emocje z wyrazu twarzy, bo od razu zidentyfikowałem minę Rosie i wiedziałem, co powie.

– Don… Wiem, że nie to chciałeś usłyszeć, ale pamiętasz, jak w samolocie zwierzyłeś się, że twój umysł działa inaczej niż u reszty ludzi?

Skinąłem głową. Zrozumiałem, w czym problem. Chodziło o fundamentalną sprawę – moją prawdziwą naturę. Tej nie dało się kontrolować, chociaż próbowałem o niej zapomnieć, kiedy dała o sobie znać podczas starcia z Philem. Rosie nie musiała mi tego tłumaczyć. A jednak mówiła dalej:

– To tkwi głęboko w tobie. Nie można udawać… Przepraszam, spróbuję inaczej. Możesz się zachowywać idealnie, ale jeśli naprawdę tego nie czujesz… Boże, co za niedorzeczna sytuacja…

– A więc odpowiedź brzmi „nie"? – zapytałem. Miałem jeszcze cień nadziei, że tym razem brak rozeznania w sytuacjach społecznych zadziała na moją korzyść.

– Don, przecież ty nie odczuwasz miłości, prawda? – powiedziała Rosie. – Nie możesz naprawdę mnie kochać.

– Gene mówi, że to właśnie miłość.

Teraz wiedziałem, że się pomylił. Obejrzałem trzynaście filmów romantycznych i nic nie poczułem. Właściwie nie jest to cała prawda. Czułem napięcie, zainteresowanie i rozbawienie. Jednak ani przez chwilę nie obchodziła mnie miłość bohaterów. Nie płakałem nad losem Meg Ryan, Meryl Streep, Deborah Kerr, Vivien Leigh ani Julii Roberts. W tak ważnej sprawie nie mogłem skłamać.

– Według twojej definicji to zapewne coś innego.

Odniosłem wrażenie, że Rosie jest załamana. Wieczór skończył się katastrofą.

– Sądziłem, że zmiana mojego sposobu bycia cię uszczęśliwi, a tymczasem sprawiła ci przykrość.

– Jest mi przykro dlatego, że nie potrafisz mnie kochać. Jasne?

To jeszcze gorzej! Rosie chciała, żebym ją kochał, a ja byłem niezdolny do tego uczucia.

– Don, chyba nie powinniśmy więcej się spotykać.

Wstałem od stołu i poszedłem do foyer, żeby uciec przed wzrokiem Rosie i innych gości. Spotkałem tam Nicka, który rozmawiał z *maitre d'*. Zobaczył mnie i ruszył w moim kierunku.

– Czym mogę służyć?

– Niestety zdarzyła się katastrofa. – Nick się zasmucił, więc rozwinąłem temat: – To katastrofa osobista. Żadnemu z gości nic nie grozi. Proszę o rachunek.

– Jeszcze nic nie podaliśmy – przypomniał mi Nick. Przez chwilę uważnie na mnie patrzył. – Nic pan nie płaci. Uznajmy, że chablis było na koszt firmy. – Podał mi rękę i uścisnął. – Moim zdaniem, bardzo się pan postarał.

Uniosłem głowę i zobaczyłem Gene'a i Claudię. Trzymali się za ręce. Od lat nie widziałem, żeby to robili.

– Tylko mi nie mów, że się spóźniliśmy na najważniejszą część imprezy – powiedział jowialnie Gene.

Kiwnąłem głową i popatrzyłem w kierunku sali. Rosie szybkim krokiem zbliżyła się do nas.

– Don, co robisz? – zapytała.

– Wychodzę. Przecież powiedziałaś, że nie powinniśmy się spotykać.

– Kurwa! – zaklęła. Dopiero teraz zauważyła Gene'a i Claudię. – A wy co tutaj robicie?

– Zostaliśmy zaproszeni na „szczególną celebrację i podziękowanie" – wyjaśnił Gene. – Sto lat, Don.

Wręczył mi paczkę zawiniętą w ozdobny papier i serdecznie mnie objął. Domyśliłem się, że w procedurze porad przyjacielskich ten gest prawdopodobnie symbolizuje najwyższy poziom stosunków towarzyskich między dwoma mężczyznami, wskazujący na przyjęcie moich sugestii bez uszczerbku dla naszej przyjaźni. Udało mi się spokojnie przeczekać kontakt fizyczny, ale nie zdobyłem się na nic ponadto. Mój mózg już był wystarczająco przeciążony.

– Masz dzisiaj urodziny? – zdziwiła się Rosie.

– Istotnie.

– Musiałem poprosić Helenę, żeby sprawdziła twoją datę urodzenia w aktach pracowniczych – powiedział Gene. – Zwrot „szczególna celebracja" wyglądał mi podejrzanie.

Zwykle traktuję urodziny tak samo, jak każdy inny dzień roku, ale wpadłem na pomysł, że tym razem mogą być dobrą okazją do zapoczątkowania ważnych zmian w moim życiu.

Claudia przywitała się z Rosie i dodała:

– Przepraszam, zdaje się, że przyszliśmy nie w porę.

– „Podziękowanie"? – Rosie zwróciła się do Gene'a. – Tobie? Cholera! Nie wystarczyło ci, że nas na siebie napuściłeś? Musiałeś go jeszcze wytresować? Chciałeś, żeby był taki jak ty?

– Rosie, to nie Gene... – wtrąciła cicho Claudia.

Gene położył dłoń na jej ramieniu, żeby ją uciszyć.

– Rzeczywiście, to nie ja – powiedział. – Kto mu kazał się zmienić? Kto mu wmówił, że będzie idealnym partnerem, jeżeli stanie się kimś innym?

Rosie zdawała się bardzo wzburzona. Wszyscy moi przyjaciele (oprócz Baseballowego Dave'a) się pokłócili. To było straszne. Chciałem cofnąć czas, wrócić do Nowego Jorku i podjąć lepsze decyzje. Tyle że to niemożliwe. Nic nie mogło naprawić usterki w moim mózgu, przez którą świat się mnie wyrzekł.

Gene jeszcze nie skończył.

– Masz pojęcie, ile on dla ciebie zrobił? Wpadnij kiedyś do jego gabinetu i sama zobacz.

Chyba miał na myśli mój grafik wypełniony zadaniami dotyczącymi projektu „Rosie".

Rosie wyszła z restauracji.

– Przepraszam, że ci przerwałem – zwrócił się do żony Gene.

– Ktoś to musiał powiedzieć – odrzekła Claudia. Popatrzyła na Rosie, która już znikała w oddali. – Chyba wzięłam pod skrzydła niewłaściwego człowieka.

Gene i Claudia zaproponowali, że odwiozą mnie do domu, ale nie chciałem ryzykować dalszej dyskusji o tym zajściu. Ruszyłem pieszo, a po chwili przyspieszyłem do truchtu. Wydawało się rozsądne, żeby dotrzeć do domu przed deszczem. Równie racjonalny był intensywny wysiłek fizyczny i jak najszybsza ewakuacja z tej okolicy. W nowych butach dało się biec, ale płaszcz i krawat krępowały mnie, chociaż wieczór był bardzo chłodny. Zdjąłem marynarkę – element garderoby, dzięki któremu na chwilę zaakceptowano mnie w świecie, do którego nie należałem – i wyrzuciłem ją do kosza na śmieci. Za nią powędrował krawat. Pod wpływem impulsu wyjąłem z butonierki wawrzynek. Trzymałem go w ręce przez całą drogę do domu. Powietrze było przesiąknięte deszczem i kiedy w końcu schroniłem się w mieszkaniu, miałem kompletnie mokrą twarz.

34

W restauracji nie wypiliśmy całego wina. Postanowiłem zrekompensować deficyt alkoholu i nalałem sobie szklankę
tequili. Podłączyłem komputer do telewizora i na przyspieszo-
nym podglądzie dałem ostatnią szansę *Casablance*. Patrzyłem,
jak bohater Humphreya Bogarta tłumaczy, że jego związek z po-
stacią graną przez Ingrid Bergman nie ma istotnego znaczenia
w konfrontacji z szerokim kontekstem świata reprezentowanym
przez fasolę, i nie mogłem się oprzeć konkluzji, że logika oraz
przyjęte normy są dla mnie wartościowsze niż jego egoistyczne
namiętności. Dylematy moralne i decyzje, które musieli podejmować bohaterowie, działały na korzyść filmu, ale to nie dlatego
ludzie płakali podczas jego projekcji. Oni się kochali, ale nie
mogli być razem. Powtórzyłem parę razy to zdanie, chcąc się
zmusić do jakiejś reakcji emocjonalnej. Bez powodzenia. Byli mi
obojętni. Miałem dosyć własnych problemów.

Nagle usłyszałem dzwonek interkomu i natychmiast pomyślałem o Rosie, ale kiedy włączyłem przycisk kamery, zobaczyłem
na ekranie twarz Claudii.

– Don, wszystko w porządku? – zapytała. – Mogę wejść?

– Już za późno.

– Co zrobiłeś, Don? – W jej głosie usłyszałem panikę.

– Już dwudziesta druga trzydzieści jeden – poinformowałem
ją. – Za późno na gości.

– Dobrze się czujesz? – indagowała Claudia.

– Tak, doskonale. To było bardzo pożyteczne doświadczenie. Okazja do nabycia nowych umiejętności społecznych. I ostateczne rozwiązanie problemu matrymonialnego. Wyraźny dowód mojej niekompatybilności z osobnikami płci żeńskiej.

W polu widzenia kamery pojawiła się twarz Gene'a.

– Cześć, Don. Możemy wejść na drinka?

– Alkohol to zły pomysł.

Wciąż trzymałem w ręce pół szklanki tequili. Użyłem nieszkodliwego kłamstwa w celu uniknięcia interakcji społecznej. Wyłączyłem interkom.

Zapaliła się zielona lampka wiadomości na wyświetlaczu mojego telefonu. To rodzice i brat życzyli mi wszystkiego najlepszego. Już dwa dni wcześniej zamieniłem parę słów z matką podczas rutynowej niedzielnej rozmowy telefonicznej. Od trzech tygodni podejmowałem próby przekazania im najnowszych informacji, ale nie poruszałem tematu Rosie. Tym razem użyli zestawu głośnomówiącego i wspólnie odśpiewali *Sto lat* – to znaczy matka śpiewała, zachęcając pozostałych dwóch członków rodziny do aktywnego udziału.

– Oddzwoń, jeśli zdążysz wrócić przed wpół do jedenastej – poleciła matka.

Minęła dwudziesta druga trzydzieści osiem, ale postanowiłem nie być aż tak pedantyczny.

– O, już za dwadzieścia jeden jedenasta – poinformowała matka. – Jestem w szoku, że dzwonisz.

Oczywiście spodziewała się, że będę pedantyczny, czemu zresztą trudno się dziwić, ale odniosłem wrażenie, że jest zadowolona.

– Cześć! – odezwał się mój brat. – Siostra Gary'ego Parkinsona wypatrzyła cię na Facebooku. Kim jest ta ognistowłosa?

– Przez jakiś czas się z nią spotykałem.

– Bujać to my, a nie nas – odrzekł brat.

Wiedziałem, jak dziwnie to brzmi, dla mnie też, ale przecież to nie był żart.

– Już ze sobą zerwaliśmy.

– Skąd wiedziałem, że to powiesz? – Zaśmiał się.

Matka postanowiła interweniować.

– Dosyć, Trevor! Donald, nie wspominałeś, że masz dziewczynę. Wiesz, że zawsze możesz ją…

– Mamo, przecież on cię nabiera – powiedział brat.

– Mówię, że jeśli chciałbyś ją nam przedstawić, bez względu na to, kim jest…

– Dajcie mu spokój, oboje! – zagrzmiał w słuchawce głos ojca.

Nastąpiła chwila ciszy. Słyszałem jedynie przytłumione odgłosy rozmowy w tle. Potem znowu odezwał się brat:

– Przepraszam, stary. Tylko się nabijałem. Wiem, że masz mnie za kmiota, ale naprawdę nie przeszkadzają mi twoje preferencje. Nie chciałbym, żebyś w tym wieku wciąż myślał, że mam z tym jakiś problem.

A zatem tego dnia wydarzyła się jeszcze jedna ważna rzecz – nieświadomie wyprowadziłem swoją rodzinę z pokutującego od piętnastu lat błędnego przekonania o mojej orientacji seksualnej i udowodniłem, że nie jestem homoseksualistą.

Z zaskoczeniem odkryłem, że ostatnie konwersacje z Gene'em, Philem i członkami mojej rodziny miały na mnie terapeutyczny wpływ. Nie potrzebowałem Edynburskiej Skali Depresji Poporodowej, żeby stwierdzić, że wciąż jest mi smutno, ale już nie stałem nad przepaścią. W najbliższym czasie powinienem krytycznie przyjrzeć się swojej sytuacji, żeby zachować bezpieczny dystans do rzeczywistości, lecz na razie nie musiałem kompletnie wyłączać sieci emocjonalnych w mózgu. Potrzebowałem trochę czasu na analizę uczuć związanych z najnowszymi doświadczeniami.

Na dworze było zimno i padał deszcz, ale mój balkon znajdował się pod dachem. Wyniosłem krzesło i szklaneczkę, a potem wróciłem do środka, nałożyłem sweter z szorstkiej wełny, który matka zrobiła dla mnie na drutach z okazji innych, o wiele wcześniejszych urodzin, i zabrałem butelkę tequili.

Skończyłem czterdzieści lat. Ojciec często słuchał pewnej piosenki napisanej przez Johna Sebastiana. Pamiętam to nazwisko, ponieważ Noddy Holder zapowiadał utwór słowami: „Teraz zagramy kawałek Johna Sebastiana. Są tu jacyś fani Johna Sebastiana?". Na pewno tak, bo przed partią wokalną było słychać długi, hałaśliwy aplauz.

Postanowiłem, że tego dnia też zostanę fanem Johna Sebastiana i posłucham jego piosenki. Nie pamiętam, żebym kiedykolwiek przedtem miał ochotę na jakąś konkretną muzykę. Dysponowałem odpowiednim sprzętem… A przynajmniej tak mi się wydawało. Sięgnąłem po telefon komórkowy, ale uświadomiłem sobie, że został w marynarce, którą wyrzuciłem do kosza na śmieci. Wszedłem do domu, włączyłem laptop, zarejestrowałem się w serwisie iTunes i pobrałem *Darling Be Home Soon* z płyty *Slade Alive!* z 1972 roku. Po chwili zdecydowałem się jeszcze na *Satisfaction*, podwajając w ten sposób zasoby mojej kolekcji muzyki popularnej. Wyjąłem z pudełka słuchawki, a potem wróciłem na balkon, nalałem sobie jeszcze jedną tequilę i słuchałem głosu z dzieciństwa, który śpiewał o tym, że poznał siebie, dopiero kiedy miał za sobą ćwierć życia.

Kiedy miałem osiemnaście lat – tuż przed wyjazdem na studia – kończyła się pierwsza statystyczna ćwierć mojego życia, a ta piosenka przypominała mi, że wciąż nie rozumiem, kim naprawdę jestem. Dopiero teraz, mniej więcej w połowie życia, mogłem stwierdzić, że całkiem dobrze siebie znam. Zawdzięczałem to Rosie oraz projektowi „Rosie". Już było po wszystkim. Nadszedł czas na podsumowanie. Czego zatem się nauczyłem?

1. Nie muszę obnosić swojej dziwności. Umiałem się dopasować do procedur przestrzeganych przez innych ludzi

i poruszać się niepostrzeżenie wśród reszty społeczeństwa. Ponadto, czy można mieć pewność, że inni nie postępują tak samo? Może cały czas grają, żeby zyskać akceptację, ale wciąż podejrzewają, że są odmieńcami?

2. Posiadałem zdolności, których brakowało innym jednostkom. Wyjątkowa pamięć i umiejętność koncentracji dawały mi przewagę nad nimi przy obliczaniu statystyk baseballowych, mieszaniu koktajli i rozwiązywaniu problemów genetycznych. Ludzie cenili te talenty, nie wyśmiewali ich.

3. Potrafiłem nawiązywać przyjaźń i dobrze się bawić. Do tej pory powstrzymywał mnie brak kompetencji, a nie motywacji. Aktualnie czułem się wystarczająco swobodnie w sytuacjach społecznych, żeby otworzyć się na większą liczbę jednostek. Mogłem mieć nowych przyjaciół. Baseballowy Dave był pierwszym z nich.

4. Poinformowałem Gene'a i Claudię, że jestem niekompatybilny z osobami płci żeńskiej. To oczywiście przesada. Potrafiłem miło spędzać z nimi czas, czego dowodem były moje przeżycia z Rosie i Daphne. Realistycznie rzecz biorąc, związek partnerski z kobietą był możliwy.

5. Koncepcja projektu „Żona" mimo wszystko zdawała się genialna. W wielu kręgach kulturowych swat lub swatka zawodowo wykonuje te same zadania. Zwykle posługuje się mniej zaawansowanymi technologiami, ponadto wykazuje mniejszą pomysłowość i precyzję, ale kieruje się tym samym założeniem – że kompatybilność jest równie ważną podstawą związku jak miłość.

6. Mój system nerwowy był pozbawiony narzędzi niezbędnych do odczuwania miłości. Symulacja nie wchodziła w grę, przynajmniej w moim przypadku. Bałem się, że Rosie mnie nie pokocha. Tymczasem to ja nie potrafiłem kochać Rosie.

7. Dysponowałem szeroką wiedzą praktyczną z zakresu genetyki, informatyki, aikido, karate, tańca, pozycji seksualnych,

protokołów zachowań społecznych oraz prawdopodobieństwa powtórnej serii celnych uderzeń w pięćdziesięciu sześciu
kolejnych meczach baseballu. Do licha, znałem się na tylu
rzeczach, a jednak wciąż nie potrafiłem zmienić się na lepsze.

Zmieniacz utworów w odtwarzaczu multimedialnym stale
powtarzał te same dwie piosenki, a ja nagle zdałem sobie sprawę,
że mój umysł także się zapętlił i mimo prawidłowo sformuło-
wanej myśli przewodniej wystąpiła jakaś usterka w logicznym
rozumowaniu. Wywnioskowałem, że przyczyną tego stanu jest
coraz wyraźniejszy brak satysfakcji z uzyskanych tego wieczoru
rezultatów oraz żal, że sprawy nie potoczyły się innym torem.

Patrzyłem na miasto skąpane deszczem i nalałem sobie do
szklanki resztę tequili.

35

R ano obudziłem się na krześle. Było mi zimno, wciąż padał deszcz, a bateria w laptopie się wyczerpała. Potrząsnąłem głową, żeby ustalić obecność kaca, ale na szczęście okazało się, że enzymy rozkładające alkohol prawidłowo wykonały swoje zadanie. Podobnie jak mózg. Przed zaśnięciem półświadomie zadałem mu problem do rozwiązania, a on jakby rozumiejąc, że sytuacja jest poważna, pokonał objawy zamroczenia alkoholowego i już był gotowy przedstawić wyniki.

Zacząłem drugą połowę swojego życia od zaparzenia mocnej kawy. Następnie dokonałem przeglądu podstawowych funkcji logicznych.

1. Mój system poznawczy różnił się od systemów innych ludzi. Jedną z jego cech charakterystycznych była dysfunkcja empatii. Należy zwrócić uwagę, że tę dobrze udokumentowaną anomalię zalicza się również do symptomów zaburzeń ze spektrum autystycznego.

2. Brakiem empatii można tłumaczyć moje trudności ze zrozumieniem emocji fikcyjnych postaci z filmów. Podobny schemat zaobserwowałem po ataku terrorystycznym na World Trade Center, kiedy nie potrafiłem się utożsamić z uczuciami niemal wszystkich innych osób. Współczułem jednak strażakowi Frankowi. I Daphne oraz mojej siostrze, a także rodzicom, kiedy siostra zmarła. Współczułem Carlowi i Eugenie

z powodu kryzysu małżeńskiego ich rodziców, współczułem Gene'owi, który chciał być podziwiany, a osiągnął odwrotny skutek, oraz Claudii, która warunkowo się zgodziła na małżeństwo otwarte, ale potem cierpiała, widząc, że Gene nie zamierza się zmienić. Współczułem Philowi, który musiał się pogodzić z niewiernością i śmiercią swojej żony, a potem próbował zdobyć miłość Rosie. Współczułem Kevinowi Yu, który tak bardzo chciał skończyć studia, że zapomniał o etyce. Współczułem Dziekan, która musiała podejmować trudne decyzje, szukając kompromisu między sprzecznymi przepisami, i była obiektem uprzedzeń społecznych z powodu swoich preferencji w kwestiach doboru garderoby oraz partnerów. Współczułem Uzdrowicielowi, który musiał skonfrontować swoje przekonania religijne z dowodami naukowymi, i Margaret Case, matce samobójcy, której mózg przestał funkcjonować. Współczułem też Rosie, która od dziecka musiała się zmagać ze śmiercią matki i brakiem ojca, a teraz chciała, żebym ją pokochał. To była doprawdy imponująca lista. Wprawdzie nie uwzględniała Ricka i Ilsy z *Casablanki*, ale i tak stanowiła dobitny dowód na to, że nie jestem kompletnie niezdolny do empatii.

3. Brak empatii (a raczej ograniczone zdolności empatyczne) nie jest jednoznaczny z brakiem miłości. Miłość to potężne uczucie do drugiej osoby, często występujące wbrew zdrowemu rozsądkowi.

4. Rosie nie spełniała wielu kryteriów projektu „Żona", między innymi priorytetowego warunku dotyczącego papierosów. Moje uczucia do niej wymykały się racjonalnym opisom. Nie obchodziła mnie Meryl Streep. Ale kochałem Rosie.

Musiałem podjąć szybkie działania, nie tyle dlatego, że sytuacja z Rosie mogła ulec zmianie w dającej się przewidzieć przyszłości, ile dlatego, że potrzebowałem marynarki, która – miałem taką nadzieję – wciąż znajdowała się w koszu na śmieci. Na szczęście nadal miałem na sobie ten sam strój co poprzedniego dnia.

Wciąż padał deszcz, kiedy dotarłem na miejsce i zobaczyłem, że zawartość kosza właśnie przepada we wnętrzu śmieciarki. Miałem plan awaryjny, który jednak wymagał czasu. Przeprowadziłem rower przez przejście dla pieszych, żeby zawrócić w kierunku domu. Nagle zobaczyłem śpiącego na chodniku włóczęgę, który schronił się przed deszczem przy drzwiach sklepu. Miał na sobie moją marynarkę. Ostrożnie sięgnąłem do wewnętrznej kieszeni i wydobyłem z niej telefon oraz kopertę. Wsiadając z powrotem na rower, ujrzałem, że obserwuje mnie jakaś para po drugiej stronie ulicy. Mężczyzna zaczął do mnie biec, ale kobieta go zawołała. Wyciągnęła telefon komórkowy i dokądś zadzwoniła.

Zatrzymałem się przed uniwersytetem. Była dopiero siódma czterdzieści osiem. Z naprzeciwka podjechał radiowóz. Mijając mnie, zwolnił, a potem zasygnalizował, że zamierza zawrócić. Pomyślałem, że zapewne został wezwany do zdarzenia, które musiało wyglądać jak obrabowanie włóczęgi. Szybko skręciłem w ścieżkę rowerową, gdzie samochód nie mógł wjechać, i ruszyłem do budynku genetyki, żeby tam poszukać ręcznika.

Drzwi mojego gabinetu nie były zamknięte na klucz. Od razu się zorientowałem, że ktoś tam wchodził przede mną, ale wiedziałem, kim był niezapowiedziany gość. Na biurku leżał bukiet czerwonych róż, a obok teczka z dokumentacją projektu „Ojciec", która powinna się znajdować na swoim stałym miejscu – w szafie z aktami. Zauważyłem też listę kandydatów na ojca z opisem poszczególnych próbek. Rosie zostawiła mi liścik.

Don, przepraszam za wszystko. Już wiem, kim jest ten od serwetki. Powiedziałam tacie. Chyba nie powinnam, ale byłam bardzo zła. Próbowałam się do Ciebie dodzwonić. Jeszcze raz przepraszam. Rosie.

Między „Jeszcze raz przepraszam" i „Rosie" było wiele innych słów, przekreślonych i nieczytelnych. Nadciągała katastrofa! Musiałem uprzedzić Gene'a.

Z jego terminarza dowiedziałem się, że ma spotkanie w klubie uniwersyteckim. Po drodze szybko zajrzałem do sekcji doktorantów. Stwierdziłem obecność Stefana, ale Rosie z nim nie było. Stefan zauważył, że jestem silnie podekscytowany, i ruszył za mną.

Gdy weszliśmy do klubu, zlokalizowałem Gene'a w towarzystwie Dziekan. Zobaczyłem też Rosie. Siedziała z Claudią przy oddzielnym stole i wyglądała na bardzo wzburzoną. Pomyślałem, że dzieli się rewelacjami na temat Gene'a, nie potwierdziwszy ich testem DNA. Projekt „Ojciec" kończył się całkowitą klęską. Przyszedłem jednak w innym celu. Musiałem się zwierzyć ze swojego odkrycia. Inne problemy mogły poczekać.

Pobiegłem do stołu Rosie. Wciąż ociekałem deszczem, ponieważ wskutek eskalacji silnych emocji zapomniałem użyć ręcznika. Moja obecność oczywiście wywołała zdziwienie Rosie. Zrezygnowałem ze zwrotów grzecznościowych.

– Popełniłem niewybaczalny błąd. Nie do wiary, że mogłem być aż tak głupi. I niekonsekwentny! – Claudia zaczęła dawać mi znaki, żebym przestał, ale ją zignorowałem. – Nie spełniasz podstawowych kryteriów projektu „Żona". Jesteś zdezorganizowana, nie orientujesz się w matematyce, masz absurdalne wymagania pokarmowe... Z jakiegoś niepojętego powodu rozważyłem nawet możliwość spędzania czasu w towarzystwie palaczki. Do końca życia!

Mina Rosie wyrażała rozmaite emocje, ale chyba poprawnie zidentyfikowałem smutek, złość i zaskoczenie.

– Szybko zmieniłeś zdanie – powiedziała.

Claudia wykonywała za jej plecami znaczące, energiczne gesty. Chciała, żebym natychmiast odszedł, jednak za bardzo mi zależało na dochowaniu postanowienia.

– Nie zmieniłem zdania. I właśnie w tym rzecz! Pragnę z tobą spędzić życie, chociaż to kompletnie wbrew logice. Poza tym masz małe uszy. Żadne względy społeczne ani genetyczne nie tłumaczą mojego zainteresowania tobą jako partnerką, zatem jedynym logicznym powodem musi być to, że cię kocham.

Claudia wstała i zmusiła mnie, żebym usiadł.

– Nigdy się nie poddajesz, prawda? – zapytała Rosie.

– Czy zachowuję się jak irytujący smarkacz?

– Nie – powiedziała Rosie. – Zachowujesz się jak prawdziwy bohater. Wspaniale się przy tobie bawię. Jesteś najinteligentniejszym i najzabawniejszym człowiekiem, jakiego znam. I tak wiele dla mnie zrobiłeś. Masz wszystko, czego pragnę, ale bałam się po to sięgnąć, bo…

Zamilkła, ale wiedziałem, co chce powiedzieć. Dokończyłem zdanie za nią:

– Bo jestem dziwny. To oczywiste. Wiem coś o tym, bo dla mnie wszyscy dookoła są dziwni.

Rosie się zaśmiała.

– Na przykład płaczą nad losem fikcyjnych postaci – próbowałem wyjaśnić.

– Wytrzymałbyś ze mną do końca życia, chociaż płaczę podczas filmów?

– Oczywiście. To dosyć powszechne zachowanie… – Nagle dotarło do mnie, co miała na myśli. – Proponujesz, żebyśmy spędzili razem życie?

Rosie uśmiechnęła się.

– Zostawiłeś to na stole – powiedziała i wyjęła z torebki pudełko z pierścionkiem.

Zrozumiałem, że zmieniła decyzję, którą wyraziła poprzedniego dnia, i w metaforycznym sensie cofnęła czas, żebym mógł wrócić do swojego pierwotnego planu, tyle że w alternatywnym otoczeniu. Dokonałem ekstrakcji pierścionka z pudełka i umieściłem go na jej palcu. Pasował. Ogarnęło mnie silne uczucie ulgi.

Owacje dotarły do mnie jak przez mgłę. Zdawało się, że to naturalny rozwój sytuacji. Ostatnio żyłem w świecie z komedii romantycznej, a teraz nastąpiła finałowa scena. Tyle że to działo się naprawdę. Patrzyli na nas wszyscy klienci stołówki klubu uniwersyteckiego. Postanowiłem przypieczętować tę historię w sposób zgodny z konwencją – pocałunkiem z Rosie. Był jeszcze przyjemniejszy niż za pierwszym razem.

– Lepiej mnie nie zawiedź – powiedziała Rosie. – Zawsze masz być zwariowany.

Nagle na salę wszedł Phil z nosem w gipsie. Razem z nim pojawiła się kierowniczka klubu i dwaj policjanci. Kierowniczka wskazała na Gene'a.

– O cholera! – jęknęła Rosie.

Gene wstał, kiedy Phil zbliżył się do stołu. Nastąpiła krótka wymiana zdań, a potem Phil znokautował mojego przyjaciela jednym ciosem w szczękę. Policjanci rzucili się naprzód, żeby unieszkodliwić Phila, który nie stawiał oporu. Claudia podbiegła do nich, ale Gene już dźwignął się powoli z podłogi. Nie wyglądał na ciężko poszkodowanego. Pomyślałem, że zgodnie z tradycją zachowań romantycznych Phil zachował się właściwie, dokonując czynnej napaści na Gene'a, o ile to prawda, że ten uwiódł matkę Rosie, chociaż wiedział, że jest dziewczyną Phila.

Niemniej trudno jednoznacznie stwierdzić, czy to Gene ponosił winę. Z drugiej strony, na pewno niejeden mężczyzna miałby prawo potraktować go w podobny sposób. W romantycznym sensie Phil wymierzył mu sprawiedliwość w imieniu wszystkich zainteresowanych. Gene zapewne też to rozumiał, bo już zapewniał policjantów, że nic się nie stało.

Ponownie zwróciłem się do Rosie. Oryginalny plan odzyskał ważność i w związku z tym nie mogłem sobie pozwolić na rozproszenie uwagi.

– Punkt drugi w zaplanowanym porządku naszej interakcji miał dotyczyć tożsamości twojego ojca.

Rosie uśmiechnęła się.

– Och, a więc wszystko w normie. Punkt pierwszy: pobierzmy się. W porządku, załatwione. Przejdźmy do punktu drugiego. To właśnie Don, którego znam i pokochałam.

Zatkało mnie, kiedy usłyszałem jej ostatnie słowo. Mogłem jedynie patrzeć na nią i chłonąć znaczenie tej deklaracji. Rosie chyba czuła się podobnie, bo minęło parę sekund, zanim zapytała:

– Ile znasz pozycji ze swojej książki?

– Tej o seksie? Wszystkie.

– Pieprzysz.

– To było o wiele łatwiejsze niż opanowanie podręcznika barmana.

– No to jedźmy do domu. Do mnie. Albo do ciebie, jeśli wciąż masz ten strój Atticusa Fincha. – Zaśmiała się.

– Został w moim gabinecie.

– Weźmiemy go innym razem. Tylko go nie wyrzucaj.

Ruszyliśmy do wyjścia, ale policjanci – mężczyzna i kobieta – zablokowali nam drogę.

– Przepraszam – powiedziała policjantka (szacunkowy wiek dwadzieścia osiem lat, BMI dwadzieścia trzy) – muszę pana poprosić o opróżnienie kieszeni.

Zapomniałem o kopercie! Wyciągnąłem ją i pomachałem nią przed Rosie.

– Bilety! Bilety do Disneylandu. To powinno rozwiązać ostatnie problemy!

Ułożyłem wachlarz z trzech biletów, złapałem Rosie za rękę i podeszliśmy do Phila.

36

Pojechaliśmy do Disneylandu we troje – Rosie, Phil i ja. Doskonale się bawiliśmy i chyba udało nam się poprawić wszystkie relacje interpersonalne. Rosie wymieniała się z Philem różnymi informacjami, dzięki którym wiele się dowiedziałem o jej życiu. To były niezbędne podstawy, na których miałem oprzeć trudne, ale niezwykle istotne zadanie – rozwinąć silną empatię w stosunku do jednej osoby spośród całej populacji świata.

Zamierzaliśmy z Rosie przeprowadzić się do Nowego Jorku, gdzie wszystkie dziwactwa są akceptowane. Oczywiście to duże uproszczenie. Naprawdę było dla mnie ważne, żeby zacząć wszystko od nowa z nowym zestawem umiejętności, nowym nastawieniem i nową partnerką, za to bez obciążenia dotychczasowym wizerunkiem – na który nie tylko zasługiwałem, ale i sam go świadomie tworzyłem.

Aktualnie pracuję na wydziale genetyki uniwersytetu Columbia w Nowym Jorku, a Rosie studiuje na pierwszym roku studiów medycznych. Korespondencyjnie wspieram projekt badawczy Simona Lefebvre'a, który jedynie pod tym warunkiem zgodził się na dofinansowanie. Traktuję to jako moralne zadośćuczynienie za wykorzystanie sprzętu uniwersyteckiego w projekcie „Ojciec".

Mamy mieszkanie w Williamsburgu, niedaleko Eslerów, którym składamy częste wizyty. Piwniczne przesłuchanie jest już jedynie anegdotą, którą czasami opowiadamy podczas spotkań towarzyskich.

Rozważamy ewentualność reprodukcji (czy też, mówiąc językiem, którego używam w interakcjach społecznych, „zastanawiamy się nad powiększeniem rodziny"). W ramach przygotowań do tej decyzji Rosie rzuciła palenie i zredukowaliśmy ilość spożywanego alkoholu. Na szczęście nie brakuje nam zajęć, które odwracają naszą uwagę od tych uzależniających czynności. Oboje trzy wieczory w tygodniu pracujemy razem w cocktail barze. Czasami wracamy bardzo zmęczeni, ale ta praca sprawia nam przyjemność, ułatwia kontakt z ludźmi i wspomaga finansowo moją pensję akademicką.

Słuchamy też muzyki. Zrewidowałem swoje podejście do Bacha i już nie próbuję wsłuchiwać się w pojedyncze nuty. To skuteczniejsza metoda, ale zdaje się, że mój gust muzyczny przestał się rozwijać, kiedy byłem nastolatkiem. Nigdy nie dobierałem sobie muzyki pod kątem własnych upodobań, dlatego moje preferencje pokrywają się z gustem ojca. W dyskusji potrafię użyć dobrych argumentów na poparcie tezy, że po tysiąc dziewięćset siedemdziesiątym drugim roku nie nagrano nic godnego uwagi. Często spieramy się o to z Rosie. Gotuję sam, ale dania z listy Ujednoliconego Programu Posiłków rezerwuję jedynie na spotkania ze znajomymi.

Oficjalnie jesteśmy małżeństwem. Wprawdzie zdecydowałem się na romantyczny rytuał z pierścionkiem zaręczynowym, ale nie sądziłem, że Rosie, jako nowoczesna feministka, zechce wziąć tradycyjny ślub. Słowo „żona" w nazwie mojego projektu „Żona" oznaczało po prostu „partnera płci żeńskiej". Tymczasem Rosie postanowiła, że chce mieć „chociaż jeden związek w życiu, który jest zgodny z jego definicją". To zaś wiązało się z monogamią i stabilnością. Trudno o lepsze rozwiązanie.

Jestem w stanie przytulać Rosie. Kiedy zgodziła się ze mną żyć, ta sprawa budziła mój największy niepokój. Zwykle kontakt fizyczny wywołuje u mnie nieprzyjemne uczucia, ale seks okazał się wyjątkiem. To on rozwiązał mój problem z bliskością intymną. Teraz potrafimy się przytulać, nawet nie uprawiając seksu, co oczywiście czasami jest bardzo przydatne.

Żeby skutecznie radzić sobie w relacjach z drugą osobą, a także dla treningu swoich umiejętności w tej dziedzinie, raz w tygodniu chodzę na wieczorną terapię. To taki drobny żart, bo moim „terapeutą" jest Dave, który w równym stopniu korzysta na kontaktach ze mną. Dave też jest żonaty, a jeżeli wziąć pod uwagę, że nasze systemy kognitywne są różnie skonstruowane, to czasami się dziwię, z jak podobnymi problemami musimy się borykać. Od czasu do czasu zaprasza do baru przyjaciół i kolegów z pracy, w której montuje i naprawia chłodnie. Wszyscy jesteśmy kibicami Yankees.

Od dosyć dawna Rosie nie wspominała o projekcie „Ojciec". Przypisywałem to poprawie stosunków z Philem oraz codziennym sprawom zaprzątającym jej uwagę. Tymczasem pojawiły się nowe informacje, które po cichu analizowałem.

Po ceremonii ślubnej doktor Eamonn Hughes, pierwszy kandydat, którego poddaliśmy testowi, poprosił mnie o chwilę prywatnej rozmowy.

– Powinien pan coś wiedzieć – zaczął konfidencjonalnym tonem. – To dotyczy ojca Rosie.

Zdawało się bardzo prawdopodobne, że najbliższy przyjaciel matki Rosie, który kolegował się z nią przez cały okres studiów, może znać prawdę. Jednak Eamonn miał na myśli coś innego. Wskazał ręką na Phila.

– Rosie nie miała z nim łatwego życia.

A więc nie tylko ona uważała go za kiepskiego ojca.

– Słyszał pan o wypadku?

Skinąłem głową, chociaż nie znałem szczegółów tej sprawy. Rosie wyraźnie dała mi do zrozumienia, że nie chce o tym mówić.

– Bernadette siedziała za kierownicą, bo Phil był pijany.

Już przedtem się domyślałem, że Phil był w tym samochodzie.

– Złamał kość miednicową, ale jakoś udało mu się wyczołgać i wyciągnąć Rosie. – Eamonn zamilkł na chwilę. Był podenerwowany. – Wyciągnął Rosie pierwszą.

Historia tego wypadku naprawdę była makabryczna, ale jako genetyk w pierwszej chwili pomyślałem jedynie: „To oczywiste". Pod wpływem silnego bólu i stresu jego zachowaniem na pewno kierował instynkt. Takie sytuacje, w których ważą się kwestie życia i śmierci, są normą w królestwie zwierząt, a wybór dokonany przez Phila pokrywał się z teorią i z wynikami eksperymentów. Na pewno nieraz wracał myślami do tego momentu, który prawdopodobnie odcisnął trwały ślad na jego uczuciach do Rosie. Jednak postąpił standardowo – poddał się pierwotnemu imperatywowi, żeby chronić potomstwo noszące jego geny.

Dopiero później uświadomiłem sobie oczywisty błąd tego rozumowania. Jeżeli Rosie nie była biologiczną córką Phila, to taka reakcja była nieusprawiedliwiona. Poświęciłem dużo czasu rozmyślaniom nad możliwymi czynnikami motywacji, ale z nikim się nie podzieliłem tymi refleksjami ani sformułowaną na ich podstawie hipotezą.

Kiedy na dobre zadomowiłem się na Columbii, poprosiłem o udostępnienie mi laboratorium badań DNA do przeprowadzenia prywatnego testu. Władze uczelni nie miały nic przeciwko temu. Gdyby się nie zgodziły, to też nie byłoby problemu. Zawsze mogłem zapłacić kilkaset dolarów i wysłać resztę próbek do laboratorium komercyjnego. Taka opcja była dostępna od początku projektu „Ojciec". Dzisiaj wiem, że nie wskazałem jej Rosie, bo już wtedy, nie zdając sobie z tego sprawy, byłem zainteresowany nawiązaniem z nią bliskiej znajomości. Niesamowite!

Nie powiedziałem Rosie o teście. Pewnego dnia po prostu zapakowałem do torby woreczek z próbkami, który przywiozłem z Australii do Nowego Jorku.

Zacząłem od paranoicznego chirurga Freyberga, który według mojej oceny, miał najmniejszą szansę. Ojciec Rosie mógł mieć zielone oczy, ale nie istniał żaden inny dowód, który wyróżniałby go spośród innych kandydatów. Nie przysłał mi próbki krwi, jednak to można było wytłumaczyć jego naturalną podejrzliwością i antypatycznym nastawieniem. Moje podejrzenia okazały się słuszne.

Przygotowałem próbkę materiału genetycznego Eslera – wymaz z widelca, który razem ze mną przemierzył pół świata i wrócił w to samo miejsce. Stojąc z Eslerem w ciemnej piwnicy, byłem pewien, że to on jest ojcem. Jednak potem doszedłem do wniosku, że mógł chronić przyjaciela albo dobrą pamięć o przyjacielu. Interesowało mnie, czy na decyzję Eslera o wyborze specjalizacji psychiatrycznej nie wpłynęło samobójstwo jego drużby weselnego Geoffreya Case'a.

Zbadałem próbkę. Isaac Esler nie był ojcem Rosie.

Sięgnąłem po próbkę Gene'a. Mojego najlepszego przyjaciela. Ciężko pracował nad ratowaniem swojego małżeństwa. Kiedy zaniosłem mu swoją rezygnację, którą miał przekazać Dziekan, na ścianie już nie było mapy, ale pamiętałem, że w Irlandii, skąd pochodziła matka Rosie, nie było wpiętej pinezki. Test serwetki z jego śliną zatem nie miał sensu. Wyrzuciłem ją do kosza na śmieci.

Wyeliminowałem już wszystkich kandydatów oprócz Geoffreya Case'a. Isaac Esler powiedział, że wie, kim jest ojciec Rosie, ale przysiągł zachować dyskrecję. Czyżby jej matka – oraz Esler – wolała utrzymać w tajemnicy fakt samobójstwa w rodzinie? Albo genetyczną predyspozycję do chorób psychicznych? A może chodziło o to, że Geoffrey Case odebrał sobie życie, kiedy się dowiedział, że jest ojcem Rosie, a jej matka postanowiła zostać z Philem? Każdy z tych powodów był jednakowo dobry – na tyle dobry, że miałem poważne podejrzenia, iż winowajcą tego skoku w bok był właśnie Geoffrey Case.

Sięgnąłem do torby i wyciągnąłem z niej próbkę, którą los mi dostarczył bez wiedzy i udziału Rosie. Już wiedziałem z niemal stuprocentową pewnością, że tym razem potwierdzę swoją hipotezę na temat ojcostwa Rosie.

Odciąłem skrawek materiału, polałem go substancją czynną i odstawiłem preparat na parę minut. Patrząc na materiał w przezroczystym roztworze i przypominając sobie poszczególne etapy projektu „Ojciec", coraz bardziej utwierdzałem się w swoim przekonaniu. Postanowiłem, że Rosie powinna uczestniczyć w odczytaniu wyniku, bez względu na to, czy miałem rację, czy nie. Wysłałem jej sms-a. Akurat była na terenie kampusu, więc przyszła już po kilku minutach. Od razu się zorientowała, co robię.

Włożyłem spreparowaną próbkę do urządzenia i czekałem, aż zakończy się proces analizy. Razem wpatrywaliśmy się w monitor komputera, kiedy pojawił się wynik. W końcu wszystkie nasze starania – pobieranie krwi, wymazy z policzków, mieszanie koktajli, wspinaczka po ścianach, zbieranie szklanek i kieliszków, przeloty międzynarodowe, podróże samochodem, pisanie prac naukowych, wycieranie uryny z toalety, kradzieże filiżanek, polerowanie sztućców, podbieranie chusteczek, przywłaszczanie sobie szczoteczek do zębów, czyszczenie szczotek do włosów i ocieranie łez – przyniosły efekt.

Rosie chciała wiedzieć, kim był jej biologiczny ojiec. Jej matka wolała na zawsze zachować w tajemnicy tożsamość mężczyzny, z którym uprawiała seks – możliwe że tylko raz, sprzeniewierzając się zasadom pod wpływem silnych emocji. Teraz mogłem spełnić życzenie obu kobiet.

Pokazałem Rosie poplamiony krwią podkoszulek z logo „Siłowni Jarmana" z wyciętym kwadratowym okienkiem. Badanie chusteczki higienicznej, którą otarłem łzy Margaret Case, już nie było konieczne.

Tak więc sprawcą całego zamieszania wokół ojca Rosie był Gene. To na pewno on wpoił swoim studentom medycyny prymitywnie uproszczone reguły przekazywania cech dziedzicznych. Gdyby matka Rosie wiedziała, że kolor oczu nie jest niezawodnym wskaźnikiem ojcostwa, i zorganizowałaby test DNA, żeby potwierdzić swoje domysły, nigdy nie zdarzyłyby się: projekt „Ojciec", wielka noc koktajli, nowojorska przygoda, projekt „Don"... ani projekt „Rosie". Gdyby nie ta seria nieprzewidzianych czynników, nie zakochałbym się z wzajemnością w jej córce. I do dzisiaj co wtorek jadłbym homara na kolację.

Niebywałe.

PODZIĘKOWANIA

Powieść *Projekt „Rosie"* powstała bardzo szybko. Odrywałem się od niej jedynie na chwilę, żeby się konsultować z moją żoną Anne, która też jest pisarką, opiekować się córką Dominique i uczestniczyć w zajęciach z kreatywnego pisania na *Royal Melbourne Institute of Technology* (RMIT), prowadzonych przez Michelle Aung Thin.

Maszynopis, przyjęty przez wydawnictwo Text Publishing, zyskał nadzwyczaj wiele dzięki życzliwości mojej redaktor Alison Arnold, która doskonale rozumiała moje intencje, a także dzięki żarliwemu wsparciu Michaela Heywarda i jego zespołu – szczególnie Jane Novak, Kirsty Wilson, Chong Weng Ho i Michelle Calligaro. Wysiłki Anne Beilby, żeby zainteresować tą książką zagranicznych wydawców, sprawiły, że historia Dona i Rosie zostanie opowiedziana w trzydziestu językach.

Początki tej opowieści sięgają jednak daleko. Pierwotnie była scenariuszem, który powstał podczas kursu scenopisarstwa na RMIT. Razem z Anne i moim synem Danielem opracowaliśmy zarys fabuły podczas pieszej wycieczki w Nowej Zelandii. Postaci zostały naszkicowane w opowiadaniu *Projekt: Klara. Faza 1*, które w 2007 roku trafiło do zbioru *The Envelope Please*. W 2008 roku, po podjęciu ostatecznej decyzji, że to powinna być raczej komedia niż dramat, ukończyłem pierwszą wersję scenariusza opartego na zmienionej fabule, gdzie główną bohaterką nie była Rosie, lecz gamoniowata Węgierka Klara. Przez pięć lat opowieść przeszła wiele transformacji, które miały bardzo pozytywny wpływ na jej ostateczny kształt. Muszę za to podziękować wielu osobom, które zachęcały mnie do większego wysiłku, krytykowały i nie pozwalały spocząć na laurach.

Studia na RMIT nauczyły mnie podstaw opowiadania ciekawych historii, a także dostarczyły wielu konkretnych wskazówek dotyczących scenariusza. Na szczególne wyróżnienie zasługują: dyrektorka szkoły Clare Renner, legenda komedii Tim Ferguson, doświadczeni producenci filmowi David Rapsey i Ian Pringle, którzy w dobrej wierze nie szczędzili mi gorzkich uwag, oraz Boris Trbic, dzięki któremu polubiłem stare komedie obyczajowe. Cary Grant byłby wspaniałym odtwórcą roli Dona.

Jo Moylan współpracował ze mną przy pisaniu podczas roku najbardziej radykalnych zmian w tekście. Produkcja filmów krótkometrażowych ze studentami sztuk audiowizualnych pod kierownictwem Rowana Humphreya i Simona Embury'ego wiele mnie nauczyła o tym, co się sprawdza na ekranie, a co nie. Widząc, jak wiele moich drugoplanowych dialogów wylądowało na cyfrowym odpowiedniku podłogi pokoju montażowego, odkryłem, jak pisać ekonomicznie. Kim Krejus ze studia 16th Street Actors zaprosiła utalentowanych aktorów na próbę czytaną, która była dla mnie pouczającym doświadczeniem.

Mam szczęście uczestniczyć w spotkaniach grupy utalentowanych i pracowitych pisarzy, do której należą też: Irina Goundortseva, Steve Mitchell, Susannah Petty i May Yeung. *Rosie* często pojawiała się w naszych dyskusjach, a entuzjazm Iriny sprawił, że to właśnie dzięki niej postanowiłem rozwinąć ten wątek. Nieco później Heidi Winnen była pierwszą osobą spoza mojej rodziny, która zasugerowała, że powieść oparta na tej historii może mieć duży potencjał.

Scenariusz wiele zyskał dzięki wnikliwym uwagom dwóch guru scenopisarstwa: Steve'a Kaplana i Michaela Hauge'a. Ich współudział był możliwy dzięki Marcusowi Westowi z agencji Inscription i Stowarzyszenia Pisarzy Australijskich, który w 2010 roku ufundował nagrodę za najlepszy scenariusz komedii romantycznej. Producenci Peter Lee i Ros Walker oraz reżyser John Paul Fischbach również służyli konstruktywną krytyką.

Droga do publikacji otworzyła się, kiedy *Projekt „Rosie"* otrzymał Victorian Premier's Literary Award za niepublikowany maszynopis w 2012 roku, zatem dziękuję władzom stanu Victoria oraz Wheeler Centre za ufundowanie i przyznanie tej nagrody. Dziękuję także jury w składzie: Nick Gadd, Peter Mews, Zoe Dattner i Roderick Poole za dokonanie odważnego wyboru.

Jeszcze wiele innych osób wspierało mnie podczas sześcioletniej drogi od pomysłu do wydania powieści. Wśród nich na szczególne podziękowania zasługują: Jon Backhouse, Rebecca Carter, Cameron Clarke, Sara Cullen, Fran Cusworth, Barbara Gliddon, Amanda Golding, Vin Hedger, Kate Hicks, Amy Jasper, Noel Maloney, Brian McKenzie, Steve Melnikoff, Ben Michael, Helen O'Connell, Rebecca Peniston-Bird, April Reeve, John Reeves, Sue i Chris Waddell, Geri i Pete Walsh oraz moi koledzy z kursu na RMIT.

Pierwowzorem sałatki Dona z homara był przepis w *Contemporary Australian Food* Teage'a Ezarda. To doskonałe danie na romantyczną kolację na balkonie przy butelce szampana Drappier rosé.